AF203638

ullstein

BENJAMIN STEVENSON ist preisgekrönter Stand-up-Comedian und *USA Today*-Bestsellerautor. Er ist der Autor der weltweit beliebten Krimireihe *Die mörderischen Cunninghams*, deren erster Band *Irgendwen haben wir doch alle auf dem Gewissen* derzeit als große HBO-TV-Serie adaptiert wird. *Jeder im Zug ist verdächtig* ist der zweite Band der Reihe. Seine Bücher haben sich über 750 000 Mal in 29 Ländern verkauft und waren acht Mal als »Buch des Jahres« nominiert.

BENJAMIN STEVENSON

DIE MÖRDERISCHEN CUNNINGHAMS

IRGENDWEN HABEN WIR DOCH ALLE AUF DEM GEWISSEN

Kriminalroman

Aus dem Englischen
von Robert Brack

Ullstein

Besuchen Sie uns im Internet:
www.ullstein.de

Wir verpflichten uns zu Nachhaltigkeit
• Papiere aus nachhaltiger Waldwirtschaft
und anderen kontrollierten Quellen
• ullstein.de/nachhaltigkeit

MIX
Papier | Fördert
gute Waldnutzung
FSC® C021394

Ungekürzte Ausgabe im Ullstein Taschenbuch
1. Auflage März 2025
© für die deutsche Ausgabe
Ullstein Buchverlage GmbH,
Friedrichstr. 126, 10117 Berlin 2023 / List Verlag
© 2022 by Benjamin Stevenson
Die englische Originalausgabe erschien 2022 unter dem Titel
Everyone in my family has killed someone bei Michael Joseph,
Penguin Random House in Sydney, Australien.
Wir behalten uns die Nutzung unserer Inhalte für Text und
Data Mining im Sinne von § 44b UrhG ausdrücklich vor.
Bei Fragen zur Produktsicherheit wenden Sie sich bitte an
produktsicherheit@ullstein.de
Umschlaggestaltung: Sabine Kwauka nach einem Entwurf
von Richard Ljoenes und Harper Collins
Titel: Shutterstockabbildung
Satz: Pinkuin Satz und Datentechnik, Berlin
Gesetzt aus der Janson Text LT Std
Druck und Bindearbeiten: ScandBook, Litauen
ISBN 978-3-548-06969-2

Für Aleesha Paz.
Endlich ein Buch für dich.
Aber eigentlich sind sie dir alle gewidmet.

»Geloben Sie, dass Ihre Detektive die Verbrechen rechtschaffen und ehrlich aufklären werden, indem diese sich nur der Geisteskräfte bedienen, die Sie ihnen verliehen haben, und sich weder auf göttliche Offenbarung, weibliche Intuition, Hokuspokus, Taschenspielertricks, Zufall oder Gottes Willen verlassen wollen?«

Schwur der Mitglieder des 1930 gegründeten »Detection Club«, einer Vereinigung von Kriminalschriftstellern, darunter Agatha Christie, G. K. Chesterton, Ronald Knox und Dorothy L. Sayers.

1) Der Verbrecher muss bereits früh in der Geschichte auftauchen, aber es darf niemand sein, dessen Gedankengängen der Leser bereits gefolgt ist.

2) Alle übernatürlichen oder abseitigen Mächte werden als Ursache des Geschehens ausgeschlossen.

3) Es sind maximal ein verschlossenes Zimmer oder ein geheimer Durchgang erlaubt.

4) Keine bisher unbekannten giftigen Substanzen dürfen verwendet werden sowie keine Verabreichungsarten, deren Funktion einer längeren wissenschaftlichen Erklärung bedarf.

5) Hinweis des Autors: Hier wurden unsensible historische Begriffe gestrichen.

6) Kein Zufall darf dem Detektiv zu Hilfe kommen, genauso wenig darf er über eine nicht nachvollziehbare Intuition verfügen, die ihn auf den richtigen Weg führt.

7) Der Detektiv darf nicht der Täter sein.

8) Der Detektiv darf keinen Spuren folgen, deren Vorhandensein dem Leser vorenthalten wurde.

9) Der dumme Freund des Detektivs, der Watson, darf keine Gedanken vorenthalten, seine Intelligenz sollte ein bisschen, nur ein kleines bisschen niedriger sein als die des durchschnittlichen Lesers.

10) Zwillinge und Doppelgänger dürfen nicht auftreten, es sei denn, wir wurden auf ihr Erscheinen tunlichst vorbereitet.

Die 10 Gebote des Detektivromans
von Ronald Knox, 1929

PROLOG

Irgendwen haben wir doch alle auf dem Gewissen. Für meine Familie, jedenfalls, ist das zutreffend: Jeder in meiner Familie hat jemanden umgebracht. Die Überflieger unter uns sogar mehr als eine Person.

Ich möchte nicht übertrieben dramatisch klingen, es ist ganz einfach die Wahrheit, und als ich vor der Aufgabe stand, dies hier aufzuschreiben, auch wenn es mir schwerfällt mit nur einer Hand, habe ich mir vorgenommen, strikt bei der Wahrheit zu bleiben. Das mögen Sie für naheliegend halten, aber moderne Kriminalromane vergessen das mitunter. In ihnen geht es mehr um die Tricks, die der Autor draufhat: um die Asse im Ärmel anstatt um die Karten auf der Hand. Im Goldenen Zeitalter des Kriminalromans spielte Ehrlichkeit eine große Rolle, bei den Christies und den Chestertons. Ich weiß das, denn ich schreibe Bücher darüber, wie man Bücher schreibt. Es gibt nämlich Regeln dafür. Ein Typ namens Ronald Knox, der damals zu den Großen gehörte, schrieb sie auf und nannte sie ein wenig hochtrabend »Die Zehn Gebote«. Sie stehen auf der ersten Seite dieses Buchs als Epigraf, das die meisten Leserinnen und Leser überschlagen. Aber glauben Sie mir, es lohnt sich, darauf zurückzugreifen. Vielleicht sollten Sie ein Eselsohr machen. Ich möchte Sie an dieser Stelle nicht mit allzu vielen Details langweilen, aber es läuft auf Folgendes hinaus: Die wichtigste Regel aus dem Goldenen Zeitalter lautet Fairplay.

Natürlich ist das hier kein Roman. All das ist mir wirklich zugestoßen. Aber letzten Endes geht es darum, dass ich einen

Mord aufklären muss. Mehrere sogar. Jetzt greife ich aber schon sehr weit vor.

Tatsächlich lese ich jede Menge Kriminalromane. Und ich weiß, dass heutzutage in vielen dieser Bücher ein »unzuverlässiger Erzähler« sein Unwesen treibt, der uns die ganze Zeit Lügen auftischt. Und ich weiß auch, dass man mich wegen meiner Darstellung der Ereignisse vielleicht ebenfalls in diese Ecke drängen möchte. Deshalb strebe ich das genaue Gegenteil an. Sie dürfen mich als *zuverlässigen* Erzähler bezeichnen. Alles, was ich ihnen erzähle, wird der Wahrheit entsprechen oder zumindest der Wahrheit, wie sie sich mir zu einem bestimmten Zeitpunkt darstellte. Nehmen Sie mich beim Wort.

Ich werde mich auch an Knox' Gebote Nr. 8 und 9 halten, denn in diesem Buch bin ich Watson *und* Detektiv, bin Autor wie auch Aufklärer, ich sammle Spuren und Indizien und verberge keineswegs meine Gedanken. Kurz gesagt: Mir geht es um Fairplay.

Das lässt sich sogar belegen. Falls sie nur an blutrünstigen Details interessiert sind, finden Sie die Todesfälle in diesem Buch – solche, die stattfinden oder von denen berichtet wird – auf Seite 22, Seite 54, Seite 73, ein Doppelangebot auf Seite 78 und ein Hattrick auf Seite 85. Dann dauert es eine Weile, aber es geht weiter auf Seite 113, Seite 221 (ungefähr), Seite 231, Seite 238, Seite 242, irgendwo zwischen Seite 255 und 263 (schwer zu sagen), Seite 274 und Seite 367. Ich verspreche, dass dies der Wahrheit entspricht, es sei denn, der Setzer hat beim Umbruch gepfuscht. Es gibt nur eine Lücke in der Handlung, und die ist so groß, dass man mit einem Lkw hindurchfahren könnte. Ich tendiere dazu, zu viel zu verraten. Es gibt keine Sex-Szenen.

Und sonst?

Sie möchten vielleicht meinen Namen wissen. Ich heiße Ernest Cunningham. Das klingt ein bisschen altmodisch, deshalb nennen die meisten mich Ernie. Ich hätte das gleich zu Beginn sagen sollen, aber ich habe nur versprochen, zuverlässig zu sein, nicht kompetent.

Angesichts dessen, was ich Ihnen eingangs gesagt habe, ist es schwierig, einen Anfang zu finden. Wenn ich sage *Jeder in meiner Familie*, dann bezieht sich das auf meine Seite des Stammbaums. Auch wenn meine Nichte Amy einmal ein verbotenes Erdnussbutter-Sandwich zu einem Betriebsausflug mitgebracht hat und ihr Personalchef beinahe daran gestorben ist, würde ich sie nicht sehr weit oben auf der Liste ansiedeln.

Sehen Sie, wir sind keine Familie von Psychopathen. Einige von uns sind gute Menschen, einige nicht, manche haben einfach nur Pech gehabt. In welche Kategorie ich gehöre? Das habe ich noch nicht herausgefunden. Außerdem ist da noch diese Kleinigkeit mit einem Serienkiller namens *Black Tongue*, der irgendwie in der Geschichte mit drinhängt, und ein Bargeldbetrag in Höhe von zweihundertsiebenundsechzigtausend Dollar, aber dazu kommen wir noch. Ich weiß, dass Sie sich jetzt wahrscheinlich eine ganz bestimmte Frage stellen. Ich sagte: *Jeder*. Und ich habe versprochen, nicht zu tricksen.

Habe ich jemanden umgebracht? Ja, habe ich.

Und wen?

Fangen wir an.

MEIN BRUDER

KAPITEL I

Der Lichtstrahl, der sich hinter den Vorhängen bewegte, sagte mir, dass mein Bruder vorgefahren war. Als ich nach draußen ging, bemerkte ich zuerst, dass der linke Scheinwerfer nicht funktionierte. Und dann das Blut.

Der Mond war bereits untergegangen, bis zum Sonnenaufgang dauerte es noch, aber selbst in der Dunkelheit erkannte ich sofort, welche Bewandtnis es mit den Spritzern auf dem zersplitterten Scheinwerfer und den Schlieren auf dem verbeulten Radkasten hatte.

Eigentlich bin ich keine Nachteule, aber Michael hatte mich eine halbe Stunde zuvor angerufen. Es war einer dieser Anrufe, bei denen man angesichts der Uhrzeit nicht davon ausgeht, dass es um einen Lotteriegewinn geht. Einige meiner Freunde rufen mich manchmal nach dem Feiern aus einem Uber an, um mir brühwarm von ihrer Nacht zu berichten. Michael tut das nicht.

Außerdem stimmt das nicht ganz. Leute, die mich nach Mitternacht anrufen, sind nicht meine Freunde.

»Ich brauche deine Hilfe. Jetzt gleich.«

Er hatte schwer geatmet. Keine Nummer auf dem Display, er rief aus einer Telefonzelle an. Oder einer Bar. Die folgende halbe Stunde verbrachte ich zitternd, obwohl ich eine dicke Jacke angezogen hatte. Ich wischte ein rundes Guckloch in den feuchten Film auf der Fensterscheibe, um besser sehen zu können. Schließlich hatte ich die Warterei aufgegeben und mich aufs Sofa gesetzt, bis das Licht seines Scheinwerfers rötlich hinter meinen Augenlidern aufgeflammt war.

Das Geräusch des Motors wurde lauter, als der Wagen endgültig vor dem Haus zum Stehen kam, dann stellte Michael ihn ab. Die Lichter ließ er brennen. Ich schlug die Augen auf, ließ meinen Blick kurz über die Decke gleiten, als wollte ich mir diesen Wendepunkt meines Lebens vergegenwärtigen, dann ging ich nach draußen. Michael saß im Wagen, den Kopf aufs Lenkrad gelegt. Ich lief durch das grelle Scheinwerferlicht und klopfte ans Fahrerfenster. Michael stieg aus. Er war aschfahl im Gesicht.

»Sieht aus, als hättest du noch mal Glück gehabt«, sagte ich und deutete mit dem Kopf auf den kaputten Scheinwerfer. »Kängurus sind echt die Pest.«

»Ich hab jemanden angefahren.«

»Hm-hm.« Ich war noch nicht ganz wach und registrierte nur am Rande, dass er *jemanden* und nicht *etwas* gesagt hatte. Ich wusste nicht, wie Leute in solchen Situationen reagieren, also dachte ich, es wäre am besten, wenn ich Verständnis signalisierte.

»Einen Mann. Voll getroffen. Er liegt hinten drin.«

Schlagartig war ich wach. *Hinten drin?*

»Was zum Teufel meinst du mit *hinten drin?*«

»Er ist tot.«

»Liegt er auf dem Rücksitz oder im Kofferraum?«

»Was spielt denn das für eine Rolle?«

»Hast du was getrunken?«

»Nicht viel.« Er zögerte. »Vielleicht ein bisschen.«

»Auf dem Rücksitz?« Ich machte einen Schritt zur Tür, streckte den Arm aus, aber Michael hob warnend die Hand. Ich hielt inne und sagte: »Wir müssen ihn ins Krankenhaus bringen.«

»Er ist tot.«

»Wollen wir jetzt ernsthaft darüber streiten?« Ich fuhr mir mit der Hand durch die Haare. »Michael, komm schon, bist du sicher?«

»Kein Krankenhaus. Sein Hals ist verdreht. Der Schädel zur Hälfte eingedrückt.«

»Ich würde lieber einen Arzt draufschauen lassen. Am besten wir rufen Sof–«

»Dann erfährt es Lucy«, unterbrach er mich. Es klang sehr verzweifelt, der Subtext war klar: *Lucy wird mich verlassen.*

»Alles wird gut.«

»Ich hab was getrunken.«

»Aber nur ein bisschen«, erinnerte ich ihn.

»Ja.« Er machte eine Pause. »Nur ein bisschen.«

»Die Polizei hat sicher Verständ–«, begann ich, aber wir wussten beide, dass der Name Cunningham, wenn er in einer Polizeistation ausgesprochen wurde, böse Geister zum Leben erweckte. Das letzte Mal, dass wir mit Polizisten in einem Raum waren, war während der Beerdigung, ein Meer aus blauen Uniformen. Ich war groß genug gewesen, um mich den ganzen Tag am Unterarm meiner Mutter festzuhalten, aber auch zu klein, um irgendetwas anderes tun zu dürfen. Kurz stellte ich mir vor, was Audrey jetzt von uns denken würde, wie wir hier fröstelnd im Morgengrauen herumstanden und uns über einen Toten unterhielten. Ich schob den Gedanken lieber beiseite.

»Er ist nicht tot, weil ich ihn überfahren habe. Jemand hat ihn erschossen, und *dann* hab ich ihn überfahren.«

»Hm-hm.« Ich bemühte mich, so zu klingen, als würde ich ihm glauben, aber es gibt durchaus Gründe dafür, warum meine schauspielerischen Aktivitäten sich größtenteils auf stumme Rollen in Schultheateraufführungen beschränken: Tiere auf dem Bauernhof, Mordopfer, Gestrüpp. Ich streckte erneut die Hand nach dem Türgriff aus, aber Michael stellte sich dazwischen.

»Ich hab ihn nur aufgehoben. Ich dachte … weiß auch nicht … es wäre besser, als ihn auf der Straße liegen zu lassen. Und dann wusste ich nicht mehr weiter und bin hergekommen.«

Ich sagte nichts dazu, nickte nur. Der Familie widersetzt man sich nicht.

Michael wischte sich mit der Hand über den Mund und ließ sie dort. Das Lenkrad hatte eine kleine rötliche Delle in seine Stirn gedrückt. »Es spielt doch keine Rolle, wo wir ihn hinbringen«, sagte er schließlich.

»Okay.«

»Wir sollten ihn begraben.«

»Okay.«

»Hör auf damit.«

»In Ordnung.«

»Du sollst aufhören, mir zuzustimmen.«

»Dann bringen wir ihn ins Krankenhaus.«

»Bist du auf meiner Seite oder nicht?« Michael warf einen Blick auf den Rücksitz, stieg in den Wagen und startete den Motor. »Ich bring das in Ordnung. Steig ein.«

Natürlich würde ich einsteigen. Keine Ahnung, warum. Vielleicht weil ich mir einbildete, wenn wir erst mal im Auto säßen, könnte ich ihn zur Vernunft bringen. Tatsächlich aber wusste ich es besser. Wenn dein großer Bruder vor dir steht und dir erklärt, alles wird gut, dann spielt es keine Rolle, wie alt du bist – ob fünf oder fünfunddreißig. Wenn dein großer Bruder sagt, er bringt das in Ordnung, dann glaubst du ihm. Familie eben.

Ganz kurz: Zu diesem Zeitpunkt der Geschichte bin ich eigentlich schon achtunddreißig und einundvierzig wenn sie zu Ende erzählt ist, aber ich dachte, wir können ein paar Jahre unterschlagen, damit mein Verlag an die großen Namen rankommt, wenn es darum geht, einen passenden Schauspieler für die Verfilmung zu finden.

Ich stieg ein. Unter dem Beifahrersitz stand eine Nike-Sporttasche mit geöffnetem Reißverschluss. Vollgestopft mit Geldscheinen. Nicht etwa ordentlich gefüllt mit Bündeln, die, wie im Film, mit Gummibändern oder Banderolen aus Papier zusammengehalten werden, sondern so vollgestopft, dass die Scheine sich schon im Fußraum verteilten. Ich fand es eigenartig, meine Füße daraufzustellen, es war wirklich viel Geld.

Und sehr wahrscheinlich hatte der Mann auf dem Rücksitz deswegen sterben müssen. Ich schaute nicht in den Rückspiegel. Okay, kurz hab ich es versucht, aber ich konnte nur einen dunklen Schatten erkennen, der eher wie ein konturloses Loch aussah als ein Körper. Jedes Mal, wenn die Umrisse deutlicher wurden, schaute ich weg.

Michael startete den Motor und fuhr rückwärts aus der Einfahrt. Ein Schnapsglas oder so was Ähnliches fiel vom Armaturenbrett und rollte unter den Sitz. Ein leichter Geruch nach Whiskey hing in der Luft. Ausnahmsweise einmal war ich froh, dass mein Bruder gerne Joints in seinem Wagen rauchte, denn die Marihuana-Ausdünstungen der Polster überdeckten den Geruch des Todes. Der Kofferraumdeckel klapperte, als wir über die Bordsteinkante fuhren.

Ein schrecklicher Gedanke schoss mir durch den Kopf. Der Scheinwerfer *und* der Kofferraum waren demoliert – als hätte Michael etwas zweimal gerammt.

»Wohin fahren wir?«, fragte ich.

»Hm?«

»Weißt du, wo du hinwillst?«

»Ach so. Nationalpark. In den Wald.« Michael schaute mich kurz an, konnte mir aber nicht in die Augen sehen. Also warf er einen Blick auf den Rücksitz, was er sofort bereute. Er beeilte sich, nach vorn zu schauen. Dann fing er an zu zittern. »Ich weiß auch nicht. Ich hab noch nie eine Leiche verscharrt.«

Wir waren bereits mehr als zwei Stunden unterwegs, als Micheal entschied, dass wir nun über genug Feldwege gerumpelt waren. Er lenkte den klappernden Wagen auf eine Lichtung und hielt an. Ein paar Kilometer zuvor hatten wir die Feuerwehrtrasse verlassen und waren querfeldein gefahren. Bis zum Sonnenaufgang konnte es nicht mehr lange dauern. Über allem lag eine dünne, hell schimmernde Schneeschicht.

»Hier ist es gut«, sagte Michael. »Alles klar bei dir?«

Ich nickte. Oder bildete es mir ein. Anscheinend bewegte ich mich keinen Millimeter, denn Michael schnippte mit dem Finger vor meinem Gesicht, um mich aus meiner Trance zu reißen. Mir gelang das schwächste Kopfnicken in der Geschichte der Menschheit, als wären meine Nackenwirbel eingerostet. Für Michael genügte es.

»Nicht aussteigen«, sagte er.

Ich starrte geradeaus. Hörte, wie er die hintere Beifahrertür öffnete, sich zu schaffen machte und den Mann – dieses Loch in der Welt – aus dem Wagen zog. Mein Gehirn bäumte sich auf, wollte, dass ich etwas unternahm, aber mein Körper weigerte sich. Ich konnte mich nicht bewegen.

Nach einigen Minuten kam Michael zurück. Er schwitzte und hatte Dreck im Gesicht. Sich auf dem Lenkrad abstützend in den Wagen gebeugt, forderte er mich auf: »Komm, hilf mir graben.«

Meine Glieder entspannten sich. Ich nahm an, dass der Boden gefroren war, erwartete leises Knirschen unter den Schuhsohlen, aber dann sanken meine Füße ohne Widerstand bis über die Knöchel ein. Ich schaute nach unten. Der Boden war gar nicht schneebedeckt, sondern von Spinnweben überzogen. Die Netze breiteten sich zwischen den hohen Grashalmen aus, vielleicht einen Fuß hoch über dem Grund, lagen so dicht übereinander und waren so strahlend weiß, dass sie wie eine feste Oberfläche aussahen. Was ich für glitzerndes Eis gehalten hatte, waren hell schimmernde feine Fäden. Michaels Fußspuren wirkten wie tiefe Löcher in einer Puderwüste. Die Spinnweben überzogen die gesamte Lichtung. Es sah majestätisch aus, ganz friedlich. Ich versuchte, den klumpigen Schatten in der Mitte dieses Netzes zu ignorieren, wo Michaels Fußspuren endeten. Ich folgte ihm. Es war, als würde ich durch eine schwebende Nebelschicht stapfen. Er führte mich ein Stück weit von der Leiche weg, wahrscheinlich damit ich nicht in Ohnmacht fiel.

Michael hatte eine Maurerkelle, aber er forderte mich auf,

mit den Händen zu graben. Ich weiß nicht, wieso ich mich darauf einließ. Während der ganzen Fahrt hatte ich erwartet, dass Michael wieder von der Angst überwältigt würde, die sich in dem Zittern geäußert hatte, als wir losgefahren waren. Ich dachte, irgendwann würde ihm klar werden, was er angerichtet hatte, und er würde umkehren. Im Gegenteil. Er lenkte den Wagen aus der Stadt hinaus in die Morgendämmerung und wurde immer ruhiger und stoischer.

Er hatte ein altes Handtuch ausgebreitet, das den Großteil der Leiche bedeckte. Trotzdem konnte ich einen weißen Ellbogen sehen, der wie ein abgebrochener Ast auf dem Spinnennetz lag.

»Nicht hinschauen«, sagte er jedes Mal, wenn ich einen Blick darauf warf.

Wir gruben eine weitere Viertelstunde, dann hörte ich auf.

»Mach weiter«, sagte Michael.

»Er bewegt sich.«

»Was?«

»*Er bewegt sich*. Sieh doch.«

Und tatsächlich, das Spinnennetz zitterte, und zwar mehr, als ein Luftzug es bewirkt hätte. Was eben noch wie eine Schneedecke ausgesehen hatte, verwandelte sich in einen wallenden weißen Ozean. Ich konnte es regelrecht spüren, als wäre ich selbst die Spinne, das Zentrum dieses Nervensystems.

Michael hörte auf zu graben und schaute auf.

»Setz dich ins Auto.«

»Nein.«

Michael ging hinüber und zog das Handtuch weg. Ich folgte ihm und sah jetzt zum ersten Mal den ganzen Körper. Oberhalb der einen Hüfte war ein glänzender dunkler Fleck. *Jemand hat ihn erschossen, dann hab ich ihn überfahren*, hatte Michael gesagt. Ich war mir nicht sicher. Schussverletzungen kannte ich bis dahin nur aus Filmen. Am Hals des Mannes konnte ich eine Ausbuchtung erkennen, es sah aus, als hätte er einen Golf-

19

ball verschluckt. Er trug eine schwarze Sturmhaube, aber die Umrisse stimmten nicht. Der Stoff hatte Wölbungen an den falschen Stellen. Als ich noch klein war, hat ein Kerl in meiner Schule zwei Kricket-Bälle in einen Strumpf gestopft und mir damit gedroht. Die Sturmhaube sah so ähnlich aus wie dieser Strumpf damals. Ich hatte den Eindruck, der Stoff war das Einzige, was diesen Schädel noch zusammenhielt. Die Maske hatte drei Löcher, zwei für die Augen, die geschlossen waren, und eins für den Mund. Auf seinen Lippen hatten sich kleine rote Bläschen gebildet, die leicht pulsierten. Der blutige Schaum nahm zu, troff über sein Kinn. Die Gesichtszüge konnte ich nicht erkennen, aber ein Blick auf seine fleckigen, sonnenverbrannten Arme und die wulstigen Adern auf seinem Handrücken sagten mir, dass er mindestens zwanzig Jahre älter war als Michael.

Ich bückte mich, verschränkte die Hände und drückte sie mehrmals leicht auf seine Brust. Der Brustkorb des Mannes gab nach, wie er es nicht tun sollte. Einen Moment lang kam es mir so vor, als wäre sein Torso, wie die Tasche mit dem Geld, in der Mitte von oben bis unten aufgezogen worden.

»Du tust ihm nur weh«, sagte Michael. Er fasste mich am Arm und zog mich hoch.

»Wir müssen ihn ins Krankenhaus bringen.«

»Das hält er nicht durch.«

»Vielleicht schon.«

»Bestimmt nicht.«

»Wir müssen es versuchen.«

»Ich kann nicht ins Krankenhaus gehen.«

»Lucy wird das verstehen.«

»Nein.«

»Du bist doch jetzt wieder nüchtern.«

»Vielleicht.«

»Du hast ihn nicht getötet. Du sagtest doch, er sei erschossen worden. Ist das sein Geld?«

Michael schnaubte zustimmend.

»Das hat er bestimmt gestohlen. Die Sache ist klar. Dir kann gar nichts passieren.«

»Es sind zweihundertsechzig Riesen.«

Sie und ich wissen bereits, dass es zweihundertsiebenundsechzigtausend Dollar sind, aber ich war doch beeindruckt, dass er zwar keine Zeit gehabt hatte, einen Krankenwagen zu rufen, aber genug, um das Geld zu zählen. Ziemlich genau sogar, denn wenn er nur geschätzt hätte, hätte er eine rundere Zahl angegeben, zweihundertfünfzig zum Beispiel. Er sagte es auch mit einem besonderen Unterton. Allerdings war mir nicht klar, ob er mir auf diese Weise etwas davon anbieten wollte oder einfach nur darauf hinweisen, dass der Betrag einen Einfluss auf unsere Entscheidung haben sollte.

»Hör zu, Ernie, das ist unser Geld ...« Das klang jetzt eher bettelnd. Er bot mir also etwas davon an.

»Wir können ihn doch nicht so hier liegen lassen.« Und dann fügte ich hinzu, so resolut, wie ich es in meinem ganzen Leben ihm gegenüber noch nie gewagt hatte: »Das kommt nicht infrage.«

Michael dachte kurz darüber nach. Dann nickte er. »Ich schau mal nach ihm«, sagte er.

Er ging rüber, hockte sich neben den Verletzten und blieb ein paar Minuten lang in dieser Position. Ich war froh, dass ich mitgekommen war; ich glaube, es war wichtig. Ein älterer Bruder hört meistens nicht auf den jüngeren, aber in diesem Fall brauchte er mich. Um es in Ordnung zu bringen. Der Mann war die ganze Zeit am Leben gewesen, und wir würden ihn nun ins Krankenhaus bringen. Ich konnte nicht viel erkennen, weil Michael recht groß ist, aber ich konnte sehen, wie er sich über den Mann beugte, die Arme ausstreckte und vorsichtig seinen Kopf berührte für den Fall, dass die Wirbelsäule in Mitleidenschaft gezogen war. Michaels schmale Schultern bewegten sich rhythmisch auf und ab. Herz-Lungen-Massage, als wollte er einen Rasenmäher zum Laufen bringen. Ich sah die Beine des Mannes und bemerkte, dass ihm ein Schuh fehlte. Michael war jetzt schon eine ganze Weile mit ihm zugange. Etwas stimmte nicht. Wir sind jetzt auf Seite 22.

Michael stand auf und kam zu mir. »Wir können ihn jetzt begraben.«

Das war nicht das, was ich von ihm hören wollte. Nein, nein. Das konnte nicht sein. Ich taumelte zurück und fiel auf meinen Hintern. Spürte klebrige Spinnweben an meinen Armen. »Was ist passiert?«

»Er hat aufgehört zu atmen.«

»Er hat aufgehört zu atmen?«

»Ja, hat er.«

»Ist er tot?«

»Ja.«

»Bist du sicher?«

»Ja.«

»Wieso?«

»Er hat einfach aufgehört zu atmen. Setz dich ins Auto.«

MEINE STIEFSCHWESTER

KAPITEL 2

Es geht gleich weiter mit der Geschichte, aber zuerst möchte ich ein paar Dinge erklären. Vor allem wünschte ich, ich *hätte* die Person umgebracht, die unser Familientreffen in ein Ski-Resort verlegt hat.

Normalerweise lösche ich alle Einladungen mit angehängter Excel-Tabelle sofort. Aber Über-Organisation ist eine Spezialität meiner Tante Katherine, und die E-Mail mit der Einladung zum Cunningham-Garcia-Treffen kam nicht nur mit einer animierten Schneeflocke im Anhang, sondern betonte auch, dass Anwesenheit Pflicht sei. In unserer Familie bin ich für meine Ausflüchte bekannt, sei es ein krankes Haustier, ein kaputtes Auto oder ein zeitintensives Manuskript. Und übrigens hat niemand sich in den vergangenen drei Jahren jemals über meine Abwesenheit beklagt.

Dieses Mal ließ Katherine keinen Widerspruch zu. Die Einladung versprach ein amüsantes Wochenende in angenehmer Abgeschiedenheit, wo wir uns alle gemeinsam über die neuesten Entwicklungen austauschen könnten. Die Worte »Pflicht« und »alle gemeinsam« waren fett markiert. Wenn ich mich sonst auch noch so gut aus allem rausreden kann, nicht mal ich wage es, gefetteten Worten zu widersprechen. Und obwohl »alle gemeinsam« nicht unbedingt speziell auf mich gemünzt war, wusste ich doch genau, wer gemeint war – und das bedeutete, dass auch ich hinfahren würde. Abgesehen davon ertappte ich mich, während ich die Tabelle bezüglich eventueller Allergien, meiner Schuhgröße, wie ich mein Steak gebraten haben wollte und dem Nummernschild meines Wagens ausfüllte, wie ich mir schon ein Wochenende in einem schneebedeckten Dorf ausmalte, mit knisterndem Kaminfeuer in einer Blockhütte.

Stattdessen kam ich komplett durchgefroren eine Stunde zu spät zum Mittagessen. Ich hatte nicht damit gerechnet, dass ich über unbefestigte Straßen fahren würde. Es war ein klarer Tag, die Sonne war blass, lockerte aber den festgefahrenen Schnee so weit auf, dass mein Honda Civic ganz schön ins Schlingern geriet. Ich hatte also umkehren und mir im Tal für eine exorbitante Gebühr Schneeketten ausleihen müssen, die ich dann im Matsch kniend am Straßenrand aufziehen musste, während der Rotz, der mir aus der Nase tropfte, zu Stalaktiten gefror. Ich würde immer noch da herumhocken, wenn nicht eine Frau mit einem professionell ausgestatteten Land Rover mit Vierradantrieb und Ansaugschnorchel angehalten und mir, wenn auch nicht ohne mich abschätzig zu beäugen, ihre Hilfe angeboten hätte. Als ich weiterfuhr und immer wieder bange Blicke auf die Uhr im Armaturenbrett warf, musste ich mich entscheiden, ob ich heizen oder die beschlagene Windschutzscheibe freikriegen wollte. Und mit den Schneeketten kam ich nicht schneller als vierzig Meilen pro Stunde voran. Ich wusste ganz genau, wie sehr ich mich verspätet hatte – dank des Ablaufplans, den Katherine per Excel-Tabelle verschickt hatte.

Endlich erreichte ich die Abzweigung, wo ein Schild auf einer Pyramide aus Steinbrocken mit der Aufschrift »Sky Lodge Mountain Retreat!« nach rechts deutete. Ich las ein nicht vorhandenes Komma mit: »Sky Lodge Mountain, Retreat!« – »Den Rückzug antreten« schien mir ein guter Rat im Zusammenhang mit einem Familientreffen der Cunninghams. Leider saß niemand im Auto, dem ich diesen Witz erzählen konnte, aber ich wusste, dass Erin solche Kalauer lustig fand. Ich hörte sie in meiner Vorstellung darüber lachen und nahm das als Kompliment. Mir ist übrigens durchaus bewusst, dass unsere Vornamen Ernie und Erin praktisch Anagramme sind. Wenn

Leute uns fragen, wie wir uns kennengelernt haben, sagen wir immer »alphabetisch«. Ja, ich weiß schon, madiger Humor.

In Wahrheit war es viel banaler: Wir fanden zueinander, weil wir jeweils mit nur einem Elternteil aufgewachsen waren. Bei unserem ersten Treffen erzählte sie mir, ihre Mutter sei an Krebs gestorben, als sie noch klein war, weshalb ihr Vater sie allein aufzog. Von meinem Vater werde ich später noch berichten. Aber damals, als wir uns kennenlernten, wusste sie bereits von ihm. Ein schlechter Ruf ist leicht zu googeln.

An der Abzweigung stand ein klobiges Gebäude, das wie eine Kneipe aussah, wenn man von dem Schild ausging, auf dem einfach nur »BIER!« stand. Eine Menge Skier waren an die Wand gelehnt. Es sah aus wie eines von den heißen, stickigen Lokalen, in denen man das Fenster ablecken könnte, anstatt was zu trinken zu bestellen, und wo der Souschef eine Mikrowelle ist. Ich behielt es im Kopf als eventuellen Fluchtort. Immerhin stand mir ein Familientreffen über das ganze Wochenende bevor, das heißt eine Reihe von gemeinsamen Essen im Wechsel mit taktischen Rückzügen hinter verschlossene Türen. Es wäre nicht schlecht, eine Alternative zu kennen.

Oh, Erin ist übrigens nicht tot. Mir fällt gerade auf, dass meine Andeutung einer vergangenen Liebschaft so klingt, als würde ich Ihnen später offenbaren, dass sie die ganze Zeit schon gar nicht mehr am Leben war. Genau so läuft das doch in dieser Art Bücher, aber hier ist es nicht der Fall. Sie wird einen Tag später eintreffen. Formal betrachtet sind wir sogar immer noch verheiratet. Und abgesehen davon passt es nicht zu meiner vorherigen Auflistung von Seitenzahlen.

Kurz nach der Abzweigung stellte ich fest, dass ich nicht länger bergauf fuhr, sondern abwärts. Schließlich gaben die Bäume den Blick frei auf ein spektakuläres Tal, an dessen Fuß sich die Sky Lodge befand. Es wurde als das höchste Drive-in-Hotel in Australien beworben, was ungefähr so originell ist, wie jemanden als »größten Jockey der Welt« zu bezeichnen. Aber immerhin gehörte ein Golfplatz dazu, den man am Berghang angelegt hatte, ein See, in dem man Forellen angeln oder mit dem Boot herumrudern konnte, und man hatte Zugang zum nahe gelegenen Ski-Resort (die Liftgebühren waren im Preis natürlich nicht inbegriffen) und einem Hubschrauberlandeplatz. Ich zitiere hier aus der Werbebroschüre, denn es hatte letzte Nacht stark geschneit, und alles, angefangen bei der Straße über den Par-400-Golfplatz bis hin zu der kahlen Fläche ein paar Hundert Meter unterhalb des Gästehauses (wahrscheinlich der See), lag unter einer dicken Schicht Pulverschnee. Das Tal wirkte gleichzeitig flach und abschüssig, klein und endlos.

Ich ließ den Honda vorsichtig den Hang hinunterrollen. Ausgedehnte weiße Flächen haben es so an sich, dass sie die Wahrnehmung einschränken, und wenn ich nicht die kleine Ansammlung von Gebäuden in der Talsohle als Richtpunkt gehabt hätte, wäre mir nicht aufgefallen, wie steil es plötzlich bergab ging, und wäre viel zu spät in die Bremsen gestiegen und ohne Widerstand nach unten geschlittert, wo ich entweder tot oder zu früh zum Mittagessen angekommen wäre.

Im Zentrum des Resorts befand sich ein mehrstöckiges Gästehaus mit Säulenportal, strahlend gelb gestrichen, damit es sich deutlich vom gebirgigen Hintergrund abhob. Aus einem gemauerten Schornstein, der sich gegen die eine Hausseite zu lehnen schien, stieg Rauch auf, und auf dem Dach türmte sich so viel Schnee, dass jeder Werbefachmann ins Träumen geraten wäre. Fünf Reihen Fenster waren zu sehen, hinter einigen schimmerte warmes Licht, wie bei einem Adventskalender. Hinter dem Gästehaus lag ein Dutzend Nurdachhäuser, die in zwei Reihen zu je sechs Gebäuden am Hang angeordnet waren. Panoramafenster an der Giebelseite sorgten für einen ungehinderten Blick auf die Berglandschaft. Eins dieser wie Raubtierzähne aufragenden Gebäude war für mich reserviert, aber ich war mir nicht sicher, welches die Nummer 6 war, die Katherine in ihrer Planung für mich vorgesehen hatte. Also stellte ich den

Honda auf dem Parkplatz vor dem Gästehaus ab, wo schon andere Fahrzeuge standen.

Einige davon kannte ich: den Mercedes SUV meines Stiefvaters mit dem irreführenden Schild »Baby an Bord« am Heckfenster, weil er dachte, die Cops würden ihn deswegen nicht so häufig anhalten; den Volvo Kombi von Tante Katherine, der total eingeschneit war, weil sie schon gestern angereist war; Lucys [AUTOMODELL ZENSIERT], der so weiß war wie der Schnee und von zahllosen Instagram-Posts bekannt als ihre »Prämie für besondere Verdienste«. Der Land Rover meiner patenten Retterin war auch da – selbstverständlich; in dieser Art Bücher darf man sogar das Nummernschild erwähnen: M33T-QT. Ich erkannte ihn an dem großen Ansaugschnorchel aus Plastik.

Katherine stürmte mir schon entgegen, bevor ich überhaupt ausgestiegen war, mit diesem leichten Humpeln, das sie sich mit Mitte zwanzig bei einem Autounfall zugezogen hatte. Für meinen Vater war sie die typische kleine Schwester. Der Altersunterschied war so deutlich, dass ich, als meine Mutter in ihren Dreißigern uns Cunningham-Boys herauspresste, altersmäßig näher an Katherine war als meine Mutter. In meiner Kindheit war mir Katherine immer jugendlich, energiegeladen und witzig erschienen. Sie brachte uns tolle Geschenke mit und erzählte uns fantastische Geschichten. Damals dachte ich, sie sei allgemein sehr beliebt, weil bei Grillabenden, wenn sie nicht anwesend war, immer von ihr gesprochen wurde. Aber als ich älter wurde, erkannte ich, dass jemand, über den alle reden, nicht unbedingt beliebt sein muss. Das änderte sich schlagartig wegen einer nassen Straße und einer Bushaltestelle. Bei dem Unfall brach sie sich einige Knochen und zertrümmerte sich das Bein. Aber danach wirkte sie aufgeräumter. Eigentlich müssen Sie nur zwei Dinge über Katherine wissen: Ihre Lieblingssätze sind: »Wann genau soll das sein?« und »Re: meine vorherige Mail«.

Sie trug eine strahlend blaue Thermojacke unter einer dicken North-Face-Weste, knisternde wasserdichte Hosen und Wanderstiefel, die so steif aussahen wie altbackenes Brot. Alles picobello und direkt von der Stange. Sie sah aus, als wäre sie in einen Outdoor-Shop gegangen und hätte auf eine Ausstellungspuppe gedeutet und gesagt: »Das nehme ich.« Andrew Millot, ihr Ehemann (den wir alle Andy nennen), folgte ihr in angemessenem Abstand. In seiner Jeans und der Lederjacke wirkte er vergleichsweise jämmerlich, als hätte er die ganze Zeit über in diesem Outdoor-Laden gestanden und auf die Uhr geschaut. Ohne das Gepäck oder die Winterjacke herauszuholen, eilte ich Katherine entgegen, denn ich fürchtete mich weniger vor der eisigen Kälte als vor ihrer scharfen Zunge.

»Wir haben schon gegessen«, war ihr einziger Kommentar und sollte wahrscheinlich gleichermaßen Kritik und Bestrafung ausdrücken.

»Katherine, es tut mir leid. Ich hatte Probleme, als es bei Jindabyne bergauf ging. Neuschnee.« Ich deutete auf die Schneeketten. »Glücklicherweise hat mir jemand geholfen, diese Dinger anzulegen.«

»Hast du denn nicht den Wetterbericht studiert, bevor du losgefahren bist?« Es klang, als könnte sie nicht glauben, dass jemand derart leichtfertig das heilige Konzept von Pünktlichkeit aufs Spiel setzen sollte, indem er sich vor Abfahrt nicht über die Wetterbedingungen informierte.

Ich gab zu, dass ich das nicht getan hatte.

»Das hättest du aber berücksichtigen müssen.«

Ich gab zu, dass ich das hätte tun sollen. Sie zog eine Schnute. Ich kannte Katherine gut genug, um zu wissen, dass sie einfach nur ihre Ansage machen wollte, also hielt ich den Mund. »Na schön«, sagte sie schließlich, beugte sich vor und gab mir einen eisigen Wangenkuss. Ich habe nie herausgefunden, wie man auf einen Wangenkuss reagieren muss, aber ich nahm mir ihren Rat zu Herzen, das Wetter – ihr stürmisches Betragen – besser zu berücksichtigen, und entschied mich für einen lautstarken Luftkuss neben ihrem Gesicht. Sie drückte mir einen Schlüsselbund in die Hand und sagte: »Unser Zimmer war gestern noch nicht fertig, also bist du jetzt in Nummer 4. Alle sind im Speisesaal. Schön dich zu sehen.«

Sie wandte sich um und ging zurück ins Gästehaus, bevor ich irgendwelchen Small Talk beginnen konnte. Wenigstens wartete Andy auf mich und gab mir schließlich, anstatt »Hallo« zu sagen oder die Hände aus den Taschen zu nehmen, um sie mir zur Begrüßung zu reichen, einen lässigen Stoß mit der Schulter. Es war verdammt kalt, aber ich musste mich jetzt meinen sozialen Verpflichtungen widmen, also blieb die Winterjacke erst mal im Wagen liegen. Der Wind war schneidend, ich spürte, wie er durch meine Kleider fuhr und mich überall abtastete, als würde er nach Geld suchen, das ich ihm schuldete.

»Tut mir leid«, sagte Andy mitfühlend. »Du solltest sie nicht so reizen.« Das war typisch Andy. Einerseits machte er auf Kumpel, andererseits stellte er sich schützend vor seine Frau. Er war einer von den Männern, die ihrer Frau während einer Dinnerparty eifrig zustimmen, aber, sobald sie auf der Toilette verschwindet, kopfschüttelnd erklärt: »Meine Güte, Frauen!« Er hatte eine rote Nase, aber das konnte auch an der Kälte und weniger am Alkohol liegen. Seine Brillengläser waren leicht beschlagen. Sein gut getrimmter, tiefschwarzer Kinnbart klebte in seinem Gesicht wie ein Beutestück, das er einem viel jüngeren Mann abgenommen hatte. Er war Anfang fünfzig.

»Ich habe gestern Abend keinen Regentanz aufgeführt, nur um so eine Laune abzukriegen«, sagte ich.

»Weiß ich doch, Kumpel. Aber das ist ein anstrengendes Wochenende für alle Beteiligten. Also kein Grund, dich über sie lustig zu machen, während sie versucht, allen entgegenzukommen.« Er hielt inne. »Ist doch kein großes Ding – solange sie nicht dazwischenfunkt, wenn wir uns ein paar Bier hinter die Binde kippen.«

»Ich habe mich nicht über sie lustig gemacht. Ich bin bloß

spät dran.« Beim Näherkommen bemerkte ich meine Stief-schwester Sofia, die auf der Veranda stand und eine Zigarette rauchte. Sie verzog das Gesicht, als wollte sie sagen: Da drinnen ist die Stimmung ziemlich mies.

Andy ging einige Schritte schweigend weiter. Und obwohl ich innerlich darum bettelte, er möge es lassen, holte er tief Luft und sagte: »Ja, aber ...« Für mich war jetzt klar, dass es nichts Traurigeres gibt als einen Mann, der ständig für eine Frau ein-steht, die das sehr gut selbst tun kann. »Sie hat eine Menge Arbeit in diese Einladung investiert, und du hättest dich nicht über ihre Tabellen lustig machen sollen.«

»Hab ich doch gar nicht.«

»Nicht eben. Als du sie zurückgeschickt hast. In die Katego-rie ›Allergien‹ hast du ›Tabellen‹ eingetragen.«

»Oh«, sagte ich. Sofia hatte mitgehört und schnaubte amü-siert eine Rauchwolke durch die Nase. Erin, die nicht tot ist, hätte das auch lustig gefunden. Andy hatte nicht erst laut aus-sprechen müssen, was ich in der Rubrik »im Notfall zu benach-richtigende Angehörige« geschrieben hatte – *Ist ein Familien-treffen, alle betreffenden Personen anwesend; es sei denn, Lawine kommt* –, um mich wie ein Arsch zu fühlen. »Ich reiß mich zu-sammen.«

Andy lächelte, er war zufrieden, seine ehelichen Pflichten erfüllt zu haben, nicht unbedingt einfühlsam, aber er hatte es abgehakt.

Er ging rein und machte eine Trink-Geste, als wollte er da-mit signalisieren, dass er mir einen Drink spendieren wollte, um unseren kumpelhaften Pakt zu besiegeln. Ich blieb erst mal bei Sofia stehen. Sie stammt aus dem tropischen Guayaquil in Ecuador und hasst die Kälte. Sie trug unter ihrer Winterjacke mindestens drei Rollkragenpullis übereinander. Ihr Kopf sah aus wie eine Knospe, die aus einem Ring von Blütenblättern ragte. Trotz der ganzen Polsterung hatte sie einen Arm um ihre Taille geschlungen, um sich selbst zu wärmen. Ich war besser an Kälte gewöhnt als sie, da ich jahrelang Eisbäder genommen hatte (Fun Fact: Kälte erhöht die männliche Fruchtbarkeit), aber trotzdem wollte ich kein längeres Gespräch führen, weil die Kälte auch mir schon in die Knochen kroch.

Sie bot mir eine Zigarette an, obwohl sie wusste, dass ich nicht rauche. Sie tat das einfach gern. Ich wedelte den Rauch weg.

»Toller Anfang«, sagte sie ironisch.

»Man soll sich immer von Anfang an beliebt machen.«

»Schön, dass du endlich da bist. Ich hab dich sehnsüchtig erwartet. Der Trubel, den du verursachst, verschafft mir ein wenig Luft. Hier.« Sie reichte mir ein quadratisches Pappstück mit einem aufgedruckten Gitternetz. In jedem Kasten stand ein kurzer Satz, jeweils einem Familienmitglied zugeordnet: *Marcelo brüllt den Kellner an; Lucy versucht, dir ALLES zu verkaufen.* Mein Name wurde auch genannt: *Ernest macht etwas kaputt.* Das stand in der mittleren linken Tabellenspalte.

»Bingo?«, fragte ich, als ich die Überschrift las: *Familientreffen-Bingo.*

»Ich dachte, das könnte lustig werden. Hab ich für dich und mich gebastelt.« Sie hielt ihre Karte hoch. Darauf war bereits ein Kreuz eingetragen. »Alle anderen würden uns das Spiel nur verderben.« Sie rümpfte die Nase.

Ich schnappte mir ihre Karte. Darauf standen andere Aussagen als bei mir zur Auswahl, aber auch einige allgemeine Ereignisse. Grammatikalisch war es ein einziges Durcheinander, hier und da Großbuchstaben zur Hervorhebung, absurde Einschübe, keine Satzzeichen. Manches war witzig, anderes nicht. Bei mir konnte man sichergehen, dass ich zu spät kommen würde, genau wie man darauf wetten konnte, dass Marcelo die Bedienung zusammenstauchen würde, aber in einem Kasten rechts unten stand: *Lawine.* Ich schaute wieder auf meine Karte. Da war an gleicher Stelle eingetragen: *Knochen gebrochen (ODER jemand stirbt),* mit einem unpassenden Smiley verse-

31

hen. Ein Kästchen hatte Sofia schon angekreuzt: *Ernest kommt zu spät.*

»Das ist gemein.« Ich gab ihr die Karte zurück.

»Du solltest dich ranhalten. Bist du dabei?«

Ich nickte. Sofia rauchte zu Ende und schnippte die Kippe über die Veranda in den Schnee. Auf der frischen weißen Schneedecke wirkte sie fehl am Platz. Sofia verzog das Gesicht, stieg von der Veranda, hob die Kippe auf und steckte sie in die Tasche.

»Weißt du«, sagte sie, als sie mich hineinführte, »du solltest dich sehr gut benehmen, wenn du dieses Wochenende lebend überstehen möchtest.«

Ich schwöre beim Leibhaftigen, dass sie das gesagt hat. Und sie hat mir sogar dabei zugewinkert. Als wäre sie diejenige, die diese verdammte Geschichte erzählt.

KAPITEL 3

Das Gästehaus war eine Jägerhütte, die auf Ritz machte: Jede Oberfläche, jedes Geländer und jeder Türrahmen war mit üppigen Holzverzierungen versehen. Sanftes Licht drang aus elektrischen Lampen an der Wand, deren Glasschirme wie Blumen aussahen, im Foyer lag sogar ein roter Teppich, und ein unter dem Dach befestigter Kristalllüster hing bis auf die Höhe der Galerie des zweiten Stocks herab. Alles hier ab Hüfthöhe war elegant genug, um die vom Schnee angefressene untere Hälfte wettzumachen. Es war die Hotel gewordene Video-Konferenz in Business-Hemd und Unterhose. Die Teppiche waren abgenutzt von den Gästen, die den Schnee von ihren Stiefeln stampften, und der leicht gewölbte Holzboden darunter knarrte, als hätte man ihn nicht richtig festgenagelt. Und auch die vielen Flicken in den Teppichen sowie die provisorisch zugenagelten Mäuselöcher sprachen Bände, das Motto: Lieber gleich selbst ausbessern als warten, bis der Fachmann aus dem Tal es bis zu uns geschafft hat. Von der Feuchtigkeit ganz zu schweigen. Das ganze Gebäude roch wie mein Auto, wenn ich vergessen habe, das Verdeck während eines Gewitters zu schließen. Je höher es liegt, umso mehr Sterne bekommt ein Hotel. Und auch wenn dies hier ein Zwei-Sterne-Haus war, das sich als Vier-Sterne-Etablissement ausgab, hatte es doch seinen Charme.

Die Unterhaltungen versiegten, als ich in den Speisesaal trat, wo alle ihren Nachtisch zur Hälfte aufgegessen hatten. Ich wurde von einer Sinfonie klimpernder Löffel begrüßt, die auf die Teller gelegt wurden. Meine Mutter Audrey saß am Kopfende des Tischs und musterte mich kritisch. Sie hatte ihr drahtnetzartiges Silberhaar zu einem Pferdeschwanz gebunden, über ihrem rechten Auge war eine Narbe. Sie wartete einen Augenblick – vielleicht um sich darüber klar zu werden, ob es sich um mich oder meinen Bruder handelte (wir hatten sie beide eine Weile nicht gesehen) –, dann schob sie den Stuhl zurück und ließ ihr Besteck laut klappernd auf den Tisch fallen. Eine Geste, die seit meiner Kindheit jede Diskussion zum Verstummen brachte.

Mein Stiefvater Marcelo saß links neben ihr. Marcelo ist korpulent und kahlköpfig und hat Speckfalten im Nacken, bei denen ich mir immer vorstelle, dass er die Zwischenräume mit Zahnseide reinigen muss, damit sich dort kein Schimmel bildet. Er legte eine schwere Hand auf Audreys Arm. Nicht, um sie zu kontrollieren; ich möchte Missverständnissen bezüglich des Verhältnisses meiner Mutter zu Marcelo ebenso wie voreiligen Schlüssen über dessen Rolle als Stiefvater vorbeugen. Es ist nämlich so: Mein Stiefvater trägt immer eine Presidential Rolex aus den späten 1980er-Jahren, die mit ihrem Platingehäuse knapp ein halbes Kilogramm wiegt – was ich herausfand, als ich irgendwann einmal neugierig und mit feuchten Augen den Anschaffungspreis gegoogelt habe. Das bedeutet, dass alles, was er mit seiner rechten Hand tut, wortwörtlich eine schwergewichtige Geste ist. Die Anzeige für diese Uhr, das erinnere ich noch, war ziemlich lächerlich: *ein Erbstück, das schwer wiegt.* Marcelo trägt sie schon, seit ich ihn kenne. Und ganz bestimmt komme ich nicht als Erbe für dieses gute Stück infrage. So dämlich der Slogan auch war, klang er immer noch besser als manche andere dieser Art, zum Beispiel: *bis dreihundert Meter Tiefe und kugelsicheres Glas: So sicher wie ein Banktresor* – als wäre es selbstredend, dass alle Millionäre einen Nebenjob als Tauchlehrer haben.

»Ich bin fertig«, sagte Audrey und schüttelte Marcelos Hand ab, die mit einem dumpfen Schlag auf der Tischplatte landete. Audreys Teller war immer noch halb voll.

»Oh, werd endlich erwachsen«, murmelte Sofia und setzte sich gegenüber von Marcelo neben Lucy (meine Schwägerin, die, man erinnere sich, in Kapitel 1 von Michael erwähnt wird). Lucy hatte sich herausgeputzt für dieses Wochenende: Ihre blonden Haare waren zu einem Bob geschnitten, und aus dem Kragen ihrer nagelneuen Strickjacke hing das Etikett. Ich weiß nicht, ob Sofia sich das nur traute, weil Lucy als Schutzschild dazwischenstand, oder ob sie nichts von der Vorliebe meiner Mutter für spitzes und scharfes Besteck wusste, aber so ein Spruch wäre für eine Blutsverwandte tödlich gewesen. In diesem Fall jedoch war der einzige Effekt, dass meine Mutter ihren Drang, den Tisch zu verlassen, aufgab und sich auf ihren Sitz zurückfallen ließ.

Zusammen mit Andy und Katherine waren alle pünktlich eingetroffenen Mitglieder der Familie hier versammelt. Ich nahm schweigend neben Sofia Platz, vor mir stand ein zugedeckter Teller. Jemand hatte mein Hauptgericht gerettet, Rindfleisch nach Art der Tabelleneingabe. Offenbar hatte Katherine einige Zeit darauf verwandt, mit glühendem Blick die Glocke anzustarren, denn sie war immer noch lauwarm. Vor Lucy stand ein zusätzlicher Teller, was bedeutete, dass sie sich meine Vorspeise angeeignet hatte. Ich fragte mich, ob sie einfach nur hungrig gewesen war oder ob es sich hierbei um eine wohl-überlegte Geste handelte.

Was Sie noch über mich wissen sollten: Ich betrachte die Dinge immer aus mehreren Perspektiven, versuche immer auch die Kehrseite der Medaille im Blick zu haben.

»Also dann«, sagte Andy und klatschte in die Hände, um das Eis zu brechen. Auf so eine dumme Idee konnte nur jemand verfallen, der in die Familie eingeheiratet hatte. »Was haltet ihr von unserem Quartier? Hat jemand schon den Speicher aus-gekundschaftet? Ich habe gehört, dort gäbe es einen Whirlpool. Und auf dem Dach kann man Golf spielen. Die Frau an der Rezeption hat mir gesagt, wer von dort oben die Wetterstation trifft, bekommt einen Hunderter auf die Hand. Wer ist dabei?« Er warf Marcelo einen auffordernden Blick zu, der eher für eine Golfpartie als für einen Aufenthalt im Schnee angezogen war. Er trug eine karierte Sweater-Weste, von der sogar ich wusste, dass sie aus Baumwolle, nicht aus Wolle war. In dieser kalten, feuchten Luft musste man sich damit den Tod holen. Nach dem peinlichen Erlebnis mit der Frau mit dem Land Rover war ich froh, zumindest eine warme Fleece-Jacke mitgenommen zu haben.

»Ernie?« Andy ließ seinen Blick weiter über den Tisch glei-ten. Katherine, die zwischen ihm und Marcelo saß, stieß ihn mit dem Ellbogen an, um ihn zum Schweigen zu bringen. Mit dem Feind sprechen war verboten.

Wir aßen schweigend, aber ich wusste, dass alle am Tisch das Gleiche dachten wie ich: Derjenige, dessen Idee es gewesen war, dieses Wochenende einen Tag früher zu beginnen, wo doch alle wussten, dass der Grund für unsere Anwesenheit erst mor-gen eintreffen würde, gehörte auf einen Schlitten gefesselt und auf direktem Weg ins Tal geschickt.

Man kann eine Menge über Leute lernen, wenn man zu-schaut, wie sie sich in einer Situation unangenehmen Schwei-gens verhalten. Ob sie sich darauf einlassen oder es unterbrechen. Geduld scheint jedenfalls keine Tugend unter den angeheirateten Familienmitgliedern zu sein, denn Lucy unternahm als Nächste den Versuch, eine Unterhaltung zu beginnen.

Lassen Sie mich kurz etwas über Lucy anmerken. Sie ist leitende Angestellte bei einem unabhängigen Digitalunternehmen, was bedeutete, dass sie regelmäßig eine Menge Geld im Internet versenkt. Sie ist ungefähr so sehr Geschäftsfrau, wie Andy ein Feminist ist – sie behauptet es ständig lautstark, ist aber die Einzige, die es glaubt.

Ich möchte den Namen ihrer Firma lieber nicht nennen, um eine Klage wegen Geschäftsschädigung zu vermeiden, aber ich erinnere mich, dass sie vor einiger Zeit zur »Vice Executive Regional President« (oder so ähnlich) ernannt wurde, zusammen mit ungefähr zehntausend anderen. Ein willkürlicher Titel, es sei denn, man übersetzt Vice mit »Laster« und bezieht das Ganze auf ihre Angewohnheit, ihren Freunden ständig irgendwelche überflüssigen Produkte aufzuschwatzen, die sie gar nicht brauchen. In dieser Hinsicht hatte sie definitiv präsidentielle Qualitäten. Das war auch der Grund, warum sie den Wagen besaß, den ich draußen vor dem Haus gesehen hatte. In einem Post auf Instagram hatte sie behauptet, er sei eine Belohnung für guten Einsatz gewesen. Ich wusste aber, dass sie ihn bloß geleast hatte und lediglich einen monatlichen Zuschuss dafür von der Firma bekam, allerdings unter sehr strengen Konditionen. Wurden diese verletzt, fiel der Zuschuss automatisch weg, und die Besitzerin musste zusehen, wie sie die horrende Leasing-Gebühr selbst zusammenbrachte. Das bedeutete, das Auto kostete sie nichts, bis es sie doch was kosten würde.

Ich war mir sicher, dass Lucy längst gegen die Konditionen verstoßen hatte und den Wagen aus eigener Tasche bezahlte. Aber genau darum ging es ja: niemals zulassen, dass die Wirklichkeit das Bild des eigenen Erfolgs trübt. Ein Freund von mir, der als Autoverkäufer arbeitet, hat mir mal erzählt, dass er einer bestimmten Sorte Frauen Hausverbot erteilen musste, weil sie immer wieder Fotos von sich und einem Fahrzeug auf seinem Parkplatz machten, um es online zu posten und zu behaupten, sie hätten es sich gerade verdient. Sie fuhren dann wütend in ihrem Kleinwagen mit klapperndem Auspuff davon, auf dem Rücksitz eine gigantische rote Schleife, die sie nie auf einem eigenen Luxuswagen drapieren würden. Jetzt verstehen Sie vielleicht auch, warum ich das Modell von Lucys Auto nicht erwähnt habe. Es wären einfach zu viele Klischees auf einmal.

Lucy legt Wert auf die korrekte Formulierung. Sie beschreibt es als ein Geschäftsmodell und bekommt Zustände, wenn jemand dieses eine spezielle Wort dafür benutzt. Da ich ein respektvoller Mensch bin, benutze auch ich es nicht. Ich sage nur so viel: Hier oben in den Bergen passt das Konzept wortwörtlich.

Um sich gut in die Familie einzufügen, ging Erin immer wieder mal pflichtbewusst auf eine von Lucys Partys, um das billigste Produkt zu erstehen, das in diesem Monat angepriesen wurde. Als sie wieder zu Hause war, schrieb sie Rechnungen mit dem Namen der Restaurants, um einen Gegenwert für die erlittene Langeweile auszurechnen, und legte sie auf mein Kopfkissen: Berechnung der Familiensteuer: *Wimpernzange $15; Anteile x 3 (Gebühr Make-up Tutorial); Überstunden: 1,5 = $52,50: Bella's Italian.*

»Sind alle gut hier hochgekommen? Mich hat ein Blitzer erwischt – grade so drüber und dafür 220 Dollar? Das ist absolut lächerlich«, sagte Lucy. Die Erleichterung darüber, dass sie nicht anfing, ihre Werbeslogans herunterzubeten, war beinahe körperlich spürbar, auch wenn das bedeutete, dass ich auf meiner Bingo-Karte kein Kreuz machen konnte (bei *Lucy versucht, dir ALLES zu verkaufen*).

»Der Staat braucht Geld«, warf Marcelo ein. »Sie schicken Extra-Streifen los, um sich die Touristen zu schnappen, und lassen die Anwohner laufen. Deshalb gilt auch Tempo 40. Auf so einer Straße sollte 70 gelten, aber sie wollen, dass man ungeduldig wird.«

»Glaubst du, man könnte dagegen klagen?«, fragte Lucy hoffnungsvoll.

»Nicht im Geringsten.« Ich glaube nicht, dass Marcelo sein Desinteresse so deutlich ausdrücken wollte, aber damit war die Sache gegessen.

»Ist schon jemand in seinem Chalet gewesen? Die sind echt schön.« Katherine startete den nächsten Versuch. »Wir haben die letzte Nacht dort verbracht, und die Aussicht am Morgen ist einfach ...« Sie brach ab, als wäre es unmöglich, die Schönheit eines Sonnenaufgangs in Worte zu fassen, geschweige denn ihr Geschick, einen solchen Blick preisgünstig zu ergattern, angemessen hervorzutun.

»Mir war gar nicht klar«, sagte Marcelo vorsichtig, »dass wir vom Hotel zu unseren Unterkünften *laufen* müssen.«

»Glaubt mir, sie sind viel hübscher als die Räume hier in den oberen Stockwerken«, erklärte Katherine hastig, als hätte sie Anteile an diesem Resort. »Abgesehen davon wollte ich, dass *er* ein bisschen Raum für sich hat. Versteht ihr? Um sich auszubreiten. Mit einer schönen Aussicht. Nicht so ein enges Zimmer, das kaum größer ist als ...«

»Ich glaube, das ist ihm scheißegal, Hauptsache es gibt saubere Bettwäsche und kühles Bier«, sagte Lucy.

»Heißt ja nicht, dass *wir* nicht hierbleiben können«, grummelte Marcelo.

»Wir haben Rabatt bekommen, weil wir alle sechs Chalets gebucht haben, schon vergessen?«

»Das macht deinen Strafzettel wieder wett.« Ich konnte nicht anders, als Lucy ein wenig zu piesacken. Aber bis auf Sofia, die kurz grinste, fand das niemand witzig.

Marcelo zog sein Portemonnaie hervor. »Wie viel kostet es, wenn ich das Zimmer wechseln möchte?«

»Du wirst den Weg schon schaffen, Dad«, sagte Sofia. »Ich kann dich ja huckepack nehmen, wenn du möchtest.«

Das rang ihm immerhin ein müdes Lächeln ab. »Ich bin verletzt«, quengelte er und fasste sich an die rechte Schulter. Sofia war Chirurgin und hatte Marcelos Schulter selbst wieder zusammengeflickt, vor mehr als drei Jahren, und sie war längst verheilt. Es war offensichtlich, dass er sein Leiden nur vorschob. Nebenbei bemerkt macht er einen sehr fitten Eindruck, wenn er mir in Kapitel 32 einen Schlag verpasst.

Normalerweise ist es einer Chirurgin nicht erlaubt, ein Familienmitglied zu operieren. Aber Marcelo ist es gewohnt, das zu bekommen, was er will, und er hat darauf bestanden, dass er nur seiner Tochter vertraut. Außerdem führte die Aussicht auf einen wohlhabenden Spender dazu, dass das Krankenhaus schließlich zwei Augen zudrückte – und, welch Ironie, die dortige Augenheilklinik nun einen Garcia-Flügel hat.

»Mach mal halblang, alter Mann«, scherzte Sofia und spießte ein Stück Rindfleisch auf. »Soweit ich weiß, wurdest du von einer echten Koryphäe operiert.«

Marcelos Verstimmung war absichtlich übertrieben. Er fasste sich ans Herz, als hätte ein Pfeil ihn getroffen. Genauso gut hätte er sie sich auf die Schultern setzen und herumtragen können. Hätte, wenn seine Schulter nicht so schlimm »verletzt« gewesen wäre. Die Zuneigung der beiden war beinahe physisch spürbar. Marcelo war nur seiner Tochter ein echter Vater, und auch wenn er nett zu Michael und mir war (als er meine Mutter heiratete, hatte er es sichtlich genossen, Jungs erziehen zu dürfen), war Sofia doch immer noch sein kleiner Liebling. Sogar seine versteinerte Anwaltsfassade geriet ins Wanken, wenn er mit ihr zusammen war, dann machte er sich zum Narren, um sie zum Lachen zu bringen.

»Wir könnten ein Schneemobil klauen«, sagte Andy, ganz begeistert von diesem Momentum einer friedlichen Konversation. »Ich hab draußen auf dem Parkplatz ein paar gesehen und gefragt, ob man sie leihen kann. Aber der Hausmeister sagte, sie seien nur für die Angestellten. Vielleicht können wir ihm ein bisschen Schmieröl anbieten.« Er rieb Daumen und Zeigefinger.

»Wie alt bist du, zwölf?«, fragte Katherine.

»Liebling, ich dachte, das könnte Spaß machen.«

»Für den Spaß sorgen die Aussicht, die Atmosphäre und die Gesellschaft, nicht das Spa, das Golfen auf dem Dach oder riskantes Herumrasen mit einem Motorschlitten.«

»Ich finde, das könnte ganz lustig werden«, warf ich ein. Ein Blick von Katherine genügte, und mein Essen war wieder aufgewärmt.

»Danke, Ernie …«, begann Andy, aber Audrey unterbrach ihn mit einem lauten Husten. Er drehte sich zu ihr. »Was denn? Sollen wir alle so tun, als wäre er nicht hier?«, fragte er und tat so, als wäre ich nicht da.

»Andrew …«, sagte Katherine drohend.

»Ach, komm! Wann sind wir das letzte Mal alle zusammen gewesen?«

Großer Fehler, Andy. Wir alle kannten die Antwort auf diese Frage.

Meine Mutter sprach es dann laut aus: »Im Gerichtssaal.«

Und schon sitze ich wieder im Zeugenstand und höre dem Anwalt zu, der eine Hand in der Hosentasche hat und in der anderen einen Laser-Pointer hält, mit dem er herumfuchtelt, als wäre die Jury eine Horde Katzen. Er deutet auf riesige, auf Karton gezogene Fotos einer mit Spinnennetzen überzogenen Lichtung, von der ich manchmal noch träume. Auf den Bildern sind Pfeile und Linien und bunte Kästchen zu sehen, alles ins Überdimensionale vergrößert. Noch bevor mein Verhör beendet ist, steht meine Mutter auf und verlässt den Saal, und ich frage mich, warum es in diesen Gerichtssälen immer die höchsten, schwersten und lautesten Holztüren gibt, die man sich vorstellen kann. Etwas Diskreteres würde besser in diese Umgebung passen, aber der Architekt war nebenbei wahrscheinlich Drehbuchautor in Hollywood und liebte dramatische Auftritte und Abgänge. Aber nun denke ich vor allem intensiv über diese verdammten lauten Türen nach, damit ich nicht hinüber zu meinem Bruder schauen muss, der auf der Anklagebank sitzt.

Aufmerksame Leserinnen und Leser haben wahrscheinlich schon bemerkt, dass an dem gerade beschriebenen Familien-Tisch ein paar Personen fehlen. Ich habe bereits erwähnt, dass Erin erst morgen erwartet wird. Katherines einzige Tochter wird nicht kommen – die Amy aus dem Erdnussbutter-Sandwich-Zwischenfall –, weil sie in Italien lebt und dieses Familientreffen ist nicht so wichtig, dass man mehr als eine fünf- bis siebenstündige Anfahrt in Kauf nehmen würde. Es sollte Sie allerdings nicht überraschen, dass Michael ebenfalls nicht anwesend ist. Und gewissermaßen bin ich dafür verantwortlich.

Jetzt wissen Sie bereits einige Dinge: warum meine Mutter sich weigert, mit mir zu sprechen; warum mein Bruder noch nicht da ist; warum er sich auf frisches Bettzeug und kühles Bier freut; warum ich mit meinen sonst üblichen Ausflüchten mich vor diesem Wochenende leider nicht drücken konnte; warum Lucy so aufgebrezelt ist; warum Katherine auf der Einladung die Worte »alle gemeinsam« gefettet hat.

Es war jetzt dreieinhalb Jahre her, seit ich in den Spinnweben gekniet und zugesehen hatte, wie mein Bruder einen Sterbenden umbrachte. Drei Jahre, seit meine Mutter den Gerichtssaal verließ, während ich der Jury erklärte, wie er es getan hatte. Und in weniger als vierundzwanzig Stunden würde er hier in der Sky Lodge als freier Mann eintreffen.

KAPITEL 4

Seit der Beerdigung mit dieser unheilvollen gefalteten Flagge auf dem Sargdeckel und den zahlreichen Polizisten in Uniformen mit Goldknöpfen und den weißen Handschuhen weiß ich, wie es sich anfühlt, ein Außenseiter zu sein. Beim Begräbnis eines Polizisten kommen die besten und schlechtesten Seiten einer Bruderschaft zum Vorschein. Den einen bietet sie Stolz und Zugehörigkeit – ich sah, wie ein Beamter, die Schirmmütze unter den Ellbogen geklemmt, sein Taschenmesser aufklappte und ein Ewigkeitssymbol in den hölzernen Sarg einkerbte als Ausdruck der Verbundenheit –, anderen bleibt all das verwehrt. Ich erinnere mich an einen Streit im Foyer zwischen den beiden Familien des Toten – die eine war die des Bluts und der Ehe, die andere die der blauen Uniformen –, die jeweils auf ihrem Standpunkt beharrten, was für ihren Angehörigen das Beste sei: Krematorium oder Beerdigung. Es war ein müßiges Unterfangen, denn am Schluss gewannen die Blutsverwandten, und er wurde begraben. Rein rechtlich betrachtet war das sicher in Ordnung, aber ich könnte mir vorstellen, dass Cops, wenn sie im Streifenwagen sitzen, auch mal über Themen wie »Falls ich sterben sollte« reden, so wie Soldaten, die den zusammengefalteten Brief eines Freundes in der Brusttasche bei sich tragen. Wird das auch berücksichtigt?

Es war ein hektisches Begräbnis, es wirkte eher wie ein wuseliger Film-Set als wie eine Totenandacht. Der ganze Aufruhr – die Fotografen vor der Kirche, die Köpfe, die sich hierhin und dorthin drehten, die Seitenblicke, das schockierte Flüstern: *Mein Gott, sind das* seine *Kinder?* – machte mir klar, dass es ein Unterschied ist, betrachtet oder gesehen zu werden. Dieser einseitige Voyeurismus – »*seine* Kinder« – hüllt dich in eine Blase ein und schottet dich ab. Ich erinnere noch, wie meiner Mutter Schlagsahne von ihrem ansonsten makellosen schwarzen Kleid tropfte, als wir aus der Kirche traten, und da wurden mir in einem Augenblick kindlicher Gewissheit schlagartig zwei Dinge klar: Ich hatte keinen Vater mehr. Und wir steckten gemeinsam in dieser Blase.

Als Mutter zwei Jungs ohne Vater großzuziehen ist keine leichte Sache. Audrey hatte sich arg verbiegen müssen: der Gefängnisdirektor, der verräterische Mitinsasse, der bestechliche Wärter und der mitfühlende Bewährungshelfer wurden zu einer einzigen Person. Marcelo war schon der Anwalt meines Vaters gewesen, bevor er seine Kanzlei gründete, und war auch nach seinem Tod für uns da gewesen. Ich vermute, meine Mutter hat ihm leidgetan. Er muss ein guter Freund meines Vaters gewesen sein. Aber glauben Sie nicht, dass er selbst mal angepackt hätte (Marcelo hat mal ein Bücherregal so schief aufgehängt, dass meine Mutter sich beklagte, sie würde davon seekrank werden), er war eher der Typ, der mit dem Scheckbuch unterstützte. Und nach dem ganzen Geben wollte er dann irgendwann auch mal nehmen. Als Marcelo, mit seiner jüngsten Tochter im Schlepptau, unserer Mutter einen Antrag gemacht hatte, lud sie uns zum Burger-Essen ein und fragte, ob wir die beiden in unsere Blase aufnehmen wollten. Schon die bloße Tatsache, dass sie uns fragte, nahm mich für die Sache ein. Michael wollte nur wissen, ob er reich war, bevor er in seinen Cheeseburger biss.

Während wir heranwuchsen, gab es oft heftige Konflikte mit ihr, wie das nun mal so ist bei Jungs im Teenager-Alter. Manchmal ist der Streit um fünf Minuten Videospiel wichtiger als fünfzehn Jahre treu sorgende Hingabe. Aber egal wie viele Türen zugeschlagen und Beschimpfungen ausgetauscht wurden, letztlich waren es immer – wirklich immer – wir drei gegen die Welt da draußen. Selbst Tante Katherine haben wir nur in Teilen als eine von uns betrachtet – vielleicht weil sie Dads Schwester war. Meine Mutter war für uns da, und sie erwartete, dass wir genauso füreinander da waren, zuerst und vor allem.

Nicht mal das Gesetz sollte sich zwischen uns stellen.

Daher verstand ich zumindest teilweise, warum sie aus dem Gerichtssaal stolzierte. Weil ich aus der Blase getreten war und mit *den anderen* gemeinsame Sache machte.

Wahrscheinlich denken Sie, dass drei Jahre Haft nicht gerade viel ist bei einer Verurteilung wegen Mordes, und da haben Sie recht. Der Typ – sein Name war übrigens Alan Holton, falls Sie das interessiert – war tatsächlich angeschossen worden, und es war schwer zu beweisen, wer eher schuld an seinem Tod war, die Kugel oder Michael. Ja, Michael hatte Alan mit seinem Auto angefahren, als dieser auf die Straße stolperte, nachdem auf ihn geschossen worden war, und ja, es war ein schlimmer Fehler gewesen, ihn nicht direkt ins Krankenhaus zu fahren. Aber Michael hatte mit Marcelo Garcia einen perfekten Verteidiger (berühmt für seine Kanzlei für Wirtschaftsrecht Garcia & Broadbridge, inzwischen eine der größten des Landes, und dafür, keine vierzig Meter durch den Schnee laufen zu können). Er baute seine Verteidigung vor allem darauf auf, dass Alan ein notorischer Krimineller war und der Schütze wie auch die Tatwaffe nie gefunden wurden …

Marcelos Anwesenheit in einem Mordprozess war an sich schon bemerkenswert, und ich denke, er brachte den Typ mit dem Laser-Pointer ziemlich aus dem Konzept. Aber das soll Marcelos Verteidigungsstrategie nicht schmälern. Er führte aus, dass Michael unter den gegebenen Umständen nicht zu rationalen Entscheidungen fähig gewesen war. Michael war zwar seiner Pflicht zur Hilfeleistung gegenüber Alan nicht nachgekommen (das ist wichtig, denn in Australien ist man erst dann zur Hilfeleistung verpflichtet, wenn man angefangen hat, jemandem zu helfen; das habe ich erst im Laufe dieses Prozesses erfahren), indem er ihn zwar in sein Auto gelegt, aber nicht ins Krankenhaus gefahren hatte, aber eben nur deshalb, weil er selbst um sein Leben fürchtete, Euer Ehren, da er nicht wusste, ob der Schütze immer noch in der Nähe war und ihn womöglich angreifen oder verfolgen würde. Kurz und knapp, ich erspare mir die technischen Details, es lief dann auf drei Jahre Knast hinaus.

Die Zeugenaussage hatte mich eine Menge Überwindung gekostet, und beim finalen Feilschen – die Haftzeit wurde hinter geschlossenen Türen im Zimmer des Richters ausgehandelt – spielte sie nicht mal eine Rolle. Ich habe einige falsche Entscheidungen in meinem Leben getroffen, nicht zuletzt, als ich Andys Einladung zu einem Drink an der Bar annahm, und ich bin immer noch unsicher, ob die Aussage dazugehört. Natürlich hatte ich gelernt zu schweigen, aber ich hatte auch gelernt, meine Meinung zu sagen, und ich weiß nicht, was davon schlechter ist. Ich würde Ihnen gerne erzählen, dass ich es getan habe, weil es richtig war. Aber die Wahrheit ist, dass in diesem Knurren meines Bruders, als er mir mitteilte: »Er hat aufgehört zu atmen«, noch etwas anderes mitschwang. Ich könnte jetzt so ein Klischee bemühen wie »Von da an empfand ich ihn nicht mehr als meinen Bruder«, aber es war das genaue Gegenteil. Ich empfand ihn als einen Cunningham. Ich sah ihn jetzt ohne Verkleidung. Und da war etwas in dieser Art, wie er es sagte oder knurrte, wie sich seine Schultern, seine Muskeln anspannten, als er jemanden zu Tode würgte – steckte das auch in mir drin? Ich wollte mir das Gegenteil beweisen. Also wandte ich mich an die Polizei. Und hoffte, dass meine Mutter wenigstens ansatzweise verstand, warum ich es getan hatte. Wenig später wünschte ich, ich selbst würde es auch noch ansatzweise verstehen.

Ich gebe zu, dass ich ein bisschen wacklig auf den Beinen war, als ich durch den knirschenden Schnee zu meinem Chalet ging. Andy war so begeistert gewesen, einen Zechkumpan gefunden zu haben, dass er seine Loyalität wechselte, und ich hatte ihm gern Gesellschaft geleistet, solange er bezahlte. Andy ist Gartenbau-Fachmann. Er sorgt dafür, dass das Gras auf Kricket-Plätzen oder Fußballfeldern die richtige Länge und die gewünschten Eigenschaften hat. Er ist ein furchtbar langweiliger Kerl und führt eine furchtbar langweilige Ehe. Ich weiß aus Erfahrung, dass man sich von so jemandem gut mal ein paar Bier spendieren lassen kann.

Ich hatte einen Rollkoffer mit ausziehbarem Griff mitgebracht, der zwar für Flugreisen praktisch ist, nicht aber in den Bergen, weshalb ich ihn Stück für Stück und immer wieder hochhebend durch den Schnee schleppen musste, mit gleichzeitig über die Schulter gehängter Sporttasche. Auch wenn es noch früher Nachmittag war, wurde es am Berghang schon dunkel, weil der Gipfel die Sonne verdeckte. Abgesehen von der Wärme der Biere, die ich intus hatte, spürte ich, wie es deutlich kälter wurde. Es war so ähnlich, wie man es vom Mars erzählt, wo alles mit Einbruch der Dunkelheit schockgefrostet wird. Nachdem wir mit den Drinks durch waren, meinte Andy, er wollte den Whirlpool ausprobieren, und ich konnte nur hoffen, dass er davon abgesehen hatte. Andernfalls würden sie ihn herausmeißeln müssen.

Trotz der Kälte war ich völlig verschwitzt, als ich mein Gepäck endlich zu dem halb eingeschneiten Chalet geschleppt hatte. Der Schnee lag hüfthoch, aber jemand vom Resort hatte eine Schlucht bis zu meiner Tür frei gegraben, in der meine Tasche an beiden Seiten immer wieder hängen blieb. Die Fensterfront der Hütte war durch eine vorstehende Markise geschützt, sodass die Aussicht nicht von Dachlawinen beeinträchtigt wurde.

Ich mühte mich mit den Schlüsseln ab und bemerkte ein Stück Papier, das mit einem Zweig an einen Schneehaufen gepinnt worden war. Ich nahm es ab. Jemand hatte darauf eine Botschaft hinterlassen, mit extra dickem schwarzen Filzstift. Die Worte waren zerlaufen, als das Papier feucht geworden war, weshalb sie ein bisschen gruselig aussahen.

Ich las: *Kühlschrank ist Schrott. Buddeln.*

Unten rechts stand ein großes S für Sofia. Ich beugte mich vor und wischte die oberste Schicht Schnee mit der Hand weg und entdeckte sechs silbrige Bierdosen, die sie dort für mich hinterlassen hatte. Seit Michaels Prozess war Sofia die Einzige, die noch Kontakt zu mir hielt. Wie sehr man mich ausgrenzte, erkannte ich, als sogar Lucy mir keine E-Mails mehr schickte, um mich zu ihren Seminaren einzuladen. Aber Sofia hielt noch zu mir. Vielleicht weil sie, so wie ich, eine Außenseiterin war. Sie war von ihrem Vater in eine neue Familie und ein neues Land eingeführt worden. Ich sage »eingeführt«, aber niemand klettert die Karriereleiter im Unternehmensrecht nach oben, indem er sich seinen Kindern widmet, auch wenn Marcelo immer so tat, als wäre er vernarrt in sie. »Reingeworfen« wäre also das passendere Wort. Und obwohl sie bei uns zu Hause immer willkommen war, hat sie sicherlich das Vorhandensein dieser unsichtbaren Blase gespürt. Als nach der Gerichtsverhandlung die Situation geklärt war, änderte sich unser Verhältnis, und wir waren nicht mehr nur Stiefgeschwister, die sich gut leiden konnten, sondern echte Freunde. Deshalb hat sie mich, nur mich, eingeladen, an ihrem Bingo teilzunehmen.

Ich bedeckte die Dosen wieder mit Schnee und war froh, dass es hier oben in den Bergen doch noch so etwas wie Warmherzigkeit gab, dann trat ich ein. Das Chalet bestand aus einem einzigen Raum, der seltsam schief anmutete – wie bei einem Schiff, das schräg liegt –, was wohl dem Dach geschuldet war. Dieses eigenartige Gefühl machte der großartige Panoramablick wieder wett: Das war der erste Aspekt dieser Reise, der war »wie beschrieben«. Ich sage es nur ungern, aber es war wirklich atemberaubend – da musste ich meiner Tante wohl recht geben. Besonders in diesem Augenblick, als sich die letzten Sonnenstrahlen über den Berghang ergossen und der Gipfel seinen langen Schatten warf.

Das Dach war auf der Fensterseite drei Meter hoch und lag auf einem Gerüst aus Holzbalken, das sich nach hinten verjüngte. Es gab einen Wohnbereich, einen Fernseher, jede Menge Teppiche und einen gusseisernen Kamin. Das Dach reichte offenbar nur bis auf Höhe des Schnees herunter, nicht bis auf den Boden, denn überraschenderweise gab es eine Rückwand. Davor war ein Regal angebracht mit für Hotelzimmer üblichen Küchenutensilien. Daneben befand sich eine würfelförmige Nische für das Badezimmer, mit dem Nachteil, dass die Dusche sehr niedrig war. Ein weiteres Zugeständnis an den Panoramablick im vorderen Teil. Etwa im zweiten Drittel des Raumes konnte man über eine Leiter in den Schlafbereich hochklettern. Die Heizung war aufgedreht – der Kamin war anscheinend nur zur Zierde da –, und meine Haut prickelte nach der Eiseskälte draußen. Im Gegensatz zum Hauptgebäude roch es hier nicht nach Feuchtigkeit, sondern nach Eiche und Asche, als hätte jemand eine Duftkerze mit der Aufschrift »Kamin rustikal« angezündet.

Ich ließ meinen Rollkoffer in der Mitte stehen und schob gerade meine Sporttasche in einen der Schränke, als das Telefon neben dem Fernseher klingelte. Auf den Hörer war die Nummer 4 geklebt worden. Es gab keine Tastatur, um nach draußen zu telefonieren, nur eine Reihe Schnellwahltasten und Anzeigen mit den Nummern der anderen Chalets und eine für die Rezeption. Im Moment leuchtete die Nummer 5 auf. Das war Marcelo.

»Audrey fühlt sich nicht gut.« Er sagte »Audrey«, nicht »deine Mutter«. »Wir lassen uns was vom Zimmerservice bringen und sehen uns dann morgen früh.«

Ein Abendessen mit der Familie ausfallen zu lassen passte mir gut. Das Mittagessen hatte schon fast meine gesamte Toleranzfähigkeit für das Wochenende aufgebraucht. Ich nahm eine lauwarme Wasserflasche aus dem Kühlschrank – der war wirklich Schrott, da hatte Sofia recht – und trank sie leer, denn ich hatte mal irgendwo gelesen, dass ein Tag im Schnee mehr dehydriert als ein Tag am Strand. Dann holte ich eine Dose Bier aus der Schneekühlung, legte mich aufs Sofa, und bevor ich wusste, wie mir geschah, nickte ich ein.

Ich erwachte von lautem Klopfen an der Tür. Das muss so sein. Sie kennen das sicherlich aus dieser Art Bücher.

Kurz geriet ich in Panik, denn manchmal träume ich davon – oder erinnere mich daran – zu ersticken. Und als ich nun aus dem Schlaf gerissen wurde und das riesige Fenster sah und die Weite, die sich dahinter auftat, fürchtete ich, ich könnte draußen eingeschlafen sein. Der Berghang traf auf den wolkenlosen Himmel, an dem die Sterne leuchteten. Der Wind heulte und wirbelte den Schnee von den Hängen auf und schleuderte ihn in den Himmel. Ein Abhang im Nachbartal wurde erleuchtet von den kleinen beweglichen Halogen-Lichtern der Nacht-ski-Fahrer. Der Bergrücken war gespickt mit kahlen Bäumen, die wie knochige Finger aufragten. Es war kälter geworden, die eisige Luft kroch herein. Fast konnte man den kalten Hauch spüren, der von den Fenstern ausging und der Heizungswärme Konkurrenz machte.

Ich rieb mir die Augen, sprang auf und eilte zur Tür. Riss sie auf.

Sofia stand auf der Schwelle, die Arme vor der Brust verschränkt. Schneeflocken hingen in ihren verwehten schwarzen Haaren. »Und?«, fragte sie. »Hast du das Geld mitgebracht?«

KAPITEL 5

Also passen Sie auf, die Sache ist die: Ich habe nicht gelogen. Michael bat mich, das Geld zu verwahren.

Als er mich an jenem Morgen nach Hause fuhr – ich saß schweigend auf dem Beifahrersitz und zupfte mir die klebrigen Spinnweben von den Ärmeln –, sagte er, es wäre wahrscheinlich sicherer, wenn ich es erst mal behielt. Ich verstand, was er meinte. Alan Holton hätte es bekommen oder einem anderen geben sollen, und irgendwas war schiefgelaufen. Ob Michael etwas damit zu tun hatte, dass es schiefgelaufen war, war schwer zu sagen, aber wenn jemand um ein paar Hundert Riesen erleichtert worden war, wollte er es wahrscheinlich wieder zurückhaben. Das war eine weitere Sicherheitsmaßnahme für den Fall, dass der Schütze Michaels Auto gesehen hatte. Falls es überhaupt einen Schützen gegeben hatte.

Ich hatte die Tasche schweigend angenommen. Möglicherweise hatte Michael andeuten wollen, er würde mich dafür bezahlen, aber ich konnte kaum hören, was er sagte, und musste seine Lippen lesen, weil das Echo in meinem Kopf, als wäre ich unter Wasser, alles übertönte. Völlig benommen ging ich in meine Wohnung, schmiss die Tasche aufs Bett, kotzte und rief die Polizei.

Zwanzig Minuten später hatte ich Handschellen um und hockte im Streifenwagen. Zwei gähnende Detectives fuhren mit mir zur Lichtung. Ich merkte, dass sie mich anfangs nicht ernst nahmen, denn sie machten kurz halt bei McDonald's. Ich habe jedenfalls noch nie gesehen, dass jemand einen Mordzeugen warten lässt wegen eines McMuffins. Das war, bevor der Sturm losbrach. Bevor die Blaulichter und die Ambulanzen und Übertragungswagen der Fernsehsender auftauchten. Bevor sogar ein Hubschrauber auf dem nahe gelegenen Feld landete. Bevor die Artikel über den Mord erschienen und (deutlich beliebtere) Kommentare über das Meer aus Spinnennetzen abgegeben wurden (das eigenartige Naturphänomen war von Spinnen verursacht worden, die sich nach der Überflutung ihres Lebensraums hier angesiedelt hatten, zusammen mit anderen wilden Tieren, die nun zusammengepfercht auf engem Raum existieren mussten). Bevor ich in ein Verhörzimmer gesperrt wurde und sie mich mit Fotos und heißem McDonald's-Atem konfrontierten und behaupteten, Michael hätte mich angeschwärzt und ich solle endlich gestehen.

Als sie mich gehen ließen, nachdem sie jede Sekunde erlaubter Untersuchungshaft ausgereizt hatten, erfuhr ich, dass Michael überhaupt nichts gesagt hatte. Sie hatten bloß getestet, ob ich bereit war zu lügen, um meine eigene Haut zu retten. Sie setzten mich zu Hause ab. Ich fragte sie, ob sie sich unterwegs vielleicht eine Pizza holen wollten, denn ich hätte es nicht eilig. Stellte sich heraus, dass sie ziemlich harte Burschen waren.

Erst als ich daheim ankam und die schwarze Tasche auf meinem Bett bemerkte, wurde mir klar, dass ich vergessen hatte, ihnen von dem Geld zu erzählen.

Ich hatte wirklich gedacht, sie würden meine Wohnung durchsuchen. Zu Anfang war ich vor allem auf Alan Holton fixiert gewesen und hatte versucht, mich an alle Einzelheiten zu erinnern: wann was geschehen war zwischen dem Zeitpunkt, als mein Bruder mich abgeholt, dem Moment, als er mich zurückgebracht und als er mich schließlich aufgefordert hatte, im Auto zu warten. Ich dachte, sie hätten das Geld bereits gefunden und würden mich danach fragen, aber das taten sie nicht. Und plötzlich war schon der nächste Tag angebrochen, und ich unterschrieb einen Wisch, auf dem ich behauptete, alles sei wahr und wahrhaftig, aber ich vergaß, das Geld zu erwähnen. Und Michael hatte auch nicht davon gesprochen – zumal er da noch gar nicht wusste, dass ich ihn verpfiffen hatte, weshalb er davon ausging, dass ich auf seiner Seite war und ihn schützte. Und dann sitze ich im Zeugenstand, und es hat immer noch niemand das Geld erwähnt. Weder Michael noch Marcelo erwähnen es, um mich während der Verhandlung unter Druck zu setzen, wie ich es erwartet habe. Da bin ich schon längst über den Moment hinaus, wo ich es noch erwähnen könnte, ohne alles zu verkomplizieren, also schweige ich. Und schon spricht der Richter sein Urteil, und ich gehe nach Hause, und die Tasche ist immer noch da, aber die Welt ist eine andere geworden. Mein Bruder sitzt im Knast, und ich habe eine Tasche mit zweihundertsiebenundsechzigtausend australischen Dollar. Ich kenne den genauen Betrag, denn mittlerweile hatte ich Zeit, es zu zählen.

Das war ein weiterer Grund, warum ich an diesem Familientreffen teilnehmen musste. Ich hatte Sofia schon vor einigen

Wochen meinen Plan erklärt. Morgen würde ich die Tasche Michael übergeben. Das sollte keine Geste der Entschuldigung sein, denn ich hatte ja nichts Falsches getan, aber vielleicht wäre es der Anfang einer Wiedergutmachung. Es war vielleicht kein Olivenzweig, aber grün war es schon (zumindest metaphorisch, bei all den grünen Hunderternoten). Das meiste davon war noch da. Was bin ich doch für ein lieber Bruder.

»Ist alles da drin?«, fragte Sofia mit Blick auf die Tasche, die wie aufgeschlitzt vor ihr auf dem Sofa stand. Sie beugte sich darüber, begierig, die Scheine zu berühren.

»Das meiste davon«, gab ich zu.

»Das meiste davon?«

»Nun … es gab einige Notfälle. Es ist schon drei Jahre her. Ich weiß nicht mal, ob er es gezählt hat.«

»Du sagtest doch, er hätte es gezählt.«

»Wahrscheinlich hat er das«, sagte ich. »Ich hoffe, er kann sich nicht mehr an den genauen Betrag erinnern.«

»Weißt du, was ich in drei Jahren Gefängnis tun würde, nachdem mein Bruder mir eine Tasche mit Geld gestohlen hat? Ich würde jeden Tag daran denken, an jeden einzelnen Cent.«

»Ich vermute, er denkt, ich hab es längst alles ausgegeben. Also wird er sich freuen, wenn er es …«

»… das, was übrig ist …«

»… das, was übrig ist, zurückbekommt.«

Sofia atmete theatralisch aus, ihre Lippen vibrierten, und trat ans Fenster. Sie klopfte mit den Fingern gegen das Glas und schaute eine Weile zum Berg hoch. »Wieso hast du es genommen?«, fragte sie leise und plötzlich sehr ernst.

Sie hatte mich längst durchschaut, all diesen Blödsinn, den ich mir selbst einredete. Dass ich das Geld nur behalten hatte, weil ich es nicht rechtzeitig abgegeben hatte. Weil ich verwirrt gewesen war, weil es mir zu kompliziert erschienen war. Sie vermutete, dass mehr dahintersteckte. So etwas Schlichtes wie

Habgier? Ich war mir nicht sicher. Ich erwartete auch nicht, dass Michael mich umarmen und brüderlich mit mir teilen würde. Aber ich würde lügen (und ich versprach, es nicht zu tun), wenn ich nicht zugäbe, dass ich mich sicher gefühlt habe während dieser drei Jahre, in denen die Tasche in meinem Schrank stand. Nicht zuletzt wegen dem, was mit Erin passiert ist. Ich hätte das Geld jederzeit nehmen und verschwinden können. Ich wollte es nicht haben, aber ich war froh, dass es da war.

»Ich habe es nicht genommen«, wiederholte ich meine übliche Argumentation. »Es ist mir zugefallen.«

Sofia verzog enttäuscht das Gesicht. Sie wusste, dass meine Entschuldigungen eingeübt waren.

Die Wahrheit war: Ich hatte zwei Geldbündel herausgenommen und sie zwischen meine Unterwäsche gesteckt, bevor ich an diesem Morgen losgefahren war. Die Wahrheit war: Bis zu dem Moment, als Marcelo während des Prozesses das Ruder herumwarf, war ich davon ausgegangen, dass Michael viel länger im Knast bleiben würde, weshalb das Geld nicht mehr so wichtig wäre. Die Wahrheit war: Der einzige Grund, warum ich nicht mehr davon ausgegeben hatte, war, dass ich nicht wusste, woher es kam und ob es nachverfolgt werden konnte. Andernfalls hätte ich es auf ein Konto eingezahlt und die Zinsen ausgegeben. Die Wahrheit war: Ich hatte mich immer noch nicht entschieden, ob ich Michael das Geld wirklich geben *wollte*.

Ich hatte es vorsorglich mitgebracht, falls er danach fragen sollte. Ich hatte Sofia erzählt, dass ich es zurückgeben und mich dazu verantworten wollte, damit ich mich nicht davor drücken konnte.

Es gibt einen bestimmten Gesichtsausdruck, den Leute aufsetzen, wenn sie eine Entscheidung getroffen haben. Man kann es nicht direkt sehen, es ist eher so was wie der sechste Sinn, wie dieses leichte Prickeln im Nacken, wenn jemand dich anschaut. Das passierte jetzt. Die Atome in der Luft veränderten sich. Sofia hatte eine Entscheidung getroffen.

»Was wäre, wenn ich dir sagen würde, ich brauche etwas davon?«, fragte sie.

Das Telefon klingelte, und wir beide erstarrten. Natürlich musste das Telefon klingeln. Sie kennen solche Bücher ja. Das Licht von Nummer 2 leuchtete auf. Und erlosch nach zweimaligem Klingeln wieder, noch bevor ich drangehen konnte. Ich schaute auf mein Handy. Es war Viertel nach elf. Falls Sie sich die Seitenzahlen gemerkt haben, wissen Sie, dass gerade jemand gestorben ist. Ich weiß aber noch nichts davon.

»Denk mal drüber nach«, sagte Sofia, und da erst merkte ich, dass sie auf eine Antwort wartete.

»Wie viel brauchst du denn?«

»Vielleicht fünfzig.« Sie kaute auf ihrer Unterlippe. Dann nahm sie eine Handvoll Scheine aus der Tasche, als wollte sie das Gewicht prüfen. »Riesen«, fügte sie hinzu, für den Fall, dass ich so dumm war, davon auszugehen, dass sie mitten in der Nacht wegen läppischer fünfzig Dollar zu mir gekommen war.

»Michael weiß, dass ich es habe.«

»Er weiß, dass er es bei dir gelassen hat, aber nicht, dass du es mitgebracht hast.« Das hatte *sie* sich zurechtgelegt, sie hatte alle Argumente parat. »Du könntest ihm sagen, dass die Polizei es genommen hat. Du könntest behaupten, du hättest es gespendet. Vielleicht hast du es sogar verbrannt.«

Ich könnte jetzt so tun, als hätte ich diese Möglichkeiten nicht erwogen, aber das tue ich nicht. Ich bin ein zuverlässiger Erzähler, wie Sie wissen.

»In was für Schwierigkeiten steckst du denn?«, fragte ich. Ich erwähnte nicht, dass es reichere und anständigere Personen gab, die sie fragen könnte. Ihren Vater zum Beispiel. Fünfzig Riesen waren zwar eine Menge Geld, aber sie war Chirurgin und besaß Immobilien: Wenn sie fünfzigtausend Dollar benötigte (sie hatte »vielleicht fünfzig« gesagt, was in meinen Ohren so klang, als bräuchte sie genau diese Summe), dann war das der Betrag, mit dem sie die Lücke schließen wollte zwischen dem, was sie selbst aufbringen konnte, und was sie insgesamt brauchte. Außerdem wollte sie Bargeld: schnell, leise und spurlos. Sie war in viel größeren Schwierigkeiten, als sie zugeben wollte.

»Ich brauche keine Hilfe, ich brauche bloß Geld.«

»Es ist nicht mein Geld.«

»Seins ist es auch nicht.«

»Können wir morgen darüber reden?«

Sie legte das Geld zurück, aber ich sah, wie sie im Kopf durchging, was sie sich zurechtgelegt hatte, und sich fragte, ob sie alles gesagt hatte, was sie sich vorgenommen hatte. Als wäre sie zu einem Vorstellungsgespräch gekommen und einer der Gesprächspartner hätte die gefürchtete Frage gestellt: »Haben Sie vielleicht auch Fragen an uns?« Offenbar kam sie zu dem Schluss, dass alles Wesentliche gesagt war, denn sie ging nun zur Tür und zog sie auf. Ein Wirbel eisiger Luft zog herein.

»Schau dir doch mal an, wie sie dich behandelt haben. Und da glaubst du immer noch, *du* schuldest *ihnen* etwas? Eines Tages wirst du erkennen, dass Familie nicht bedeutet, wessen Blut in deinen Adern fließt, sondern, für wen du bereit bist, es zu vergießen.«

Sie schob die Hände in ihre Taschen und stapfte hinaus in die Nacht.

Ich ging zurück, starrte benommen auf das Geld und versuchte herauszufinden, was da gerade passiert war.

Ich fragte mich, ob Sofia recht hatte. Fühlte ich mich meiner Familie immer noch verpflichtet, selbst nachdem sie einige Anstrengungen unternommen hatten, mich aus ihren Reihen auszuschließen? War ich deshalb gekommen? Das war eine zu große Frage nach zu vielen Bieren, und es war fast Mitternacht, also machte ich Schluss mit der Selbstbefragung. Ich nahm den Hörer in die Hand und rief Zimmer 2 zurück.

»Hallo?« Zu meiner Überraschung meldete sich Sofia am anderen Ende. »Ernie?«

»Oh, hallo, Sofia.« Ich schaute auf die Nummer, die aufleuchtete. Ich hatte eindeutig die 2 angerufen. Vielleicht hatte ich das Blinken zuvor missverstanden. Sofia konnte mich nicht angerufen haben und gleichzeitig hier gewesen sein. »Entschuldige, ich wollte nur sichergehen, dass du gut rübergekommen bist. In der Dunkelheit und so. Es wäre doch zu schade, wenn du in eine Gletscherspalte fallen und das Familientreffen verpassen würdest.«

»Das nennst du ein Familientreffen? Wenn sieben Leute zusammenkommen?« Sie lachte, und das Telefon knisterte. »Ihr Weißen seid echt lustig.«

Ich versuchte, in ihr Lachen einzustimmen, aber ich fragte mich, wie sehr wir vorgaben, normal zu sein, und erstarrte innerlich, weshalb ich nur ein sehr seltsames Schnauben von mir gab.

»Okay, Ernie«, sagte sie. »Vielen Dank für deine Fürsorge. Versprichst du mir, darüber nachzudenken?«

Versprechen war gar nicht nötig, ich konnte sowieso an nichts anderes denken, aber ich tat es trotzdem. Wir wünschten uns gute Nacht und legten auf. Ich trank mein Bier aus, ließ die Vorhänge auf, um später den Sonnenaufgang zu genießen, und kletterte nach oben in den Schlafbereich. Dort drehte ich mich auf die Seite und starrte die Konturen des Bergkamms an, der sich in den unendlichen Himmel reckte, und kam mir sehr klein vor. Ich fragte mich, was die anderen jetzt machten. Sofia, die genau wie ich auf halber Höhe des Bergs untergebracht war, dachte an die Geldtasche; Erin lag in einem Motelzimmer mit kratzigen Laken und dachte über wer weiß was nach; und Michael schaute zum letzten Mal durch das Gitterfenster des Gefängnisses in den gleichen Himmel und dachte darüber nach, was er mir antun würde.

Ich dämmerte weg mit der kurzsichtigen Hoffnung, dass sich morgen alles klären würde.

KAPITEL 6

Als ich aufwachte, marschierten zahlreiche flauschige Jacken vor meinem Fenster vorbei. Sie fanden sich ein paar Hundert Meter den Hang hinauf direkt über dem verschneiten Golfplatz zusammen. Vielleicht an die dreißig Personen. Ein Schneemobil flitzte mit heulendem Motor an der Versammlung vorbei. Weiter oben wedelte jemand mit den Armen. Ich konnte nicht erkennen, was genau die Zeichen bedeuteten: *Hierher* oder *Bitte zurückbleiben*. Ein Leuchtsignal sauste in den Himmel, explodierte und warf einen roten Schein auf die glitzernde Schneefläche. Licht wird im Schnee sehr gut reflektiert, und als der grelle Schein verging, bemerkte ich, dass der Hang noch immer leuchtete, aber nicht mehr rot, sondern eher bläulich. Es war auch kein Leuchten, sondern ein Blinken, das von zweifarbigen Lichtquellen in der Nähe des Haupthauses herrührte. Polizei.

Ich verbrannte mir beinahe die Handflächen, als ich versuchte, die Leiter wie ein Feuerwehrmann im Einsatz hinunterzurutschen, und packte hastig das Geld wieder in die Tasche. Glücklicherweise war die Aufmerksamkeit der Leute da draußen auf den Berghang fixiert, sodass ich alle Scheine verstauen, die Tasche in den Schrank schieben und meine Hosen anziehen konnte, bevor jemand etwas sah, was er oder sie nicht sehen sollte. Ich zog mich, so schnell es ging, fertig an, zog die Tür auf und erblickte direkt die einzige Person, die hier oben Jeans trug.

»Andy!«, rief ich, während ich noch in der Tür stand und hüpfend versuchte, meine Stiefel anzuziehen. Er hielt an, drehte sich um, winkte und wartete. Ich rannte unbeholfen durch den tiefen Schnee. Die Luft hier oben war recht dünn, weshalb ich schnaufend bei ihm ankam. Mein Atem schlug sich als Nebel auf seinen Brillengläsern nieder. »Was ist denn los?«

»Irgendeinen armen Teufel hat's erwischt.« Er deutete den Hang hinauf und ging los. Sein Gesicht drückte Neugier aus, keine Angst, womit meine Frage beantwortet war, bevor ich sie gestellt hatte: Jemand von uns? Ich ging neben ihm her und war froh, dass ich gestern Abend noch bei Sofia angerufen hatte und sie sicher in ihre Hütte gekommen war. Die Nacht hier draußen verbringen zu müssen wäre zweifellos tödlich, auch ohne Schneesturm. Ich zitterte. Was für eine scheußliche Art zu sterben.

Im Schnee lag ein Toter auf dem Rücken. Seine Wangen waren von Frostbeulen dunkel verfärbt. Bis auf das Gesicht war alles – schwarze Skijacke, schwarze Handschuhe, Stiefel – von einer weißen Schicht bedeckt, und ganz kurz blitzte in meinem Kopf die Erinnerung an den dunklen Fleck in der Mitte der weißen Lichtung auf. Ich schob den Gedanken beiseite und spähte über die Schulter des Mannes vor mir. Ein paar Dutzend Schaulustige hatten sich zusammengefunden. Sie waren aus ihren Hotelzimmern geschwärmt wie Wespen.

Vor uns stand ein Polizist, ungefähr in meinem Alter, vielleicht ein bisschen jünger, der eine Wollmütze trug und eine Jacke mit Fellkragen. Er versuchte, die Leute zurückzuhalten, und sprach gleichzeitig in das Funkgerät, das an seiner Schulter hing. Wenn ich ehrlich bin, sah er aus, als wüsste er nicht, was er tat. Andy war zu Katherine weitergegangen, die vor uns hier angekommen war, obwohl sie normalerweise nicht so früh aufstand. Alle schienen sich darauf geeinigt zu haben, dass zehn Meter Abstand zum Tatort genügten. Ohne darüber nachzudenken, formten wir einen Halbkreis, in gebührendem Abstand zur Leiche und den drei deutlich sichtbaren Fußspuren, die den Berg hinauf zu ihr führten. Da es vergangene Nacht nicht stark geschneit hatte, war alles gut zu erkennen.

Was die Fußspuren angeht, führten drei Reihen den Berg hinauf, aber nur eine wieder hinab. Die Spur, die wieder nach unten führte, war unregelmäßig, und hier und da waren zusätzliche Löcher neben den Fußabdrücken zu sehen. Ich vermutete, dass dies die Abdrücke der Person waren, die die Leiche gefunden hatte und dann panisch den Berg hinuntergerannt war, um es zu melden, wobei sie ab und zu ausgerutscht war und sich abgestützt hatte. Die zweite Spur war ganz gerade. Ich vermutete, dass sie von dem Polizisten stammte, der nun vor dem Toten stand.

Die dritte Spur führte den Hang hinauf wie die anderen. Doch dann veränderte sich irgendwann das Muster, und sie bewegte sich vor und zurück, hin und her, alles innerhalb einer Fläche von wenigen Quadratmetern. Als wäre jemand in eine unsichtbare Kiste gesperrt gewesen und ständig gegen die Wände geprallt. Diese Spur endete bei der Leiche und führte nicht mehr zurück.

Die Leute um mich herum murmelten, zogen ihre Handys heraus, machten Fotos und Videos. Niemand schien sich aufzuregen. Tröstende Handbewegungen oder Schreckensgesten waren nicht zu sehen. Alle schienen das zu tun, was ich auch tat: neugierig den Toten anstarren. Vielleicht lag es daran, dass er gefroren war und mehr wie ein Stück vom Berg aussah als wie ein Mensch, der vor zwölf Stunden noch geatmet hatte. Die Szene wirkte zwar eigenartig, doch niemand dachte an ein Gewaltverbrechen. Aber *irgendwer* musste doch gleich einen Schrei ausstoßen und verzweifelt den Berg hinaufeilen, um den geliebten Menschen zu beweinen. *Kennt ihn denn keiner?*, fragte ich mich.

»Ist ein Arzt anwesend?« Der Polizist hatte es aufgegeben, die Menge wegzuscheuchen. Er wiederholte seine Frage und ließ seinen Blick über die Schaulustigen gleiten. Seine Auffassungsgabe war auf der Skala zwischen »blind« und »Sherlock« zweifellos ganz weit unten angesiedelt. Dies hier war ein alpines Ski-Resort mitten in der Saison – die Hälfte der Urlauber waren Ärzte.

Sofia, die mir gegenüber zwischen den Leuten stand, hob die Hand.

Katherine beugte sich zu Andy, flüsterte ihm etwas ins Ohr und schüttelte den Kopf.

Der Polizist bat Sofia zu sich und führte sie in einem weiten Kreis um die Spuren herum. Zunächst blieben sie einige Meter von der Leiche entfernt stehen. Sofia machte einige Handbewegungen zu dem Toten hin, der Polizist nickte, und sie kniete sich in den Schnee. Sie legte die Hände unter seinen Nacken und neigte ihn nach rechts und nach links. Zog seine Lippen auseinander. Öffnete den Reißverschluss seiner Jacke und schob ihre Hände darunter. Sie winkte den Beamten heran. Der kniete sich hin und ließ zögernd zu, dass sie seine Hände über den Körper des Toten führte, wie sie es getan hatte. Schließlich war sie zufrieden mit dem, was sie dem Polizisten demonstriert hatte, zog den Reißverschluss wieder zu und stand auf. Sie unterhielten sich kurz miteinander, bis ein scharfer Windstoß sie unterbrach. Eine düstere graue Wolke schob sich über den Gipfel.

»Ernie, Andy«, rief Sofia. Sie wedelte mit den Armen. *Kommt her.* Ich warf dem Polizisten einen fragenden Blick zu, und er ahmte sie nach. Andy und ich machten einen weiten Bogen um die Fußspuren, aber die verloren sich ohnehin immer weiter in der Menge. Nachdem ich aus dem Pulk der Beobachtenden getreten war, merkte ich, dass der Wind stärker wurde. Meine Wangen brannten. Als wir bei der Leiche angekommen waren, konnte ich nicht nach unten schauen. Stattdessen sah ich Sofia an, aber die starrte gedankenverloren den Toten an.

»Wir müssen die Leiche wegschaffen«, rief der Polizist über den heulenden Wind hinweg. »Er kann hier nicht vor aller Augen liegen bleiben. Auf dem Weg hierher habe ich einen Schuppen gesehen. Dort ist es kalt genug.«

Andy und ich nickten mechanisch. Der Polizist deutete den Hang hinab.

»Wir müssen erst ein Stück weit nach oben und dann drum herum gehen.« Sofia machte eine weit ausholende Armbewegung. »Damit wir keine Spuren zerstören!«

Sie wollte die Fußabdrücke sichern, obwohl bald Schnee fallen und es keine Rolle mehr spielen würde. Was bedeutete, dass sie nicht nur darüber nachdachte, wie man die Leiche am besten wegschaffen könnte: Für sie war das hier der Tatort eines Verbrechens, auch wenn der Polizist das nicht so sah. Er sah sich nicht neugierig um und machte auch keine Fotos. Später würde er die Schaulustigen um ihre Fotos bitten müssen. Zu seinem Glück hatte er uns nicht weggescheucht.

In schweigender Übereinstimmung wurde festgelegt, dass Andy und ich, da wir nun mal dort standen, die Beine der Leiche packen sollten, Sofia und der Polizist die Arme. Wir bemühten uns nach Kräften, den Toten hochzuhalten, aber während wir durch den knietiefen Schnee nach unten stapften, tauchte er immer wieder in den Schnee ein und wurde weiß gepudert. Er war nicht sehr schwer, aber widerspenstig. Ich hakte meine Finger im Schaft seiner Stiefel ein, um einen besseren Halt zu haben. Schweres Schuhwerk mit Stahlkappen. Sofia ging rückwärts und versuchte, seine Handgelenke auf Brusthöhe zu halten, aber der Polizist hatte sich umgedreht und ließ sich den Wind ins Gesicht blasen, die Arme auf Hüfthöhe. Ich hörte, wie Andy neben mir schnaubte. Auf halben Weg nach unten drehte er sich zu mir, und ich sah, wie er grimmig und nachdenklich die Zähne zusammenbiss. Spucke glitzerte in seinem Bart.

Er merkte, dass ich ihn anschaute, und sagte: »Alles klar, Kumpel? Sollen wir kurz anhalten?«

Ich schüttelte den Kopf. Ich sagte nicht: *Alles bestens. Ich hab Erfahrung mit so was.*

KAPITEL 7

Ein Stapel Holzpaletten in dem Schuppen diente als Autopsie-Tisch. Um uns herum standen diverse Werkbänke mit Arbeitsgerät, ein halb auseinandergebautes Schneemobil, ein paar Generatoren an der hinteren Wand neben einigen Reifen und eine Sammlung von Skistiefeln an Haken. Es gab keine Heizung, und da die Wände aus Blech waren und der Boden aus Beton, hatte man das Gefühl, man würde in einen Gefrierschrank treten. Als behelfsmäßige Leichenhalle war der Raum gut geeignet. Ein Vorteil der eisigen Kälte war, dass man die Ausdünstungen der Leiche nicht riechen konnte.

Wir legten den Toten auf die Paletten, die zu klein waren, weshalb die Gliedmaßen über die Seiten herabhingen. Kurz mussten wir innehalten, um zu verschnaufen. Ich vermied, in sein fahles Gesicht zu sehen. Ich hatte schon von Frostbeulen und geschwärzten Extremitäten gehört – Nasen, Finger –, die abfielen, aber ich hatte es nie aus der Nähe gesehen. Der Polizist hatte sich nun doch entschieden, einige Fotos zu machen. Andy rieb sich mit dem Fuß die Wade. Sofia hielt sich zitternd die Hände vor den Mund und blies hinein. Dann fiel ihr ein, dass sie damit gerade eine Leiche angefasst hatte, und ließ sie sinken. Schließlich war der Polizist mit dem Fotografieren fertig und wandte sich an uns.

»Danke, Jungs«, sagte er. Sofia verdrehte die Augen, um dem Cop zu signalisieren, dass sie auch daran beteiligt gewesen war, die Leiche den Hang herunterzuschleppen. Er stolperte über seine nächsten Worte, korrigierte sich aber nicht, sondern redete wacker weiter. »Normalerweise hätte ich die Leiche nicht bewegt, aber angesichts der Wetterlage konnte ich ihn nicht länger dort liegen lassen.«

Der Beamte war ein bisschen größer als ich, was an seinen dicken Stiefelsohlen liegen mochte, und ein paar Kilo schwerer, was an seiner dicken Jacke liegen mochte, aber ich musste seine Pausbacken ignorieren. Er trug keine Waffe am Gürtel. Ich weiß nicht, warum mir das auffiel, ich bemerkte es eben. Er hatte dunkelgrüne Augen, und in seinen Brauen hingen Eiskristalle. Es war deutlich zu erkennen, dass das Ereignis ihm zugesetzt hatte. Seine Augen irrten ständig durch den Raum und mieden die Leiche, deren Existenz seine Denkfähigkeit zu beeinträchtigen schien.

»Ich bin Ernie«, sagte ich, um ihn ein wenig zu beruhigen. »Ernest Cunningham. Das ist Andrew Millot. Sofia kennen Sie ja schon. Auch eine Cunningham beziehungsweise Cunningham, Bindestrich, Garcia.«

»Garcia, Bindestrich, Cunningham«, korrigierte Sofia lächelnd.

»Scheiß doch auf die Bindestrich-Namen«, sagte Andy, der die ganze Zeit regungslos dagestanden und die Leiche angestarrt hatte. »Das hier macht mich ziemlich nervös.«

»Oh.« Der Polizist schaute uns an. »Darius. Officer Crawford, muss es wohl heißen, aber Darius ist okay. Formalitäten sind was für die unten im Tal.« Er hob eine Hand zum Gruß. Ich deutete auf sein Handgelenk. Am Ärmelaufschlag war ein dunkler Fleck. Am anderen Ärmel ebenfalls. Offenbar kam das vom Tragen der Leiche.

»Sie haben da Blut an ihrer Jacke, Officer Crawford«, sagte ich und lehnte es ab, seine Hand zu schütteln. Cunninghams pflegen kein freundschaftliches Verhältnis zu Vertretern der Staatsgewalt.

Crawford wurde blass. Er schaute seine Handgelenke an und holte tief Luft.

»Alles in Ordnung?«, fragte ich.

»Ich, äh, habe noch nicht viel Erfahrung mit solchen Sachen.«

»Mit Leichen?«

»Mit Mord«, warf Sofia ein.

»Nun, vielleicht, aber das sollten wir erst mal nicht an die große Glocke hängen.« Crawford grinste kläglich. Im Schnee hatte er nur dümmlich gewirkt. Aber jetzt machte er einen noch schlechteren Eindruck. Der Anblick von Blut hatte ihm nicht nur ein flaues Gefühl beschert, ihm war auch klar geworden, dass er dem hier nicht gewachsen war.

Andy formte mit dem Mund das Wort »Mord« und warf Sofia einen fragenden Blick zu. Sogar lautlos konnte er noch kreischend wirken. Sie nickte ernst.

»Ich schätze, ich sollte Sie fragen, ob Sie den Mann kennen. Haben Sie ihn schon mal gesehen?«, fuhr Crawford fort.

»Ist das ein Verhör?«, fragte ich. Ich hatte zu viele Stunden vor Einwegspiegeln verbracht, um Fragen zu beantworten, wenn ich nicht wusste, wer sie aus welchem Grund stellte. »Warum befragen Sie nicht erst mal denjenigen, der die Leiche gefunden hat?«

Crawford schüttelte den Kopf. »Ich will doch nur wissen, ob Sie wissen, wer das ist. Ich konnte als Erster aus Jindy hierherkommen, aber es sind schon richtige Detectives unterwegs, die den Zeugenbefragungskram erledigen können. Aber ich sollte wohl schon mal herausfinden, ob er hier Gast war oder über den Berg gekommen ist – vielleicht war er ja ein Nachtskifahrer, der sich verirrt hat.«

»Er hatte keine Skier dabei«, stellte Sofia fest. Mir fiel auf, dass auch sie sehr blass war, so weiß wie der Schnee, der den Schuppen umgab.

»Ja, das stimmt. Aber tun sie mir bitte den Gefallen und schauen Sie noch mal hin.« Er zeigte auf das Gesicht des Toten. Es war größtenteils schwarz, auch seine Lippen. »Fällt Ihnen dazu etwas ein?«

Wir schüttelten alle drei den Kopf. Nicht nur, dass ich ihn nicht kannte, sondern bei näherem Hinsehen sah mir das überhaupt auch nicht nach Frostbeulen aus. Plötzlich riss Sofia eine Hand hoch und rannte aus dem Raum. Wir blickten ihr verwundert nach, bis der Wind das Geräusch von Erbrechen zu uns hereintrug. Andy und ich standen steif da und überlegten, ob es eher hilfreich oder peinlich wäre, zu ihr zu gehen. Wir ließen es beide bleiben.

Ich halte kurz inne, um zu erwähnen, dass ich wohl weiß, dass einige Autoren es nicht schaffen, eine sich übergebende Frau zu beschreiben, ohne damit einen Hinweis auf eine Schwangerschaft geben zu wollen. Dieselben Autoren scheinen auch zu glauben, dass Übelkeit der einzige Hinweis auf eine Schwangerschaft ist, abgesehen davon, dass sie die Frauen schon wenige Stunden nach der Befruchtung kotzen lassen. Mit »einige Autoren« meine ich männliche Schriftsteller. Es liegt mir absolut fern, Ihnen vorzuschreiben, auf welche Indizien Sie sich konzentrieren sollen, aber Sofia ist nicht schwanger, okay? Sie darf kotzen, wann und wo sie will.

»Na schön«, sagte Crawford zu Andy und mir. Er schien zufrieden mit unserer Reaktion auf seinen Hinweis, mit dem Erfolg seiner Ermittlungen und schaffte es sogar, sich neben der Leiche ein wenig zu entspannen. »Ich schätze, das war's dann erst mal.« Er ging zu den Werkbänken, stöberte eine Weile herum und fand schließlich ein Vorhängeschloss mit einem dazugehörigen Schlüssel. Wir folgten ihm nach draußen, wo er die quietschende Blechtür zuschob und das Schloss anbrachte. »Ich könnte jetzt verlangen, dass Sie bleiben ...«

»... aber das dürfen Sie nicht«, vollendete ich den Satz.

»Ernest hat Erfahrung mit so was«, fügte Sofia hinzu, die jetzt wieder zu uns trat und sich den Mund abtupfte. »Leichen«, fügte sie verlegen hinzu. »Daran gewöhnt man sich nie.«

Crawford atmete tief durch. Er schien müde zu sein. Vermutlich war er der typische Cop vom Land, der seine Zeit damit verbrachte, die Füße hochzulegen oder Touristen wie Lucy Strafen wegen zu schnellem Fahren aufzubrummen. Ihn schien mehr zu stören, dass sein normaler Tagesablauf durcheinandergeraten war, als dass eine Leiche aufgetaucht war. »Also gut, ich habe die Sache durchgegeben. Wie ich gehört habe, warten Sie noch auf einen weiteren Gast?«

»Was hat das denn damit zu tun?«, fragte ich.

»Ich versuche nur, mir ein Bild von der Situation hier zu machen. Falls Sie mich suchen, ich bin im Gästehaus, aber es werden hoffentlich bald ein paar Detectives hier sein. Hängt natürlich vom Schnee ab und vom Verkehr.« Er warf einen zweifelnden Blick zum düsteren Himmel und ließ das Schloss zuschnappen.

»Mord?«, fragte Andy missmutig, als wir den Berg hinabliefen. Die Gruppe der Schaulustigen hatte sich aufgelöst, aber hier und da standen noch Leute herum, die zugeschaut hatten, wie wir die Leiche in den Schuppen trugen. Ich war froh, dass die Werkstatt keine Fenster hatte, andernfalls gäbe es jetzt ein paar Leute mit eiskalter Stirn. »Er hat eindeutig die ganze Nacht da draußen gelegen und ist erfroren. Du bist keine Ärztin mehr, und trotzdem mischst du dich ein und behauptest, es sei Mord gewesen?«

Ich hatte nicht gewusst, dass Sofia nicht mehr als Chirurgin arbeitete. Ich fragte mich, ob Katherine das Andy zugeflüstert hatte, als Sofia die Hand hob, nachdem Officer Crawford nach einem Arzt gefragt hatte. War das der Grund, warum sie dringend fünfzigtausend Dollar brauchte? Ich warf ihr einen Blick zu. Falls Andy das beleidigend gemeint hatte, war es jedenfalls an ihr abgeperlt. Ihr Gesichtsausdruck hatte sich nicht geändert. Sie gab nichts preis.

»Das Blut …«, dachte ich laut vor mich hin.

»Officer Crawford hatte Blut am Ärmel, nachdem er die Leiche geschleppt hatte. Wenn der Mann erfroren ist, weil er die ganze Nacht im Schnee lag, wieso blutet er dann? Willst du damit sagen, dass Gewalt im Spiel war?«

»Sein Gesicht war schwarz wegen der Erfrierungen«, widersprach Andy. »Was zum Teufel hast du dem Cop erzählt?«

Wenn es bei uns ein Familienmotto gäbe, würde es lauten:

Non fueris locutus est scriptor vigilum Cunningham. Was Latei-
nisch ist für: Cunninghams reden nicht mit Cops. Ich kann kein
Latein. Ich schäme mich nicht dafür, dass ich es googeln musste. Andy war sauer wegen Sofias Kooperation – in Vertretung
für Katherine. »In Vertretung« war eine typische Position von
Andy. Sein Spitzname hätte »der Stellvertreter« sein können.

»Das Blut stammt von einer Verletzung am Hals. Du hast
seine Füße getragen – also konntest du es nicht sehen. Und das
Schwarze in seinem Gesicht kommt nicht von Erfrierungen,
das war Asche.«

»Asche? Wie verbrannte Kohle?«, fragte ich. »Wo gab's die
denn da draußen?«

»Seine Luftröhre ist davon verstopft, die Zunge damit verklebt. Würden wir ihn aufschneiden, fänden wir sie in den
Lungen, da bin ich mir sicher. Nur leider passt das alles nicht
zusammen. Denn abgesehen von der Tatsache, dass er keine
Verbrennungen aufweist und er mitten im Schnee lag, ohne
dass dieser geschmolzen ist, deutet alles auf eine ganz bestimmte Todesursache hin.«

»Na, dann kläre uns mal auf.« Andy war kein bisschen überzeugt.

»Er ist in einem Feuer umgekommen.«

KAPITEL 8

Ich kann nur hoffen, im Fall meines Todes ein spannendes Ge-
sprächsthema am Frühstückstisch abzugeben. Wir nahmen
unser Essen zusammen mit den anderen Gästen ein – Katherine hatte für das Mittagessen am Vortag offenbar einen Extra-
Raum gebucht –, und im Speisesaal wurde angeregt diskutiert.
Gesprächsfetzen drangen an meine Ohren, als ich mir den Weg
zwischen den Holzbänken hindurchbahnte: *Zum Eisblock gefroren!*; *Letztes Jahr hing ich auch im Bunker beim achten Loch fest,*

natürlich nicht so übel wie dieser Typ, der hätte besser mal chippen
üben sollen; und er war nicht mal Gast hier im Hotel?; ich lasse Jason
und Holly nicht mehr aus den Augen.

Ich stellte mich in die Schlange, linste in die Warmhalte-behälter und füllte meinen Teller. Der Speck war unberührt, wahrscheinlich weil die Leute gerade mit ihrer Sterblichkeit konfrontiert worden waren und deshalb gesättigte Fettsäuren vermeiden wollten. Ich griff ordentlich zu, ging zum Familien-tisch und setzte mich neben Lucy, gegenüber von Sofia. Da-mit saß ich näher an meiner Mutter, als mir lieb war, aber ich dachte, es wäre allzu offensichtlich, wenn ich eine Lücke ließ und mich gegenüber von Andy und Katherine niedergelassen hätte. An den anderen Tischen wurden jede Menge Theorien über den Tod des Mannes am Berg verbreitet, was eine gute Gelegenheit für Sofia gewesen wäre, ihre Mord-Theorie zum Besten zu geben, aber sie war ungewöhnlich still, hielt den Kopf gesenkt und schob ihr Essen auf dem Teller hin und her, ohne es zu essen. Stattdessen musste ich mir Marcelos Kritik an Lu-cys neuester Investitionsidee anhören, wieder mal ein ziemlich abenteuerliches Schneeballsystem, das so viele Ebenen bein-haltete, dass man einen Aufzug gebraucht hätte, um den Über-blick zu behalten. Früher habe ich mich über solche Geschäfts-modelle lustig gemacht, bis ich erkannte, dass diese Firmen sich gezielt an Frauen wenden und bestimmte feministische Ideale bedienen – zuallererst Unabhängigkeit, sowohl finanziell als auch organisatorisch –, um ihr Selbstwertgefühl zu stärken. Lucy, deren Mann im Knast saß, war das perfekte Opfer für solche falschen Versprechungen.

Marcelo, das muss man fairerweise sagen, ließ sie in aller Ruhe ihre Argumente abspulen und blieb gelassen. »Es freut mich, dass du etwas gefunden hast, wo du dich einbringen kannst, aber sei vorsichtig. Denk an das Auto, das sie dir gege-ben haben.« Einen Seitenhieb konnte er sich dann doch nicht verkneifen. »Wie ich gehört habe, ist der Vertrag voller Schlaglöcher. Am Ende könntest du auf einer sehr hohen Leasing-Rate sitzen bleiben.«

»Ich weiß schon, was ich tue«, behauptete Lucy verärgert. »Tatsächlich haben wir alles im Voraus bezahlt.« Letzteres sagte sie mit stolzem Unterton, aber Marcelo glaubte ihr nicht. Danach verfiel sie in Schweigen.

Ich schaute mich um und sah Officer Crawford allein am Fenster sitzen. Er schaute hinauf zum Gipfel. Wartete er auf die echten Detectives, damit er endlich nach Hause konnte? Ich war mir nicht sicher. Im Speisesaal waren alle Lichter eingeschaltet, aber der düstere Himmel sorgte für eine eher frühabendliche Atmosphäre. Vielleicht beobachtete er die Zufahrtsstraße und machte sich Sorgen, er könnte hier nicht mehr wegkommen. Mir fiel auf, dass er von seinem Platz aus den Werkstattschuppen im Blick hatte. Und schon hatte ich ein schlechtes Gewissen, weil ich ihm so wenig zugetraut hatte. Wahrscheinlich grübelte er gerade über das nach, was Sofia gesagt hatte. Ich tat dasselbe und erinnerte mich an die Fußspuren, die sich dort auf kleinstem Raum angesammelt hatten, wie in einer unsichtbaren Box. Inzwischen wusste ich, dass es offenbar die letzten Bewegungen eines brennenden Menschen gewesen waren. Ein irrer Tanz ohne Richtung, von lodernden Flammen eingeschlossen. Und doch: Nicht eine geschmolzene Schneeflocke.

»Damit will ich sagen«, redete Andy begeistert auf Katherine ein und unterbrach meine Gedankengänge, »dass wir uns so etwas Ähnliches wie Bitcoin vorstellen müssen. Es geht nicht darum, den Wert zu verdoppeln oder zu verdreifachen wie bei traditionellen Anlagen. Das sind ganz neue Dimensionen.« Ich sah, wie Sofia ein Stück Papier aus ihrer Tasche zog, schwungvoll ein X darauf zeichnete und mir zuzwinkerte. Da fiel mir ein, dass ich meine Bingo-Karte ganz vergessen hatte. Allerdings hätte ich Lucys Verkaufsrede nicht ankreuzen können, weil sie mit Marcelo sprach, nicht mit mir. Aber ich hätte das Kästchen unten rechts ankreuzen können – *Knochen gebrochen (ODER jemand stirbt)* –, aber ich entschied, dass das geschmacklos wäre – zumindest, es hier vor aller Augen zu tun. Natürlich wollte ich gewinnen.

In der Tischmitte türmte sich ein Stapel Croissants. Andy griff danach, aber Katherine schlug ihm auf die Hand.

»Ich hab mir doch die Hände gewaschen«, beschwerte er sich.

»Manches kann man nicht abwaschen.« Sie legte eine Serviette um ein Gebäckstück und legte es auf seinen Teller. Schmollend griff er nach seinem Besteck.

»Keine Sorge, er wird noch vor dem Sturm hier sein«, sagte Marcelo leise zu Audrey, aber die Unterhaltung an unserem Tisch war so lahm, dass alle die Ohren spitzten. Sogar ich.

»Wir bleiben?«, fragte Lucy.

»Denkst du denn, wir reisen ab, bloß weil irgendjemand einen Skiunfall hatte?« Marcelo schüttelte den Kopf. »Menschen sterben in der Natur. Weil sie sich nicht auskennen und nicht trainiert sind. Wenn man dem Berg keinen Respekt zollt, was darf man dann erwarten?« Er zuckte mit den Schultern. Wenn man in einer Sache Erfolg hat, dann hat man bei allem Erfolg, daran glaubte er tatsächlich. Ich hatte schon erlebt, wie Marcelo einen Teenager angebrüllt hatte, weil der Schaum auf seinem Latte macchiato nicht gut genug gewesen war. Ich sage: Wer keinen Respekt für den Barista hat, hat auch keinen für den Berg.

»Rückerstattung ist nicht möglich«, fügte Katherine zwischen zwei Schlucken Orangensaft hinzu. Dann warf sie Sofia einen Blick zu, als würde sie Widerspruch von ihr erwarten. »Wir bleiben.«

»Warum sollten wir überhaupt abreisen?«, vollendete Marcelo seinen Gedanken. »Wir sind jetzt doch viel wachsamer geworden in Bezug auf mögliche Gefahren.«

Andy und ich schauten zu Sofia. Ich, weil ich neugierig auf ihre Antwort war, Andy eher, um sie herauszufordern. Ihre Gabel kratzte über den Teller, aber sie schaute nicht auf.

»Michael wird nicht gerade vor Freude tanzen, wenn er kommt und mitansehen muss, wie immer mehr Cops auftauchen, die Nachforschungen anstellen«, sagte Lucy.

»Ihm müssen sie keine Fragen stellen«, sagte Marcelo. »Er war letzte Nacht zweihundert Kilometer entfernt von hier.«

»Ich dachte nur, es wäre vielleicht nicht gut, wenn er daran erinnert wird, dass ...«

»Michael kann für sich selbst sprechen. Wenn er erst mal hier ist«, erklärte Audrey mit schneidender Stimme. Sie hatte eine mütterliche Art, Diskussionen ein Ende zu setzen. Wir blieben also. Alle. Das war nicht verhandelbar.

»Was ist, wenn es Black Tongue war?«, meldete sich Sofia nun doch zu Wort. Andy prustete überrascht Teile seines Croissants über den Tisch. »Ihr wisst doch, dass man in einem Feuer nicht an den Verbrennungen stirbt, sondern man erstickt. Das Feuer zieht den Sauerstoff aus der Luft.«

»Bitte nicht beim Frühstück, Liebling«, sagte Marcelo.

»Ganz schön dramatisch«, würgte Andy hervor und klopfte sich auf die Brust, wo das Gebäck noch festzuhängen schien.

»Was ist denn *Black Tongue*?«, fragten Lucy und ich wie aus einem Mund.

»Ihr seid wohl nicht ganz auf dem Laufenden«, bemerkte Andy und deutete eine Stechbewegung an, wie sie den *Psycho*-Filmen würdig war.

»Ich meine es ernst«, sagte Sofia. »Andy, ich hab dir vorhin schon gesagt, da ist etwas Merkwürdiges an dieser —«

»Ich will nichts damit zu tun haben«, sagte Andy.

»Ernie?«

»Ich glaube dir, aber ich konnte nicht sehr viel erkennen.«

»Auf Ernest würde ich mich nicht verlassen, er hat ein Faible dafür, hinterrücks jemanden ...«

»Lucy, bitte«, protestierte Sofia. »Hör doch mal zu. Nach allem, was ich gesehen habe, passt es zu ...«

»Unsere kleine Möchtegern-Heldin hat also eine Theorie,

hm? Sollen wir dir jetzt vertrauen?« Katherines hässlicher Unterton überraschte mich. Das Wort »vertrauen« dehnte sie unangenehm lange. »Wie lange hast du die Leiche denn gesehen? Eine Minute oder zwei?«

»Ich habe sie den ganzen Berg hinuntergeschleppt. Glaub mir, hier stimmt etwas nicht. Officer Crawford kann froh sein, wenn seine Kollegen bald eintreffen, er ahnt ja gar nicht, in was er hier gestolpert ist.«

Normalerweise gibt es zwei Sorten von Polizisten in solchen Büchern: »einzige Hoffnung« oder »letzter Ausweg«. In diesem Stadium war Darius Crawfords einzige Hoffnung, dass er wirklich der letzte Ausweg war. Ich würde mich weniger auf ihn verlassen als auf die Finger eines Bombenlegers. Sofia hatte eindeutig die gleiche Feststellung getroffen.

»Wisst ihr eigentlich, was ihr da redet?« Katherine machte sich jetzt über sie lustig. Als würden wir in einer Schulkantine sitzen. Wenn sie einen Becher Kakao vor sich gehabt hätte, wäre der jetzt womöglich über Sofias Kopf gekippt worden. »Ihr seid doch nicht etwa betrunken?«

Andy hätte bald einen Heimlich-Griff nötig, wenn der Hustenanfall wegen seines Croissants nicht aufhörte. Marcelo zog scharf die Luft ein, geschockt von Katherines Anmerkung. Ich war gar nicht mal so überrascht: Katherine war seit ihrem Unfall Abstinenzlerin, und alles andere als absolute Nüchternheit hätte sie uns ziemlich übel genommen.

»Ich habe nicht mitbekommen, dass *du* dich gemeldet hast, um zu helfen«, warf ich ein, vor allem, um Sofia zu zeigen, dass jemand auf ihrer Seite war. Ich wollte sie nicht bei Tisch fragen, weil es dann einen Riesenstreit gegeben hätte, aber ich wollte unbedingt wissen, was es mit dieser »Black Tongue« auf sich hatte.

Katherine wandte sich an mir vorbei an Sofia. »Weil ich dachte, er hätte nach einer praktizierenden Ärztin gefragt, nicht nach einer suspendierten.«

Ich hatte erst vor einer halben Stunde während des Leichentransports erfahren, dass Sofias medizinische Karriere auf Eis lag, und hatte mir noch keine Meinung dazu gebildet. Ich war davon ausgegangen, dass es vielleicht mit einer Midlife-Crisis zu tun hatte oder ihre Karriere einfach ins Stocken geraten war. Aber aus Katherines Mund klang es wie eine Anschuldigung.

Sofia lief rot an. Sie stand auf, und kurz dachte ich, sie würde über den Tisch hechten und Officer Crawford noch mehr Arbeit bescheren, aber stattdessen faltete sie ihre Serviette zusammen, warf sie auf ihren Teller und sagte laut und deutlich, bevor sie ging: »Ich bin immer noch zugelassen.«

»War das wirklich nötig?«, zischte ich Katherine zu, als Sofia außer Hörweite war.

»Es wundert mich, dass sie es dir nicht erzählt hat. Ihr beiden hängt doch die ganze Zeit zusammen. Passt aber irgendwie.«

»Was hat sie mir nicht erzählt?«

»Dass sie verklagt wurde.« Katherine grinste süffisant. Und ich musste an Sofias Worte denken: *Vielleicht fünfzig.* »Von der Familie der Person, die auf ihrem OP-Tisch gestorben ist.« Andy machte eine Gluck-Gluck-Geste hinter ihr. Nun verstand ich den fiesen Unterton in Katherines Stimme, als sie Sofia als Trinkerin bezeichnet hatte. Mir fiel das Sixpack ein, das sie vor meiner Tür im Schnee versteckt hatte. Sie trank gerne mal einen Schluck, klar, aber ich hatte nie erlebt, dass sie es übertrieb. Hatte sie einen Fehler gemacht? Wieso hat sie mir nichts davon erzählt?

Ich wandte mich an Marcelo: »Wenn sie vor Gericht muss, wirst du sie dann verteidigen?«

Er warf Katherine einen Blick zu, fast schon bittend, aber sie verzog keine Miene. Er schüttelte den Kopf und sagte dumpf: »Das hat sie sich selbst eingebrockt.«

Das fand ich sehr untypisch für ihn. Ich hatte immer gedacht, Sofia sei seine kleine Prinzessin. »Du verteidigst Michael gegen eine Mordanklage vor Gericht, aber nicht deine eigene Tochter?«

»Michael hat seine Zeit abgesessen«, sagte Lucy. »Schönen Dank auch, übrigens.«

»Du hältst also immer noch zu ihm?«, brach es aus mir hervor, heftiger, als ich es beabsichtigt hatte. Weil ich allmählich wütend wurde, wenn auch nicht auf Lucy. Mit ihr sollte ich eigentlich an einem Strang ziehen in dieser Sache, aber offenbar hatte sie sich entschieden, den Kopf in den Sand zu stecken. Sie wollte ihren Zorn outsourcen (auf mich), anstatt sich ihrem eigentlichen Schmerz zu stellen, dem Ende ihrer Ehe.

Audrey stand demonstrativ auf, um uns zum Schweigen zu bringen. Alle machten Anstalten zu gehen. Aber ich war noch nicht fertig. Ich war jetzt richtig wütend. Crawford schaute verwundert zu uns herüber. Anscheinend hatten wir lauter gesprochen, als ich gedacht hatte. Ich fragte mich, ob er wusste, dass wir die Cunninghams waren. Soll heißen: automatisch verdächtig. Wenn er gewusst hätte, dass Michael zu uns stoßen würde, hätte er uns bestimmt so eingestuft.

»Es wundert mich wirklich, dass ausgerechnet ich das sagen muss, aber wollen wir jetzt jede Mahlzeit mit einem Eklat beenden? Können wir nicht mal eine halbe Minute normal zusammensitzen? Dies ist ein Familientreffen. Sollten wir nicht aufeinander zugehen?« Ich weiß nicht, warum ich das sagte. Vielleicht hatte der Anblick des Toten mich doch nervös gemacht. Oder der Abgang von Sofia hatte mich daran erinnert, dass ich selbst drei Jahre lang ausgegrenzt worden war. Vielleicht wurde mir plötzlich klar, für wen ich *mein Blut vergießen* würde. Vielleicht stieß mir auch nur der Speck sauer auf.

Mag sein, dass ein brennender Mensch Schnee nicht zum Schmelzen bringt, aber der plötzlich auflodernde Zorn meiner Mutter hätte es vermocht, als sie mich zum ersten Mal an diesem Wochenende direkt ansprach.

»Das Familientreffen beginnt erst, wenn mein Sohn da ist.«

MEINE FRAU

KAPITEL 9

Ich möchte nicht darüber sprechen.

MEIN VATER

KAPITEL 10

Ich schätze, es wird Zeit, dass ich erzähle, wie mein Vater gestorben ist.

Ich war sechs. Wir sahen es in den Nachrichten, bevor die Polizei anrief, um es uns mitzuteilen. Im Film kommen sie immer zu den Leuten nach Hause und klopfen zaghaft an die Tür – dieses ganz spezielle Klopfen –, woraufhin diejenigen hinter der Tür noch vor dem Öffnen wissen, dass es schlechte Neuigkeiten gibt. Außerdem tragen die Polizisten keine Mützen. Ich weiß, das klingt dumm, aber ich erinnere mich, wie das Telefon klingelte und ich dachte, dass es sich irgendwie ernst anhörte. Es war das gleiche Klingeln, wie ich es schon tausendmal gehört hatte, aber in diesem Moment erschien es mir eine Millisekunde langsamer und ein Dezibel lauter.

Dad war immer nachts unterwegs. Das war Teil des Jobs. Ich habe durchaus angenehme Erinnerungen an ihn, wirklich, aber die meisten drehen sich um den leeren Raum, den er hinterlassen hat. Es war einfacher zu sagen, wo er gewesen war, als wo er wirklich war. Der leere Sessel im Wohnzimmer. Der Teller im Backofen. Bartstoppeln im Waschbecken im Badezimmer. Das angebrochene Sixpack im Kühlschrank. Zeichen der Abwesenheit meines Vaters.

Als das Telefon klingelte, saß ich am Küchentisch. Meine Brüder waren im ersten Stock.

Ja, ich sagte »Brüder«. Darauf komme ich noch.

Der Fernseher war immer noch an, aber meine Mutter hatte den Ton leise gedreht, weil sie dem Reporter nicht mehr zuhören wollte. Ein Hubschrauber hatte den Suchscheinwerfer auf eine Tankstelle gerichtet. Es sah aus, als wäre ein Streifenwagen gegen einen großen weißen Gefrierschrank gerast, woraufhin zahllose Pakete mit Eiswürfeln sich auf der eingedrückten Motorhaube verteilt hatten – aber ich fand das erst mal nicht beunruhigend. Mum muss wohl so eine Ahnung gehabt haben, denn obwohl sie so tat, als würde sie das alles nicht interessieren, warf sie immer wieder hastige Seitenblicke auf den Bildschirm. Und sie trat mir ständig in die Sicht, indem sie ohne Grund in einem Schrank herumstöberte oder sich an einer angeblich schmutzigen Stelle an der Sitzbank zu schaffen machte. Dann dieses Klingeln. Das Telefon hing an der Wand neben der Tür. Sie nahm den Hörer ab. Ich erinnere mich genau, wie es klang, als meine Mutter den Kopf gegen den Türrahmen schlug. Und wie sie flüsterte: »Verdammt, Robert.« Da wusste ich, dass sie *zu* ihm sprach.

Ich weiß nicht genau, wie es passiert ist. Wenn ich ehrlich bin, wollte ich es auch nie herausfinden, aber über die Jahre hinweg ist es mir gelungen, anhand von Zeitungsartikeln ein Bild des Geschehens zusammenzusetzen, jenseits der Schilderungen meiner Mutter oder der Erinnerungen an die Beerdigung. Also erzähle ich Ihnen jetzt davon. In meiner Version der Ereignisse gibt es notwendigerweise einige Vermutungen, die sich mit anderen Einzelheiten vermengen, über die ich mir ziemlich sicher bin, und solche, die ich ganz sicher weiß.

Fangen wir mit den Vermutungen an. Ich vermute, dass die Tankstelle einen versteckten Alarmknopf hatte. Ich vermute, dass der Angestellte mit einer Pistole bedroht wurde, es ihm aber dennoch gelang, mit zitternden Fingern diesen Knopf auf der Unterseite des Tresens zu betätigen. Ich vermute, dass dieser Knopf ein Notfall-Signal an die nächstgelegene Polizeistation sandte, die dann einen Streifenwagen in der Nähe dorthin schickte.

Jetzt kommen die Einzelheiten, über die ich mir ziemlich

sicher bin. Ich bin mir ziemlich sicher, dass die Schießerei begann, bevor der Streifenwagen anhielt. Ich bin mir ziemlich sicher, dass man mit einer Schussverletzung am Hals sehr langsam und qualvoll stirbt. Ich habe mal gehört, das sei so ähnlich wie ertrinken. Ich bin mir ziemlich sicher, dass der Fahrer als Erster getroffen wurde. Und ich bin mir ziemlich sicher, dass die Kugel in seinem Hals der Grund dafür war, weshalb er den Eisschrank gerammt hat.

Und jetzt kommt das, was ich ganz sicher weiß: Der Polizist auf dem Beifahrersitz stieg aus dem Wagen, betrat die Tankstelle und gab drei Schüsse auf meinen Vater ab.

Ich weiß das ganz sicher, weil genau dieser Beamte während des Staatsbegräbnisses zu meiner Mutter trat mit einem dicken Sahnetörtchen in der Hand und sagte: »Ich zeige Ihnen, wo ich ihn erwischt habe«, bevor er mit dem Finger einen Klecks Sahne auf ihren Bauch schmierte und dabei knurrte: »Hier ...« Dann zog er eine klebrige Spur weiter zu ihrer Hüfte, »hier«, bevor er den Rest des Törtchens in der Mitte ihres Brustkorbs drückte: »Und hier!«

Meine Mutter verzog keine Miene, aber ich erinnere mich noch, wie ich sie langsam durch die Nase ausatmen hörte, als der Cop sich wieder seinen schulterklopfenden Freunden zuwandte.

Das ist nun einer dieser Tricks, die wir Schriftsteller benutzen, fürchte ich. Das Staatsbegräbnis, an dem ich als Kind teilnahm, war nämlich nicht für meinen Vater. Es war für den Mann, den er getötet hatte. Meine Mutter sagte, wir sollten hingehen, weil es sich gehörte. Sie sagte, dort wären Fernsehkameras und sie würden über uns reden, aber sie würden noch mehr über uns reden, wenn wir nicht hingingen. Und das war der Tag, an dem ich lernte, was es bedeutet, Außenseiter zu sein. Ich war nicht mehr ich selbst. Das galt nicht nur für die Trauerfeier, auch für die Schule. Oder später, wenn ich einem Mädchen, das ich datete, von meiner Kindheit erzählte. Oder wenn ich einem Mädchen nichts davon erzählte, sie mich aber gegoogelt hat. (Erin, die selbst ein Trauma wegen ihres gewalttätigen Vaters hatte, war die Erste, die mir ein wenig Verständnis entgegenbrachte.) Es gab Zeiten, da nahm ein Detective aus Queensland die zehnstündige Fahrt bis nach Sydney auf sich, nur um einem Cunningham einen ungeklärten Überfall in seinem Revier anzuhängen. Damals war ich sechzehn und hatte unseren Bundesstaat noch nie verlassen. Ich vermute, die Rückfahrt kam diesen Vollidioten noch viel länger vor, nachdem er nicht nur herausgefunden hatte, dass sein Hauptverdächtiger ein Teenie ohne Führerschein war, sondern auch von Marcelo darauf hingewiesen wurde, dass er sich seine lächerliche Haar-Analyse sonst wo hinstecken könnte. Ich will damit sagen, dass unser Name immer auf irgendwelchen Listen auftaucht, sogar wenn es nichts weiter gibt als eine völlig unzuverlässige Haar-Analyse (die aus gutem Grund seit den 1990ern als Beweismittel vor Gericht nicht mehr zugelassen ist) – meistens sogar farblich hervorgehoben. So wie ein paar Jahrzehnte später, als dieser Detective McMuffin mich in einem Verhörzimmer festhielt und mir kein Wort glaubte. Ich war nicht mehr Ernest Cunningham. Ich war »der Sohn von«. Meine Mutter wurde »die Witwe von«. Unser Nachname war wie ein Kainsmal: Wir gehörten zur Familie eines Cop-Killers.

Unsere Mutter wurde Gesetz. Sie scherte sich nicht um die Polizei, also taten wir es auch nicht. Ich glaube, zu Anfang fühlte sie sich zu Marcelo hingezogen, weil er sich als Anwalt um Kleinkriminelle kümmerte, wie mein Vater einer war. Er begegnete dem Gesetz nicht mit Respekt, sondern nutzte seine Schlupflöcher und Hintertürchen. Unternehmensrecht ist auch nur die nächste Entwicklungsstufe des Betrugs: Die Verbrecher sind die gleichen, aber sie fahren bessere Autos. Sogar jetzt noch warf unser Vater einen langen dunklen Schatten, und wenn wir es hier mit einem Großstadt-Cop zu tun gehabt hätten anstatt mit Wachtmeister »Letzter Ausweg«, dann hätten wir allesamt längst Handschellen an wegen des angekokelten Toten im Schnee. Wir wären die Hauptverdächtigen.

Jetzt wissen Sie, wie mein Vater ums Leben kam. Er war zugedröhnt (man fand eine Spritze bei seiner Leiche) und wollte eine Tankstelle um ein paar Hundert Dollar erleichtern. Ich weiß, dass es ziemlich dilettantisch ist, das noch schnell in Kapitel 10 zu stopfen, aber ich breite das hier aus, weil es noch wichtig wird. Außerdem sollen Sie wissen, wie wir lernen mussten, was es bedeutet, ein Cunningham zu sein, warum wir uns so abschotten und zueinanderhalten. Das war die Tür gewesen, von der Sofia fürchtete, sie wurde ihr am Frühstückstisch zugeschlagen. Und sogar ich, das perfekte Beispiel eines Außenseiters, hatte ihr nur halbherzig beigestanden, denn ich wollte noch einen Fuß im Innern des Kreises behalten. So lief das nun mal bei uns. Außer eben in jener Nacht in den Spinnweben, als ich den Splitter meines Vaters im Auge meines Bruders sah und versuchte, so weit wie möglich davon wegzulaufen.

Non fueris locutus ... Den Rest habe ich vergessen.

KAPITEL 11

Der Zugang zum Dach war über ein halbes Dutzend Treppen erreichbar, deren knarzende Stufen mit verschlissenem Teppich ausgelegt waren. Bei jedem Stockwerk spähte ich in die Flure, offenbar gab es auf jedem Level acht Zimmer. Ich tat dies aus mehreren Gründen: Erstens wollte ich die ungefähre Anzahl der Gäste wissen. Von den vierzig Zimmern waren sicher einige unbelegt, also waren circa sechzig bis achtzig Personen anwesend. Zweitens wollte ich herausfinden, ob Officer Crawford die Zimmer abklapperte. Er hatte recht empfindlich auf die Leiche reagiert, und ich bezweifelte, dass er jemals eine Mordermittlung durchgeführt hatte. Trotzdem konnte er versuchen, ansatzweise so etwas wie Befragungen durchzuführen. Wenn eine

Leiche auftaucht, steht eine gewisse Dringlichkeit im Raum, dachte ich, aber ihn schien das nicht zu tangieren. Angesichts der Tatsache, dass die Gäste während des Frühstücks angeregt miteinander getratscht hatten, fragte ich mich immer noch, ob überhaupt irgendjemand hier wusste, wer der Tote war, und sich für ihn interessierte. Drittens ist es nun mal meine Angewohnheit, einen Blick in fremde Hotelzimmer zu werfen, wenn sie gerade in Ordnung gebracht werden, einfach weil mich interessiert, wie es darin aussieht. Früher kam ich dann immer in unser Zimmer zurück, um Erin zum Beispiel zu erzählen, dass in dem Zimmer am Ende des Flurs die Betten anders standen, der Fernseher an der Wand hing oder die Vorhänge eine andere Farbe hatten als unsere. Das klingt jetzt vielleicht langweilig (na los, Lektorin, streich es raus, wenn du dich traust), aber seien Sie mal ehrlich: Sind Sie jemals an einem offen stehenden Hotelzimmer vorbeigegangen, *ohne* einen Blick hineinzuwerfen? Das ist unmöglich.

Wenn ich jetzt darüber nachdenke, war es genau das, was mich an der Stimmung beim Frühstück so genervt hat: Es war, als würden alle an einer Tür vorbeigehen und nicht hineinschauen.

Vielleicht geht es mir hier um die angeborene menschliche Neugier. Ich bin der Typ, der im Auto seines Bruders saß, mit einer Leiche auf dem Rücksitz, und neugierig war, was er jetzt tun würde. Ich bin der Typ, der zum Dach hochsteigt, um ein Handy-Signal zu kriegen und »Black Tongue« zu googeln. Ich bin der Typ, der hinter zu viele Türen späht. Vielleicht ist das eben doch wichtig.

Auf jeder Etage waren Schilder mit Pfeilen angebracht, die auf die Zimmernummern oder bestimmte Einrichtungen hinwiesen. Der Speisesaal und die Bar befanden sich im Erdgeschoss, genauso wie der Trockenraum (Räume und ihre Funktionen sind wichtige Hinweise in Kriminalromanen), die Wäscherei und die Bibliothek waren in den oberen Stockwerken untergebracht. Letztere beherbergte wahrscheinlich den Kamin, der im Werbeprospekt abgebildet und meiner Ansicht nach daran schuld war, dass ich überhaupt in diesem Schlamassel hier gelandet war. Ich erwartete also eine geradezu märchenhafte Wärme mit knackenden Holzscheiten, um mich dafür zu entschädigen. Außerdem gab es noch einen Raum für Fitness und Sport, neben dem die Wörter »Billard / Darts« prangten. Ich nahm mir vor, mich weniger auf die Leiche zu konzentrieren und stattdessen den Ferienaspekt mehr zu betonen, der anstrengende Teil stand ja schließlich erst noch bevor. Denn ich bezweifelte, dass ich mit Michael gemütlich eine Runde Billard spielen würde. Aber wir würden sicher eine andere Art gemeinsamer Beschäftigung finden. Er könnte zum Beispiel ein paar Dart-Pfeile nach mir werfen.

Während ich weiter hinaufstieg, änderte der kleine Pfeil mit der Aufschrift »Dach« seine Position und deutete nun nicht mehr nach oben, sondern zur Seite. Im angrenzenden Flur bemerkte ich einen Servicewagen. Perfekt. Ich spähte in den Raum: Doppelzimmer, grausige Minibar.

Auf dem Dach stand bereits eine Frau und rauchte ihre morgendliche Zigarette. Ich wusste, dass es nicht Sofia war, noch bevor sie sich umdrehte, denn Sofia ist eine nachlässige Raucherin. Meist hält sie ihre Zigarette zwischen den Fingern und lässt sie abbrennen, ohne einen Zug zu nehmen, und sagt dann: »Oh«, um sich eine weitere anzuzünden. Lucy hingegen saugt an der Zigarette, als ginge es um ihr Leben. Als ich die kurzen, verzweifelten Züge hörte, wusste ich, dass sie es war.

Die Kälte war überwältigend. Ich schob meine Hände in die Hosentaschen, in denen schon einige Shampoo-Fläschchen waren, die ich vom Servicewagen stibitzt hatte (eine meiner Schwächen), und trat zu ihr.

»Momentchen«, sagte sie und saugte der Zigarette die Seele aus. Ich hatte mal eine Freundin an der Uni, die abends ihren Kaugummi ans Kopfende des Betts klebte, um ihn morgens weiterzukauen. So ähnlich war das mit Lucy und den Zigaretten: ein Langstreckenlauf. Ich sah ihr an, dass sie sich vornahm, das würde ihre letzte sein. Ich konnte ihr auch ansehen, dass sie das ernsthaft glaubte, wie jedes Mal. In diesem Fall lag sie fast richtig. Sie würde nur noch eine einzige rauchen.

»Internet«, sagte ich und holte zur Erklärung mein Handy raus (Akku: 54 %).

Sogar hier auf dem Dach war der Empfang superschlecht, nur ein Balken, dann wieder gar nichts. Typisch für solche Bücher, ich weiß. Finden Sie sich damit ab. Auch die nahende Sturmfront gehört dazu. Und natürlich diese irre Bibliothek mit Kamin, die ich so betont habe (wo ich dann diesen ganzen verdammten Fall aufklären werde). Im Moment klingt das alles arg nach einer Anleitung im Stil von »Wie schreibe ich einen Kriminalroman«. Falls es Sie also tröstet: Zunächst wird bei niemandem der Handy-Akku leer sein, das kommt erst auf Seite 291. Das mit dem schlechten Empfang und der leeren Batterie sind natürlich typische Klischees. Aber was soll ich sagen – wir sind in den Bergen. Was erwarten Sie?

»Es tut mir leid wegen vorhin«, sagte ich. Lucy und ich standen nebeneinander, Schulter an Schulter, und ich sprach meine Worte in die gebirgige Landschaft. Das ist die einzige Art, wie Männer Demut zeigen können, indem sie so tun, als stünden sie vor einem Pissbecken. »Ich bin immer noch dabei, alles zu verarbeiten, aber ich hätte dich nicht so angehen dürfen. Ich denke, wir sollten uns unterstützen. Wir haben einiges gemeinsam.«

»Wie wär's, wenn du deine Ehe in Ordnung bringst und ich meine?«

Das war eine ganz schöne Ansage für eine, deren Selbstbewusstsein von ihrem Nikotinkonsum abhing. Aber ich wollte nicht schon wieder Streit anfangen, also sagte ich nur: »Gut.«

Wir standen schweigend da und ließen unsere Blicke über den Berghang schweifen. Vom Skilift drang ein leises Klappern zu uns. Es war immer noch recht früh, und manche zogen gerade erst ihre Stiefel an, aber die Hartgesottenen waren bestimmt schon seit Stunden dort oben, um den ganz frischen Schnee zu genießen. Ich konnte Straßen erkennen, die sich zwischen den Baumwipfeln hindurchschlängelten, einen Fluss, der das Plateau unter uns begrenzte, und noch weiter unten das Tal, wo das Weiß von schmutzigem Braun durchzogen war. Der Wind heulte übers Dach und zerrte an den zusammengefalteten Sonnenschirmen, die in den Löchern in der Mitte einer Reihe von Holztischen steckten. Andy hatte recht gehabt: Es gab hier oben drei künstlich angelegte Rasenflächen mit Golf-Markierungen und weiter hinten, abgetrennt durch einen Aluminiumzaun, einen Wellness-Bereich mit einem halb abgedeckten Pool, aus dem Dampf aufstieg.

Meine Augen wanderten beinahe automatisch zu der Stelle, wo die Leiche gefunden worden war. Sie war ziemlich abgelegen: vom nächstgelegenen Skihang des Resorts, vom Waldrand weiter oben und auch von der Zufahrtsstraße. Von hier oben hatte ich genug Überblick, um festzustellen, dass der tote Kerl unmöglich aus eigener Kraft dorthin gelangt sein konnte. Es sei denn, er hatte sich bereits auf dem Gelände der Sky Lodge befunden. Alles andere war viel zu weit entfernt.

»Du hast ihn gesehen«, sagte Lucy überraschend. Sie hatte bemerkt, dass ich auf eine ganz bestimmte Stelle im Schnee starrte. Jetzt schaute ich sie zum ersten Mal richtig an. Sie hatte grellrosa Lippenstift aufgetragen und tiefschwarzen Eyeliner. Bestimmt wollte sie damit temperamentvoll wirken, aber ihr Gesicht war so blass von der Kälte, praktisch farblos, dass sie wie eine Comicfigur aussah. Auch heute war ihr Outfit makellos – ihr gelber Rollkragenpullover war viel zu formbetonend, um als praktische Winterkleidung durchzugehen. »Als der Cop dich und Andy bat, die Leiche wegzutragen, hat er uns alle so weit zurückgehalten, dass wir nichts erkennen konnten. Aber du hast ihn doch gesehen?«

Ich räusperte mich. »Habe ich wohl. Aber sehen ist nicht gleich sehen.«

»Häh?«

»Ich hatte nur die Beine in der Hand.«

»Na und?«, fragte sie neugierig weiter. »Sah er aus wie Michael?«

»Oh, Lucy.« Bis zu einem gewissen Grad konnte ich die Verzweiflung in ihrer Stimme nachvollziehen. Wahrscheinlich war ihr diese Idee erst nach dem Frühstück gekommen, sonst wäre die Unterhaltung am Tisch wohl anders verlaufen, aber niemand hatte ihr etwas erzählt. »Es war nicht Michael.«

»Er sah ihm kein bisschen ähnlich?«

»Ich sagte doch, er war es nicht. Und ich bin wahrscheinlich der Einzige hier, der ihm ähnlich sieht, und soweit ich weiß …«, ich tastete mich theatralisch ab, um sicherzugehen, dass ich noch lebendig war, »ja, immer noch quicklebendig. Hör mal, Sofia hat uns einen ganz schönen Schrecken eingejagt beim Frühstück. Wollen wir mal herausfinden, was sie gemeint hat?« Ich hielt das Handy hoch. Außer mir war Lucy die Einzige gewesen, die nicht gewusst hatte, was es mit »Black Tongue« auf sich hatte.

Sie schüttelte den Kopf. »Ich hab schon nachgeschaut. Es ist eine Weile her, aber damals war es ein Riesending, jede Menge Presse, und sie brauchten natürlich einen knalligen Namen für den Killer. Er hat ein älteres Ehepaar in Brisbane umgebracht. Und eine Frau in Sydney.«

Ich verstand jetzt, warum ich nie davon gehört hatte. In den letzten Jahren war ich nicht mehr in der Lage gewesen, noch mehr grausige Nachrichten über mich ergehen zu lassen, weil ich selbst Teil einer solchen Sensationsgeschichte gewesen war. »Wie hießen die denn?«

»Ähm …« Sie hatte nun auch ihr Handy in der Hand und scrollte durch einen Artikel. »Alison Humphreys und … weiß nicht. Doch. Das Ehepaar hieß Williams – Mark und Janine.«

»Sofia sprach von Ersticken. Wurden sie … gefoltert?«

»Es ist zumindest ein langsamer Tod. Ich würde eher einfach …«, sie deutete mit der Hand eine Pistole an, die sie sich an den Kopf hielt, »so machen, anstatt mir das zuzumuten. Die Leute machten sich Sorgen, es könnte ein Serienkiller sein, dabei waren es nur zwei Morde. Gut, es war ein Ehepaar dabei, zählt das dann doppelt? Ich meine, klar sind es zwei Opfer, aber wie lautet die genaue Definition für einen *Serien*killer?«

»Damit kenne ich mich nicht aus.«

»Ich dachte, du schreibst über so was.«

»Ich schreibe darüber, wie man darüber schreibt.«

»Vielleicht kommt es auf die Inszenierung an. Vielleicht sind ein paar spektakuläre Morde mehr wert als eine ganze Reihe profaner Tötungsdelikte. Jedenfalls für die Zeitungen.« Bevor ich sie fragen konnte, ob ein Mann, der in einem nicht geschmolzenen Schneefeld verbrannt ist, als spektakulär gelten kann oder nicht, sprach sie weiter. »Sofia spinnt. Ich glaube nicht daran, dass sich ein Serienkiller hier versteckt. Ich will bloß wissen, ob du das Opfer erkannt hast, vielleicht gestern beim Mittagessen oder an der Bar, als du mit Andy dort warst, oder sonst wo.«

»Warum willst du denn wissen, wer er war?«

»Weil es niemand zu wissen scheint, und das macht mich nervös. Und niemand scheint ihn zu vermissen.«

»Die haben doch bestimmt ein Gästebuch. Vielleicht ist er allein hier abgestiegen.«

»Es heißt, dass alle, die hier sein sollten, auch da sind.«

»Woher weißt du das?«

»Ich rede mit den Leuten. Mit der Inhaberin. Solltest du auch mal versuchen.«

»Ich habe ihn jedenfalls nicht erkannt«, schloss ich das Thema ab. Ich weiß, ich bin der Erzähler, aber ich fand es interessant, dass ich nicht der Einzige war, der hier rumschnüffelte. In Kriminalromanen wird stets nach den Motiven einer

Reihe von Verdächtigen gesucht, aber immer aus der Perspektive eines cleveren Ermittlers. Bin ich wirklich der Detektiv, nur weil Sie nur meine Perspektive kennen? Ich schätze, die ganze Geschichte wäre völlig anders, wenn eine andere Person sie geschrieben hätte. Vielleicht bin ich ja doch nur der Watson.

Warum war Lucy so neugierig, und wieso stand sie hier mit mir und suchte trotz des schlechten Empfangs hartnäckig im Internet nach Fakten? Ich bemerkte einen Anflug von Enttäuschung in ihrem Gesicht, und da wurde mir was klar: »Du suchst nach Informationen, weil du Crawford loswerden willst«, sagte ich. »Denn je länger es dauert, die Sache aufzuklären, umso mehr Polizisten werden sie herschicken. Und wenn Michael sich davon reizen lässt, sind all deine Hoffnungen für dieses Wochenende zerstört.«

»Ich kann keine Ablenkungen gebrauchen«, flüsterte sie. Ich brachte es nicht übers Herz, ihr zu erklären, dass sie dann auf ihren fluoreszierenden Lippenstift verzichten müsste. »Michael soll seine Familie wiederbekommen. Dies ist meine letzte Chance, das wahr zu machen.«

Es gab also noch einen anderen Grund, warum sie hier auf dem Dach stand. Sie suchte nach der besten Position, um eine SMS zu empfangen.

»Hast du was von ihm gehört?«, fragte ich.

»Nein.«

»Von ihr?«

Lucy lachte. »Ich könnte mir vorstellen, dass sie meine Nummer gelöscht hat. Ich bin die Ex, schon vergessen? Hast du was gehört?«

»Ich habe nichts erwartet.«

»Ich schätze, wir stehen auf der gleichen Seite.« Sie seufzte. »Machst du dir Sorgen wegen ihm?«

»Ich bin sicher, dass er sich verändert hat. Aber wer weiß, wie sehr. Davor habe ich Angst. Letzte Nacht konnte ich nicht schlafen. Ich hab schon davon geträumt, dass er mich nicht mal mehr erkennt. Hab mich gefragt, was von seiner alten Persönlichkeit noch da ist, ob überhaupt etwas da sein wird. Ich habe Angst, dass da nichts mehr ist.«

Ich gestand ihr nicht, dass ich genau das Gegenteil fürchtete: dass er sich kein bisschen verändert hatte.

Mir fiel ein, dass Lucy mich nie nach dem Geld gefragt hatte. Offenbar wusste sie nichts davon. Ganz schön viel Kohle, um es vor seiner Ehefrau geheim zu halten, dachte ich.

Und wieder überraschte sie mich, indem sie eine Hand ausstreckte. Ich nahm sie: Waffenstillstand. Ihre Hand zitterte so sehr, dass ich ihren Ellbogen umfassen musste, um sie zu beruhigen. »Du hättest ihm das nicht antun dürfen«, sagte sie, bevor sie losließ. Sie sagte es so leise und verhalten, dass ich es fast überhört hätte. Ich wollte schon widersprechen, aber sie hob abwehrend eine Hand. »Ich will damit nicht sagen, dass es deine Schuld ist. So engstirnig bin ich nicht. Aber nichts davon wäre geschehen, wenn du nicht diese Entscheidung getroffen hättest. Er wäre vielleicht in den Knast gekommen, aber es wäre auf andere Art geschehen. Ich hasse dich dafür.« Sie war nicht wütend, sondern ruhig und aufrichtig, also wusste ich, es war die Wahrheit. »Ich wollte dir das ins Gesicht sagen. Nur ein einziges Mal.«

Ich nickte. Ich hatte schon so ein Gefühl gehabt, dass sie mir das mal sagen wollte – nur einmal natürlich, so wie sie nur noch eine Zigarette rauchen wollte, aber ich verstand sie. Ich hatte in den letzten vierundzwanzig Stunden über das Gleiche nachgedacht. Ich hatte keinen Grund, ihr das übel zu nehmen.

Ein Rumpeln hallte über das Dach, das Aufheulen eines Motors, der sich in dem unwegsamen Gelände abkämpfte, der Wind trug es zu uns. Ich schaute zur Zufahrt und bemerkte die Scheinwerfer zwischen den Bäumen. Es war kein Auto, sondern ein mittelgroßer Transporter, wie ihn Umzugsunternehmen benutzen. Er war überhaupt nicht für dieses Gelände geeignet und schlingerte jetzt den Hang hinunter. In fünf oder zehn Minuten würde er hier sein.

»Es geht los«, sagte ich.

Lucy atmete tief durch und zupfte ihre wirklich allerletzte Zigarette aus der Packung.

KAPITEL 12

Die Horde, die sich auf dem Parkplatz oberhalb des Gästehauses versammelte, ähnelte der, die am Morgen am Berghang zusammengekommen war: Wieder formte sie einen Halbkreis, mit dem Unterschied, dass es beim ersten Mal darum gegangen war, einen Toten anzustarren, während nun alle einen Auferstandenen erwarteten.

Lucy war nicht die Einzige, die sich fragte, wie sehr Michael sich verändert haben könnte. Keiner von uns hatte ihn im Knast besucht. Es dürfte niemanden überraschen, dass meine Anfrage in der Post verloren gegangen war. Aber Michael hatte keinen Besuch gewollt, vielleicht aus Verlegenheit oder weil er sich schämte. Er nutzte das Gefängnis wie einen Kokon, in dem er sich vor der Welt verbarg. Gelegentlich kommunizierte er mit jemandem aus der Familie, aber nie persönlich. Telefonate. E-Mails. Ich weiß nicht, ob das Unterschreiben von Scheidungspapieren als Briefeschreiben durchgeht, wenn ja, dann hat er auch ein paar Briefe geschrieben. Insgesamt war der Kontakt jedenfalls sporadisch. Seine Ankunft war also ein besonderes Ereignis.

Ein Knirschen war zu hören, als die Handbremse angezogen wurde. Dann wurde der Motor ausgeschaltet, und der Laster gab ein erleichtertes Zischen von sich, sonst war nur das Pfeifen des Gebirgswinds zu hören. Ein Donnerschlag hätte gut zur Atmosphäre gepasst, aber ich hab ja versprochen, nicht zu lügen.

Ich stellte fest, dass die Schneeketten von Michaels Transporter fachmännisch montiert waren.

Lucy korrigierte ihre Frisur und testete ihren Atem, indem sie in die Hand hauchte. Meine Mutter verschränkte die Arme.

Die Beifahrertür ging auf, und Michael stieg aus.

Einigen von Ihnen ist gerade vielleicht schon etwas klar geworden. Aber ich ziehe das jetzt trotzdem durch.

Nach drei Jahren und einigen Veränderungen, das gebe ich zu, erwartete ich eine Art Robinson-Crusoe-Version meines Bruders: schulterlange verfilzte Haare, einen wuchernden Vollbart und wachsame, unstete Augen mit der Botschaft: *Das also ist die Zivilisation*. Das Gegenteil war der Fall. Seine Haare waren länger, das stimmt, aber er hatte sie zu einer dichten, voluminösen Welle frisiert. Womöglich sogar gefärbt. Offenbar hatte er Zeit gehabt, sich um sein Äußeres zu kümmern, denn er war glatt rasiert. Und da, wo ich neue Falten suchte, auf seiner Stirn oder unter den Augen, war die Haut glatt und rosig. Seine Augen leuchteten. Vielleicht lag es an der Kälte oder im Knast gab es eine Kosmetik-Abteilung, von der niemand wusste, aber ich fand, dass er jünger aussah als damals, als er eingesperrt worden war. Das letzte Mal hatte ich ihn vor Gericht gesehen, nach vorn gebeugt in einem Anzug, der wie eine Zwangsjacke ausgesehen hatte. Aber jetzt wirkte er wie verjüngt. Auferstanden.

In seiner schwarzen North-Face-Jacke über dem zugeknöpften Hemd sah er aus wie jemand, der für eine Besteigung des Mount Everest bezahlt hat. Er holte tief Luft, saugte so viel Bergluft ein, wie er konnte, und schleuderte uns ein kräftiges »Whooo-hoo!« entgegen.

Das Echo hallte über das Tal.

»Wow«, sagte er. »Da hast du aber eine Super-Location aufgetan, Katherine.« Er schüttelte den Kopf und tat so, als könnte er kaum glauben, wie großartig es hier war. Vielleicht meinte er es sogar ernst, da bin ich mir nicht sicher. Dann ging er direkt auf meine Mutter zu. Ich schätze, ich sollte jetzt »unsere Mutter« sagen oder es bei »Audrey« belassen.

Michael beugte sich vor, umarmte unsere Mutter und flüsterte ihr etwas ins Ohr. Sie packte ihn bei den Schultern und schüttelte ihn, als wollte sie prüfen, ob er wirklich echt war. Michael lachte und sagte etwas, das nur wie ein fernes Murmeln an mein Ohr drang, dann wandte er sich an Marcelo, der ihm einen festen Handschlag und einen väterlichen Schulterklaps verpasste.

Michael arbeitete sich durch den Halbkreis. Katherine bekam eine Umarmung und einen Luftkuss. Andy wurde mit Handschlag begrüßt, woraufhin er bemerkte: »Toller Transporter« und die Frage stellte, ob der es wohl wieder den Berg hinaufschaffen würde, so wie verlegene Männer eben über Autos reden. Mein Magen rumorte immer mehr, je weiter er in der Runde vorankam und alle begrüßte. Es war ein bisschen so, als würden wir die Queen treffen. Mein Herz klopfte bis zum Hals. Ich zerrte an meinem Kragen. Ich hatte viel zu viel an. Ich fragte mich, ob ich kleiner geworden oder in den tauenden Schnee eingesunken war, als er am Ende des Halbkreises angekommen war. Sofia umarmte ihn mit einem Arm, wie einen unbeliebten Tanzpartner bei einer Oberstufen-Party und hauchte ein nachlässiges »Willkommen zurück, Mike«. Das war ungewöhnlich: Mein Bruder hatte schon einige Spitznamen in seinem Leben bekommen – Mickey, Cunners, Ham, der Angeklagte –, aber niemand hatte ihn bisher Mike genannt. Als er bei Lucy ankam, hatte sie schon die Hälfte ihres Lippenstifts abgenagt und fiel ihm in die Arme, als hätte sie sich einen Absatz abgebrochen. Sie vergrub ihr Gesicht an seinem Hals und flüsterte etwas. Ich war der Einzige, der seine Antwort hören konnte: »Nicht hier.« Sie riss sich zusammen, ließ ihn los, trat zurück und holte mehrmals tief Luft durch die Nase, um sich zu beruhigen. Sofia legte eine Hand auf ihre Schulter. Michael war jetzt am Ende der Reihe angekommen, nur ich war noch übrig.

»Ernie.« Er streckte die Hand aus. Seine Hände waren schmutzig vom Knast, er hatte Dreck unter den Nägeln. Sein Lächeln war offen und warmherzig. Ich konnte nicht erkennen, ob er sich wirklich freute, mich zu sehen, oder ob er in der Gefangenen-Theatergruppe reüssiert hatte.

Ich ergriff seine Hand und sagte tollpatschig: »Willkommen zu Hause.« Obwohl ich nicht wusste, ob überhaupt eins davon zutraf.

»Ich bin sicher, dass Katherine eine Menge geplant hat, aber ich hoffe, wir können uns zwischendurch mal auf ein Bier zusammensetzen«, sagte er. In meinem Kopf fragte er bereits nach dem Geld, aber das passte nicht zu seinem Tonfall. Ich merkte, dass Sofia uns beobachtete und versuchte mitzuhören. Der Verdacht lag nahe, dass sie Lucy nur tröstete, um näher an uns ranzukommen. »Ich muss dir ein paar Dinge sagen, von denen ich glaube, dass ich sie dir schulde. Ich hoffe, du gibst mir die Möglichkeit.«

Wenn man diese Worte anders liest – so was wie »Dinge sagen« und »schulden« –, dann wird eine Drohung daraus, aber seine Stimme klang … *demütig*. Das ist das einzige Wort, das mir in den Sinn kommt, um es zu beschreiben. Alles, was ich mir in Bezug auf diese Begegnung ausgemalt hatte, traf nicht zu. Ich hatte Schwierigkeiten, die Person, die da vor mir stand, mit der in Einklang zu bringen, die ich mir vorgestellt hatte: einen zornigen, verletzten, rachsüchtigen Menschen. Ich dachte, es sei nur Fassade für die anderen und er würde die Maske fallen lassen, wenn wir erst mal allein wären, aber es fühlte sich nicht an wie eine Falle. Nennen Sie es Brüderlichkeit. Oder Blutsverwandtschaft. Ich hatte die Tasche mit dem Geld hergebracht in der Hoffnung, dass wir uns einigen würden. Er gab mir die Hand, schenkte mir ein Lächeln und hoffte das Gleiche.

Ich nickte so hastig, wie Lucy geatmet hatte. Und quetschte noch ein kurzes verschämtes »Yep« heraus.

Und da wurde die Fahrertür aufgestoßen. Genau das haben Sie sich wahrscheinlich ausgemalt, als Michael auf der Beifahrerseite ausstieg.

»Was für eine Fahrt«, sagte Erin und streckte sich. »Wie ist denn der Kaffee hier?«

KAPITEL 13

Zugegeben, so groß war diese Enthüllung nicht, um eine Kapitel-Unterbrechung zu rechtfertigen. Wir wussten alle, wer hinterm Steuer saß. Natürlich wussten wir das: Lucy war bereits hier, und es wäre sehr verwunderlich gewesen, wenn Katherine etwas so Wichtiges wie das Herbringen von Michael dem Zufall überlassen hätte. Es überraschte mich nicht, Erin zu sehen, auch nicht, sie mit Michael zu sehen.

Bevor sie mir jetzt vorwerfen, ich hätte ihren Ausstieg aus dem Laster mutwillig verzögert, möchte ich darauf hinweisen, dass Erin einen Sinn für Spannungsdramaturgie hatte. Oder vielleicht wollte sie Michaels Ankunft auch einfach nicht noch unangenehmer gestalten. Also war sie in der Fahrerkabine geblieben, bis er seine Huldigungen entgegengenommen hatte.

Das mit den beiden hatte ich sechs Monate nach Michaels Haftantritt erfahren. Ich glaube, ich war der Erste, und ließ es dann nach und nach an die anderen in der Familie durchsickern. Andererseits habe ich mir immer vorgestellt, dass Lucy es zur gleichen Zeit herausgefunden hat: Wie sie in ihrem Morgenmantel dasteht und aufgeregt den großen gelben Umschlag aufmacht und weiß, dass es Post aus dem Gefängnis ist, weil er schon einmal aufgerissen und wieder zugeklebt worden war – genau wie der Moment, als meine Frau mir während eines ansonsten ereignislosen Frühstücks mitteilt, dass sie vorhätte, *mehr Zeit mit meinem Bruder Michael zu verbringen.*

Okay, ich gebe zu, ich habe das mutwillig verzögert.

Falls sie sich über meine Wortwahl wundern, sollten sie wissen, dass mein Frühstück fast immer ereignislos verläuft. Es ist mir nie gelungen, eine Mahlzeit, bei der Milch eine vorherrschende Rolle spielt, dramatisch zu finden. Ich hatte bislang nur drei ereignisreiche Frühstücke in meinem Leben. Zwei davon kennen sie schon. Beim dritten war Sperma mit im Spiel. Wir müssen uns noch etwas näher kennenlernen, bevor ich darüber berichte.

Oftmals wird behauptet, die Ehe würde das Feuer der Liebe ersticken. Als gäbe es in der Liebe eine übernatürliche Kraft, die man falsch benutzen oder handhaben könnte. Auch könnte man, angesichts der Tatsache, dass meine Frau in der Lage war, ohne mein Wissen eine Beziehung zu meinem verurteilten Bruder exklusiv über Telefon und E-Mail aufzubauen (da er ja keinen Besuch bekam), zu der Ansicht gelangen, unsere Ehe sei am Ende gewesen. Ich möchte mich nicht dazu hinreißen lassen, Erin in ein schlechtes Licht zu stellen, denn sie ist nicht schlecht. Es war einfach – vorbei. Am Abend, als Michael bei uns auftauchte, mit der Leiche im Auto, schliefen wir bereits in getrennten Zimmern. Andernfalls hätte sie das Geld bemerkt, als ich es aufs Bett warf. Aber das Feuer war nicht das Problem, sondern das Feuerzeug, der Feuerstein, die Streichhölzer. Die waren nicht verschwunden, die waren uns weggenommen worden. Nicht das Feuer war uns abhandengekommen, uns fehlten die Werkzeuge, um es zu entzünden.

»Ich möchte nicht, dass das unangenehm wird«, hatte sie während dieses Frühstücks gemurmelt. Sie hatte ihren Ehering am Finger gedreht, als sie das sagte. Was ich weniger als Sinnbild für eine gescheiterte Ehe nahm als dafür, dass sie ganz schön abgenommen hatte. Die Wangen oder Hüften einer Person sind Indikatoren für das kurzfristige Auf und Ab im Leben eines Menschen, aber wenn man es schon an den Händen sehen kann … Ich hatte schon bemerkt, dass wir beide dünner geworden waren, aber früher hatte der Ring so fest an ihrem Finger gesessen, dass man schon mit Öl nachhelfen musste, um ihn abzubekommen. Als ich sah, wie locker er saß, fragte ich mich, was ich ihr da antat. Verstehen Sie mich nicht falsch, zwischen uns war alles friedlich: Wir schrien uns nicht an oder warfen Teller durch die Gegend. Aber wir hatten einen Punkt erreicht, wo wir einander etwas antaten, indem wir einfach nur zusammen waren. Vielleicht hätte ich etwas anderes gesagt, wenn sie nicht den Ring gedreht hätte, aber das tat sie nun mal, und so sagte ich dies:

»Du kannst tun, was du willst.«

Sie lächelte auf diese Art, bei der die Augen schimmern, was bedeutet, dass man nicht wirklich lächelt, und bat mich, es Lucy noch nicht zu erzählen.

Ich hatte nicht das Bedürfnis, sie auszufragen. Der Frühstückstisch war nicht der richtige Ort dafür. Und später, nun ja, habe ich es einfach nicht mehr getan. Natürlich dachte ich darüber nach. Und manchmal fragte ich mich, ob sie die Gefahr suchte. (Ich habe einmal gelesen, dass Frauen sich besonders zu Gefangenen im Todestrakt hingezogen fühlen. Manche Verurteilte haben sogar mehrere Ehefrauen.) Oder sie empfand es als Erleichterung, dass er hinter Gittern saß. So einer Beziehung werden wortwörtlich Grenzen gesetzt, sie musste sich nicht über andere Dinge Gedanken machen, über die Dinge, die uns auseinandergebracht hatten. Michael konnte nicht die gleichen Fehler machen wie ich, weil er überhaupt nicht in ihrem Leben vorkam. Ich bin alle Möglichkeiten durchgegangen, glauben Sie mir. Vielleicht hatte sie die Cunningham-Ideale verinnerlicht und betrachtete es – ironischerweise – als einen Akt der Loyalität. Vielleicht glaubte sie mehr an ihn als an mich. Vielleicht hatte *er* das Werkzeug. Wenn ich einen Anfall von Boshaftigkeit hatte, was ich generell zu vermeiden suchte, fragte ich mich, ob es daran lag, dass sie etwas gemeinsam hatten, gegen das ich nicht ankam. Das nennt man Vorahnung.

Bei Michael war es einfacher. Bei ihm hatte ich immer schon den Eindruck, dass er mir etwas wegnehmen wollte.

Als Erin aus dem Laster stieg, war das also keine Überraschung, aber ein besonderer Moment. Denn Michael hatte wirklich keinen Besuch im Knast gehabt, und ganz bestimmt keinen Damenbesuch. Dieses Wochenende war also nicht nur das erste Mal, dass ich die beiden zusammen sah, sondern auch das erste Mal, dass sie überhaupt zusammen waren. Ihre Beziehung zueinander war rätselhaft, und jeder von uns stellte sich etwas anderes darunter vor. Nennen Sie mich fatalistisch oder einfach nur träge, aber ich war froh, mich damit abfinden zu können: Ich ging davon aus, dass sie zusammen waren, vermied es aber, sie als Paar zu betrachten. Die aufgebrezelte Lucy mit ihrem schockfarbenen Lippenstift hatte offenbar das Gefühl, sie könnte sich da irgendwie dazwischendrängen. Alle anderen schwankten zwischen Unglauben und Akzeptanz und tendierten größtenteils zur Skepsis.

Im Rückblick kann ich nicht so distanziert gewesen sein, wie ich mich hier beschreibe, denn mir musste ja klar sein, dass sie bisher keine Nacht miteinander verbracht haben konnten. Denn Erin hatte Michael erst an diesem Morgen im Cooma Correctional Centre abgeholt und dann die knapp zweistündige Fahrt hierher angetreten. Zweifellos hatte sie die Nacht zuvor in einem Motel mit kratzigen Laken verbracht, so wie ich es mir vorgestellt hatte. Ich weiß nicht, wieso das wichtig ist – wen interessierte schon, ob sie die Nacht miteinander verbracht hatten oder nicht –, aber ich gebe zu, dass es mir durch den Kopf ging. Ich erwähne es hier vermutlich, weil ich davon ausgehe, dass, wenn ich schon darüber nachdachte, das Gedankenkarussell in Lucys Kopf wohl unerträglich sein musste.

Erin gestaltete ihre Begrüßungsrunde sparsamer als Michael, was auch daran lag, dass sie weniger Hände schütteln musste, da Lucy sich demonstrativ die Schnürsenkel band. Als sie bei mir ankam, hielt ich ihr eine Hand hin.

»Was Nettes«, sagte ich. Das ist so ein Scherz zwischen uns. Ich wollte die Sache auflockern.

Sie lächelte nicht mal. Stattdessen nahm sie meine Hand und zog mich an sich, um mich kühl zu umarmen. Ihr Atem strömte warm in mein Ohr, als sie flüsterte: »Das Geld gehört der Familie, Ernie.«

Das war eindeutig geklaut. Michael hatte das Gleiche zu mir gesagt, in dieser Nacht, als er Alan verscharrte. *Das Geld gehört uns.* Ich wusste, was er damit sagen wollte. Er hatte es verdient. Er hatte dafür getötet. Er beanspruchte es für sich und bot mir etwas davon an, damit ich den Mund hielt. Ich kann nicht sagen, was ich von Erin erwartet hatte, vielleicht eine Art Entschuldigung oder, als sie mir so nahe kam, etwas Heißblütiges oder eine Kombination aus beidem: eine heißblütige Entschuldigung. Aber ich hatte nicht erwartet, dass sie als Botschafterin von Michael auftreten würde, während er lächelte und mir mitteilte, er schulde mir noch ein Bier. *Das Geld gehört der Familie, Ernie.* War das ein Hinweis darauf, was passieren würde, wenn ich nicht mitspielte? Ich war mir nicht sicher. Ihr Gesichtsausdruck war ernst, aber nicht drohend. Vielleicht sollte es nur eine Warnung sein. Sie ließ von mir ab, bevor ich Zeit fand zu reagieren, und ich konnte sie nicht vor allen anderen danach fragen.

Die nun vollständige Familie teilte sich rasch in Grüppchen auf. Lucy und Sofia traten zu Michael und mir. Lucy wollte Michael offensichtlich nicht aus den Augen lassen, und Sofia wollte nicht, dass ich irgendwas über das Geld ausplauderte, bis ich entschieden hatte, wie viel ich ihr geben wollte. Erin tat sich mit meiner Mutter und Marcelo zusammen. Ich versuchte unauffällig, den Gesichtsausdruck meiner Mutter zu interpretieren. Ich kannte ihn nicht, also nahm ich an, dass er warmherzig und freundlich war. Katherine gesellte sich zu Erins Gruppe, und Andy, der verloren dazwischenstand, kam zu uns.

Michael, der offenbar kapierte, dass er die Unterhaltung

führen musste, weil niemand etwas sagen würde, wenn er nicht anfing, amüsierte uns mit der Schilderung, wie er Erin gezwungen hatte, bei jeder Tankstelle zu halten, damit er sich je einen anderen Schokoriegel besorgen konnte.

»Welcher war am besten?« Ich hatte mir vorgenommen, Michael gegenüber so höflich wie möglich aufzutreten, also machte ich mit.

»Die Ergebnisse sind noch nicht beweiskräftig.« Er tätschelte seinen Bauch. »Ich muss noch mehr Informationen sammeln.«

Lucy lachte viel zu laut.

»Was hat es denn mit dem Transporter auf sich?«, fragte Sofia. »Hast du den ›Berg‹ in ›Berggasthof‹ überlesen? Es wundert mich, dass ihr es bis hier hoch geschafft habt.«

»Die Autovermietung hat die Buchung vermasselt – es sollte ein Kleintransporter sein. Da sie nur diesen Laster hatten, blieb uns nichts anderes übrig. Anderenfalls hätten wir Erins Kombi nehmen müssen, aber da hätten meine Sachen nicht reingepasst. Und da der Vertrag für meinen Lagerraum abgelaufen ist und ich ihnen nicht noch mehr Geld in den Rachen werfen wollte, mussten wir uns so behelfen. Die Ladefläche ist sozusagen mein Wohnzimmer. Wir waren skeptisch, aber die Kiste hat genug Power.«

»Du willst dich im Sessel in den Schnee setzen?«, fragte Andy lachend. Aber mich beschäftigte mehr, dass er ständig von »wir« sprach.

»Ich hätte lieber den Lagerraum bezahlt. Hast du den ganzen Krempel mitgebracht, nur um ein paar Dollar zu sparen?«, fragte Sofia.

»Ich finde das vernünftig«, murmelte Lucy. »Allerdings dachte ich, ich hätte die meisten von deinen –«

»Sie hatten nun mal kein anderes Modell«, unterbrach Michael sie. »Außerdem haben wir einen ordentlichen Rabatt ausgehandelt. Und ich muss die Sachen nächste Woche sowieso transportieren. Behalte ich die Kiste halt ein paar Tage länger. Das passt schon so.«

»Du kannst deine Sachen bei mir unterbringen, wenn es nötig ist«, sagte ich, halb um die Pause zu überbrücken, halb weil ich nicht richtig zuhörte. Ich versuchte, etwas von Erins Unterhaltung mit Katherine aufzuschnappen. Ein kleiner Tipp: Wenn Sie Geheimnisse flüstern, sollten sie Wörter mit S und Z vermeiden – das Zischeln ist weithin zu hören. Ich hörte, wie Katherine von »separaten Zimmern« sprach, aber ich weiß nicht, ob sie es fragte oder bestätigte. Ich wünschte, ich hätte das nicht aufgeschnappt, aber so war es nun mal. Michael und Sofia schauten mich neugierig an. Ich brauchte einen Moment, um zu kapieren, was ich da gerade gesagt hatte, und als der Groschen fiel, erwartete ich beinahe, dass Michael sagen würde: *Hab ich schon gemacht.*

Stattdessen sagte er: »Ich komme vielleicht darauf zurück, Bruderherz.«

»Ich hab mit dem Rauchen aufgehört«, warf Lucy ein.

Michael schaute sie an, wie Eltern ein Kind betrachten, das sie gerade beim Anstoßen mit Weingläsern unterbrochen hat, um ihnen einen Purzelbaum zu zeigen. »Bravo«, sagte er im Sinne von »weiter so« und fragte in die Runde: »Was kann man hier denn unternehmen? Ich meine, ich freue mich auf das Restaurant und die Bar, aber ich werde nicht das ganze Wochenende hinter vier Wänden verbringen.«

Andy und ich sagten wie aus einem Mund: »Auf dem Dachboden gibt's einen Whirlpool.«

»Alle mitkommen!«, rief Marcelo uns zu. Lucy huschte so flink an Andy vorbei an die Seite von Michael wie ein Formel-1-Flitzer. Sofia und ich folgten ihnen.

»Du bist rot geworden«, stellte Sofia leise fest. »Was ist denn los, so erfreut?«

Ich schüttelte den Kopf. »Ich bin völlig durcheinander. Das hatte ich nicht erwartet.«

»Ich auch nicht.« Sie rümpfte die Nase. »*Cuidado.*« Obwohl ich die Sprache nicht beherrsche, wirft Sofia mir manchmal spanische Wörter hin. Dieses kannte ich, ich hatte es schon ein paarmal gehört: *Sei vorsichtig.*

Als wir zu Marcelos Gruppe traten, ging Michael zu Erin, die eine Hand in seine hintere Tasche schob. Als wir noch verheiratet waren – Entschuldigung, formal betrachtet sind wir das immer noch, ich sollte also sagen: Als wir noch zusammen waren –, war Erin nie darauf erpicht gewesen, Gefühle in der Öffentlichkeit zu zeigen. Sie hatte eine schwierige, manchmal gewaltsame Kindheit, wuchs bei ihrem alleinerziehenden Vater auf, der sie zu Hause schlug und in der Öffentlichkeit umarmte. Die Folge war, dass ihr jede Art demonstrativer Zuneigung suspekt war. Sie glaubte nicht daran. Ich erwähne das deshalb, weil wir uns selten in der Öffentlichkeit geküsst hatten und keiner von uns es jemals gewagt hätte, seine Hand in die hintere Hosentasche des anderen zu stecken. Mag sein, dass sie mal eine Hand auf meinen unteren Rücken legte. Die Art, wie sie ihre Zuneigung zu Michael zeigte, kam mir sehr demonstrativ vor. Besitzergreifend sogar. Ich weiß nicht, ob sie das wegen mir oder wegen Lucy tat. Vielleicht übertrieb ich, weil ich eifersüchtig war. Könnte auch sein, dass sich der Hintern meines Bruders besser anfühlte.

»Wir haben entschieden«, sagte Marcelo laut genug, damit alle in der Gruppe es hören konnten, aber vor allem an Michael und Erin gerichtet, »dass wir euch etwas mitteilen – bevor ihr es von anderen hört.«

»Ich weiß nicht, ob das …«

»Lucy, bitte. Michael, nichts liegt uns ferner, als dir an diesem Wochenende irgendwelchen Stress zu machen. Aber entweder wir sagen es dir jetzt, gemeinsam, oder wir warten ab, bis getuschelt wird und Gerüchte die Runde machen.«

Meine Mutter nickte zustimmend, was normalerweise mehr Gewicht hatte als Marcelos Worte. Michael sah uns nacheinander an, aber ich hätte schwören können, dass er mich etwas länger und forschend ansah. Vielleicht dachte er, es hätte was mit dem Geld zu tun. Oder mit ihm und Erin.

»Es gab einen Vorfall«, sagte Marcelo. »Heute Morgen wurde hier die Leiche eines Mannes gefunden. Offenbar hat er in der Nacht die Orientierung verloren und ist erfroren.« Marcellos Augen glitten über die Anwesenden, blieben aber an Sofia hängen, als wollte er sie davon abhalten, etwas zu sagen. »Schlichter kann ich es nicht formulieren.«

»Polizei ist offenbar auch im Hotel«, mutmaßte Michael. »Deshalb der Streifenwagen auf dem Gelände. Ich hab mir nichts dabei gedacht, aber jetzt verstehe ich. Okay. Armer Kerl.«

»Da wäre noch etwas.« Das kam jetzt von Sofia. Lucy wirbelte herum und warf ihr giftige Blicke zu. Marcelo räusperte sich, um ihr ins Wort zu fallen, aber Michael hob eine Hand und brachte ihn damit tatsächlich zum Schweigen. Wahrscheinlich deshalb, weil Marcelo so etwas noch nie passiert war. Ich schwöre: Sein Mund klappte so laut zu, dass ein Echo durchs Tal hallte. »Sie wissen nicht, wer er war. Offenbar kein Gast. Im Moment wird deswegen nichts unternommen, aber es sind Detectives auf dem Weg hierher. Sie werden wahrscheinlich Fragen stellen.«

Alle nickten zustimmend, beeindruckt von Sofias ungeahntem Taktgefühl. Ich glaubte nicht daran. Meiner Ansicht nach wollte sie Michael provozieren, indem sie Worte wie »Detectives« und »Fragen stellen« verwendete. Sie wollte ihm Angst machen.

»Detectives kommen, weil jemand erfroren ist?«, wunderte sich Erin, die wohl ahnte, dass etwas nicht stimmte. Sie schaute Michael stirnrunzelnd an. Sofia lächelte schmallippig. Sie hatte erreicht, was sie beabsichtigt hatte.

»Wenn ihr nicht bleiben wollt, können wir auch woandershin fahren«, sagte unsere Mutter. »Wir überlassen euch die Entscheidung.«

»Ihr müsst doch gar nichts befürchten«, sagte Marcelo. »Meiner Erfahrung nach ist der Knast immer noch das beste Alibi. Abgesehen davon ist der anwesende Polizist nicht das, was wir erfahren nennen. Die Leiche hat ihn ziemlich durcheinandergebracht. Also wartet er auf seine Vorgesetzten. Die werden kommen, fünf Minuten hier herumgeistern und dann wieder abzischen.«

»Außerdem haben wir für eine Woche gebucht, und der Betrag ist ...«, begann Katherine, und ich wusste, dass sie »nicht rückzahlbar« sagen wollte.

»Der Cop heißt übrigens Crawford«, unterbrach ich sie.

»Crawford, stimmt«, sagte Katherine mit einem Unterton, der deutlich machte, dass ihr das völlig schnurz war. »Es scheint ihm nichts auszumachen, dass die Cops aus der Stadt den Fall übernehmen. Offenbar macht der Name Cunningham nicht mehr so viel Eindruck wie früher, sonst wäre er ein bisschen mehr bei der Sache.«

»Und was die Polizeipräsenz betrifft, die ist so gut wie gar nicht vorhanden«, schaltete Lucy sich ein, die sich ausgerechnet hatte, dass sie im Fall einer Abreise Michael endgültig verlieren würde. »Der Cop stellt keine Fragen. Wir haben ihn so gut wie nie gesehen.«

»Dieser Cop, der angeblich gar nichts tut«, sagte Michael, »ist das der da?« Er deutete zum Eingang des Gästehauses, wo Officer Crawford gerade die Treppenstufen hinabeilte. Er stürmte auf uns zu, musterte die Gesichter, um den Neuankömmling ausfindig zu machen. Dann bemerkte er meinen Bruder.

»Michael Cunningham?«

Michael hob scherzhaft die Hände hoch und sagte: »Ich bekenne mich schuldig.«

»Schön, dass wir uns einig sind. Sie sind verhaftet.«

KAPITEL 14

Katherine hatte recht: Der Name Cunningham wirkte nicht mehr so wie früher. Andernfalls hätte Officer Crawford zuerst über seine eigene Sicherheit nachgedacht, bevor er auf uns zugegangen wäre.

»Was glauben Sie, was Sie da tun?«, brach es zuerst aus Lucy hervor. Sie drängelte sich vor Michael und schirmte ihn ab.

»Das ist sicherlich ein Missverständnis«, sagte Katherine und trat neben sie, um den Verteidigungswall zu verstärken, gleichzeitig zog sie den zögerlichen Andy neben sich.

»Nur keine Aufregung«, sagte Andy und rang sich ein kleines, zittriges Lachen ab. Er war ein angeheirateter Cunningham, vergessen Sie das nicht, deshalb hatte er gegenüber der Polizei nach wie vor die Ehrfurcht eines gesetzestreuen Bürgers.

»Treten Sie bitte beiseite.« Crawford hob die Handschellen, die von seiner linken Hand herabbaumelten.

»Können Sie bitte unsere ...«, sagte meine Mutter, die sich in ihrem Alter nicht mehr an der Blockade beteiligen wollte, das aber mit ihrem giftigen Unterton ausglich, »*verdammte* Familie in Ruhe lassen!«

Mit einem Mal war ich vom Wahrheitsgehalt all dieser Zeitungsartikel überzeugt, in denen Mütter Autos hochheben, um ihre Kinder zu retten. Also die Kinder, die sie lieben.

»Audrey«, versuchte Marcelo, sie zu beschwichtigen. »Das führt doch zu nichts.« Er trat vor, sorgte dafür, dass Officer Crawford seine Rolex bemerkte, und sagte: »Ich bin sein Anwalt. Lassen Sie uns reingehen und die Sache in Ruhe regeln.«

»Nicht ohne Handschellen.«

»Hören Sie, wir wissen doch beide, dass die Polizei nicht so arbeitet. Er ist gerade angekommen, wie könnte er denn ...«

»Dad«, sagte Michael, und ich brauchte einen Moment, bis mir klar wurde, dass er mit Marcelo sprach. »Das ist schon okay.«

Aber Marcelo war schon richtig in Fahrt. »Sie haben nicht die Befugnis, das Kriegsrecht in diesem Resort auszurufen, bloß weil Sie der einzige Polizist hier sind. Ich verstehe, dass Sie in einer schwierigen Situation sind und dass jemand einen Vater, Bruder oder Sohn vermisst. Meine Familie und ich sind gerne bereit, Ihnen auf informeller Ebene beizustehen, damit sie das Opfer identifizieren können. Aber zu unterstellen, dass Michael irgendwas damit zu tun hat … nun, das ist eine haltlose Anschuldigung. Das ist Profiling aufgrund unserer Familiengeschichte. In diesem Fall werden wir Sie verklagen. Wenn Sie ihn in Gewahrsam nehmen wollen, müssen Sie einen Fall und eine Anklage vorweisen, und Sie haben weder das eine noch das andere. Also, ich gebe grundsätzlich nur maximal sechs Minuten kostenlose Rechtsberatung, und ich glaube, die haben wir bereits überschritten. Wär's das jetzt?«

Ich spürte das Bedürfnis, mich für Marcelos Tirade zu entschuldigen. Aber Crawford ließ sich nicht beirren. »Keineswegs. Ich darf in diesem Fall nach eigenem Ermessen handeln, denn wir sprechen hier von Mord.«

Das bewirkte, dass alle durcheinanderredeten und dabei dieses Wort mehrfach ungläubig wiederholten. Ich ertappte Sofia dabei, wie sie vor sich hin grinste. Marcelo ballte die Fäuste. Meine Mutter war keine von der Sorte, die nach Luft schnappt, aber sie hielt sich eine Hand vor den Mund.

»Einen *Vorfall* also, ja?«, sagte Michael spitz.

»Sie sind erledigt«, knurrte Marcelo den Cop an. Das war ein Anwaltsspruch, den sogar ich verstand. »Ich habe Leute aus geringerem Anlass fertiggemacht.«

»Und ich habe mich schon bei größeren Anlässen nicht einschüchtern lassen.«

Wir wurden unterbrochen, als die Tür des Gästehauses

knallte. Eine große Frau, ungefähr in meinem Alter, mit gebräuntem Gesicht und hellen Ringen um die Augen – Skibrillen-Teint – stand jetzt auf der Veranda. Sie trug T-Shirt und Weste, ihre Arme waren unbedeckt. Die Kälte schien ihr nichts auszumachen. Es war die Frau mit dem Land Rover, die mir mit den Schneeketten geholfen hatte.

»Hallo, Officer, brauchen Sie Hilfe? Die Gäste sind ohnehin schon aufgeregt – Was soll das Geschreie?«

»Das geht Sie überhaupt nichts an«, sagte Marcelo müde, angesichts einer weiteren Konfliktpartei.

»Mir gehört dieses Resort, also geht es mich sehr wohl was an.«

»Nun, könnten Sie dann diesen Möchtegern-Poirot darauf hinweisen, dass er kein Recht hat, Ihre Gäste zu belästigen. Wenn Sie Panik vermeiden wollen, sollten Sie mit dem Begriff ›Mord‹ etwas sorgfältiger umgehen.«

»Das ist das erste Mal, dass ich dieses Wort höre.« Die Besitzerin warf Crawford einen fragenden Blick zu. »Wirklich? Der Green Boot?«

Was auf Farbe basierende Spitznamen betrifft, so war »Green Boot« leichter zu verstehen als »Black Tongue«. Üblicherweise bezeichnet man mit Ersterem eine Person, die beim Besteigen des Mount Everest ums Leben gekommen ist. Da es oftmals zu gefährlich ist, so eine Leiche zu bergen, bleibt sie neben dem Weg liegen, und die neongrünen Stiefel dienen den anderen Bergsteigern als Orientierungspunkt. Ich habe einen der Boots unserer Leiche in der Hand gehabt und der war definitiv nicht grün. Aber trotzdem hatte man unserem mysteriösen Gast direkt diesen Spitznamen verpasst.

»Es gibt Gründe für die Annahme, dass der Mann keines natürlichen Todes gestorben ist.«

»Wieso denn? Wegen ihr?« Katherines Stimme überschlug sich – vor Ungläubigkeit, aber auch wegen der Höhe –, als sie auf Sofia deutete. »Selbst von einem Schamanen bekommen Sie mehr medizinische Expertise. Was hast du ihm gesagt? Und wie lange dauert es noch, bis richtige Detectives hier auftauchen?«

»Ich bin Ärztin«, versicherte Sofia dem Polizisten.

»Übergehen wir hier nicht die ganze Zeit die Tatsache, dass selbst im Fall eines gewaltsamen Todes Michael ein Alibi hat?«

»Dad, lass mich doch –«

»Ich erledige das, Michael! Sind Sie sicher, dass Sie diesen Weg beschreiten wollen, Officer? Ihr Verdacht basiert lediglich auf irgendeiner Eintragung ins Strafregister, ein paar Gerüchten über unsere Familie und Ihrer Loyalität als Cop. Blaue Bruderschaft, blabla. Die Sache ist also ziemlich fragwürdig und Sie entsprechend nur lächerlich. Erklären Sie mir doch mal, wie Michael mit dieser Sache zu tun haben kann, wenn er doch heute Morgen erst aus dem Gefängnis entlassen wurde, um Himmels willen!«

Marcelos Wutausbruch ließ allen den Atem stocken. Crawford schaute von einem zum anderen. Ich nahm an, er versuchte herauszufinden, auf wie viel Unterstützung Marcelo zählen konnte. Ich mied seinen Blick. Sogar Sofia schaute zu Boden. Abgesehen davon, dass sie einiges über schwarze Zungen und grüne Stiefel wusste, war ihr erst recht klar, was es bedeutete, wenn jemand einen knallroten Kopf bekam.

»Komm jetzt«, sagte Marcelo, fasste Audrey an der Hand und zog sie Richtung Gästehaus.

Aber Michael bewegte sich nicht. Er tauschte mit Erin nervöse Blicke.

Ich übertreibe nicht, wenn ich berichte, dass ein ordentlicher Paukenschlag folgte.

»Dachte ich es mir doch«, sagte Crawford. »Wollen Sie es ihnen erzählen, oder soll ich es tun?«

»Ich habe niemandem etwas getan.« Michael hob die Hände und ging ein paar Schritte auf Crawford zu. »Aber ich bin gerne bereit, mit Ihnen zu kooperieren, um den Täter zu finden.« Er schaute mich an, als er das sagte.

»Michael! Stopp! Officer, er kennt seine Rechte nicht –«

»Er ist nicht mein Anwalt.«

»Was redest du denn da?« Audrey ging zurück zu ihm und legte eine Hand auf seine Schulter. »Gestern Abend warst du noch im Gefängnis. Ist doch okay, du musst es ihm nur sagen.«

»Es ist kalt, Mum. Du gehst besser rein.«

»Sprich es aus, komm schon. Sag es!« Sie ballte die andere Hand und schlug damit gegen seine Brust, als wollte sie damit das Geständnis aus ihm herausprügeln. Dann, wahrscheinlich lag es an der Kombination aus Kälte und Erschöpfung, gaben ihre Knie nach, und sie sank in den Schnee. Michael hielt sie so lange fest wie möglich, konnte aber das Absacken nur bremsen, und nun hockte sie neben ihm im Schnee. Crawford, Sofia und ich eilten zu ihr, um ihr aufzuhelfen, aber sie scheuchte uns fort. Katherine und Lucy schrien Officer Crawford an, weil er eine alte Frau im Schnee sitzen ließ.

»Mrs Cunningham«, sagte Crawford laut genug, um dieses Gekreische zu übertönen. »Michael wurde gestern Nachmittag entlassen.«

Gestern? Ich erinnere mich noch, wie diese Info bei mir einsickerte. *Das bedeutete ja …*

Michael starrte Erin an. Ich sah, wie Lucys Gesichtszüge entgleisten. Die erste Schneeflocke landete auf meinen Wimpern.

»Das beweist noch gar nichts. Okay. Okay, dann war er also nicht mehr im Knast. Na schön.« Marcelo ließ uns seinen Denkprozess mitverfolgen. Er suchte nach der besten Möglichkeit, damit umzugehen, während er Audrey beim Aufstehen half. »Aber das bedeutet nicht, dass er hier war. Du kannst nicht hierbleiben, Liebes, du wirst nass werden. Also, dann erzähl uns mal, wo du letzte Nacht gewesen bist, Michael, damit wir hier endlich fertig sind.«

»Dann gehe ich lieber mit Ihnen, Officer.«

Crawford ließ die Handschellen zuschnappen und warf Michael einen beruhigenden Blick zu. Auch wenn er das Ausmaß von Michaels Heimlichtuerei nicht ermessen konnte, ahnte er doch, dass dies die harmloseste Option war. Ich bemerkte, dass er die Handschellen sehr locker anlegte. Wahrscheinlich nicht locker genug, um die Hände hindurchziehen zu können, aber locker genug, dass es nicht einschüchternd wirkte. Er wandte sich an die Resort-Inhaberin – übrigens hatte sie mir bis zu diesem Zeitpunkt noch nicht ihren Namen genannt, aber das nervt mich jetzt, weshalb ich sie jetzt schon Juliette nenne, weil sie es mir ohnehin bald mitteilen wird – und sagte: »Ich muss ihn separat unterbringen, zur Sicherheit der Gäste.«

»Egal, wo Sie ihn hier unterbringen, er kann überall raus. Hier gibt es keine Zimmer oder Chalets, die nur von außen verschlossen werden können – aus Feuerschutzgründen«, entgegnete Juliette. (Sehen Sie, so ist es einfacher.) »Wir sind ein Hotel, kein Gefängnis.«

»Was ist mit dem Trockenraum?«, fragte Lucy. Ihr Gesichtsausdruck war noch düsterer als der Himmel, ihre Stimme belegt, ihr Ton wütend. Ich würde das erst später herausfinden, aber sie wusste offenbar schon, dass der Trockenraum nicht mehr war als ein beheiztes Kabuff mit Holzbänken für Stiefel und Wäscheständern für die nasse Skiausrüstung. Dort roch es nach Schimmel und dieser Art Schweiß, die man erzeugt, wenn man wasserdichte Sachen trägt, die die Feuchtigkeit weder rein- noch rauslassen. Das war ein spontaner Versuch, sich zu rächen, mehr konnte sie im Moment nicht tun. Süffisant fügte sie hinzu: »An der Tür ist außen ein Riegel angebracht.«

»Äh, der Trockenraum ist nicht geeignet, um sich dort länger aufzuhalten«, sagte Juliette.

Crawford streckte die Hand aus und sah zu, wie ein paar Schneeflocken darauf landeten und schmolzen. Er wollte die Sache hinter sich bringen und ins Haus gehen. Er wandte sich an Michael und sagte entschuldigend: »Es ist ja nur für wenige Stunden.«

Michael nickte.

Mir kam der Gedanke, dass dies für Erin der perfekte Zeitpunkt gewesen wäre, sich zu Wort zu melden. Wenn das Gefängnis kein Alibi mehr für Michael war, dann wäre sie es doch gewesen. Wir alle wussten, dass sie zusammen waren, warum also nicht zugeben, dass sie die Nacht gemeinsam verbracht hatten? Als sie immer noch nichts sagte, verstand ich, dass die Sache zwischen den beiden es offenbar wert war, im Trockenraum eingeschlossen zu werden. Meine Neugier steigerte sich ins Unermessliche.

»Wie sind sie denn Polizist geworden?« Marcelo hätte Crawford wahrscheinlich einen Faustschlag verpasst, wenn meine Mutter ihm nicht in den Armen gelegen hätte. »Das ist alles komplett illegal.«

Polizeibeamte, egal ob sie nun den Spitznamen »Letzter Ausweg« oder »Einzige Hoffnung« tragen, werden in solchen Büchern oftmals mit typischen Charaktereigenschaften ausgestattet wie »Hält sich an die Regeln« oder »Scheißt auf die Regeln«. Zu meiner Überraschung hatte Crawford in dieser Hinsicht etwas mehr auf Lager.

»Ich bin gerne bereit zu kooperieren«, wiederholte Michael.

»Es wird alles gut«, sagte Erin und umarmte ihn kurz. Ihre Hände glitten über seinen Rücken bis in seine Gesäßtasche, diesmal aber die andere. Zu dem Zeitpunkt bekam ich das aber nicht mit.

Dann gingen alle auf den Eingang des Gästehauses zu. Ich ließ mich mitziehen. Marcelo versuchte, Schritt zu halten, nachdem er Audrey an Sofia weitergegeben hatte. Er kaute Crawford das Ohr ab, mit einem bunten Strauß an juristischen Formulierungen und unverhohlenen Drohungen.

»Wenn Sie mich nun meine Arbeit machen lassen«, sagte Crawford, als er die Treppe zur Veranda hochgestiegen war, in jenem Ton, der einem »Scheißt auf die Regeln«-Cop angemessen war. Das sagte er zu Marcelo, aber wir blieben alle stehen. Da wir nun auf verschiedenen Treppenstufen standen, war es so, als würden wir ein Theaterstück aufführen oder für ein Hochzeitsfoto posieren. »Wärmen Sie sich auf. Wir unterhalten uns später.«

Crawford legte eine Hand auf Michaels Rücken und schob ihn zur Eingangstür.

»Sie werden nur in meiner Gegenwart mit ihm reden«, versuchte Marcelo es ein letztes Mal.

»Dieser Mann spricht nicht für mich. Er ist nicht mein Anwalt«, sagte Michael. Dann drehte er sich um und hob beide Hände mit den Handschellen, legte die Handflächen zusammen und deutete mit den ausgestreckten Fingern auf mich. »*Er* ist es.«

KAPITEL 14,5

Also gut. Bis hierhin ist schon eine Menge passiert, also kann ich kurz mal die entscheidenden Dinge rekapitulieren.

Ich weiß, das klingt ein bisschen schräg. Aber ich möchte, dass wir alle auf dem gleichen Stand sind. Wenn Sie ihren kognitiven Fähigkeiten vertrauen, können Sie das auch überspringen.

In solchen Büchern werden üblicherweise die Hintergründe eines ganzen Ensembles von Charakteren wie auch ihre Beziehungen zueinander dargestellt. Sie werden an einem Ort versammelt, und dann wird eine Leiche präsentiert, die mit jeder der anwesenden Personen eine Hintergrundstory teilt, damit jeder ein mögliches Motiv hat. Ich will das mal versuchen.

Die Hintergrund-Story: Vor drei Jahren tauchte mein Bruder Michael überraschend bei mir zu Hause auf, zusammen mit einem Mann namens Alan Holton, der auf seinem Rücksitz lag. Holton war tot, dann war er es nicht mehr, dann war er es wieder. Und obwohl ich wusste, dass ich von meiner Familie dafür geächtet würde – weil wir der Polizei nicht mehr vertrauten, seit sie meinen Vater während seines Überfalls auf die Tankstelle erschoss –, tat ich mich mit der Staatsgewalt zusammen und sagte gegen meinen Bruder aus.

Der Ort: Wir sind alle ins *Sky Lodge Mountain Retreat!* gefahren, um Michael nach seiner Haftentlassung willkommen zu heißen. Es handelt sich um das höchstgelegene Resort in Australien, das man mit dem Auto erreichen kann. Ein Sturm nähert sich, weil das nun mal dazugehört. Bitte denken Sie aber nicht so sehr in Klischees und gehen davon aus, dass wir hier eingeschlossen sind, denn das sind wir nicht: Wir sind nur knausrig und unentschlossen. Andererseits sieht es inzwischen schon so aus, als wären wir hier eingeschlossen, denn Michael wurde in den Trockenraum gesperrt, und wir können ihn nicht einfach seinem Schicksal überlassen – aber das wird in den folgenden Kapiteln abgehandelt und hat nichts mit dem Rekapitulieren der Fakten zu tun.

Das Ensemble: Da wären meine Mutter Audrey, die mich für die Spaltung der Familie verantwortlich macht; Marcelo, mein Stiefvater, Sozius der renommierten Anwaltskanzlei Garcia & Broadbridge, der auch eine Dozentenstelle an der Uni hat und Michael vor Gericht vertrat, als dieser des Mordes angeklagt wurde, sich aber weigerte, Sofia wegen ihres Verstoßes gegen die Sorgfaltspflicht zu verteidigen; Sofia, Marcelos Tochter und meine Stiefschwester, die aus irgendeinem Grund mindestens fünfzig Riesen benötigt, was womöglich mit dem genannten Verstoß zu tun hat, wegen dem sie ihre Zulassung verloren hat. Sie ist Chirurgin, die sich unter anderem damit hervorgetan hat, Marcelos Schulter wieder zusammenzuflicken; Katherine, meine überorganisierte Tante, die auch Abstinenzlerin ist, deren Idee es war, dass wir uns hier übers Wochenende treffen; Andy, Katherines Ehemann, der seinen Ehering trägt wie andere ihre Tapferkeitsmedaille; Lucy,

Michaels Ex, die während des Prozesses zu ihm gehalten hat, dann aber geschieden wurde, während Michael noch im Knast saß, weil er eine besondere Beziehung aufbaute zu ...; Erin, meiner Noch-Ehefrau, von der ich getrennt lebe, die Trost fand in den Briefen meines Bruders (und, offenbar, während einer Nacht in seinen Armen), nachdem wir uns, das ist wohl deutlich geworden, aufgrund unaufgearbeiteter Kindheitserfahrungen auseinandergelebt hatten; Michael, der uns bezüglich seiner Entlassung aus dem Gefängnis angelogen hat (angeblich heute Morgen, in Wahrheit gestern Nachmittag) und der mir eine Sporttasche mit zweihundertsiebenundsechzigtausend Dollar in bar anvertraut hat; die Inhaberin des Resorts, Juliette, Pannenhilfe und Concierge in einer Person; Officer Darius Crawford, der so sehr überfordert ist, dass er Entschädigungsansprüche bei seinem Schicksal geltend machen könnte; und ich, der Aussätzige der Familie, der eine Tasche voller Geld mitgebracht hat, an dem Blut klebt. Das sind die Hauptfiguren. Ich denke wir genügen den Anforderungen für die üblichen Verdächtigen.

Die Leiche: Heute Morgen wurde ein Toter auf dem schneebedeckten Golfplatz gefunden. Sofia ist der Ansicht, es handele sich um ein Opfer des berüchtigten Serienkillers Black Tongue und dass der Mann nicht an Unterkühlung gestorben sei. Nach Lucys Informationen stand der Name des Opfers nicht auf der Gästeliste des Resorts. Falls Sie nun glauben, diese Mitteilung würde sie verdächtig machen, möchte ich Sie daran erinnern, dass Juliette als Inhaberin des Hotels Einsicht in die Gästeliste hat und dem Unbekannten den Spitznamen »Green Boots« gegeben hat, was bedeutet, dass Lucys Tratsch der Wahrheit entspricht. Das Problem ist, dass keines unserer Motive in irgendeiner Verbindung mit dem Toten steht, weil niemand von uns weiß, wer zum Teufel er ist.

Hier sind noch ein paar wichtige Hinweise, die ich an dieser Stelle hervorheben möchte:

1. Jemand befand sich in Sofias Chalet, als sie in meinem war; von dort aus wurde in meinem Zimmer angerufen.

2. Sofia ist auch die Einzige, die ein Alibi hat, denn sie war genau zu dem Zeitpunkt, als Green Boots starb, in meinem Chalet, was Sie genau genommen gar nicht wissen sollten, aber jetzt hab ich's Ihnen trotzdem gesagt.

3. Marcello hat das Abendessen abgesagt, weil meine Mutter unpässlich war. Ich hatte in der vergangenen Nacht keinen Kontakt zu Andy, Katherine oder Lucy.

4. Sofia, Andy und ich haben das Gesicht von Green Boots gesehen, aber Crawford ist heute Morgen nicht gerade mit der Leiche hausieren gegangen, also könnten wir die Einzigen sein. Niemand von uns hatte den Toten zuvor gesehen.

5. Ich weiß immer noch nicht, woher die Tasche mit dem Bargeld stammt. Mir sollte allmählich klar werden, dass jemand danach sucht.

6. Es führten drei verschiedene Fußspuren zum Fundort der Leiche, aber nur eine zurück, und es hat über Nacht nicht geschneit.

7. Lucy hat keine Ahnung von Make-up, Erin hat keine Ahnung von Männern, und Michael hat keine Ahnung, welche Fahrzeuge für welches Terrain geeignet sind.

8. Ich habe nicht vergessen, dass ich vorhin bei der Formulierung des Plurals »Brüder« gezögert habe.

9. Michael war eher bereit, als Mordverdächtiger herzuhalten, als zu erzählen, wo er letzte Nacht mit Erin gewesen ist.

10. Wir sind noch 73 Seiten vom nächsten Todesfall entfernt.

Und im Mittelpunkt von alledem stehe ich. Jemand, der Bücher darüber schreibt, wie man Bücher schreibt, der keine juristische Ausbildung hat und dennoch, aus Gründen, die ich jetzt noch nicht preisgeben darf, und unter zweifelhaften Umständen von einem Mordverdächtigen – vielleicht sogar einem Serienkiller, wenn wir Lucys dramatischen Ausführungen folgen wollen –

zum Rechtsbeistand erkoren wurde, obwohl er mich eigentlich verachten sollte.

Wenn Sie nun zu der Überzeugung gelangt sind, dass ich Sie nicht an der Nase herumführe, können wir weitermachen.

KAPITEL 15

Ich hätte mir Audrey leicht zur Seite nehmen können, aber wir waren als Gruppe ins Foyer geströmt, und ich wollte warten, bis alle sich verteilt hatten. Noch während Michael zu diesem Trockenraum geführt wurde, sagte er zu mir, er würde nach mir rufen lassen – er benutzte tatsächlich diese Worte, als wäre ich eine Art Hofnarr –, wenn er Zeit zum Nachdenken gehabt hätte.

Die anderen machten sich auf den Weg zur Bar, ins Restaurant oder zu ihren Zimmern. Michaels Verhaftung war für die übrigen Gäste eine echte Attraktion gewesen: Auf den Fensterscheiben der Vorderseite waren fettige Spuren von Stirnen neugieriger Gaffer zu erkennen. Marcelo lenkte Audreys Schritte zur Treppe. Er hatte seinen Arm bei ihr eingehakt und in seiner Jackentasche verankert und redete mit monotoner Stimme beruhigend auf sie ein. Meine Mutter ist nicht so alt, dass Treppen für sie ein Hindernis wären, aber sie nimmt gerne ein Geländer zu Hilfe, also stiegen sie langsam nach oben. Es hätte mich nicht gewundert, wenn Marcelo hinter Crawford hergerannt und ihn unter verbales Dauerfeuer genommen hätte, aber er hatte den Kampf aufgegeben und stattdessen wild auf seinem Handy herumgetippt (Akkustand unbekannt) und nach besserem Empfang gesucht, um jemanden zu erreichen, der den Mann feuern könnte.

Ich wartete, bis sie den Absatz im ersten Stock erreicht hatten, was meiner Ansicht nach genug Abstand war, um sie in ein Gespräch zu verwickeln. Immerhin war es eine Weile her, seit ich von Angesicht zu Angesicht mit meiner Mutter gesprochen hatte. Sie könnte etwas wissen.

Als ich ansetzte, ihnen zu folgen, legte jemand von hinten eine Hand auf meine Schulter. Nicht aggressiv, aber mit einem leichten Druck nach hinten. Ich drehte mich um und blickte in Katherines Gesicht, das diesen Ausdruck hatte, den Leute bemühen, wenn sie dir signalisieren wollen, dass ihnen sehr leidtut, was sie dir jetzt sagen werden. Es ist dieser Gesichtsausdruck, den Andy hinter dem Rücken seiner Frau aufsetzt, wenn sie erklärt, warum sie die Party schon etwas früher verlassen.

»Ist das jetzt der richtige Zeitpunkt?«, fragte sie und ließ auf ihre typische Art Sorge und Verantwortung anklingen, aber auch eine Spur Herablassung. Sicher, sie war gut ein Dutzend Jahre jünger als meine Mutter, aber sie behandelte sie wie eine Greisin. Sie machte sich nicht lustig darüber oder war heuchlerisch, aber man merkte, dass sie der Ansicht war, meine Mutter würde abbauen.

»Oh«, sagte ich und nickte ernst. »Stimmt. Besser wir warten, bis es ein paar Leichen mehr gibt.« Dann fiel mir ein, dass ich Andy versprochen hatte, es lockerer anzugehen. Sie meinte es ja nur gut. Also schwächte ich die Aussage ab und erklärte: »Wenn ich Michael helfen soll, muss ich so viel wie möglich herausfinden. Also muss ich irgendwann mit ihr reden.«

Katherine schien meinen Einwand widerwillig zu akzeptieren. »Versuch einfach, sie nicht zu sehr aufzuregen.« Da war wieder diese Fürsorge wegen Audreys angeblicher Gebrechlichkeit. Ihr Gemütszustand schien zweitrangig zu sein. »Falls sie überhaupt mit dir redet, was sie wahrscheinlich nicht tun wird.«

»Ich muss es versuchen.«

»Hast du einen Plan?«

»Keine Ahnung. Mich vor ihr in den Staub werfen?« Ich zuckte mit den Schultern. »Sie ist trotz allem meine Mutter. Also appelliere ich an die Mutter in ihr.«

Katherine lachte. Es war schwer zu sagen, ob es abwertend

oder mitfühlend klang, aber sie ließ meine Schulter los und hielt mich nicht mehr zurück. »Wenn das dein ganzer Plan ist, dann kann ich nur hoffen, dass du dein Ouija-Brett mitgebracht hast.«

Audrey saß in der Bibliothek auf einem roten Ledersessel mit hoher Lehne und blätterte durch einen Roman von Mary Westmacott, ohne wirklich zu lesen. Es wäre der perfekte Sessel gewesen, um die Lösung eines Kriminalfalls zu präsentieren. Abgesehen davon, dass außen an der Tür das Wort »Bibliothek« stand, war der Raum der Albtraum eines jeden Bücherfreunds: Schäbige, vergilbte Taschenbücher mit Wasserschäden und zerbröselnden Seiten standen auf den Regalen, die aus ausgemusterten Skiern und Snowboards gefertigt waren. In einem Kamin in der Ecke, auf dem allerlei Prospekte lagen, verschlangen gierige Flammen knisternde Holzscheite und schienen sich der Brennbarkeit der Bücher bewusster zu sein als der Architekt. Das Feuer hatte den Raum viel zu stark aufgeheizt, aber immerhin war es hier weniger feucht als im restlichen Hotel. Über dem Kamin hingen keine Waffen, schon gar nicht Tschechows Gewehr, und jemanden mit einer ausgestopften Taube und einer eingerahmten Tapferkeitsmedaille zu ermorden dürfte schwierig werden. Beides hing dort an der Wand.

Als meine Mutter mich bemerkte, klappte sie das Buch zu, stand auf, drehte mir den Rücken zu und tat so, als hätte sie zu tun, indem sie im Regal vor ihr eifrig die restlichen Bücher der Autoren mit W durchging.

»Audrey«, sagte ich. »Du kannst mich nicht die ganze Zeit ignorieren.«

Sie schob das Buch zurück zwischen die anderen – meiner Meinung nach war es falsch eingeordnet, weil Mary Westmacott ein Pseudonym von Agatha Christie ist, aber was bedeutet schon ein Name? –, drehte sich um und verzog das Gesicht, als sie sah, dass ich die Tür blockierte.

»Bist du gekommen, um dich zu brüsten?« Sie verschränkte die Arme. »Um mir mitzuteilen, dass du recht gehabt hast in deinem Urteil über ihn?«

»Ich wollte bloß sehen, ob es dir inzwischen besser geht.«

Sie brauchte eine Sekunde – entweder, um zu verarbeiten, dass ich auf sie zuging, oder um sich an ihr Alibi für das Absagen des Abendessens zu erinnern, da war ich mir nicht sicher – und schnaubte dann herablassend.

»Ich komme gut alleine klar.« Sie wich aus, wollte ihren Frust nicht zeigen, weil sie sich überbehütet fühlte, was sie zweifellos als Bedrohung ihrer Unabhängigkeit betrachtete. Ich vermutete, dass Katherine sie wegen ihres Alters genervt und ihre geistigen Fähigkeiten angezweifelt hatte. Und nun schlug ich in die gleiche Kerbe. »Wäre das alles?« Sie versuchte, um mich herumzugehen.

»Michael hat jemandem wehgetan, Mum. Ich tat das, was ich für richtig hielt.« Ich sagte »für richtig hielt« anstatt »was richtig war«, obwohl Letzteres der Fall war. »Und auch jetzt tue ich, was ich für richtig halte.«

»Du redest wie dein Vater.« Sie schüttelte den Kopf. Es war kein Kompliment.

Das machte mich neugierig. Sie sprach sehr selten von ihm. »Inwiefern?«

»Dein Vater konnte alles rechtfertigen. Jeder Überfall war das große Ding und das letzte Mal. Er hat sich ständig die Absolution erteilt.«

»Absolution?« Meinem Vater war bestimmt nicht vergeben worden, er starb während eines Schusswechsels mit der Polizei, einen von ihnen hatte er getötet. Es sei denn, sie meinte damit, dass er sich jedes Verbrechen, das er begangen hatte, schönredete, weil er es für seine Familie tat, weil es notwendig war, und dass er sich für stark genug hielt, jederzeit damit aufhören zu können. Genau wie Lucy mit dem Rauchen. »Dad war ein schlechter Mensch. Das weißt du doch, oder?«

»Er war ein Idiot. Wenn er nur ein schlechter Mensch gewesen wäre, damit hätte ich leben können. Aber ein schlechter
Mensch, der glaubt, ein guter zu sein – genau das war es doch,
was ihn in Schwierigkeiten brachte. Und jetzt muss ich mit
ansehen, wie du die gleichen Fehler begehst, und ich soll auch
noch gute Miene dazu machen und es gut finden? Ausgerechnet
jetzt, wo unsere Familie zusammenkommt … und wir uns mit
dieser *Sache* rumschlagen müssen.«

Ihre Worte erschütterten mich. Ich machte die gleichen
Fehler wie mein Vater? Beschuldigte sie mich etwa, ich hätte
etwas mit dem Tod von Green Boots zu tun? Ich war entsetzt
angesichts dieses Vorwurfs. Und deshalb, weil ich zutiefst verletzt war und auch weil ich es nie zuvor gewagt hatte, sagte ich
ihr ins Gesicht: »Michael ist ein Mörder.«

»Er hat jemanden getötet. Aber macht ihn das zum Mörder? Manche Menschen bringen andere um und bekommen
Medaillen dafür. Manche Menschen töten, weil es ihr Beruf
ist. Michael ist keine große Ausnahme oder etwas Besonderes.
Du bezeichnest ihn als Mörder? Denkst du so auch von Katherine? Von Sofia? Wenn du an seiner Stelle gewesen wärst
und die gleiche Entscheidung getroffen hättest wie er, warum
auch immer er sich so entschieden hat, wärst du jetzt auch ein
Mörder?«

»Das ist nicht das Gleiche.«

»Ist es nicht?«

»Ich glaube, die Leiche da draußen würde dir nicht zustimmen.«

»Michael hat ihn nicht getötet.«

»Das glaube ich auch nicht«, sagte ich hastig und merkte
gleichzeitig, dass ich es sehr wohl glaubte. »Aber jemand muss
es getan haben. Es passt zu gut, dass es ausgerechnet an diesem
Wochenende passiert ist, kurz vor Michaels Ankunft. Es hat
etwas mit uns zu tun, da bin ich mir sicher.«

Das schien ihr gar nicht zu gefallen. Aber in ihrer Erregung schwang noch etwas anderes mit, auch in den Blicken, die an mir vorbeigingen.

Ich nutzte die Gelegenheit und trat auf sie zu, senkte meine Stimme. »Weißt du, wer der Tote ist?«

»Weiß ich nicht.« Auch auf die Gefahr hin, jetzt etwas zu spoilern, möchte ich darauf hinweisen, dass sie die Wahrheit sagte. »Aber er ist keiner von uns. Das allein zählt.«

»Was verheimlichst du mir?«

»Du willst also einen Mörder finden, ja? Weil es leichter ist, jemanden mit einem Messer oder einer Pistole hervorzuzaubern, den du dann jagen kannst? Jemanden, der eindeutig *böse* ist, weil es dir dann leichter fällt, die Wahrheit zu ignorieren? Was passiert, wenn du ihn findest? Muss er dann dafür bezahlen? Es ist in Ordnung, wenn der Verbrecher am Ende eines Romans stirbt – genau das wird doch *erwartet*. Was wäre, wenn Michael genau das mit Alan Horton gemacht hat? Wenn dies das Ende von Michaels Geschichte wäre, das du fälschlicherweise für den Anfang gehalten hast?« Nach dieser Tirade rang sie nach Luft. Ich musste erst mal verdauen, dass sie recht haben könnte. »Wir sind hier *wegen dir*. Michael ist in diesen Raum gesperrt worden *wegen dir*. Du bist verantwortlich. Du bist genau wie dein Vater. Er wusste, in welchen Kampf er uns da hineinzog, und er hat uns dazu verurteilt, ihn allein zu kämpfen, und wir haben den Preis dafür bezahlt. Wir alle.« Sie klang jetzt sehr gehässig. »Wenn er uns wenigstens eine Waffe hinterlassen hätte, mit der wir hätten kämpfen können. Aber das hat er nicht. Gar nichts hat er hinterlassen, da war nichts auf der Bank. Und du hast Michael das Gleiche angetan.«

Kurz dachte ich, sie würde mich beschuldigen, Michael das Geld vorenthalten zu haben, und ich wollte schon fragen, woher sie davon weiß. Aber da merkte ich, dass sie damit bloß sagen wollte, dass mein Vater uns nach seinem Tod in Armut zurückgelassen hatte. Tatsächlich waren wir nicht *so* arm aufgewachsen. Aber ich wusste ja nicht, wie schwer es für sie gewesen war, uns allein großzuziehen. Vielleicht meinte sie das im übertragenen Sinn.

»Dad war ein Mörder, genau wie Michael.« Ich ließ ihre Argumentation nicht gelten und zog mich auf schlichtes Schwarz-Weiß-Denken zurück. »Der einzige Unterschied war, dass er auch noch ein Junkie war.«

»Dein Vater war doch kein Junkie!«, schrie sie mich an.

»Sie haben eine Spritze bei ihm gefunden, Mum. Hör doch auf, dich selbst zu belügen!«

»Hör auf, deine Mutter zu quälen«, ertönte eine Stimme hinter mir. Es war Marcelo. In der Hand hielt er einen Becher mit einer braunen dampfenden Flüssigkeit. Er hatte eigentlich einen Spaß machen wollen, merkte jetzt aber, dass im Raum eine angespannte Atmosphäre herrschte. Er drängte mich mit dem Ellbogen beiseite, um eintreten zu können. Audrey schob sich hastig vorbei und nahm ihm den Becher ab. Dann schlurfte sie durch den Korridor davon.

Marcelo schaute mich prüfend an. »Alles in Ordnung?«

Ich nickte, aber sehr mechanisch, was er sofort durchschaute.

»Ziemliches Durcheinander, was? Meiner Ansicht nach will Michael unbedingt mit dir reden. Diesen Blödsinn, wer ihn als Anwalt vertreten darf, wird er nicht lange durchhalten. Aber falls es hilft, Officer Crawford auf unsere Seite zu ziehen, damit er glaubt, dass wir kooperieren, soll es mir recht sein.« Er bemerkte, dass ich misstrauisch war. »Oh, keine Angst, ich gebe nicht auf. Ich werde ihn mir später vorknöpfen, versprochen. Er wird sich wünschen, uns nie begegnet zu sein. Aber ich weiß, wann man in die Offensive und wann man in die Defensive gehen muss. Im Moment geht's darum, die Abwehr aufzubauen. Du solltest erst mal mit Michael reden, denn das ist sein Wunsch. Wir bestimmen die Spielregeln, nicht Crawford.«

Ich fragte mich, ob alle Stiefväter einen Hang zu sportlichen Metaphern hatten oder ob es nur bei Marcelo so war.

»Aber du bist doch der Anwalt. Noch dazu ein guter. Du

hast es geschafft, in einem Mordfall die Strafe auf drei Jahre zu drücken, das ist ein verdammt gutes Ergebnis. Wieso vertraut er dir nicht mehr?«

»Weiß ich nicht«, sagte Marcelo schulterzuckend. »Anscheinend vertraut er kaum noch jemandem. Vielleicht sagt er dir ja, warum.«

»Wenn du einem Klienten zum ersten Mal begegnest, woher weißt du dann, ob er zu Recht oder zu Unrecht verdächtigt wird?«, fragte ich. »Ich weiß, dass du unvoreingenommen sein musst, aber du kannst doch sicherlich erkennen, ob jemand ein hoffnungsloser Fall ist oder ob man ihm noch helfen kann.«

»Deshalb habe ich mich auf Unternehmensrecht spezialisiert. Da muss ich mir keine Gedanken über so was machen. Die haben alle Dreck am Stecken.«

»Ich meine es ernst.«

»Weiß ich doch, Kumpel.« Er legte eine Hand auf meine Schulter und drückte sie. Marcelo fand immer einen Begriff, mit dem er das Wort »Sohn«, vermeiden konnte, als wäre es ihm unangenehm, sogar jetzt noch. »Kumpel« war einer der seriöseren, immerhin ein Upgrade nach »Junge«. »Du hast sie also nach deinem Vater gefragt?«

»Audrey sagte, er sei ein schlechter Mensch gewesen, der sich für einen guten gehalten hat.«

Marcelo dachte kurz darüber nach. »Dazu kann ich nichts sagen.«

Ich hatte das Gefühl, er könnte das sehr wohl, drängte ihn aber nicht.

»Ihr wart doch befreundet. Wie war er denn? Standet ihr euch nah?« Ich war selbst überrascht über meine Fragen.

Marcelo verzog das Gesicht und kratzte sich im Nacken. Er suchte nach den richtigen Worten. »Ja, ich kannte ihn gut.« Er schaute demonstrativ auf seine Armbanduhr. Das Thema behagte ihm nicht, vermutlich weil er die Frau seines verstorbenen Klienten geheiratet hatte. »Ich sollte mich jetzt besser um deine Mutter kümmern.«

Ich hielt ihn zurück. »Könntest du mir einen Gefallen tun?« Er nickte. »Du hast doch Leute, die für dich recherchieren, juristische Hilfskräfte, Kontakte zur Polizei und so weiter, richtig? Kannst du was über die Opfer dieses Killers namens Black Tongue herausfinden? Lucy sprach von einer Frau namens Alison Humphreys und dem Ehepaar Mark und Janine Williams. Jede Art Information wäre nützlich.«

Er hielt inne. Zögerte wahrscheinlich, ob er mich ermuntern sollte, mich in diese Sache zu verbeißen. »Wie war der erste Name noch mal? Williams und …?«

»Alison Humphreys.«

»Merk ich mir. Geht klar, Sportsfreund.« Er ließ mich los. Glücklicherweise gab er mir keinen aufmunternden Schlag gegen den Oberarm, sonst hätten wir als Nächstes wohl nach draußen gehen und ein Spiel machen müssen. Aber ich hatte meine Baseball-Handschuhe nicht dabei. »Ich frag mal ein bisschen herum.«

Ich blieb noch ein paar Minuten in der Bibliothek, um meine Gedanken zu ordnen, und ertappte mich dabei, wie ich die Medaille über dem Kamin betrachtete und darüber nachdachte, was meine Mutter gesagt hatte: Manche Menschen werden dafür belohnt, andere umzubringen. Die Medaille war aus dunkler Bronze und auf blauem Samt gebettet hinter Glas, und darunter war ein kleiner rechteckiger Papierschnipsel geklebt, wie man sie in einem Glückskeks findet. Auf dem Papier waren winzige Punkte zu sehen, die aber kein Morse-Code waren oder etwas anderes, was mir bekannt vorgekommen wäre. Darunter befand sich eine gravierte Plakette mit der Aufschrift: *Verliehen für eine lebensrettende Nachricht unter schwerem Beschuss, 1944.* Auf die Medaille waren die Worte FÜR TAPFERKEIT und AUCH WIR DIENEN geprägt.

Entspannen Sie sich. Ich hätte nicht derart viele Worte wegen einer Medaille verschwendet, wenn sie nicht wichtig wäre. Ich erkannte, dass meine Mutter die Dinge voreingenommen betrachtete, aber sie hatte recht. Töten ist nicht gleich Töten, das war die Aussage dieser Medaille. Audrey hatte mir sagen wollen, dass sie der Ansicht war, dass Michael gute Gründe gehabt hatte.

Du bist verantwortlich, hatte sie gesagt. Und in ihren schroffen Worten hallte das wider, was Lucy mir auf dem Dach gesagt hatte: *Es wäre auf andere Art geschehen.* Ich merkte, dass ich ihr glaubte. Ich hatte Michael in den Knast gebracht – was, wenn sein Zorn dort wie ein Krebsgeschwür weiterwucherte und ihn noch zu einem viel schlimmeren Menschen gemacht hatte? Ich schämte mich zwar für meine Schuld – dabei war Michael zu Recht verurteilt worden –, fühlte mich aber dennoch schuldig. Auch dass ich nichts dafür konnte, half mir wenig. Ein einziger kurzer Moment hatte über die Zukunft entschieden. Zu was für einem Menschen hatte ich ihn gemacht?

Und deshalb entschloss ich mich nun, ihm zu helfen. Nicht weil ich an seine Schuld oder seine Unschuld glaubte, sondern weil alle mir seit meiner Ankunft damit in den Ohren gelegen hatten:

Du bist verantwortlich.

Ich war der Grund, *warum alles so gekommen war.* Vielleicht lag es daran, dass ich mich dafür schämte, gegen einen Blutsverwandten ausgesagt zu haben, oder an der emotionalen Bestrafung durch meine Mutter oder dem Schuldgefühl, weil ich gegen die indoktrinierte Loyalität der Cunninghams verstoßen hatte, jedenfalls kam mein Gewissen nicht mehr damit klar. Ich hatte mich entschieden: Ich würde mich der Sache annehmen. Entweder würde ich mir den Weg zurück in den Schoß der Familie bahnen, und zwar mit Michaels Absolution, oder ich würde den letzten entscheidenden Nagel in seinen Sarg schlagen. Nennen Sie mich einen Verräter, stellen Sie mich in eine Linie mit den Cops, aber ich hatte das Gefühl, dass jemand von uns etwas damit zu tun hatte. Für mich war klar, dass es nur eine einzige Möglichkeit gab, meine Familie wieder zusammenzubringen: Ich musste herausfinden, wer von ihnen ein Mörder war.

Nun, das sind wir alle, das habe ich Ihnen schon verraten. Ich meine: wer in letzter Zeit gemordet hat.

MEINE MUTTER

KAPITEL 16

Menschen – größtenteils losgeschickte Ehemänner – rannten zu ihren Autos, durch den fiesen Eisregen, der gerade eingesetzt hatte. Ich konnte den Parkplatz kaum noch erkennen, aber sie bewegten sich alle auf die gleiche Art, halb hüpfend, halb taumelnd, sich gleichzeitig die Hände schützend über die Augen haltend. Der Wind peitschte den Pulverschnee auf, der auf Kniehöhe herumwirbelte und aussah wie Schaum von sich brechenden Wellen am Meer. Das alles fand auf ebenem Gelände statt, aber alle kämpften gegen den Wind an, als würden sie einen Berg hinaufsteigen. Hier und da flammten orange Lichter auf – wenn die Autos aufgeschlossen wurden –, während die Personen sich in dem alles umfassenden Grau verloren. Eine zweite Gruppe versammelte sich etwas zögerlich unter der Markise auf der Veranda, hauchte warmen Atem in die gefalteten Hände und betrachtete forschend das Unwetter. Ich vermute, sie überlegten, ob das, was sich noch im Auto befand, unbedingt herausgeholt werden musste und ob der heldenhafte Kampf gegen den Eisregen einen durchnässten Wollpullover wert war.

Ich saß mit Sofia an der Bar, wo man auch Kaffee bekommen konnte. Wir saßen schon eine Weile auf den hohen Hockern vor der breiten Fensterfront und schauten zu, wie der Sturm immer heftiger wurde. Marcelo war irgendwo im Hauptgebäude unterwegs und stritt sich mit Juliette darüber, ob noch ein Zimmer im Gästehaus verfügbar war. Meine Mutter musste entweder bei ihm sein, oder sie führte ihrerseits ein Streitgespräch mit Crawford. Ich hatte mir noch keine Gedanken darüber gemacht, was es bedeutete, Michaels Anwalt zu sein, also deckte ich erst mal meinen Koffeinbedarf, bevor ich zum Trockenraum ging. Da Michael niemanden sehen wollte, hatte Crawford den Raum verschlossen und sich davor als Wachposten auf einen Stuhl gesetzt. Lucy saß alleine am anderen Ende des Vorraums. Sie hatte sich ein Mittagsbierchen gegönnt, drehte es aber nur lustlos in den Händen. Erin war nicht da, sie hatte sich in ihr Chalet begeben, bevor der Sturm hereingebrochen war. Katherine hatte eine Kanne mit Tee bestellt und starrte auf den Schnellordner, der vor ihr lag. Ich fragte mich, wie viele Morde wohl nötig waren, um sie dazu zu bringen, endlich auch mal ein Bier zu trinken. Wahrscheinlich ein paar mehr. Ich vermutete, dass der Ordner ihre Planungen für das Wochenende enthielt. Es hätte mich nicht gewundert, wenn sie den Wetterbericht ausgedruckt hatte und nun darüber nachgrübelte, wieso sie ihn falsch verstanden hatte. Zweimal dürfen Sie raten, wo Andy war.

Die Gruppe der zögernden Ehemänner auf der Veranda kam zu dem Schluss, dass der Schneesturm nachgelassen hatte, und wagte sich nun ins Weiß. Ich klopfte gegen die Glasscheibe und sagte: »Und jetzt laufen sie los«, als würde ich ein Pferderennen kommentieren. »Mister Ich-hätte-das-vorher-erledigen-sollen fällt zurück und liegt nur eine Nasenlänge hinter Herr Ich-friere-mich-lieber-zu-Tode-anstatt-eine-Funktionsjacke-anzuziehen, Sir Ich-bin-nur-hier-draußen-wegen-altmodischer-Rollenverteilungen dicht auf den Fersen und an der Spitze Freiherr von Bist-du-sicher-dass-du-nicht-ohne-auskommst-Liebling.«

Andy schlenderte herein, schüttelte sich das Eis aus dem Bart, zog die Jacke aus und hängte sie an einen Haken neben der Tür. Er ließ sich auf einen Sessel gegenüber von Katherine fallen, legte eine kleine Handtasche auf den Tisch und sagte: »Bist du sicher, dass du nicht ohne ausgekommen wärst, Liebling?«

Sofia lachte ein wenig zu laut, und als Katherine ihr einen

wütenden Blick zuwarf, wandte sie sich wieder dem Fenster zu und starrte hinaus, als würde der Sturm dort draußen ihre ganze Konzentration beanspruchen.

»Was ist denn los mit euch?«, fragte ich. Ich musste nicht deutlicher werden. Sofia wusste auch so, von wem ich sprach, aber sie zuckte mit den Schultern und tat so, als verstünde sie nicht, was ich meinte. »Ach, komm schon. Katherine hat sich doch für deine Sache eingesetzt heute Morgen. Ich wusste gar nicht, dass ihr so eng seid, um euch dermaßen zu verkrachen.«

»Hat sie das? Hab ich gar nicht bemerkt«, gab Sofia zurück. Das überzeugte mich nicht. Wenn Katherine abfällige Bemerkungen machte, merkte jeder, dass er gemeint war, so viel Autorität strahlte sie aus. Aber Sofia wollte nicht darüber sprechen. »Und du bist jetzt also Anwalt geworden?«

»Scheint so.«

»Hast du nicht sogar so eine Liste mit zehn Schritten zur Lösung eines Kriminalfalls oder so? Bisschen hiervon …«, sie machte eine Handbewegung, als würde sie einen Zaubertrick vollführen, »und die Sache ist erledigt, ja?«

»Es sind zehn Regeln, nicht zehn Schritte. Und ich hab sie nicht erfunden. Außerdem …«, ich beugte mich konspirativ zu ihr und senkte die Stimme »mag ich keine Anwaltskrimis.«

»Was willst du jetzt als Nächstes tun?«

»Na ja, ich überlege, ob ich erst mal Jura studieren sollte, anschließend ein Referendariat mache und dann eine Zulassung zum Gericht beantrage. In circa acht Jahren könnte ich Michael aus seiner Zelle holen.«

»Darf er das überhaupt? Dich als Anwalt verpflichten, meine ich.« Sie nahm einen großen Schluck Kaffee. Als sie die Tasse zurückstellte, schepperte es laut. »Und wieso ausgerechnet dich?«

»Weiß ich nicht«, sagte ich, und das war als Antwort auf beide Fragen gedacht. Aber bevor er eingesperrt wurde, hatte

Michael zu mir gesagt: *Ich muss dir ein paar Dinge sagen, von denen ich glaube, dass ich sie dir schulde.* Das ging mir immer noch im Kopf herum. »Man darf sich selbst vor Gericht vertreten, auch wenn man dafür nicht ausgebildet ist. Vielleicht ist das nur eine Erweiterung dieses Rechts. Vielleicht ist es auch komplett illegal. Aber Crawford hält sich ja auch nicht an die Regeln. Ich bin mir nicht mal sicher, ob er sie überhaupt verstanden hat. Vielleicht will Michael das zu seinem Vorteil nutzen. Wenn er es klug anstellt, könnte er Erfolg haben. Marcelo ist auch der Ansicht, ich sollte mit Michael reden. Also tue ich es.«

»Wie sollte es zu seinem Vorteil sein, in einem überheizten Raum eingesperrt zu sein?«

»Im Moment geht es vermutlich um zwei Sachen: Wenn ich als sein Anwalt fungiere, kann er, so oft er möchte, mit mir sprechen. Das muss Crawford ihm zugestehen. Er sagte ja vorhin schon, dass er mit mir reden möchte – das muss also eine bewusste Entscheidung gewesen sein.«

»Und die zweite Sache?«

»Ist die gleiche wie die erste: Wenn er mich bei sich haben will, dann möchte er vielleicht jemand anderen fernhalten.«

»Meinst du, er hat Angst?«

Ich zuckte mit den Schultern. Mehr Theorien hatte ich nicht. Sofia rieb sich die Augen, gähnte und schaute wieder durchs Fenster. Zuvor war es mir nicht möglich gewesen, den Berg hinauf bis zu der behelfsmäßigen Leichenhalle zu schauen oder bergab bis zum See, aber jetzt konnte ich nicht mal mehr den Parkplatz erkennen. Nach wenigen Metern verschwand alles in einem diffusen Grau. Die herumwirbelnden Schneeflocken vor dieser grauen Wand erinnerten an das, was man sieht, wenn man in ein Mikroskop schaut und nur graue Flecken erkennt. Einen Moment lang kam es mir so vor, als würde ich den Berg auf Molekularebene betrachten. Und wenn der Sturm vorbei wäre, würde alles andere Formen angenommen haben: Der Schnee wäre eine knietiefe Masse wie eine Decke aus grellweißen Kristallen, die jemand ausgebreitet hat. Mir kam es so vor, als würden wir zuschauen, wie der Berg sich selbst neu aufbaute, Atom für Atom.

»Du siehst aus, als hättest du kaum geschlafen«, wagte ich mich vor. Draußen hatte ich noch gedacht, ihre Blässe sei eine Folge der Kälte und des Schocks angesichts der Leiche, aber auch hier drinnen sah sie sehr zerbrechlich aus. Die Erschöpfung stand ihr ins Gesicht geschrieben, ihre Tasse schepperte ein bisschen zu laut, wenn sie sie auf die Untertasse setzte, weil ihre Hände zitterten. Ich dachte an die Gluck-Gluck-Geste von Andy und Katherines scharfzüngige Bemerkungen.

»Wirklich?« Sofia zog eine Augenbraue nach oben. »So kommst du mir?«

»Erzähl mir einfach von letzter Nacht. Meinetwegen wegen deines Alibis oder so. Ich weiß nicht, wo ich sonst anfangen soll«, sagte ich und versuchte, eher beiläufig als neugierig zu klingen.

Sie seufzte, tauchte einen Finger in den Kaffeeschaum und leckte ihn ab. Keine Antwort.

Ich versuchte es mit Betteln. »Hilf mir, den Anwalt zu spielen, bitte.«

»Also, fürs Protokoll: Dad rief mich an, um mir mitzuteilen, dass das Abendessen abgesagt wurde, weil Audrey sich nicht gut fühlte, also aß ich ein paar Snacks aus der Minibar, weil ich keinen Bock auf den Speisesaal hatte, und um ehrlich zu sein, trank ich mir ein bisschen Mut an, weil ich mit dir reden wollte. Und nachdem ich mit dir gesprochen hatte, bin ich zurück in mein Zimmer gegangen. Du möchtest Rechtfertigungen hören? Es war ein grauenhafter Morgen, deshalb sehe ich so scheiße aus. Vielen Dank übrigens für die Unterstellung, dass eine Frau, die ein wenig neben der Spur ist, automatisch als Mörderin verdächtig ist. Darf ich dich daran erinnern, dass ich die erste und einzige Person gewesen bin, Officer Crawford eingeschlossen, die von Mord gesprochen hat? Und, was noch wichtiger ist, du

weißt, dass ich gestern Abend direkt in mein Zimmer zurückgegangen bin, denn du hast mich dort angerufen, kaum dass ich
durch die Tür gekommen war. Du bist mein Alibi, du Dumm-
kopf.«

»Scheint so«, sagte ich nachdenklich. Wenn Sie die Zu-
sammenhänge, die wir bereits in einem gesonderten Kapitel er-
örtert haben, nicht übersprungen haben, werden Sie verstehen,
dass mir jetzt der Gedanke kam, jemand könnte hinter dem
Geld her sein. Deshalb sagte ich: »Erzähl mir doch einfach,
wem du Geld schuldest.«

Blitzschnell richtete sie sich kerzengerade auf und schaute
sich um. »Nicht so laut«, zischte sie. »Was zum Teufel meinst
du überhaupt?«

»Das Geld, um das du mich gebeten hast. Ich vermute, du
schuldest es jemandem.«

»Hör mal zu, Ernie. Ich will es gar nicht mehr. Nicht wenn
du mich dafür so bloßstellst. Ich hätte dich nie fragen sollen. Ich
komme schon klar.«

»Wieso brauchst du fünfzigtausend Dollar, wenn du keine
Schulden zurückzahlen musst?«

»Ich schulde niemandem etwas.« Der Ton war unmissver-
ständlich. Sie würde nie mehr darauf zurückkommen. »Können
wir bitte von etwas anderem sprechen?«

»Gestern Abend war jemand in deinem Chalet«, sagte ich.

Sie zuckte zusammen und presste die Lippen aufeinander.
Damit hatte ich sie überrascht. Allerdings konnte ich nicht
sagen, ob sie überrascht war, dass jemand in ihrem Zimmer
gewesen war oder dass ich davon wusste.

»Als du bei mir warst«, erklärte ich. »Erinnerst du dich noch,
wie das Telefon klingelte? Es wurde von deinem Zimmer aus
angerufen. Ich weiß es, weil du den Hörer abgenommen hast,
als ich zurückrief. Ich vermute, jemand hat nach etwas gesucht
und hat versehentlich auf die Schnellwahltaste gedrückt.«

»Mit jemand meinst du den Mann mit den grünen Stiefeln?

Du glaubst also, er war in meinem Zimmer? Und hat nach Geld gesucht?«

»Der Gedanke ist mir gekommen.«

»Dass ich einen Geldeintreiber umgebracht habe?«

»Oder dass jemand ihn umgebracht hat, um dich zu schützen.«

Sie dachte kurz darüber nach. Da ich kein geschulter Detektiv war, konnte ich nicht unterscheiden, ob sie eine Pause machte, weil sie beleidigt war, oder aus kalter Berechnung. Sie neigte den Kopf und sagte: »Bevor ich auf diese ordinäre Beschuldigung antworte: Hast *du* schon eine Theorie?«

»Du meinst, wegen des Gel–« Ich erinnerte mich an ihre Aufforderung, leiser zu sprechen. »Ich habe wirklich keine –«

»Also hast du keine Theorie?«

»Hab ich nicht.«

»Hilft es dir dabei, eine aufzustellen, wenn ich dir sage, dass mein Leben in Gefahr ist?« Sie trommelte mit den Fingern auf der Tischplatte.

Ich legte eine Hand auf ihre, um sie zu beruhigen. Und so würdevoll, wie es mir möglich war, also nicht sehr, sagte ich: »Ist es?«

Ich schaute auf und bemerkte, dass sie lächeln musste. »Im Ernst? Was redest du da? Geldeintreiber? Für wen denn, die Mafia? Gibt es eine Mafia in Australien? Ich glaube, was du hier anwendest, ist Racial Profiling, weil ich Südamerikanerin bin.« Sie rümpfte ironisch die Nase.

»Da gibt es keine Mafia, sondern Drogenkartelle«, sagte ich. »Dann wäre es ein Drogenkurier gewesen, kein Schuldeneintreiber. Wenn wir hier schon von deinem Umfeld sprechen.«

»Oh, na gut, wenn das so ist: Nimm mich fest.« Sie hielt mir ihre Handgelenke hin und tat schuldbewusst.

»Tut mir leid. Ich bin müde. Das ist keine gute Entschuldigung, aber es fällt mir schwer, in dieser Umgebung einen klaren Gedanken zu fassen.«

»Ich bringe dich in Verlegenheit, hmm? Klar, ist natürlich nicht ideal, wenn ich dich abends um Geld bitte und am Morgen eine tiefgefrorene Leiche auftaucht. Aber hör mal, ich habe dich um Geld gebeten, weil du eine ganze Tasche davon bei dir hast. Und ich finde nicht, dass es Michael zusteht. Ich gebe auch zu, dass ich es gut gebrauchen könnte. Aber das ist eine persönliche Angelegenheit. Können wir jetzt *bitte* über etwas anderes sprechen?«

»Die anderen Gesprächsthemen, die ich so im Kopf habe, werden dir wahrscheinlich auch nicht gefallen.« Jetzt lachte sie auf. Wir waren wieder versöhnt. »Du könntest mich zum Beispiel fragen, wie ich geschlafen habe oder wie der Podcast war, den ich auf der Herfahrt gehört habe. In beiden Fällen würde die Antwort lauten: ganz okay. Oder möchtest du lieber über Black Tongue oder die andere Sache reden?«

»Ehrlich gesagt, ist es keine so große Sache.« Sie klopfte mit dem Löffel gegen die Tasse, während sie sprach. Vielleicht lenkte sie das von ihrer Erinnerung ab. Es war eher eine zufällige Geste als ein Tick. »Ich hab auch vorher schon Patienten verloren.«

Also die andere Sache.

»Aber denke bitte nicht, ich würde das auf die leichte Schulter nehmen, denn so ist es nicht. Es macht mich fertig. Jedes Mal. Aber in der Chirurgie gibt es manchmal Komplikationen. Wir haben großartige technische Geräte und noch bessere Medikamente, aber es gibt immer noch Risiken, sogar bei kleinsten Operationen. Man kann eine Embolie bekommen, nur weil man sich den Arm gebrochen hat – wusstest du das?«

»Ist das passiert?«

»Hör mal, ich bin auch nur ein Mensch. Ich mache meine Arbeit. An manchen Tagen ist man in Bestform, an anderen eben nicht.«

»Willst du damit sagen, dass du einen Fehler gemacht hast? Du bist doch eine großartige Chirurgin, Sofia. Marcelo hat dir wegen seiner Schulter vertraut, und die braucht er dringend, damit er vor Gericht mit der Faust auf den Tisch hauen kann. Das ist so, als würdest du Beyoncés Kehlkopf operieren.«

»Jetzt übertreibst du ein wenig. Und Dad … nun ja, er hat gerne alles unter Kontrolle.« Der Löffel klapperte wieder. »Ich bin es immer wieder in meinem Kopf durchgegangen. Ich kann mit Gewissheit sagen, dass ich keinen Fehler begangen habe. Ich habe die richtigen Entscheidungen im richtigen Augenblick getroffen. Wenn ich es heute wieder tun müsste, würde ich es genauso machen. Die Revision wird mir recht geben. Das Problem ist nur, dass die Leute, die es betrifft, sehr eng mit der Krankenhaus-Verwaltung verbandelt sind. Also muss alles genau durchexerziert werden. Und das hat einigen Staub aufgewirbelt.«

Ihre Augen wanderten zu Katherine. Ich weiß nicht, ob ich mir das eingebildet habe, aber ich hatte den Eindruck, dass Katherine sich schnell abwandte, als hätte Sofias Blick direkt ins Schwarze getroffen. Katherine hatte nichts mit Medizin zu tun, und man kann sie auch nicht als einflussreiche Persönlichkeit beschreiben. Ich schaute mir alle anderen genau an. Andy hatte irgendwo ein Kartenspiel gefunden (oder es sowieso bei sich gehabt, um irgendwelche billigen Taschenspielertricks zu zeigen – würde mich nicht wundern) und legte sich nun eine Patience. Auf der anderen Seite des Raums steckte Lucy sich gerade eine Zigarette in den Mund. Und bevor Sie mich jetzt als Lügner bezeichnen, weil ich bereits von ihrer letzten Zigarette sprach, trat auch schon der Kellner zu ihr und bat sie, nach draußen zu gehen. Sie schaute sehnsüchtig aus dem schneeverklebten Fenster, das unter dem Sturm ächzte, und steckte die Zigarette wieder ein.

Ich dachte über Katherine nach. »Wenn so eine Angelegenheit untersucht wird, ist Alkoholkonsum dabei ein Thema?«, fragte ich Sofia.

»Wie kommst du denn darauf?«

»Na ja, du kennst ja Katherines Ansichten. Und sie hat dich mehrmals zur Rede gestellt. Zuerst dachte ich, sie wäre verärgert, weil du das Wochenende mit deinen Mord-Theorien ruinierst, aber jetzt kommt es mir so vor, als würde sie dich als verantwortungslose Alkoholikerin abqualifizieren, die du nicht bist, wie wir beide wissen. Offenbar nimmt sie es sehr persönlich.« Sofia holte tief Luft, um zu antworten. Aber mir fiel noch etwas ein. »Nein, entschuldige bitte. Ich muss dringend herausfinden, wie man Leute verhört, ohne sie die ganze Zeit zu beschuldigen. Ich will damit nur sagen, dass sie seit dem Unfall bei den Anonymen Alkoholikern ist – und dort wird sie respektiert und kennt sich gut aus. Sie wäre eine gute Verbündete. *Falls* das Thema überhaupt relevant ist, natürlich. Wir sind für dich da.«

Sofia schnaubte. »Sie ist ziemlich anmaßend, findest du nicht? Denk noch mal genau nach, dann erinnerst du dich vielleicht, dass es nicht der Unfall war, der sie hat trocken werden lassen. Gut, ein paar Wochen hat sie danach schon langsam gemacht. Aber dann ging's wieder los, und wie. Dad und Audrey mussten ihr alles wegnehmen, damit sie den Absprung schaffte. Ich hole mir meinen Rat lieber woanders.«

Sofia hatte recht, ich irrte mich. In meiner Erinnerung waren Katherines Unfall und die Folgen sowie die anschließende Kur zu einem Event verschmolzen. Jetzt musste ich zu meiner Überraschung erkennen, dass die Sache komplexer war. »Du hast meine Frage trotzdem noch nicht beantwortet.«

»Ich hatte ein Glas Wein getrunken«, sagte Sofia und legte endlich den Löffel ab. »Acht Stunden vorher, mindestens. Beim Essen. Aber wenn so etwas passiert, dann drehen sie jeden Stein um. Und wenn ein Krankenpfleger sagt, er hätte dich am Abend zuvor in einer Bar gesehen – die nebenbei bemerkt ein Restaurant war – und er sei sich zwar nicht ganz sicher, aber es hätte so ausgesehen, als hättest du ordentlich gepichelt, dann ist das nicht gerade förderlich. Vielleicht hat der Krankenpfleger es gar nicht richtig gesehen, vielleicht hegt er einen Groll gegen dich, oder jemand hat ihn freundlich überredet ...«, sie rieb sich Daumen und Zeigefinger, »und er schmückt es ein bisschen aus. Die Leute suchen halt ihre Vorteile. Alles ist politisch. Man lernt daraus, zum Beispiel, dass man nicht in ein Lokal gehen sollte, in dem sich die Medizinstudenten zum Saufen treffen. Wenn man dann erklärt, man sei wegen des Essens dort gewesen, was bei mir der Fall war, ist das so, als würde ein *Playboy*-Leser behaupten, er interessiere sich nur für die Artikel.«

»Ian Fleming hat für den *Playboy* geschrieben«, sagte ich, unsicher, ob ihr das in ihrer Argumentation helfen würde. Ich dachte kurz nach, und dann fiel mir noch was ein. »Genau wie Atwood.«

»Eben! Wie ich schon sagte, ich habe dort gegessen. Ich war nicht beeinträchtigt. Es war kein Fehler. Und außerdem testen sie Ärzte nicht wie Sportler. Also was sollen sie schon groß sagen? Ein Krankenhausangestellter hat gesehen, wie ich ein Glas Wein trank? Jeder Todesfall wird innerhalb von dreißig Tagen an einen Gerichtsmediziner gemeldet, klar, aber das ist ganz normale Routine. Es gibt nichts, worauf sie sich sonst stützen könnten. Und sie werden auch nichts Außergewöhnliches finden.«

Das klang für mich nach jener Art von Rechtfertigungen, die jemand hervorbringt, der länger über seine Verteidigung nachgedacht hat, aber ich hakte nicht nach. »Wieso vertritt Marcelo dich nicht?«, fragte ich. »Natürlich hat das Krankenhaus auch Anwälte. Aber er ist eine Stufe darüber.«

»Wie ich schon sagte, es hat politische Hintergründe. Abgesehen davon, du bist ja jetzt auch Anwalt – hast du nächste Woche schon was vor?«

Ich schnaubte abfällig. »Wieso nimmt Katherine das so persönlich?«

»Katherine ist angepisst ... na ja, einfach, weil es ihrem Wesen entspricht. Aber ganz besonders, weil sie Gerüchte gehört und mir die gleichen Fragen gestellt hat wie du. Sie bot mir Hilfe an, und als ich ihr alles darlegte, so wie ich es dir gerade dargelegt habe, nahm sie es nicht sehr gut auf. Wahrscheinlich denkt sie, ich bin ein hoffnungsloser Fall. Aber ich möchte sowieso nicht ihr kleines Wohltätigkeitsprojekt sein.«

Ich nickte. Das klang ziemlich nach Katherine.

»Also, ob du es glaubst oder nicht, aber ich habe auch ein paar Fragen an dich.«

»Das ist nur fair.«

»Warum tust du das? Es ist doch ein Polizist hier. Lass ihn die Ermittlungen durchführen.«

»Wir wissen beide, dass es nicht sein erster Tag ist, sondern sein zweiter. Und …«, ich klopfte gegen die Fensterscheibe, »ich würde mich nicht darauf verlassen, dass seine Kollegen es noch bis hier hoch schaffen.«

»Das bedeutet aber trotzdem nicht, dass du den Fall lösen musst.«

»Michael bat mich, ihm zu helfen. Und ich denke, ich schulde es ihm.«

»Schulden, schulden, schulden. Du benutzt dieses Wort ziemlich oft. Eine Familie ist doch keine Kreditkarte.«

Achtung, aufgepasst: Dies ist die typische »Warum lässt du es nicht bleiben und gehst deiner Wege«-Szene, vielleicht noch mit ein paar liebevollen Peitschenhieben im Sinne von: »Das geht dich doch gar nichts an.« Ich bin mir bewusst, genau wie während des Gesprächs, dass dies oftmals eine Taktik ist, um einen neugierigen Ermittler (mich) davon abzuhalten, etwas über die Person herauszufinden, die ihn dazu auffordert, sich zurückzuhalten (in diesem Fall Sofia). Das sollte man nicht verwechseln mit der »Dieser Fall wird Ihnen entzogen«-Szene, die auf Crawford zukommen könnte, aber nicht auf mich. Aber Sofias Motive waren für mich glasklar: Wenn ich fortging und Michael in Handschellen zurückließ, dann würde das Geld bei mir bleiben. Und ich würde es nicht weitere drei Jahre aufbewahren, schon gar nicht fünfundzwanzig, ich würde es ausgeben. Oder es verschenken. Ich interpretierte ihren Versuch nicht in dem Sinne, dass sie die Aufmerksamkeit von sich ablenken wollte, sondern dass sie Michaels Spielstein vom Brett nehmen wollte, damit das Geld freigegeben wurde. Wenn sie nämlich ein Interesse daran gehabt hätte, ihn ans Messer zu liefern, dann hätte sie es mehr forciert, hätte mich gedrängt, anstatt mich abzuschrecken. Ich war überzeugt, dass sie eigennützige Interessen verfolgte, aber keine mörderischen Ziele.

»Mr Cunningham?«, ertönte eine Stimme von der Tür her. Ich drehte mich um und sah, wie Juliette in die Bar spähte. »Officer Crawford sagt, Sie können jetzt zu ihm.«

Ich machte ihr ein Zeichen, dass ich verstanden hatte, erhob mich und sagte, beinahe entschuldigend, zu Sofia: »Ich sollte hören, was er zu sagen hat. Zumindest herausfinden, wie sein Alibi für die vergangene Nacht aussieht.«

»Oh, jetzt verstehe ich.« Sie verpasste mir scherzhaft einen Schlag gegen den Oberarm. »Ernie, du eifersüchtiges Arschloch.«

»Ich bin nicht ...«

»Klar bist du das. Du interessierst dich nicht die Bohne für den Toten. Du willst bloß herausfinden, wo Michael und Erin letzte Nacht gewesen sind.«

Sie wissen schon, in welcher Szene wir uns jetzt befinden. Sie heißt »Sex ist immer ein Motiv«.

»Er hat mich angelogen, uns angelogen«, gab ich zu. »Deshalb bin ich neugierig.«

»Zweimal sogar.«

»Bitte?«

»Er hat dich zweimal angelogen. Möbel? Lagerräume? Ernsthaft? Dieses Ding ist riesig. Abgesehen davon ist Lucy so sehr darauf erpicht, ihn zurückzubekommen, dass sie seine Sachen wohl kaum auf die Straße geworfen hat. Ich wette, die sind immer noch in ihrer Wohnung, so wie er sie hinterlassen hat.« Sie schüttelte den Kopf, als hätte sie gerade das Offensichtlichste festgestellt.

»Ich kann dir nicht folgen.«

»Frag ihn, was wirklich in diesem verdammten Transporter ist, Ernie.«

KAPITEL 17

Juliette wartete im Flur auf mich. Zuerst dachte ich, sie würde von meiner Unfähigkeit, Schneeketten anzubringen, darauf schließen, dass ich auch zu dämlich war, den Pfeilen zu folgen, die zum Trockenraum wiesen, aber dann merkte ich, dass sie mich in die entgegengesetzte Richtung führte. Ich hatte keine Ahnung, wohin sie wollte. Manchmal haben Bücher wie dieses hier Karten im Einband, die die Örtlichkeiten zeigen. Ein Grundriss des Gästehauses wäre in diesem Moment ganz nützlich.

»Wir haben einander noch gar nicht vorgestellt«, sagte ich, während sie mich zwischen Servicewagen hindurchlotste, aus denen Massen von flauschigen weißen Handtüchern quollen. »Meine Freunde nennen mich Ernie.«

»Ernie wie Ernie und Bert?«

»Nein, wie die Kurzform von Ernest.«

»Aha, und wieso sagen Ihre Freunde dann nicht Ernest zu Ihnen?«, fragte sie unverblümt.

»Sie würden sich gut mit meiner Mutter verstehen.« Ich musste einem Room-Service-Tablett ausweichen, auf dem zwei zerquetschte Energy-Drink-Dosen und die Verpackung einer Schokoladentafel ein Tatort-Stillleben ergaben. »Sie findet mich auch lästig.«

Am Ende des Korridors hielt sie vor einer Tür ohne Nummer an – also kein Gästezimmer, kombinierte ich – und schob einen Schlüssel ins Schloss. Sie drehte sich zu mir um, bevor sie die Tür öffnete. »Ich weiß, dass Sie dringend ihren Bruder sprechen möchten. Das hier wird nicht lange dauern.« Ich bemerkte, dass ihre Lippen vom Wind ausgetrocknet waren, wie das bei Bergsteigern oft zu sehen ist. Sie springen auf, die Haut schält sich ab, und es sieht so aus, als könnte man einen Eispickel einschlagen und hinaufklettern. »Oh, ich bin übrigens Juliette.« Endlich stellt sie sich vor. (Meine Lektorin hat gerade einen Seufzer der Erleichterung ausgestoßen.) »Ich hab Ihnen mit den Schneeketten geholfen.«

Sie sagte es, als wäre es eine neue Information, also erwiderte ich: »Ich erinnere mich«, um sie zu korrigieren, aber es kam gequetschter heraus, als ich beabsichtigt hatte. Im Nachhinein betrachtet klang es wahrscheinlich ein bisschen lüstern. Sie musterte mich eingehend.

»Offenbar habe ich Eindruck gemacht. Sie haben mich sogar schon zu Ihrer Mutter eingeladen. Aber hören Sie bitte auf, meine Lippen so anzustarren.«

Ich sagte ihr nicht, dass ich darüber nachgedacht hatte, sie abzuschälen, nicht sie zu küssen. Aber wie auch immer, ich errötete.

Sie schob die Tür auf, und wir traten in ein unaufgeräumtes Büro mit zwei Schreibtischen, die in der Mitte zusammengeschoben waren. Das Ablagesystem funktionierte offenbar nach dem Wirbelwind-Prinzip. Berge und Täler aus Papierstapeln bedeckten den Fußboden. Die Wände waren vollgestellt mit Bücherregalen, wo jede Menge Zettel in orangefarbenen Ordnern abgeheftet waren, aber diese Ordner – eigentlich letzte Bastion gegen das Chaos – lagen horizontal übereinander. Ich dachte, es war ganz schön vermessen von jemandem, der nicht mal weiß, wie man ein Regal aufräumt, mich als Kfz-Trottel hinzustellen, aber ich sagte nichts dazu, weil mir das mit den Lippen immer noch peinlich war. Auf jedem Schreibtisch stand in der Mitte ein bulliger Computer, der beim Work-out problemfrei die Gewichte ersetzen könnte, verbunden mit Keyboards, die zweifellos laut klackerten und in diesem verfärbten schmuddeligen Weiß gehalten waren, das für uralte Computer (oder Teenager-Bettwäsche) typisch ist.

Juliette setzte sich auf einen schwarzen Ledersessel und fing an, mit einer Hand zu tippen, während sich mich mit der anderen zu sich winkte.

»Wie lang arbeiten Sie denn schon hier?«, fragte ich, einerseits um mehr über sie zu erfahren, aber auch um herauszufinden, aus welchem Jahrhundert ihr Computer stammte.

»Ich wuchs zwischen hier und dem Internat in Jindabyne auf«, leierte sie herunter, während sie die klebrige Maus mit einem *Plopp* vom Schreibtisch trennte. »Das Resort ist ein Familienbetrieb. Mein Opa hat es nach dem Krieg mit ein paar Freunden aufgebaut – wahrscheinlich, weil sie keine Lust auf Menschenmassen hatten. Ich zog mit Mitte zwanzig nach Queensland, vor allem, weil es dort am wärmsten war. Meine Eltern übernahmen den Laden, aber dann starben sie und, nun ja, es gibt da eine gewisse unvermeidliche Kontinuität in unserer Familie, wie es scheint. Jedenfalls kam ich vor sechs Jahren zurück, und man könnte sagen, ich wurde eingeschneit.«

»Und der Familie widersetzt man sich nicht.«

»So in der Art, ja.«

»In welchem Krieg hat Ihr Großvater gekämpft? Ich hab diese Medaille in der Bibliothek gesehen.«

»Im Zweiten. Aber halt, nein! Das ist Franks Auszeichnung.«

»Frank?«

»Eigentlich F-287, aber mein Opa hat ihn Frank genannt. Den Vogel.«

»Die ausgestopfte Taube?«, fragte ich verwundert. »Soll das ein Witz sein?«

»Diese Dinger heißen *Dickin Medals*. Sie werden an Tiere verliehen.«

Die eingravierte Aufschrift fiel mir wieder ein: AUCH WIR DIENEN. Jetzt verstand ich, wie es gemeint war. Auf dem Papierfetzen stand wahrscheinlich eine codierte Botschaft, die am Fuß des Vogels befestigt über die feindlichen Linien geflogen worden war. Es war eine Abenteuergeschichte für einen Disney-Film.

»Meine Lieblingsheldin ist die Katze, die die Moral auf einem Kriegsschiff hochhielt und eingefallene Ratten aufgefressen hat«, fuhr Juliette fort. »Das ist kein Witz. Mein Opa mochte den Vogel sehr. Er hat einen ganzen Schwarm trainiert, aber Frank war etwas Besonderes. Er hat eine Landkarte mit eingezeichneten Maschinengewehr-Depots transportiert, Listen feindlicher Truppen, Namen, Koordinaten. Er hat eine Menge Leben gerettet. Opa ließ ihn ausstopfen, als er nach Hause kam. Es ist ein bisschen schräg, so was auszustellen, aber ich mag es.« Sie tippte gegen den Computerbildschirm. »Ah, da wären wir.«

Sie deutete auf die grünlich eingefärbte Übertragung einer Videokamera, deren Bild eingefroren war. Ich vermutete, dass die Kamera irgendwo über der Eingangstür des Gästehauses hing, denn der Aufnahmewinkel war auf den Berghang gerichtet. Die Perspektive schloss den Parkplatz, ein gutes Stück der Zufahrt und die pyramidenartigen Umrisse einiger Chalets am Rand mit ein, die aber nur unscharf zu erkennen waren. Bis zu der Stelle, wo die Leiche gefunden worden war, reichte das Blickfeld nicht. Links unten war ein Timecode zu sehen. Er zeigte einige Minuten vor zehn Uhr abends an. Die grüne Färbung kam von einem Nachtsichtfilter, vermutete ich.

»Welche Zimmer sind das dort?« Ich deutete auf die Chalets.

»Das ist die Seite mit den geraden Zahlen: Zwei, Vier, Sechs und Acht.«

Marcelo und Audrey wohnten in der Fünf, ihr Zimmer war also nicht auf dem Schirm zu sehen. Sofia war in der Zwei ganz am Rand des Schirms, wo nur ein kleiner Teil des Dachs sichtbar war. Ich hätte eigentlich in der Sechs sein sollen, aber Katherine und Andy hatten sie bekommen, weil ihr Zimmer bei ihrer Ankunft noch nicht fertig war. Ich wusste nicht, in welchem Chalet Lucy wohnte. »Mein Zimmer ist die Vier«, sagte ich.

»Das weiß ich, Mr Cunningham.«

»Sie stalken die Gäste. Das ist eine Verletzung der Privatsphäre.«

»Ist es das immer noch?« Sie haben jetzt vielleicht den Eindruck, dass sie flirtete, aber in diesem Moment war ich mir nicht so sicher. Unsere Lippen werden sich erst in 95 Seiten berühren, und da werde ich nackt sein, falls Sie sich das gefragt haben.

»Sind noch andere Gäste in den Chalets?«, fragte ich.

»Nur Ihre Reisegruppe. Die Hälfte ist leer.«

»Okay. Und diese Kamera, kann man die bewegen? Der Winkel ist nicht sehr gut.«

Sie schüttelte den Kopf. »Sie steckt in diesem Kasten, damit sie bei Sturm nicht weggerissen wird. Abgesehen davon ist es keine Überwachungskamera, sondern eine Wetterkamera. Sie soll den Leuten jeden Tag eine Liveübertragung der Situation hier oben liefern, damit sie ihre Anfahrt planen können, also … zum Beispiel Schneeketten aufziehen.« Sie machte eine kurze Pause, um die freche Bemerkung wirken zu lassen. »Und die angemessene Kleidung einpacken oder nachschauen, ob sie ein Abo für den Lift buchen oder nicht. Außerdem ist es keine Videoaufnahme, es sind nur Einzelbilder. Sehen Sie?«

Sie klickte auf Play, und ich sah, wie eine Reihe von Fotos abgespielt wurden. Alle drei Minuten wurde eine Aufnahme gemacht, wie man am Timer unten am linken Rand sehen konnte. Sie ließ es weiterlaufen. Gelegentlich war ein grauer Fleck zu sehen, wenn jemand zu seinem Chalet ging, aber das war völlig nutzlos, denn die aufgenommenen Personen waren viel zu verzerrt, um sie identifizieren zu können. Das einzig Positive war, dass ein Teil der Zufahrt fotografiert wurde, aber selbst da wurde ein fahrendes Auto nur dann festgehalten, wenn es zufällig in das Drei-Minuten-Raster passte. Da ich den Weg schon ein paarmal zurückgelegt hatte, wusste ich, dass man auf dem

Weg von den Chalets zum Gästehaus eine ganze Weile durch den Schnee stapfen musste. Das hatte den Vorteil, dass fast alle Personen, wenn sie sich nicht allzu schnell fortbewegten, aufgenommen wurden, wenn sie diesen Weg nahmen, auch wenn man sie nicht identifizieren konnte.

Juliette ließ die Aufnahmen weiterlaufen. Anscheinend hatte sie den Schnelldurchlauf gewählt, denn jedes Foto blieb nur zwanzig Sekunden anstatt drei Minuten auf dem Schirm zu sehen. Kurz vor 23 Uhr bewegte sich eine Person auf Chalet Vier zu. Das war Sofia, die mich besuchen ging. Ungefähr ein Dutzend Bilder später ging sie zu Chalet Zwei, am äußersten Rand der Aufnahme, zurück. Es war nicht leicht, die Richtung oder die Absichten eines bloßen Schattens zu ergründen, aber alles fügte sich zu meinem erwarteten Gesamtbild zusammen. Ich hatte gehofft, noch jemand anderen zu entdecken, der zwischen den beiden Fotos mit Sofia in der Nähe von Chalet Zwei herumschlich, aber da war nichts. Wer auch immer es war, war durch das Drei-Minuten-Raster gerutscht, was entweder ein erstaunlicher Zufall oder gute Planung war. Der »Film« lief weiter und zeigte eine ereignislose Nacht, nur gelegentlich war ein Raucher vor dem Gästehaus zu sehen und zwei Schatten, die sich an den Händen hielten und den Sternenhimmel betrachteten. Interessanterweise war niemand zu erkennen, der den Berg hinauf zum Golfplatz ging.

Als die Aufnahmen nach ein Uhr nachts angezeigt wurden, verkrampfte Juliettes Hand an der Maus. Sie suchte nach etwas. Einige Bilder später hatte sie es gefunden und klickte auf Pause. »Das hier fand ich interessant«, sagte sie. »Green Boots ist nicht auf unserer Gästeliste, er gehört auch nicht zum Personal, und niemand in der Gegend hat jemanden als vermisst gemeldet. Ich habe bei den anderen Resorts angefragt, wo der Vorfall inzwischen bekannt ist, aber niemand weiß irgendetwas.« Juliette deutete auf einen Ausdruck auf dem Schreibtisch, eine Liste, auf der anscheinend die Namen aller Gäste standen und die alle abgehakt waren. Offenbar hatte sie alle abgefragt. Lucy hatte mir schon davon erzählt, aber es war gut zu wissen, dass es wirklich so war.

Ich fragte mich, was sie daran so interessant fand. Ich schwankte zwischen mehreren Alternativen: Vielleicht wollte sie mir gerade so viel mitteilen, dass es mich in die falsche Richtung führte. Oder sie wollte einfach nur mal was Aufregendes erleben, weil hier oben sonst nie etwas passierte. Aber dann bemerkte ich unter der Liste mit den Namen ein wesentlich dickeres Dokument, aus dem gelbe »Hier unterschreiben«-Postits herausschauten. Der größte Teil war verdeckt, ich konnte nur die obere Ecke sehen, in der ein mir bekanntes Logo prangte, das einer sehr bekannten Immobilienfirma gehörte. (Manche Formulierungen tauchen auffallend oft in Kriminalromanen auf, nicht wahr? Es geht einfach nicht, dass man einen solchen offensichtlichen Sachverhalt wie zufällig einflechtet, also kann ich es fett markieren: **Da lag ein Kaufvertrag auf ihrem Schreibtisch.**) Vielleicht war sie hier doch nicht so eingeschneit, wie sie behauptete.

Juliette fuhr fort: »Das bedeutet, das Opfer tauchte mitten in der Nacht hier auf. Das da könnte er sein.« Sie deutete auf den Bildschirm. »Ich habe nachgeschaut. Der Wagen steht noch auf dem Parkplatz. Sollen wir Crawford bitten, das Nummernschild zu überprüfen? Dann kann er uns vielleicht einen Namen nennen.«

Indem sie »wir« sagte, ließ sie eine Komplizenschaft mitschwingen, die ich nicht erwartet hätte. Vor allem, weil Juliette, im Gegensatz zu uns und dem Polizisten, richtige Ermittlungen angestellt hatte. Wieder wurde ich daran erinnert, dass ich nur der Protagonist dieser Geschichte bin, weil ich sie niederschreibe, nicht weil ich über eine besondere Begabung verfüge. Also ging ich darauf ein. Es waren zwei Scheinwerfer auf dem Parkplatz zu sehen. Bei Autos kann man leichter erkennen, in welche Richtung sie sich bewegen, als bei Personen, und dieses Fahrzeug bewegte sich eindeutig auf den Parkplatz zu. Und auch wenn die Scheinwerfer den Nachtfilter außer Funktion setzten und das Bild überbelichtet war, konnte man deutlich sehen, dass es sich um einen Mercedes SUV handelte.

»Das ist das Auto meines Stiefvaters«, sagte ich. »Marcelo. Der heute Morgen so aggressiv herumgebrüllt hat.«

»Oh.«

»Aber er ist nicht erst gestern Nacht eingetroffen. Wir haben doch gemeinsam im Séparée zu Mittag gegessen. Also muss er weggefahren und zurückgekommen sein.« Ich erzählte ihr nicht, dass er das Abendessen abgesagt hatte, weil meiner Mutter nicht wohl gewesen war, denn ich bin nur Ihnen, lieber Leser, zu Ehrlichkeit verpflichtet, nicht Juliette, der neugierigen Resort-Inhaberin. Dennoch interessierte mich, wann er weggefahren war, angesichts der Tatsache, dass er darüber die Unwahrheit gesagt hatte. Dabei könnte er auch einfach nur zu einer Apotheke gefahren sein. »Gehen Sie doch mal zurück zum Nachmittag. Dann sehen Sie, wie der Mercedes wegfährt.«

Juliette ließ die Bilder zurücklaufen, bis sie zu einer Aufnahme der Rücklichter des Mercedes gelangte, wie er gegen 18 Uhr den Berg hinauffuhr. Das war kurz nachdem er mich angerufen hatte. Ich machte zu diesem Zeitpunkt bereits mein Nickerchen.

»Verdammt«, sagte sie. Offenbar war sie weniger daran interessiert, dass jemand sich für ein paar Stunden entfernt hatte, als an der Ankunft von Green Boots. Bei mir war genau das Gegenteil der Fall, mir stellten sich zahlreiche Fragen. Marcelo hatte das Abendessen abgesagt, damit er woandershin fahren konnte. Er war über sechs Stunden fort gewesen. Was hat er gemacht? Wusste meine Mutter wirklich nichts davon? Hatte sie sich unwohl gefühlt und sich in ihrem Chalet ausgeruht? Oder war sie in die Sache eingeweiht gewesen? Die Fenster des Mercedes waren getönt, also konnte ich nicht sehen, ob jemand auf dem Beifahrersitz saß, und auch nicht, wer den Wagen fuhr.

Juliette sprach meine größte Angst aus: »Vielleicht hat er jemanden hierhergebracht.«

»Kann ich den Rest sehen bis zum Morgen?«, fragte ich. Sie startete erneut ihre Diashow. Während die Bilder vorbeiglitten, kam ich dem Display so nahe, dass ich spürte, wie das elektromagnetische Feld des altertümlichen Röhrenbildschirms an meiner Nase kribbelte. »Wenn der Tote aus dieser Gegend ist, dann hätte ihn doch jemand erkannt.«

»Ich habe die Leiche nicht gesehen, aber wie ich schon sagte, wir haben alle befragt, Gäste und Angestellte. Wir haben eine Telefonkette gestartet, damit alle Hotels bis runter zum See abgefragt werden. Und Crawford hat mit der Polizeistation in Jindabyne gesprochen. Niemand wird vermisst. Crawford sagte, er wolle die Gäste nicht traumatisieren, indem er hier mit dem Foto eines unbekannten Toten herumwedelt, den sowieso niemand kennt. Ich bin auch dieser Ansicht. Die Gäste haben für ihren Aufenthalt bezahlt, und auch ein Gratis-Frühstück wird nicht alle davon abhalten, bei TripAdvisor von einem erfrorenen Menschen zu berichten.« Wenn auch mit schlechtem Gewissen, nahm ich mir vor, Katherine mitzuteilen, dass es Wege gab, an ein kostenloses Frühstück zu kommen. »Unfälle passieren nun mal in den Bergen … das ist nicht weiter beunruhigend. Vielleicht war es ein Wanderer, der sich verirrt hat? Die Einzigen, die bislang von Mord gesprochen haben, sind Ihre Leute. Und damit haben sie diesen Grünschnabel-Polizisten auf den Plan gerufen.«

»Warum zeigen Sie mir das dann alles?«

»Weil Sie das auch zu glauben scheinen, sonst würden Sie nicht so viele Fragen stellen. Außerdem habe ich mich über Ihre Familie informiert – Sie sind kein unbeschriebenes Blatt. Falls es sich um Mord handelt … dann muss es auch einen Mörder geben. Und ich bin für die Sicherheit meiner Gäste verantwortlich.«

Ich war etwas pikiert wegen ihrer Anspielung auf unsere

Familiengeschichte und sagte spitz: »Sollten Sie diese Beweismittel …« Das Wort kam mir einfach so über die Lippen. Auch
wenn ich selbst von einem Mord ausging, handelte es sich immer noch nur um einen Toten im Schnee, und »Beweismittel«
war für mein Gefühl eine viel zu amtliche Formulierung. »Ich
meine … Informationen. Wieso teilen Sie die mit mir und nicht
mit Crawford?«

»Ich kenne Crawford nicht. Offenbar wurde er als Laufbur-
sche hier hochgeschickt, weil es ja erst mal nach einem Unfall
aussah. Wenn Sie herausfinden, dass es ernst ist, wird Martin –
das ist der Sergeant – mit den Detectives aus der Stadt hier
aufkreuzen. Aber ich würde eher darauf wetten, dass sie es wegen des Sturms nicht allzu bald schaffen, vielleicht hängen sie
sowieso schon irgendwo fest. Und, Scheiße, also, okay, ich sag's
jetzt einfach: Ich glaube nicht, dass Crawford überhaupt eine
Ahnung davon hat, was er tut.«

»Ich auch nicht.«

»Ich gebe zu, dass ich mich lieber auf die Seite der Gewinner
schlage. Und Sie sind Anwalt.«

»Ich bin kein Anwalt. Ich bin Schriftsteller.«

»Wieso hat Ihr Bruder dann gesagt, Sie wären einer?«

»Weiß ich nicht. Ich bringe anderen Leuten bei, wie man
Krimis schreibt. Vielleicht bin ich deshalb gut im Rätsellösen?
Vielleicht denkt er, ich könnte auch dieses hier aufklären.«
Letzteres sagte ich in einem Tonfall, von dem ich selbst wuss-
te, dass er niemanden überzeugen würde. Also wandte ich mich
schnell wieder dem Bildschirm zu.

Das Playback war jetzt in der Morgendämmerung angelangt,
und der Nachtfilter war ausgeschaltet. Deshalb war der Bildschirm jetzt nicht mehr grün, sondern grau. Crawfords Streifenwagen tauchte um Viertel vor sieben auf, wie man anhand
des Timers erkennen konnte, und fuhr über die Zufahrt direkt
auf das Gästehaus zu. Seine Scheiben waren nicht getönt, und so
konnte ich sehen, dass Crawford eine Hand zum Beifahrersitz

ausgestreckt hatte und den Kopf neigte. Es sah aus, als würde er mit weit aufgerissenem Mund gähnen. Offenbar war er sehr früh aufgestanden.

»Wer hat die Leiche gefunden?«, fragte ich. Zwischen der Rückkehr von Marcelos Mercedes und der Ankunft von Crawford waren keine verwaschenen Schatten zu sehen gewesen: Kein Opfer, kein Mörder. »Ich meine, wer hat den Toten gemeldet? Das muss sehr früh gewesen sein. Aber niemand kam mir besonders erschüttert vor.«

»Das müssen Sie Crawford fragen, ich bin mir nicht sicher.«

Jetzt, wo der Bildschirm heller war, musste ich blinzeln, weil das grelle Licht, das durch die Linse fiel, mich blendete. Immer mehr Schatten tauchten auf den Fotos auf, die im ungefilterten Tageslicht immer menschlichere Züge erkennen ließen. Auf den folgenden Bildern fanden sich diese Schatten zu Gruppen zusammen und stiegen hintereinander den Berg hinauf, wie Ameisen. Ich glaubte zu erkennen, wie Andy und ich vor meinem Chalet zusammentrafen, aber ich war mir nicht sicher. Der Morgen verging, der Transporter traf ein (er war *wirklich* viel zu groß), und die Versammlung vor dem Eingang war so dicht vor der Kamera, dass man sogar die Gesichter erkennen konnte. Dann wurde Michael festgenommen. Das blöde Timing war so eingestellt, dass sogar zu sehen war, wie Erin ihn umarmte und ihre Hand in seine Jeanstasche schob. Euer Ernst?

»Sie sagten, diese Bilder dienen dazu, dass die Leute sich erst über die Wetterverhältnisse informieren, bevor sie hier hochkommen? Heißt das, man kann sie auf Ihrer Website anschauen?«

»Ja, als Liveübertragung. Ziemlich leicht zu finden, direkt auf der Startseite.«

»Wenn jemand also ihre Website offen hat, dann kann er die Zeit berechnen und in den Lücken zwischen den Fotos durchs Bild laufen, ohne gesehen zu werden?«

»Unsere Rezeption ist aber auch noch da.«

»Sicher, aber die Zeitintervalle ändern sich nie – ein Bild alle drei Minuten. Wenn man die Uhr danach stellt, dann muss man nicht mal auf den Bildschirm schauen, um sich zwischen den Aufnahmen zu bewegen.«

»Könnte sein.«

»Und Crawford braucht, sagen wir mal, eine Stunde, um hier hochzukommen, wenn er sich beeilt. Und trotzdem ist hier in der Zwischenzeit nichts los, niemand rennt den Berg hinauf, bis es dann später alle tun, und es hat auch niemand die Hotelangestellten informiert während dieser einen Stunde. Dann heißt das, jemand hat die Leiche gefunden, die Cops alarmiert und dann was? Hat er sich einfach wieder ins Bett gelegt?«

»Denken Sie, der Mörder selbst hat es gemeldet? Er wollte, dass die Polizei kommt?«

»Wenn man das Unmögliche einmal ausgeschlossen hat …«

»… muss das, was übrig bleibt, wie unwahrscheinlich es auch erscheinen mag, die Wahrheit sein«, beendete sie den Satz. »Das ist ja nett. Ja, auch ich habe fast alle Sherlock-Holmes-Geschichten gelesen. Ein Ferien-Resort ist so was Ähnliches wie ein Lager für verlorene Socken in den hintersten Winkeln der Waschmaschine – für ausgelesene Taschenbücher: Niemand kauft sie, niemand bringt sie her, aber sie sind immer da. Sie dürfen mich daher als Expertin betrachten. Also … kann ich davon ausgehen, dass Ihr ganzer Plan auf diesem Ausschlussverfahren basiert?«

»Al-also«, stotterte ich, denn genau das war in der Tat mein ganzer Plan gewesen. »Ich dachte, zunächst einmal wäre das ein praktikabler Ausgangspunkt.« Ich versuchte zu vermeiden, auf eine ganz bestimmte Stelle an ihrer Unterlippe zu starren, wo ein Hautfetzen darauf wartete, abgezupft zu werden.

»Zunächst einmal praktikabel«, wiederholte sie betont ungläubig, aber scherzhaft. »Es wundert mich wirklich sehr, dass dieser verdammte Kerl einen Helden erfunden hat, der zum berühmtesten Beispiel für rationale Problemlösung geworden ist, aber gleichzeitig von uns verlangt zu ignorieren, dass er selbst ein totaler Spinner war.«

»Das wusste ich nicht.«

»Und Sie wollen ein Krimiautor sein?« Sie hob verzweifelt die Hände. »Ich mag sowieso keine Bücher, in denen die Hauptfigur ein Schriftsteller ist.«

Liebe Leser, ich habe selbstverständlich Arthur Conan Doyle gelesen, aber formal betrachtet gehört er nicht in das, was wir das Goldene Zeitalter der Kriminalliteratur nennen. Also habe ich darauf verzichtet, über ihn zu schreiben, obwohl meine Ermittlungen sich an seiner Methode orientieren. Das musste ich Juliette erst mal erklären.

»Ich bin eher an so Leuten wie Ronald Knox interessiert. Er gehörte zu den bedeutendsten Kriminalschriftstellern der 1930er-Jahre. Im Übrigen schreibe ich keine Romane, ich schreibe Lehrbücher. So was wie: *Krimi-Schreiben leicht gemacht in zehn Schritten* oder *Wie schreibe ich einen Amazon-Bestseller*. Solche Sachen.«

»Oh, ich verstehe. Sie schreiben Bücher darüber, wie man Bücher schreibt, die Sie nie geschrieben haben und die von Leuten gekauft werden, die nie eins schreiben werden.«

Sehr treffend formuliert, wenn ich ehrlich bin. Sie wären überrascht, wie viele Möchtegern-Autoren gerne mal einen Dollar neunundneunzig ausgeben, um das Gefühl zu haben, sie machen Fortschritte. Meine Bücher sind nicht schlecht, aber mein Angebot ist es streng genommen nicht, Autoren zu helfen, sondern eher Wünsche zu erfüllen. Ich bin nicht stolz darauf, schäme mich aber auch nicht dafür.

»Man kann davon leben.«

»Und wer ist dieser Knox?«, fragte sie.

»Er hat 1929 zehn Regeln für das Schreiben von Kriminalromanen aufgestellt. In meinen Büchern wende ich sie gerne auf moderne Kriminalgeschichten an. Die meisten davon sind heute irrelevant, taugen nicht mehr für die aktuelle Literatur, die dazu tendiert, die Leute an der Nase herumzuführen. Er hat sie die Zehn Gebote genannt. Conan Doyle hat vor seiner Zeit geschrieben. Wieso ist er ein Spinner?«

»Er hat an Feen geglaubt, ernsthaft. Hat versucht, sie zu jagen. Nach dem Tod seiner ersten Frau und seines Sohns hat er Séancen veranstaltet, um mit ihnen zu sprechen. Er dachte, sein Kindermädchen sei ein Medium. Der Typ war so irre, er versuchte sogar, Houdini – der übrigens nicht an echte Magie glaubte – davon zu überzeugen, er hätte wirklich übernatürliche Fähigkeiten.«

»Das war eins der Gebote von Knox«, sagte ich und hielt kurz inne, weil ich mich fragte, ob ein Mann, der in einem Feuer starb, ohne das der Schnee um ihn herum schmolz, nicht doch etwas mit Magie zu tun hatte. »Das zweite, um genau zu sein. Keine übernatürlichen Mächte.«

»Und wegen dieser Regeln hat Ihr Bruder Sie um Ihre Hilfe gebeten, glauben Sie? Das ist aber sehr weit hergeholt.«

»Nein. Ich glaube, er hat mich gefragt, weil ich derjenige von den Cunninghams bin, der am wenigsten ein Cunningham ist.«

»Was soll das denn heißen?«

»Ich bin keiner von *uns*.« Ich wollte witzig sein – oder? – aber es kam irgendwie ätzend rüber. Voll daneben, ehrlich gesagt.

»Ich wollte nicht …« Ihre Gedanken verpufften auf halbem Weg. Sie schüttelte den Kopf, schloss das Fenster auf dem Bildschirm und stand auf. »Natürlich haben Sie recht. Ich sollte das besser mit Crawford besprechen. Wir können nur hoffen, dass da draußen nicht wirklich ein Mörder herumschleicht oder unser Schicksal in den Händen eines Schriftstellers liegt. Andernfalls müssen wir ihn mit einem Ihrer Hardcover-Bücher erschlagen.«

»Es sind E-Books«, sagte ich kläglich. »Ich bin Self-Publisher.«

»Nun …«, sie hielt sich den Bauch, als wäre das die witzigste

Sache der Welt, »dann kann ich nur hoffen, dass Sie ein bisschen mehr gelesen haben als nur Sherlock Holmes. Denn sogar Arthur Conan Doyle glaubte an Gespenster.«

KAPITEL 18

Bevor ich mit meinem älteren Bruder im Trockenraum spreche, sollten Sie einige Dinge über meinen jüngeren Bruder erfahren. Erstens: Sein Name ist Jeremy. Zweitens: Ich bin nicht hundertprozentig sicher, welche Zeitform ich hier benutzen muss: Sein Name *ist* immer noch Jeremy, aber er *war* auch Jeremy. Ich schätze, beides ist richtig. Bitte interpretieren Sie meine mangelhaften grammatikalischen Kenntnisse nicht als Unaufrichtigkeit. Drittens: Als er starb, saß ich neben ihm.

Es fällt mir nicht leicht, das zu schreiben – und das nicht nur, weil ich einen Gipsverband an der Hand habe.

Wir haben Jeremy immer nur bei seinem Vornamen genannt. Das ist so, stellte ich irgendwann fest, wenn jemand jung stirbt. Als hätte die betreffende Person noch keine Gelegenheit gehabt, das Erbe seines Nachnamens anzutreten. Sofia mag das nicht so sehen, mag der Ansicht sein, dass Blutsverwandtschaft oder die Geburtsurkunde keine Rolle spielen. Und regt sich aber trotzdem auf, wenn der falsche Name vor dem Bindestich steht. Jedenfalls, deshalb entwickelt man sich von Ernest, mit dem steifen, mit Buntstift gemalten E am Anfang, in der Fußballmannschaft in der zweiten Klasse zu Cunners, zu Mr Cunningham, der im Zeugenstand sitzt und seinen Bruder verrät, und schließlich zu »Ernest James Cunningham« in einem Kranz, gedruckt auf ein Papier, das im Kreuzgang in der Kirche ausgehändigt wird. Weil man seinen Namen zurückbekommt, wenn man stirbt – den vollständigen. Das ist mir aufgefallen. Das hat was mit dem Erbe zu tun. Deshalb hat Jeremy es nie weiter als bis zu Jeremy geschafft.

Ich will damit nicht behaupten, dass er kein Cunningham ist, denn das ist er, im wahrsten Sinn und tiefster Bedeutung des Wortes. Aber wenn man ihn Jeremy Cunningham nennen würde, denke ich, würde man ihn kleiner machen, als er ist, ihn an uns binden. Als ein Cunningham ist er ein Teil dieser Träume, aus denen ich nach Luft schnappend aufschrecke. Ohne den bedeutungsschwangeren Nachnamen ist er einfach nur ein Teil des Himmels, des Winds, der Gedanken.

Namen sind auch wichtig in Kriminalromanen, nehme ich an. Ich habe viele gelesen, in denen der Detektiv sich ein Alias gibt, das eine versteckte Bedeutung hat (Rebus, zum Beispiel, bedeutet Rätsel, falls Sie das nicht gewusst haben) oder fügt dem Namen ein rätselhaftes Anagramm hinzu. Detektivromane lieben Anagramme. Obwohl die meisten Namen in diesem Buch echt sind, habe ich einige aus juristischen Gründen geändert, andere einfach aus Spaß. Sollten Sie sich also mit den Namen der handelnden Personen genauer beschäftigen, dürften sie einige Überraschungen erleben. Für mich spielt es keine Rolle, ob Sie es tun oder nicht. Mein Name ist Ernest, und ich sage die Wahrheit: Dahinter versteckt sich keine verborgene Bedeutung.

Juliette Henderson (Anagramm: Lederhosen-Jet-Unit, machen Sie damit, was Sie wollen) ließ mich allein mit dem Problem, meinen Weg zum Trockenraum zu finden. Immerhin konnte ich mich an den Hinweispfeilen orientieren. Ich glaube, sie war enttäuscht, weil ich so wenig enthusiastisch reagiert hatte auf ihren Vorschlag, mit ihr ein Ermittler-Duo zu gründen. Angesichts des nicht unterschriebenen Vertrags auf ihrem Schreibtisch und ihrer beiläufigen Erwähnung der TripAdvisor-Bewertungen hatte ich mir zurechtgelegt, dass ihre Motivation zur Lösung des mysteriösen Todesfalls weniger der exzessiven Lektüre von Kriminalromanen oder einem Verantwortungsgefühl ihren Gästen gegenüber geschuldet war: Nein, sie wollte einfach nur den Wert ihrer Immobilie retten. Vielleicht glaubte sie ja, eine Mordermittlung könnte potenzielle Käufer abschrecken. Vor allem angesichts der Tatsache, dass der Verkauf offenbar unmittelbar bevorstand.

Crawford stand auf, als ich mich ihm näherte. Übrigens ist mir aufgefallen, dass wir ihn alle nur bei seinem Nachnamen nennen, wie man das halt so macht bei Polizeibeamten (was durchaus plausibel ist, denn Jeremy ist größer als sein Nachname, Crawford hingegen verschwindet hinter seinem Abzeichen und ist kleiner als sein Vorname). Ich gab ihm die Hand. Das erschien mir angesichts des scheinbar offiziellen Rahmens angebracht.

»Juliette hat einige Spuren gesichert, die Sie interessieren könnten. Video-Aufnahmen vom Parkplatz«, sagte ich. »Ist schon ziemlich schräg. Niemand hier hat Alarm geschlagen, aber jemand hat Sie angerufen …«

»… noch vor dem Morgengrauen«, ergänzte er. »Ja, ich brauchte eine Stunde bis hierher. Bisschen weniger.«

»Hat der Anrufer einen Namen hinterlassen?«

»Weiß ich nicht. Ich war die ganze Nacht über mit Geschwindigkeitskontrollen beschäftigt. Daher habe nicht ich den Anruf in der Zentrale entgegengenommen.«

»Warum wurden Sie geschickt? Juliette sagte, normalerweise sei dieser Sergeant zuständig … Sergeant …« Ich hatte seinen Namen schon wieder vergessen.

Crawford half mir nicht auf die Sprünge, sondern zuckte nur mit den Schultern: »Ich war am nächsten dran.«

»Und als sie herkamen, waren da schon andere Personen bei der Leiche?« Ich kannte die Antwort bereits, aber ich wollte eine Bestätigung.

»Ich erwartete eine Menge Aufregung hier oben. Aber ich kann Ihnen nichts berichten, was nicht passiert ist.« Ich musste wieder an die drei Fußspuren denken: Eine war vom Opfer, eine vom Polizisten, die andere vom Mörder. Das stützte die Theorie, dass niemand die Leiche gefunden hatte, also musste der Mörder selbst die Polizei gerufen haben.

»Und wir wissen noch nicht einmal, wer der Tote überhaupt ist«, sagte ich und bemühte mich, möglichst niedergeschlagen zu klingen, um Crawford ein paar Informationen zu entlocken. »Kann ich eine Kopie des Fotos vom Opfer haben?« Ich hielt kurz inne, bevor ich hinzufügte: »Als Anwalt.« Ich dachte, so ein Wunsch würde zu einem Anwalt passen.

»Sie sind doch gar keiner, stimmt's?«, sagte Crawford. »Das hat mir Ihr Vater gesagt.«

»Stiefvater«, gab ich scharf zurück und merkte, dass ich wie ein Teenager klang. Nachdem Marcelo vergeblich versucht hatte, mich auf seine Seite zu ziehen, hat er offenbar deutlich gemacht, dass ich nicht qualifiziert war, ihn zu ersetzen. Falls ich recht damit hatte, dass Michael alle von sich fernhalten wollte, war auch klar, dass Marcelo unbedingt zu ihm hineinwollte. »Ich bemühe mich. Aber ich habe mich auch nicht darum beworben.«

»Es sind Kinder hier im Hotel. Ich kann nicht riskieren, dass die Fotos herumgereicht werden. Verstehen Sie?«

Ich nickte und setzte auf einen Kompromiss. »Ich bin zwar kein Anwalt, aber Sie wissen ja selbst, dass Sie ihn nicht dadrin behalten können. Bloß weil er nicht mit Ihnen reden will, heißt das nicht, dass er keine Rechte hat.« Ich hob meine Hände in einer Geste, die auf freundliche Weise das Unvermeidliche demonstrieren sollte. »Und ehrlich gesagt weiß ich nicht so genau, was diese Rechte beinhalten, aber das da verbieten sie mit Sicherheit.« Ich deutete auf die schwere Holztür, die durch die Feuchtigkeit leicht verbogen war. Daran hing ein Plastikschild mit aufgemalten Stiefeln.

»Er sagte, er sei einverstanden.«

»Darauf will ich nicht hinaus«, sagte ich. »Falls Sie ihn nur deswegen verdächtigen, weil er früher aus dem Gefängnis entlassen wurde, als er zugegeben hat, dann hängt wohl auch Erins Alibi mit seinem Aufenthaltsort gestern Nacht zusammen, und ich sehe nicht, dass sie auch eingesperrt worden ist.«

»Wollen Sie mir damit Sexismus vorwerfen?«

»Ich werfe Ihnen Blindheit vor.«

»Na ja, sie ist keine Cunningham, oder?«

»Ich verstehe. Freut mich, dass wir das geklärt haben.« Auch für Crawford waren Namen offenbar bedeutsam. »Aber jetzt muss ich Ihnen leider Inkompetenz vorwerfen. Also lassen Sie mich bitte da rein, damit ich so tun kann, als sei ich ein Anwalt, und Sie so tun können, als seien Sie ein Polizist.«

»Sie machen sich wirklich Sorgen um ihn, hab ich recht? Obwohl Sie vor Gericht gegen ihn ausgesagt haben.« Crawford neigte leicht den Kopf. Ich biss mir auf die Zunge, aber ich war ziemlich verärgert, dass er inzwischen viel mehr über mich wusste als noch heute Morgen. Verdammt, was musste Marcelo auch so einen Aufstand machen. Die Tür war mit einem Schubriegel verschlossen, aber es gab kein Vorhängeschloss. Crawford schob ihn mit den Fingerspitzen lässig auf – Hochsicherheitstrakt und so –, dann trat er zur Seite, damit ich die Tür selbst aufmachen konnte. »Ich bin ohne Brüder aufgewachsen, also kann ich das nicht nachempfinden. Hat wohl was mit Familienverbundenheit zu tun, schätze ich.«

»Wenn ich beweisen kann, dass er letzte Nacht nicht hier, sondern woanders war, dann müssen Sie ihn freilassen. Oder ihn zumindest in einem normalen Zimmer unterbringen. Okay?« Ich meinte es ernst, aber es klang auch halbwegs anwaltsmäßig, und ich wollte das letzte Wort haben.

Crawford nickte kaum merklich.

Mir fiel noch etwas ein. »Oh, äh, bitte sprechen Sie nicht mit ihm, wenn ich nicht dabei bin. Oder wie Anwälte das auch immer sagen.«

Ich schob die Tür auf.

Im Foyer roch es auf eine Art nach Feuchtigkeit, wie man es von einem Ski-Resort erwarten durfte, aber im Trockenraum war es so triefend nass wie in einem Schiffswrack. Der Raum war dazu da, dass die Leute ihre verschwitzen, klammen Schneeanzüge auszogen, um sie hier aufzubewahren und am nächsten Morgen halb trocken wieder abzuholen. Also war der Raum abgeschottet, damit die Hitze und der Gestank nicht nach draußen drangen. Die Tür war mit Gummileisten abgedichtet und ging mit einem schmatzenden Geräusch auf. Ich hätte Kiemen gebraucht, um in der modrigen Luft atmen zu können. Wenn ich sagen würde, es roch nach Schweißfüßen, wäre das ungerecht gegenüber Schweißfüßen.

Der Raum war lang und schmal. Auf beiden Seiten standen rechteckige Schuhschränke mit offenen Klappen, in denen zahlreiche Skistiefel standen. Bei vielen Stiefeln waren die Innensohlen teilweise herausgezogen worden und sahen aus wie ausgestreckte Zungen. Aus anderen waren sie ganz herausgenommen und an die Wand gelehnt worden. Von denen ging der intensivste Geruch aus. Über den Schuhschränken hingen reihenweise Skijacken, Regenjacken und noch mehr Innensohlen, die an die Kleiderbügel geheftet waren. Vor einem kleinen Wasserboiler stand ein klappriger Wäscheständer mit aufgehängten Socken. Seltsamerweise lag ein Teppich auf dem Boden, der die ganze Feuchtigkeit aufsaugte. Wenn man über ihn ging, gab er nach wie ein Schwamm und verursachte ebenfalls ein Schmatzen. Ein rot glühender Heizstrahler erleuchtete den Raum, darüber befand sich ein einziges Fenster, das nicht zu öffnen war. Die Schneeverwehungen verhinderten sogar, dass Tageslicht eindrang.

Michael saß unter dem Fenster auf einem geschlossenen Schuhschrank und hatte sich ein paar Kissen zurechtgelegt, damit er es bequemer hatte. Neben ihm stand ein Tablett mit einer Dose Cola und den Resten eines Sandwichs. Er trug keine Handschellen mehr, hatte seine Jacke abgelegt und die Ärmel hochgekrempelt. Der Ruf der Cunninghams wog schon immer schwerer als die Körper der Familienmitglieder. Soll heißen, man hätte uns nie mit einem Football-Team verwechselt. Michael jedoch, selbst ohne dicke Winterjacke, schlug eindeutig aus der Art.

»Du bist ganz schön kräftig geworden um die Schultern«, stellte ich fest. »Ist das so ein Knast-Ding?«

Michael deutete auf den Stuhl, der vor ihm stand. Der Heizstrahler brummte vor sich hin.

»Ich würde die ja gern schließen«, sagte ich und schob die Tür zu drei Vierteln zu, »aber dann werden wir ersticken.« Was stimmte, aber nicht der einzige Grund war, warum ich sie auflassen wollte. Ich quasselte drauflos, um bloß kein Schweigen aufkommen zu lassen, während ich mich immer noch bei der Tür herumdrückte. Falls Sie noch nicht bemerkt haben sollten, dass ich Humor als Mittel zur Selbstverteidigung einsetze, dann weiß ich auch nicht, wie ich Ihnen das erklären soll. »Übrigens macht Marcelo das beruflich, falls dir das entgangen sein sollte.«

»Setz dich hin, Ernie.«

Ich holte tief Luft und inhalierte die schale Suppe des Raumes. Dann ging ich zum Stuhl und nahm Platz. Unsere Knie berührten sich. Ich schob den Stuhl zurück. Michael musterte mich. Zuerst dachte ich, er sei nachdenklich, neugierig, wie er seinen Blick über mein Gesicht wandern ließ, als wollte er herausfinden, wie sehr ich mich in den vergangenen drei Jahren verändert hatte. Dann kam mir ein anderer Gedanke: Er wollte meine Widerstandskraft abschätzen.

»Ich habe viel über Jeremy nachgedacht«, sagte er. »Ich weiß, du warst damals zu jung, um dich genau daran zu erinnern. Oder?«

Das war ein eigenartiger Gesprächsbeginn, aber wahrscheinlich kein so schlechtes Thema. »Vermutlich schon«, sagte ich. »Ich meine … manchmal frage ich mich, ob ich mich wirklich erinnere oder ob ich nur etwas aus Einzelbildern zusammensetze, die in meiner Erinnerung vorhanden sind. Ich komme dann immer an den Punkt, wo ich nicht mehr weiß, was wirklich gewesen ist und wo ich die leeren Stellen ausgefüllt habe.«

Ich war erst sechs gewesen und hatte das meiste nicht bewusst mitbekommen. Also war meine Erinnerung an diesen Tag eine Hilfskonstruktion. »Manchmal träume ich davon. Eigenartig, weil ich den Eindruck habe, ich träume die Erinnerungen eines anderen. Manchmal ist er … nun ja, manchmal ist er nicht …« Mir fehlten die Worte.

»Ich weiß, was du meinst.« Michael fuhr sich mit der Hand über die Stirn. Es war eine eigenartige Kopie der Geste, die er in jener Nacht gemacht hatte, als er mit Alan Holton im Auto bei mir zu Hause aufgetaucht war mit dieser Druckstelle vom Lenkrad im Gesicht. »Ich weiß, Mum hat's dir nicht immer leicht gemacht. Ich glaube, du warst zu jung, um zu verstehen, wie schlimm es war. Weil wir fünf so rasch auf drei geschrumpft sind. Einfach so.« Er schnippte mit den Fingern.

Ich nickte. Ich erinnerte mich an die Pflegeeltern, die wir bekamen, nachdem man Audrey das Sorgerecht genommen hatte.

»Und als sie uns wieder zurückbekam – nun ja, da wollte sie nicht nur uns nicht mehr verlieren, sondern auch nicht, dass wir einander verlieren. Hast du mal darüber nachgedacht?«

Die ganze Zeit, sagte ich nicht. *Du hast es getan*, sagte ich nicht. *Eine Familie ist keine Kreditkarte*, sagte ich auch nicht.

»Ich denke sehr oft an Jeremy«, sagte ich stattdessen unverbindlich.

»Und wir drei – du, Mum und ich – haben innerhalb eines Jahres unseren Vater und unseren Bruder verloren. Es hat einen Grund, warum sie so lange mit Jeremys Trauerfeier warten wollte. Daran erinnerst du dich noch, oder? Ich vermute, sie konnte einfach keine zwei Begräbnisse hintereinander ertragen.«

»Sieben Jahre zu warten ist aber eine sehr lange Zeit«, sagte ich. Ich war ein Teenager gewesen, als wir die kleine Zeremonie für Jeremy abhielten, an seinem Geburtstag.

»Ich war froh deswegen. Ich hatte das Gefühl, alt genug zu sein, um es zu verstehen und es zu schätzen. Hat uns das nicht, irgendwie, einander nähergebracht? Was ich damit sagen will: Nichts ...«, er schaute zu Boden und schüttelte den Kopf bei jedem einzelnen Wort, »weder eine Brechstange noch ein Krieg, noch eine gottverdammte Invasion von Aliens kann uns Cunninghams auseinanderbringen. Und dann ...«, er hob den Kopf und richtete den Zeigefinger auf mich, »hast du es getan.«

Ich zuckte zusammen, versuchte, seinem Blick auszuweichen, und stellte fest, dass auf dem Tablett vom Room-Service zwar eine Gabel lag, aber kein Messer. Ich hatte nur den Bruchteil einer Sekunde Zeit, um zu entscheiden, ob er aus Sicherheitsgründen keins bekommen hatte oder ob er es an sich genommen hatte, um es in seinem Hemdsärmel zu verbergen. »Wenn ich bloß hier bin, damit du mir sagen kannst, dass du es nicht getan hast, dann können wir es jetzt hinter uns bringen.«

»Ich habe Alan Holton getötet«, sagte er langsam und mit Nachdruck.

Ich hätte mir am liebsten die Finger in die Ohren gesteckt und die Zunge rausgestreckt wie ein albernes Kind. Meine Gedanken rasten und gingen alle Möglichkeiten durch. Ich wollte nicht hören, wie er ganz zufällig ein Opfer ausgesucht und im Schnee ermordet hatte, wie froh er war, in diesem stinkenden Raum eingesperrt zu sein, nur um mir ganz allein gegenüberzusitzen. Wie er das zusammen mit Lucy ausgeheckt hatte, die den Trockenboden dafür vorgeschlagen hatte. Ich wollte nicht als Letztes in meinem Leben hören, wie er sich damit brüstete, mich doch noch drangekriegt zu haben. Dass er mit meiner Frau geschlafen hatte. (Okay, es machte mir also was aus. Ein bisschen jedenfalls.) Ich wollte den Stuhl umwerfen, zur Tür springen, aber der Nachteil war, dass ich erst mal aufspringen und mich umdrehen musste. Er hätte mich längst gepackt, bevor ich den ersten Schritt tun konnte. Und wenn er ein Messer hatte ...

Ich musste verhandeln, das wurde mir jetzt klar. »Ich habe das Gel–«

»Ich habe es mit voller Absicht getan.« Michael brachte mich mit einer Geste zum Schweigen. »Ich habe meine Hände um seinen Hals gelegt, und er hat aufgehört, sich zu bewegen. Und dann hast du – mein Bruder – mich in den Knast geschickt.«

Dann schoss er nach vorn, so blitzschnell wie eine Klapperschlange.

Alles, was ich eben noch gedacht hatte, verschwand, alles in meinem Kopf wurde weiß, als wäre aus meinen Gedanken ein Blizzard entstanden oder als wäre ich schon tot und hätte es gar nicht gemerkt und Michaels Arme hätten sich um …

… meine Schultern gelegt.

Um meine Schultern, nicht um meinen Hals. Und da war gar kein Messer. Er umarmte mich. Unwillkürlich erwiderte ich seine Umarmung und hielt ihn fest. Es war eine ganze Menge da, um mich festzuhalten.

»Ich danke dir«, murmelte er gepresst. Ich saß da, völlig verblüfft und immer noch nicht überzeugt davon, dass ich doch nicht tot war. Ich fragte mich, ob eine Antwort wie: »Keine Ursache« die richtige wäre oder unter diesen Umständen eher unangebracht. Er sog scharf Luft ein. »Ich bin mir sicher, dass niemand in dieser Familie dir gesagt hat, dass du das Richtige getan hast, und dass du bestimmt nicht erwartet hast, es aus meinem Mund zu hören.«

»Kommt hin, ja.«

»Lucy dachte, dieser Raum hier wäre eine Strafe für mich, aber er ist perfekt«, sagte er und schaute sich um. »Weil es hier drinnen sicher ist.«

»Sicher vor was?«

»Ich traue keinem von denen. Du bist die einzige Person, mit der ich reden kann, denn du warst der Einzige, der es gewagt hat, im Gerichtssaal aufzustehen und gegen mich auszusagen. Deshalb weiß ich, dass du mir helfen wirst, das Notwendige zu tun. Ich weiß, es ist sehr heiß und stickig hier drin, aber ich möchte dich trotzdem bitten, die Tür zu schließen. Ich habe dir ja schon erzählt, dass ich Alan absichtlich getötet habe, aber jetzt will ich dir auch noch erklären, warum.«

KAPITEL 19

»Ich hatte drei Jahre Zeit, um mir zu überlegen, wie ich dir das erklären soll«, sagte Michael, nachdem ich die Tür geschlossen hatte. Nach drei Jahren war das wohl sein bester Einleitungssatz. »Im Knast hat man viel Zeit zum Nachdenken, man hat das Gefühl, alles steht still, während die Welt sich um einen herum weiterdreht. Man kann sich genauer mit den Dingen beschäftigten. Um ehrlich zu sein, habe ich dort sogar ein gewisses spirituelles Verständnis von der Welt entwickelt.«

Ich muss ihn wohl skeptisch angeschaut haben, denn er hatte den Eindruck, sich verteidigen zu müssen.

»Ich will dich nicht mit solchen Albernheiten wie dem Sinn des Lebens belästigen, aber wenn du jemanden getötet hast – vielmehr, wenn du *die Entscheidung getroffen* hast, jemanden zu töten – dann musst du dafür einstehen. Weißt du, was ich meine?«

»Nein«, sagte ich, weil ich nichts verstand. Erst jetzt, während ich dies schreibe, kann ich ein wenig mehr damit anfangen.

»Ich weiß nicht, wie ich beschreiben soll, wie ich mich gefühlt habe, als ich Holton das antat. Ich war in einem Zustand, in dem alles mechanisch ablief. Als hätte ich mich nicht unter Kontrolle gehabt ...« Er hob entschuldigend eine Hand. »Ich weiß, wie das klingt, aber ich will nichts entschuldigen. Ich will dir damit nur sagen, dass ich nicht weiß, was ich als Nächstes getan hätte. Welche Schäden ich angerichtet hätte. Wen ich noch auf dem Gewissen hätte. Ich habe drei Jahre im Knast verbracht in Gesellschaft von *Mördern*, Ernie. Und ich dachte, ich hätte ... für etwas getötet. Etwas, das wichtiger war als ich. Und dann bin ich da zusammen mit Leuten, die sich gegenseitig gratulieren für das, was sie getan haben, und die Gründe, die sie dafür hatten, waren so verdammt klein.« Er schüttelte den Kopf, schien die Fassung zu verlieren. Er kniff die Augen zusammen und atmete mehrmals tief durch, um sich wieder zu fangen. »Es tut mir leid. Ich versuche nur zu erklären, was ein Leben wert ist. Verstehst du? Nimm zum Beispiel die Klage gegen Sofia. Die Familie verklagt das Krankenhaus um Millionen ... Ich erinnere mich nicht an den genauen Betrag, den Erin genannt hatte. Was ich damit sagen will: Sie haben sich mit einem Haufen Anwälte an einen Tisch gesetzt und Papiere hin und her geschoben, bis sie auf eine bestimmte Summe gekommen sind. Sie haben festgelegt: *Unser Sohn ist soundso viel wert.*«

»Hier geht es nicht um Sofia«, warf ich ein und stellte überrascht fest, dass ich sie verteidigen wollte, obwohl sie etwas verbarg, das immerhin fünfzigtausend Dollar wert war.

»Geht es auch nicht. Ich versuche nur, dir etwas zu erklären. Ich hielt Holtons Leben in meinen Händen und wägte ab, was es wert war. Und was es mir wert war, ihm ein Ende zu setzen.«

»Du hast entschieden, dass dein Leben mehr wert war als seins.« Ich hatte inzwischen erkannt, dass Michael mir kein großes Geheimnis anvertrauen wollte. Er wollte mir nur das sagen, was er sich selbst während dieser ganzen Zeit zurechtgelegt hatte, damit er damit leben konnte. Er wollte mir erklären, dass Holtons Tod einen *Wert* gehabt hatte. Das war nichts Neues. Ich dachte kurz nach und schüttelte den Kopf. Ich gab auf. »Du kannst das Geld haben. Ich habe die Tasche mitgebracht.«

»Nein. Ich spreche nicht von ... Geld oder so was, sondern vom *Preis*. Es ist ein eigenartiges Gefühl zu wissen, was ein Leben wert ist. Das meine ich damit.« Einen Moment lang sah er nachdenklich aus, als er merkte, dass er mich nicht überzeugt hatte. Seine Augen reflektierten das Licht der Wärmelampe, und sie bekamen einen boshaften Glanz. Es klang irgendwie drohend. Als wollte er mir damit sagen, dass er bereits ein Menschenleben gegen den Wert einer Tasche mit Geld abgewogen hatte und nicht zögern würde, auch mein Leben dagegen abzuwägen. Ich weiß nicht, ob das Einbildung war oder nicht, aber die graue Schneewand vor dem Fenster fühlte sich plötzlich beklemmend an. Ich stellte mir den Sturm vor, der sich draußen weiter zusammenbraute, wie das Gewicht des Schnees stärker gegen das Glas drückte, als könnte er jeden Moment hereinbrechen und uns unter sich begraben. Dann sagte er: »Es ist sogar noch eigenartiger, dann festzustellen, dass man sich geirrt hat.«

Ich war mir nicht sicher, ob er mir zu erklären versuchte, dass er unglücklich war mit dem Preis, den er für seine Tat bekommen hatte, oder mit dem, den er hatte zahlen müssen, und das sagte ich ihm, auch wenn ich zugeben muss, dass ich es nicht so eloquent ausführte, wie es hier klingt.

»Ich versuche, dir zu erklären, dass ich aus meinen Fehlern gelernt habe. Aber du denkst immer noch, es geht mir ums Geld?«, sagte er.

»Tut es das nicht?«

»Das Geld ist nicht … Hör mal, vor allem hätte es unser Geld sein sollen, okay? Wir sind dafür gestorben. Es ist richtig, dass sie dafür bezahlen.«

Unser Geld. Da war es wieder. Aber wer war der andere Teil dieses *Wir*? Ein Cunningham? Ich wollte ihm schon eine weitere Frage stellen, aber im Roulette in meinem Kopf hatte sich die Kugel für einen Gedanken entschieden.

In der Nacht, als Alan Holton starb, hatte Michael mir gesagt, es sei unser Geld. Ich hatte gedacht, er meinte damit, er hätte es sich verdient, indem er es gestohlen hat oder weil er getötet hat, und dass auch mir jetzt ein Teil davon zustehen würde. Nur wenige Stunden zuvor hatte Erin mir ins Ohr geflüstert: *Das Geld gehört der Familie*, Ernie. Ich hatte gedacht, sie meint das Gleiche: Dass sie einen Anspruch darauf erhob und mich einbeziehen wollte. Michael und Erin hatten mir die ganze Zeit über die Wahrheit gesagt und ich hatte nichts verstanden. Sie sprachen von Eigentum im *wörtlichen* Sinn.

Ich sah wieder die von Spinnennetzen überzogene Lichtung vor mir und Michael, wie er sich über den nach Luft ringenden Mann beugte. Wie er seine Entscheidung abwog. Ein Leben abschätzte. Alles ergab jetzt einen Sinn, sogar wieso Michael wissen konnte, wie viel Geld in der Tasche war, ohne es zu zählen: 267 000 Dollar.

Verdammte Scheiße, ich habe endlich ein Rätsel gelöst.

»Das Geld war gar nicht gestohlen«, stellte ich fest. »Es gehört dir. Du bist nicht zufällig da hineingeraten. Du hast Holton gekannt. Er hat dir etwas verkauft.«

Michaels Augen leuchteten auf, als er erkannte, dass ich bereit war, mir seine Geschichte anzuhören, sie vielleicht sogar zu glauben. Ich weiß, dass aufleuchtende Augen ein Klischee sind, aber es ist wahr: Allerdings könnte es auch ein Stromstoß im Leitungssystem des alten Hotels gewesen sein, der die Heizlampe aufleuchten ließ. »Ich schätze, ich sollte dir mal was über Alan Holton erzählen. Und woher er unseren Vater kannte.«

Das traf mich unerwartet. Ich war froh, dass ich die Tür geschlossen hatte.

»Dad kannte ihn?«

Michael nickte ernst. »Was ich dir jetzt erzähle, klingt wahrscheinlich … ziemlich weit hergeholt. Aber du musst mich ausreden lassen, okay?« Er interpretierte mein Schweigen als Zustimmung und fuhr fort: »Holton war ein Cop.«

»Ein Cop?« Ich hätte gern die Falten auf meiner Stirn geglättet, aber ich behielt meine Hände unten.

»Ein ehemaliger.«

»Na klar, in seinem früheren Leben war er alles Mögliche.« Ich wusste, dass mein Kommentar ziemlich kindisch war. Er kam mir einfach über die Lippen, während ich noch über alles nachdachte. »Das ergibt doch keinen Sinn. Man kommt doch nicht mit drei Jahren davon, wenn man einen Cop umgebracht hat.«

»Nein, natürlich nicht. Aber er war ja kein Cop mehr, als ich ihn in dieser Nacht ... Aber er war mal einer gewesen. Er war sozusagen ...«, er rieb Daumen und Zeigefinder aneinander, »in Ungnade gefallen. Und hart gelandet. Und so hangelte er sich von einem billigen Job zum nächsten und hielt sich über Wasser, indem er Secondhandtrödel verkaufte. Mal war er Drogendealer, mal Dieb, mal Obdachloser. Und immer verschuldet. Marcelo konnte ihn als kleinen Kriminellen darstellen, weil Holton während seiner Zeit bei der Polizei ... jedenfalls kein leuchtendes Vorbild gewesen war. Das ist der Grund, warum die Staatsanwaltschaft den Deal mit den drei Jahren akzeptierte, andernfalls hätte Marcelo die ganze Geschichte vor Gericht ausgebreitet – und es gab einige Leute, die das lieber nicht in den Medien sehen wollten.« Das klang logisch. »Marcelo erklärte dem Richter hinter verschlossenen Türen, was es mit Alans Vergangenheit auf sich hatte, und der Staatsanwalt akzeptierte den Deal. Drei Jahre. Kannst du mir folgen?«

»So ungefähr. Aber was hat das mit unserem Vater zu tun?«

»Darauf komme ich gleich.«

»Der Schnee fängt schon an zu schmelzen. Und soweit ich weiß, kann ich im Sechs-Minuten-Takt abrechnen, da ich jetzt Anwalt bin.«

»Ich glaube, ich habe bereits im Voraus bezahlt, Ernie.«

Darauf wusste ich nichts zu erwidern. Wahrheit sticht Schlagfertigkeit.

Michael nahm einen Schluck von seiner Cola, verzog das Gesicht wegen des Geruchs nach Schweißfüßen, der sich zwischenzeitlich in der Dose angesammelt hatte, und fuhr fort. »Also, Alan hat Kontakt mit mir aufgenommen. Einfach so, aus heiterem Himmel, verstehst du – ich suchte keinen Ärger. Er sagte, er hätte etwas, das ich haben wollte. Und er wolle es mir verkaufen. Außerdem erwähnte er noch, dass er auch dich schon deswegen angesprochen hätte. Das war der Grund, warum ich an diesem Abend mit ihm bei dir aufgekreuzt bin. Ich dachte, wenn er dir gesagt hat, was er mir gesagt hat, dann würdest du ... verstehen, was passiert ist.«

»Vielleicht hat er dir das gesagt, damit du ihm glaubst.« Ich lehnte mich zurück. »Aber ich habe nichts damit zu tun. Ich habe ihn nie getroffen.«

»Ja und nein.« Michael zuckte mit den Schultern, als ob meine Kenntnis darüber, wen ich kannte und wen nicht, bloße Ansichtssache sei. Bevor ich widersprechen konnte, fuhr er fort: »Mir wurde schnell klar, dass er dich nicht kontaktiert hatte. So geschockt und verwirrt, wie du warst an diesem Morgen, und abgesehen davon, dass du deine Aussage nicht verändert hast, nachdem du seinen Namen erfahren hast, das sprach Bände. Aber getroffen hast du ihn trotzdem schon mal.«

Ich wollte das schon zurückweisen, da beugte er sich vor und drückte seinen Zeigefinger in drei Stellen meines Oberkörpers: meinen Bauch, meine Hüfte und meine Brustmitte. Das tat er ganz langsam und in einem bestimmten Rhythmus, jeder Stich ein Taktschlag. Ich hörte die passende Wortmelodie in meinem Kopf, während ich ihm zusah. Er musste sie nicht wiederholen.

Ich zeige Ihnen, wo ich ihn erwischt habe: Hier, hier und hier.

KAPITEL 20

»Ich habe fast mein ganzes Leben versucht, das mit Dad zu vergessen«, stieß ich hervor. Ich versuchte, all das, was Michael mir da erzählte, in einen sinnvollen Zusammenhang zu bringen, und klopfte es gleichzeitig auf seinen Wahrheitsgehalt ab. Ich hatte die Umstände des Todes meines Vaters immer absichtlich ignoriert, weil ich der Ansicht gewesen war, nach allem, was er getan hatte und wie er gestorben war, verdiente er es nicht, dass ich mich damit beschäftigte. Es ist nichts Glorreiches daran, in einem Schusswechsel mit der Polizei zu sterben. Es war kein ehrenvoller Tod, auf den man stolz sein konnte. Es war ein Tod, den man vergessen sollte. Deshalb hatte der Name Alan Holton während Michaels Gerichtsverhandlung in meinem Gedächtnis keine Erinnerung wachgerufen. Und da Marcelo das Gericht dazu gebracht hatte, Holtons schmutzige Biografie unter den Tisch fallen zu lassen, indem sie seinem Gesuch stattgaben, hätte ich womöglich nie davon erfahren. Ich zwang mich, an diesen Mann zu denken, der vor meiner Mutter gestanden und Sahne auf ihr Kleid geschmiert hatte. Hatte ich da nicht eine goldenen Plakette gesehen, auf der HOLTON gestanden hatte? Oder war dieser kurze Erinnerungsblitz nur aus den Informationen konstruiert worden, die Michael mir gerade gegeben hatte? War dies, wie ich ihm zuvor erzählt hatte, einer dieser Augenblicke, in denen man nicht mehr zwischen Wahrheit und Einbildung unterscheiden kann? Ich muss mich entschuldigen: Das ist eines verlässlichen Erzählers unwürdig. Tragen Polizisten überhaupt Namensplaketten?

Ich schob alle diese Gedanken beiseite und sagte zu Michaels Überraschung: »Das ändert nichts. Das bedeutet nicht, dass du das Recht hattest, Holton das anzutun. Und es macht auch nicht ungeschehen, was Holton unserem Vater angetan hat. Aber ...«, mir wurde bewusst, dass ich gerade eine sehr uncunninghamische Position einnahm: Sympathie mit dem Feind. »Dad war ein Verbrecher, er wurde bei einem Überfall erwischt, und er hat Holtons Kollegen in den Hals geschossen. Wenn es sich also um den gleichen Holton handelt, dann hat er nur in Notwehr gehandelt.«

»Das bestreite ich nicht«, sagte Michael. »Aber denk doch mal darüber nach. Sind wir reich aufgewachsen? Hat Dad ein tolles Auto gefahren? Konnte Mum sich teuren Schmuck leisten? Wir sind nicht freiwillig kriminell geworden. Dad hat gegen das Gesetz verstoßen, um uns zu ernähren, um für uns zu sorgen. Ich will das nicht rechtfertigen, aber er hat es nicht getan, um sich die eigenen Taschen zu füllen. Das hätte er nie getan.«

»Eine sehr verklärte Perspektive auf unseren Vater«, sagte ich.

»Hör dir einfach die Version von Holton an. Ich weiß, dass sie wahr ist, denn wer sollte kurz vor seinem letzten Atemzug noch lügen?« Michael war frustriert, weil ich ihm nicht zustimmte, nachdem er mir mitgeteilt hatte, dass Holton unseren Vater auf dem Gewissen hatte. Trotzdem wollte er mich auf seine Seite ziehen. Er griff nach seiner Cola-Dose, erinnerte sich an den schalen Geschmack und stellte sie wieder weg, ohne einen Schluck zu nehmen. Stattdessen sammelte er etwas Spucke im Mund, um damit seine Kehle anzufeuchten. »Dad hatte sich einer Gruppe angeschlossen. Gang kann man das nicht nennen. Kollegen vielleicht?« Er lachte. »Sie nannten sich die »Sabres«, die Säbel. Also wie in *Säbelzahntiger*, verstehst du? Die Gruppe wurde nach und nach größer, und sie änderten ihre Strategie. Sie wurden von Räubern, die gelegentlich dealten, zu Dealern, die gelegentlich raubten. Und Schlimmeres. Damit ging mehr Gewalt einher und mehr Konfrontation mit der Polizei. Und irgendwann kam einer darauf, dass Entführungen sich besser bezahlt machten als Überfälle. Dad erklärte, es gäbe eine rote Linie, die er nicht überschreiten würde, und als die Sabres sie überschritten ...«

Als er dies sagte, fiel mir wieder ein, was meine Mutter mir in der Bibliothek gesagt hatte: *Aber ein schlechter Mensch, der glaubt ein guter zu sein – genau das war es doch, was ihn in Schwierigkeiten brachte.*

»Dad hat die Seite gewechselt?«, unterbrach ich Michael. Wenn wir doch nur in der Bibliothek gewesen wären anstatt in diesem Trockenraum. Das wäre eine passendere Umgebung für unsere Detektivarbeit gewesen.

Michael nickte. »Er machte einen Deal, er gab Informationen weiter, und im Gegenzug versprachen sie ihm, sie würden ihn schonen, wenn seine Komplizen aufflogen. Er sah es als Chance, aus der Sache herauszukommen. Du weißt ja, wie solche Dinge laufen – man benutzt die Arbeitsbienen, um an die Königin zu kommen. Dad war nur ein kleiner Fisch. Er half ihnen, an die Hintermänner zu kommen. Aber vor allem wollten sie die korrupten Cops entlarven.« Er machte eine Pause, um es wirken zu lassen. »Dads Tod war nicht die Folge eines misslungenen Raubüberfalls. Die wollten ihn ausschalten.«

Ich erinnerte mich, dass Audrey gesagt hatte, mein Vater sei kein Junkie gewesen. Vielleicht hatte Holton ihm die Spritze untergejubelt, damit der Überfall glaubwürdiger aussah. Ein Junkie auf Entzug eröffnet schließlich eher grundlos das Feuer auf einen Streifenwagen, müssen sie sich gedacht haben. Falls mein Vater vorgehabt hatte, Holton und seine Verbündeten ans Messer zu liefern, passte das zusammen.

»Es ist eine Schande, dass Holton nie wegen Mordes zur Verantwortung gezogen wurde. Aber seine Geschäfte haben ihn schließlich doch zu Fall gebracht. Er hat Kokain aus der Asservatenkammer gestohlen, Bestechungsgelder angenommen. Und irgendwann kommt man so jemandem auf die Schliche.« Dass das immer so ist, wagte ich zu bezweifeln, sagte aber nichts. »Er saß eine Weile im Knast, und dann wurde alles, was er vorher getan hatte, unter den Teppich gekehrt. Solche Typen werfen ein schlechtes Licht auf die Polizei.«

Um ehrlich zu sein, war ich tatsächlich versucht, ihm zu glauben. Nicht weil unser Vater dadurch rehabilitiert würde, sondern weil es einiges in Bezug auf meine Mutter erklärte. Wenn dies alles stimmte, dann misstraute sie der Polizei nicht nur, weil die korrupten Cops ihren Mann umgebracht hatten. Sie dachte außerdem, dass die Polizisten, mit denen mein Vater kooperierte, zugelassen hatten, dass er getötet wurde. Mein Verrat lag nun auf der Hand: Ich hatte mich auf die Seite des Gesetzes geschlagen, genau wie mein Vater, und das Gesetz hat uns nicht geschützt.

Andererseits klang das schon wieder nach einer Geschichte, bei der die einzelnen Teile zu gut zusammenpassten. Nach einer Geschichte, die Michael sich drei Jahre lang zurechtlegen konnte, um sie mir aufzutischen.

»Hat Holton dir das alles erzählt?« Ich konnte den Zweifel in meiner Stimme nicht unterdrücken. Zumal der ehemalige Cop sich damit selbst belastet hätte. »Da hat jemand aber noch viel Luft übrig gehabt, trotz Lungenschuss.«

»Er war sehr wortkarg, bevor er angeschossen wurde, danach aber sehr redselig. Abgesehen davon hat er mir nicht alles erzählt. Das meiste, was ich über Holton weiß, fand ich erst im Knast heraus. Alle kannten ihn. Die Hälfte war in seinem Pfandhaus über den Tisch gezogen worden. Übrigens war er bekannt dafür gewesen, Diebesgut zu verscherbeln – wenn man in Sydney heiße Ware hatte, konnte man sich getrost an ihn wenden. Die andere Hälfte war bei ihm verschuldet. Sie haben mir die Hand geschüttelt, Ernie. Als hätte ich ihnen einen Gefallen getan.« Er verzog das Gesicht. Ganz offensichtlich trieb ihn dieser Ausdruck von Solidarität unter Gefangenen noch immer um. Vielleicht mehr noch als der Mord selbst.

Ich schloss die Augen und vergegenwärtigte mir die Szene auf der Lichtung. *Ich schau mal nach ihm.* Michaels Rücken, seine gebeugten Schultern, seine ausgestreckten Arme, die im Spinnennetz verschwinden. *Wir können ihn jetzt begraben.*

»Als Holton auf der Lichtung erwachte und du nachgeschaut hast, wie es ihm geht. Das war der Moment, als du die Entscheidung getroffen hast, richtig?«

Michael verlor sich in seiner Erinnerung und sprach wie in Trance. »Ich habe noch ziemlich lange ihm die Schuld gegeben, kannst du dir das vorstellen? Weil ich in diesem Moment das Gefühl hatte aufzuwachen. Und vielleicht hätte ich ihn, wenn er nichts gesagt hätte, wieder ins Auto geladen. Vielleicht hätte ich dann auf dich gehört. Ich erinnere mich an das Blut an seinen Lippen. Es zog Fäden, als er sprach, wie kleine rote Brücken. Ich weiß nicht, warum Holton mir in diesem Moment von der Schießerei mit Dad erzählte. Vielleicht wollte er noch eine letzte Beleidigung loswerden, bevor er starb. Vielleicht wollte er herausfinden, ob ich fähig war, *es* zu tun. Vielleicht *wollte* er ja, dass ich es tat.« Er rümpfte die Nase. »Entschuldige, das ist das, was der Knast-Psychologe ›Verschieben von Verantwortung‹ nannte. Ich sollte das nicht tun.«

»Als er dir also erzählte, er habe Dad erschossen, bist du ausgerastet und hast die Sache erledigt?«

Michael nickte ernst. Er schaute auf seine Hände, vielleicht stellte er sich vor, wie sie sich um Holtons Hals legten. »Ich bin nicht zu ihm gegangen mit dem Vorsatz, ihn zu töten. Ich wusste bis dahin ja noch von nichts. Er hat mir das verkauft, wofür Dad sterben musste. Er wollte jemand anderen ans Messer liefern.«

Wieder musste ich an das Geld denken. *Wir sind dafür gestorben.* Das »Wir« stand also für genau einen Cunningham: unseren Vater Robert. »Aber davor, als du herausgefunden hattest, dass Alan schuld war an Dads Tod, dachtest du, dass all das dir zustünde. Als Erbe. Also hast du auf ihn geschossen und dir das Geld zurückgeholt.«

»So ist es nicht gewesen. Es ging ums Geld, ja, aber nicht so. Ich brachte ihm, was ich konnte, aber es war weniger, als er verlangt hatte. Ich hatte es vermasselt. Ich dachte, er würde es nicht merken.« Er schüttelte traurig den Kopf, so wie Menschen im Wartesaal eines Krankenhauses es tun. Es ist dieses Kopfschütteln, das nach links »aber« und nach rechts »vielleicht« sagt. »Er hat die Waffe auf mich gerichtet. Ich selbst hatte keine – im Ernst. Ich wollte sie ihm abnehmen. Im Kampf löste sich ein Schuss. Er hatte sie in der Hand. Ich weiß nicht, wie es passiert ist. Ich hatte noch nie eine Waffe abgefeuert. Und dann setzte er sich hin, und aus seiner Seite floss Blut. Ich ließ ihn … einfach da sitzen. Hab die Waffe in einen Gully geworfen. Aber in dem Moment, als ich zu meinem Wagen zurückkehrte und ruhig genug war, um den Motor zu starten, stand er wieder. Ich erinnere mich nicht mehr, ob ich ihn absichtlich angefahren habe oder ob er sich mir vors Auto geworfen hat, jedenfalls bin ich voll über ihn drübergerollt. Anschließend bewegte er sich nicht mehr. Und da hab ich dich angerufen.«

Zwei-hundert-und-siebenundsechzig, das war immer eine merkwürdige Zahl gewesen. Und plötzlich kam mir diese krumme Zahl ganz gerade vor.

»Alan wollte dreihunderttausend?«

»Ich habe alles versucht. Lucy …« Er zögerte verlegen. »Ich hab's versaut, o. k.? Ich hatte einfach nicht genug.«

»Wie konnte Lucy nichts davon mitbekommen?« Etwas, das er in dieser Nacht gesagt hatte, fiel mir wieder ein: *Dann erfährt es Lucy*. Ich dachte, er wollte seine Trunkenheit verbergen, aber vielleicht ging es ja um etwas viel Bedeutenderes.

»Lucy kann nicht …« Seine Augen flackerten. Er schien froh, dass er das, was in der fraglichen Nacht geschehen war, ehrlich dargestellt hatte, aber er haderte damit, auch noch sein Privatleben zu offenbaren. »Lucy kann nicht so gut mit Geld umgehen. In ihrem, ähm, Geschäft wurde das zum Problem. Ihr Konto war wir ein Sieb. Katherine sagte mir, das Beste, was man so einer Person antun kann, ist, es ihr wegzunehmen. Das hab ich versucht, aber es hat alles nur schlimmer gemacht. Ich dachte, ich könnte ihr helfen.«

»Weiß Lucy es jetzt?«

»Ich glaube nicht. Ich hatte meinem Steuerberater die Verwaltung der Finanzen übergeben, während ich fort war. Sie hatte keinen Zugriff. Und du hattest die Tasche. Aber sie *könnte* davon wissen. Wenn ja, dann hat sie's Mum erzählt.«

»Was könnte denn so viel Geld wert gewesen sein?«

»Ich sagte doch – Informationen. Und die müssten noch viel mehr wert sein. Ich hatte ja genug Zeit nachzudenken.«

»Die gleichen Informationen, die dazu geführt haben, dass Dad vor so vielen Jahren umgebracht wurde? Sind sie der Grund, warum du dich hier drinnen sicherer fühlst als draußen? Wenn sie so gefährlich sind, warum wolltest du sie dann?«

»Ich sagte doch, Lucy hat uns in finanzielle Schwierigkeiten gebracht. Holton konnte die Informationen nicht direkt verkaufen, also brauchte er jemanden, der das für ihn übernahm. So kam ich ins Spiel.« Ich erinnere mich, dass ich mich fragte, ob überhaupt irgendjemand in unserer Familie solvent war. Michael durchsuchte jetzt aufgeregt seine Taschen und murmelte dabei vor sich hin. »Ehrlich gesagt war mir nicht klar, dass ich etwas so Gefährliches tun würde. Ich wusste nur, dass Holton sie von Dad bekommen hatte. Ich wusste nicht, dass er daran *beteiligt* war. Andererseits glaube ich auch nicht, dass er dachte, ich würde ein besonderes Risiko darstellen. Ich war also nicht der Einzige, der einen Fehler machte.«

»Was meinst du mit ›sie bekommen hatte‹. Und an wen wolltest du verkaufen?«

»Es ist leichter, wenn ich es dir zeige.« Er suchte in seinen Taschen, tastete die Jeans ab. Er holte einen Kontaktlinsenbehälter heraus (ich hatte gar nicht gewusst, dass Michael kurzsichtig war, aber vielleicht lag es daran, dass man im Gefängnis immer nur Wände direkt vor sich hat) sowie einige Stoffflusen, Einwickelpapier einer Tafel Schokolade, einen Stift und einen Schlüsselbund. Kein Messer. Was immer er suchte, es war nicht da. »Scheiße. Wo ist denn das verdammte Ding?« Er konnte seine Enttäuschung nicht verhehlen. »Ich muss es dir später zeigen.«

»Du warst betrunken. An diesem Abend.« Das war mir die ganze Zeit schon im Kopf herumgegangen, aber jetzt platzte ich damit heraus. Viel zu schnell. Meine Zweifel waren viel zu offensichtlich. Michaels Kopf ruckte nach oben, und ich sah etwas in seinen Augen, was mir Angst machte. Ich fragte mich, ob dies das Letzte gewesen war, das Holton gesehen hatte.

»Nur um mir ein bisschen Mut zu machen. Ich war noch zurechnungsfähig.« Er lachte vor sich hin, aber es klang traurig. »Ich dachte mir schon, dass du mir nicht glauben würdest.«

»*Dir glauben?*« Ich versuchte, meine Stimme im Zaum zu halten. »Ich saß im Auto, weil ich dir geglaubt habe. Ich wurde zum Mittäter, weil ich dir geglaubt habe.«

»Hör zu ...«

»Ich weiß nicht. Diese Geschichten über unseren Vater ... und was du von Alan kaufen oder stehlen wolltest ... aber du kannst keine Beweise vorlegen ...«

»Hör doch —«

»Er hat dich angelogen, als er sagte, er hätte mit mir gesprochen, damit du —«

»HÖR MIR ENDLICH ZU!«, schrie Michael so laut, dass ich beinahe vom Stuhl fiel.

Ich sprang auf und stolperte rückwärts zur Tür. Michael merkte, dass ich Angst vor ihm hatte, und sein Gesichtsausdruck wechselte von zornig zu gequält, wie bei einem geprügelten Hund. Auch er stand auf und streckte eine Hand aus, um mich zum Bleiben aufzufordern.

»Er muss gewusst haben, was ich tun würde. Nach all dem, was er mir erzählt hatte.« Seine Stimme war jetzt ruhiger, aber ich merkte, dass er sich kaum beherrschen konnte. Jedes Wort kam heraus wie ein Auto, das über die nasse Straße schlittert, während der Fahrer verzweifelt am Lenkrad dreht. »Sterbende lügen nicht, Ernie, sie sind aufrichtig. Ich wünschte, ich könnte dir zeigen ...« Er brach mitten im Satz ab, dachte nach und griff dann nach dem Schlüsselbund, den er hervorgekramt hatte. »Das führt uns nirgendwohin. Wenn du mir nicht glaubst, dann überzeuge dich selbst. Anschließend erzähle ich dir den Rest.«

Er warf mir die Schlüssel zu. Ich fing sie auf. *Frag ihn, was wirklich in diesem verdammten Transporter ist, Ernie.* Und gerade jetzt, als ich an ihre Worte dachte, drang Sofias Stimme durch die Tür. Sie klang verzweifelt, auch wenn ich nichts verstehen konnte. Die Tür erbebte: Das Klopfen klang übertrieben angesichts einer Tür, die wir von innen gar nicht verschließen konnten, aber vielleicht wollte sie uns nicht unterbrechen. Was Sofia mir auch zu erzählen hatte, es musste warten – ich war noch nicht fertig mit Michael.

»Sag mir nur eins: Weißt du etwas darüber, was da draußen vor sich geht? Sagen dir Namen wie Mark und Janine Williams etwas? Oder Alison Humphreys?«

»Humphreys ...« Er schüttelte den Kopf. »Nein. Aber Williams ... kommt darauf an. Wenn sie aus Brisbane stammen?« Ich beugte mich so weit vor, dass ich beinahe vom Stuhl fiel. Michael genoss meine wiedergewonnene Aufmerksamkeit. »Vor einiger Zeit bekam ich einen Brief mit dem Absender ›M & J Williams‹ und einer Postfach-Adresse in Brisbane. Da wurde mir bewusst, dass das, was ich besaß, mehr wert war, als ich gedacht hatte. Eine Menge Leute wollten es haben. Und wer auch immer mir diesen Brief geschrieben hat, bekommt einen Preis für besondere Kreativität. Ich schätze, sie versuchten, mich zu bedrohen.«

»Was heißt ›wer auch immer‹?«

»Oh, da war schon ein Name ...« Er lachte vor sich hin. »Aber, wie schon gesagt. Sie wollten Druck ausüben, mir Angst machen. Ich hab nie drauf geantwortet. Warum fragst du?«

»Ich glaube, Mark und Janine Williams wurden von derselben Person getötet, die unsere Schneeleiche auf dem Gewissen hat. Es sieht nach der gleichen Methode aus, aber ich muss das noch mit Sofia besprechen. Es ist schon ein sehr großer Zufall, dass jemand ausgerechnet an einem Wochenende hier ums Leben kommt, wo wir alle anwesend sind ...«

»... und ich hergekommen bin mit dem, was ich mitgebracht habe. Ich stimme dir zu. Das muss zusammenhängen. Schau einfach mal in den Transporter, dann wirst du verstehen.«

Ich stand auf. »Wo warst du gestern Nacht?« Ich konnte nicht fortgehen, ohne das gefragt zu haben.

»Schau in den Laster, dann findest du auch darauf eine Antwort.«

176

»Ich kann nur hoffen, dass da so was Verrücktes wie ein Raumschiff versteckt ist«, sagte ich.

Erneutes Klopfen ließ die Tür erbeben. Ich zögerte. Dann nickte Michael, und ich hasste mich dafür, dass ich auf seine Erlaubnis gewartet hatte, um aufzustehen.

»Du hast etwas fallen gelassen.« Er blickte auf den Fußboden neben meinem Stuhl. Ein kleines quadratisches Stück Papier war mir aus der Tasche gerutscht. Ich wurde knallrot vor Scham. Michael hob es auf, las es und grinste hämisch.

»Sofia?«, fragte er. Ich nickte. »Eins hast du vergessen.«

Michael griff nach seinem Stift, schaute mich kurz an, als würde er überlegen, ob er den Zettel verunstalten sollte oder nicht. Dann legte er ihn auf den Stuhl, ging in die Hocke, beugte sich darüber und machte ein paar Striche. Ich konnte nicht sehen, was er schrieb, weil sein Oberkörper die Sicht versperrte, aber es dauerte eine Weile. Entweder schrieb er eine Menge darauf, oder er dachte viel über das wenige nach, was er notieren wollte. Ich trat nervös von einem Fuß auf den anderen und schaute zur Tür. Draußen waren jetzt zwei Stimmen zu hören.

Als Michael fertig war, richtete er sich auf, pustete auf das Papier und drückte mit dem Daumen darauf, als wollte er prüfen, ob die Tinte schon trocken war. Ich sah jetzt auch, warum es so lange gedauert hatte. Sein Kontaktlinsenbehälter lag offen auf dem Stuhl. Offenbar hatte er die Linsen eingesetzt, um besser schreiben zu können. Dann kam er auf mich zu (ich schäme mich zuzugeben, dass mein Puls bis zum Hals schlug, als er es tat) und hielt mir die Bingo-Karte hin. Ich riss sie ihm aus der Hand und schaute drauf. Ich war auf eigenartige Weise besitzergreifend, was meine Bingo-Kästchen betraf, und eifersüchtig, weil er in mein und Sofias Spiel eingegriffen hatte, also wollte ich den Schaden begutachten. Es hatte so lange gedauert, dass ich mit dem Schlimmsten rechnete, aber er hatte nur eine Änderung angebracht. Er hatte *Jemand stirbt* durchgestrichen.

»Verlier das nicht. Ich vertraue dir. Ich verlange nicht, dass du mir glaubst, ich bitte dich nur: Schau genau hin.«

Ich warf einen Blick auf die Schlüssel in meiner Hand und fragte mich, was ich in dem Transporter wohl vorfinden würde. *Schau genau hin.* Dann merkte ich, dass er nahe genug stand, um mir ein heiseres, intimes Geständnis zuzuflüstern. Genau das hatte ich vermeiden wollen. Er schluckte. »Und, hör mal, das mit Erin …«

»Lass das —« Ich wollte ihn aufhalten.

Er nahm keine Rücksicht. »Wir hatten es nicht geplant oder so.«

Dann überkam mich die Neugier. Ich bin schließlich derjenige, der es nicht lassen kann, die Zimmer von anderen Leuten auszuspähen. »Hat sie dir erzählt, dass wir eine Familie gründen wollten? Hat sie dir von den Ärzten erzählt, von den Kliniken? Was uns auseinandergebracht hat? Sag mir, dass es nicht nur deswegen ist. Ich hätte ihr alles geben können, was sie sich gewünscht hat. Sag mir, dass es mehr ist als *das*.«

»Ernie …«

Ich kam wieder zu mir. »Hab's mir anders überlegt. Ich will es nicht wissen. Abgesehen davon habe ich ein bisschen was von deinem Geld ausgegeben.« (Ich hatte nur ein bisschen genommen. Und ich war nicht stolz darauf. Ich wollte nur das letzte, vergiftete Wort behalten.) »Und das hatte ich auch nicht geplant oder so.«

Auf der anderen Seite der Tür hatten Crawford und Sofia sich zwar nicht vorgebeugt, um zu horchen, aber sie standen ziemlich dicht an der Tür und sahen sehr neugierig aus. Ich war froh, dass die Gummileisten zur Schalldämmung beitrugen, und hoffte, dass sie so gut wie nichts gehört hatten. Bis auf Michaels Brüllen. Vielleicht hatten sie deshalb angefangen zu klopfen.

Sofia machte ein Gesicht, als wollte sie sagen: *Na, endlich.* Dann zog sie mich am Arm in Richtung des Gästehauses und sagte, sie würde mir alles unterwegs erklären. Sie ging los und erwartete, dass ich ihr folgte. Crawford schob den Riegel vor und setzte sich wieder auf seinen Stuhl. Er war nicht beeindruckt von Sofias drängender Eile, hatte sie vielleicht gar nicht bemerkt.

Bevor ich ihr folgte, musste ich ein paarmal tief durchatmen. Die Schweißtropfen in meinem Nacken, die sich im Trockenraum gebildet hatten, kühlten meine Haut. Michael hatte viel gesagt, und ich wusste nicht, was ich davon glauben sollte, aber ich fand mich damit ab, dass er wahrscheinlich nicht in Gefahr war. Andererseits hatte er womöglich die Gefahr selbst mitgebracht. Aber all das machte noch keinen Sinn. Mein nächster Schritt war einfach. Wenn, wie er versprochen hatte, das, was sich im Transporter befand, erklären konnte, wo er letzte Nacht gewesen war, dann sollte er nicht länger im Trockenraum eingesperrt bleiben. Nachdem ich eine halbe Stunde darin verbracht hatte, war ich noch mehr erpicht darauf, ihn da rauszuholen. Dann könnten wir den Rest gemeinsam erledigen.

Ich folgte Sofia und faltete dabei die Bingo-Karte zusammen, um sie in meinem Jackett sicherer aufzubewahren. Wahrscheinlich würde Katherine es reizend finden, wenn ich sie versehentlich direkt vor ihr fallen ließ. Als ich am Knick entlangstrich, bemerkte ich eine weitere Eintragung. Die Tinte war noch frisch. Michael hatte ein Wort in einem der Kästchen durchgestrichen und durch ein anderes ersetzt. Meine Lektorin wird sich freuen, dass er sogar einen Punkt ans Ende gesetzt hat. Jetzt stand da:

Ernest macht etwas ~~kaputt~~ heil.

KAPITEL 21

Als ich Michaels Änderung auf meiner Bingo-Karte ansah, wurde ich von einem Gefühl brüderlicher Zuneigung erfasst, genau wie jetzt, wenn ich es niederschreibe. Da ich nun also von diesem Gefühl überwältigt wurde, hoffe ich, Sie erlauben mir eine kleine Abschweifung, damit ich Ihnen etwas mehr Hintergrundwissen über meine Mutter vermitteln kann. Ich hätte das schon früher einflechten können, aber ich befürchtete, Sie könnten das Buch in die Ecke pfeffern, wenn ich meine Zusammenkunft mit Michael im Trockenraum noch länger hinausgezögert hätte. Vermutlich zu Recht.

Um alles korrekt darzustellen, muss ich mich im Folgenden auf Vorfälle beziehen, bei denen ich nicht persönlich anwesend war, und die Perspektive von Personen einnehmen, die ich nur erahnen kann. Ich werde Ihnen diese Dinge als wahr darstellen. Selbst wenn ich die Farbe der Jacken einiger Leute und ihren Small Talk bezüglich des Wetters erfinden muss (an das Wetter kann ich mich noch sehr gut erinnern, das muss ich mir nicht aus den Fingern saugen: Es war ein furchtbar heißer Sommertag), ist das ein lohnender Kompromiss. Mein eigener Blick auf die Ereignisse wäre nicht besonders hilfreich, zum einen weil meine Kindheitserinnerungen lückenhaft sind, aber auch weil ich an diesem Tag in geografischer Hinsicht eingeschränkt war. Und ich fürchte auch, dass Sie, wenn ich es nur aus meiner Perspektive erzähle, meine Mutter vorschnell verurteilen würden.

Also: der Tag. Es ist ein bedeutsamer Tag. Der Tod spielt eine Rolle. Es ist der Tag, an dem meine Mutter jemanden erschossen hat. Es ist der Tag, an dem sie die Narbe über ihrem rechten Auge bekam. Der Tag, an dem sie sich das Cunningham-Abzeichen verdiente, um es mal so auszudrücken.

Es ist einige Monate nach Dads Tod. Aber davon ist nichts zu spüren.

Meine Mutter lässt sich nichts gefallen. Weder von ihren Kindern noch vom Universum. Ich habe schon erwähnt, dass ich meinen Vater anhand der Leerstellen beurteile, die er hinterlassen hat. Jetzt hatte er die Größte hinterlassen, aber wir hatten noch gar keine Zeit, das zu erkennen. Meine Mutter hielt uns auf Trab: Unsere außerschulischen Aktivitäten verdreifachten sich, als sollten wir uns in Harvard bewerben. Jede Lücke in unserem Zeitplan wurde geschlossen. Einmal musste ich an zwei Tagen hintereinander zum Friseur gehen.

Wir mussten Sport treiben (was angesichts unseres Alters damals eher auf ein fröhliches Herumtoben hinauslief als auf echtes Training), als wären wir potenzielle Wunderkinder. Ich ging zum Schwimmen. Jeremy zum Tennis. Michael spielte lieber Klavier (und heute ist *er* derjenige mit den Muskeln). Wir gingen alle drei immer zu den Übungsstunden der anderen mit und saßen dann auf dem Schiedsrichterstuhl, kritzelten auf der Wandtafel herum oder plätscherten mit den Füßen im Pool. Wir bewegten uns immer zu viert durch die Stadt. Das hatte den Vorteil, dass wir zum einen den Babysitter sparten und zum anderen immer beschäftigt waren. Mum versuchte alles, um uns ein Gefühl von Normalität zu vermitteln. Wir sprachen nicht über unseren Vater, wir hatten nie Zeit, darüber nachzudenken, dass alles ganz anders sein könnte, wir machten einfach weiter. Nur wenige Freunde wagten es noch, mit einer vorgebackenen Lasagne oder einem Auflauf vorbeizukommen, nachdem die ersten fürsorglichen Versuche im Müll gelandet waren. Ein Junge in meiner Klasse, er hieß Nathan, bekam ein paar Wochen schulfrei, nachdem sein Vater an Krebs gestorben war. Als ich das irgendwann erwähnte, musste ich zu den Pfadfindern.

Auch wenn es eine fragwürdige Erziehungsstrategie ist, ein Trauma bei den Kindern zu unterdrücken, funktionierte es. Aber ich habe den Verdacht, dass unsere Mutter Trost fand in dieser neuen hektischen Alltagsroutine. Sie schnallte uns auf die Kindersitze im Auto, alle drei nebeneinander wie in einer Disney-Sitcom, setzte uns in der Schule ab, fuhr zur Arbeit, holte uns wieder ab, schnallte uns an und brachte uns zu unseren anderen Aktivitäten. Wir waren nie zu Hause. Wir rannten vor unserem Schmerz davon.

Rückblickend, nachdem ich erneut ein traumatisches Erlebnis, diesmal als Erwachsener, gehabt habe (*Setz dich ins Auto!*), sehe ich auch die andere Seite des Ganzen. Denn jetzt weiß ich, dass man sich noch monatelang nach einem solch verheerenden Erlebnis wie ein Schlafwandler fühlt. Das Leben wird zu einer stumpfen Routine, in der sogar der Gang in den Supermarkt sich anfühlt, als würde man sich durch eine dicke stickige Luftmasse bewegen wie in diesem Trockenraum. Jede alltägliche Aufgabe nimmt die Ausmaße einer großen Entscheidung an, und das wird zu einer so großen Belastung, dass man schließlich zu überhaupt keiner mehr fähig ist. Man steht plötzlich in der Küche, ohne zu wissen, warum man dorthin gegangen ist. Man bringt die Kinder am Dienstag zum Schwimmen anstatt zum Tennis. Man geht mit ihnen zweimal hintereinander zum Friseur, nicht weil man das für nötig hält, sondern weil man vergessen hat, was gestern war. Es ging darum, uns zu beschäftigen, aber diese alltägliche Routine war auch eine Möglichkeit, sich von der Last abzuschirmen, Entscheidungen zu treffen. Eine schwere Last, wie mir jetzt klar wird, unter der meine Mutter sehr litt.

An dem fraglichen Tag läuft alles routiniert ab. Das Frühstück ist eines der ereignislosen. Audrey setzt uns ins Auto, schnallt uns an und nutzt die grüne Welle im morgendlichen Berufsverkehr. Sie kommt sogar fünf Minuten zu früh in der Bank an, was ihr erlaubt, einen Kaffee zu machen und kurz mit ihrem Chef zu sprechen, der, und das schmücke ich jetzt aus, einen blauen Anzug mit grüner Krawatte trägt und gerne übers Wetter plaudert.

Meine Mutter hat seither verschiedene Posten im Bankensektor gehabt und sich zur Ruhe gesetzt, nachdem sie eine führende Position erreicht hatte, aber an diesem Tag arbeitete sie als Angestellte am Schalter. Das war in den 1990ern, als in den

Banken jede Menge junger Frauen mit Halstüchern hinter Acrylglasscheiben arbeiteten statt anzugtragenden Universitätsabgängern mit einem iPad vor sich, die einem unverfroren zu verstehen geben, dass man alles selbst erledigen muss. Die Bank behandelte meine Mutter gut, das habe ich inzwischen verstanden. Sie machten sie nicht für Dads Verfehlungen verantwortlich, was normalerweise bedeutet hätte, dass sie dort nicht hätte arbeiten dürfen. So aber konnte sie ihren Job auch nach seinem Tod behalten, als alles herausgekommen war. Sie waren auch sehr nachsichtig, als sie sich in dem Monat nach seinem Tod einige kostspielige Fehler leistete (Stichwort: Schlafwandeln). Sie boten ihr sogar zusätzlichen Urlaub an, aber ich lasse Sie mal selbst raten, ob sie den angenommen hat oder nicht. Sie meldete sich schon drei Tage nach Dads Tod wieder zurück zur Arbeit, und der einzige Grund für die Pause war, dass die Beerdigung an einem Freitag stattfand.

Um zehn nach neun, sie hat gerade erst angefangen, wird meiner Mutter mitgeteilt, dass sie im Büro des Managers einen Anruf entgegennehmen soll, aber sie ist zu beschäftigt. Um halb zehn klingelt das Telefon erneut, aber dieses Mal wird es meiner Mutter nicht mitgeteilt. Das Telefon klingelt immer weiter, und da die Tür des Büros offen steht, hallt das Geräusch schrill durch den Schalterraum, wo die Angestellten schweigend und mit erhobenen Händen auf dem Boden hocken.

Es sind zwei Männer. Ich muss mir gar nicht ausmalen, was sie anhaben, denn das wissen Sie auch so: Trenchcoats, Sonnenbrillen, Basecaps. Einer plündert gerade die Kasse, während der andere vor den Angestellten auf und ab geht und sie anbrüllt, sie sollen leise sein. Er trägt eine Art Shotgun, klobig und schwarz, die er am Lauf anstatt am Griff hält, und schwenkt sie beim Gehen hin und her. So wie man einen Baseballschläger greift, wenn man gerade nicht spielt.

Es wurde kein Alarm ausgelöst. Dafür war keine Zeit gewesen. Der mit der Flinte entschließt sich, den Zugangscode für den Safe aus dem Manager herauszuprügeln. Das Telefon klingelt wieder, und der andere geht fluchend ins Büro und nimmt den Hörer von der Gabel.

Meine Mutter lässt sich nichts gefallen, weder von ihren Söhnen noch vom Universum und schon gar nicht von irgendwelchen dahergelaufenen Kleinkriminellen. Ich habe mich manchmal gefragt, ob das, was nun passierte, eine Art Rebellion war gegen das Verbrechen, das ihr den Ehemann genommen hat, gegen diesen dreisten, dummen Überfall. Oder ein Aufbegehren gegen die bloße Existenz dieses Kerls mit seiner blöden Cap. Vielleicht sah sie meinen Vater vor sich und alles, was er ihr an Problemen hinterlassen hatte, als sie abdrückte. Vielleicht dachte sie auch nur, dass dieser Typ seine Flinte zu dumm hielt, um selbst abdrücken zu können. Ich kann mich nicht entscheiden, was am ehesten zugetroffen haben könnte.

Was immer es war, es brachte sie jedenfalls dazu aufzustehen. Und dreißig Sekunden später hat sie eine gebrochene Nase und aber dafür die Flinte in den Händen. Der Typ mit der Basecap liegt auf dem Boden und rutscht hektisch von ihr weg. Meine Mutter bringt die Waffe in Anschlag. Aus dieser Nähe kann ein Schuss aus einer Schrotflinte einen Menschen in Fetzen reißen. Der andere Ganove hat die Hände erhoben und sagt ihr, sie solle sich beruhigen. Sie richtet den Lauf der Flinte auf die Brust des Basecap-Typen und – ich wage nicht, mir auszumalen, ob sie zögert oder nicht, aber ich schätze, ihre Benommenheit ist schlagartig verflogen, und sie ist so klar im Kopf wie lange nicht – sie drückt ab.

Sie trifft ihn mitten in die Brust.

Bei einer Beanbag-Patrone befinden sich die Schrotkügelchen in einem Beutel aus Nylon und könnten beim Aufprall nicht in die Haut eindringen. Sie werden oftmals bei gewaltsamen Unruhen eingesetzt und sind dazu da, den Gegner kampfunfähig zu machen, nicht aber ihn zu töten. Technisch betrachtet gehören sie eher zu den weniger tödlichen als zu den nicht tödlichen Waffen. Sie können zum Beispiel einen Rippenbruch verursachen und den Knochen ins Herz treiben, aber die meisten Todesfälle mit Beanbag-Waffen passieren, wenn jemand sie versehentlich mit tödlicher Munition lädt.

Keine Sorge, dies ist nicht eins von diesen Büchern, wo ich über die Fluggeschwindigkeit in Meter pro Sekunde von jedem abgefeuerten Geschoss referiere und das Fabrikat, das Modell und den Hersteller der betreffenden Waffe vorbete und womöglich noch die relative Luftfeuchtigkeit und die Windverhältnisse, die einen Effekt auf die Treffsicherheit haben könnten. Ich will auf etwas hinaus.

Entscheidend ist nämlich, dass der Kerl zwar wegen der auf ihn gerichteten Waffe völlig verängstigt war und meine Mutter ihm vier gebrochene Rippen bescherte, ihn aber nicht umbrachte.

Ich habe mich schon gefragt, ob meine Mutter überhaupt wissen konnte, dass die Waffe, die sie in der Hand hielt, »weniger tödlich« war, als sie den Abzug durchdrückte, aber dieses Problem erörtern wir ein anderes Mal. Entscheidend ist, dass die Narbe sich über ihrem rechten Auge befindet und sie bei diesem Banküberfall nur eine gebrochene Nase abbekommen hat. Entscheidend ist, dass, nachdem die Polizei das Gebäude geräumt und die Sanitäter meiner Mutter Watte in die Nasenlöcher gestopft hatten, es bereits Nachmittag war, als jemand endlich den Hörer zurück auf die Gabel legte und das Telefon sofort wieder klingelte. Entscheidend ist, dass ich mich an die Temperatur an diesem Tag erinnere: Es war glühend heiß. Entscheidend ist, dass der Anruf von meiner Schule kam, die meiner Mutter mitteilen wollte, dass keiner der drei Cunningham-Jungen an diesem Morgen zum Unterricht erschienen war. Entscheidend ist, dass meine Mutter trotz ihres normalerweise engen Zeitplans fünf Minuten zu früh zur Arbeit erschienen war.

Entscheidend ist, dass meine Mutter auf jemanden geschossen, ihn aber nicht umgebracht hat.

Entscheidend ist, dass es trotzdem einen Todesfall gab.

Die Dumpfheit. Das Schlafwandeln. Die fehlende Konzentration.

Ein Auto steht auf dem Dach eines Parkhauses in der prallen Sonne. Darin sitzen drei Jungs, die versehentlich nicht in der Schule abgeliefert wurden und immer noch in ihren Kindersitzen festgeschnallt sind. Ich erinnere mich nicht, wie das Fenster zerbrach, wie das Blut von Audreys Stirn tropfte, weil sie sich am Glas schnitt – so tief, dass eine Narbe bliebt. Das Erste, an das ich mich wieder erinnern kann, ist das Krankenhaus. Der Rest wurde mir später erzählt. Bis heute schrecke ich aus Albträumen hoch und ringe nach Luft. Aber ehrlich gesagt kann ich mich an diesen Tag nicht erinnern. Da sind nur schwarze Flecken in meiner Erinnerung.

Ich weiß nur, dass ich direkt neben Jeremy saß, als er starb.

Von: <ZENSIERT>
An: ECunninghamWrites221@gmail.com
Betreff: Fotos für DMC

Hallo, Ernest,

schön, von dir zu hören. Ich fürchte, eine Fotostrecke in der Mitte würde eine Hochglanzpapier-Einlage erforderlich machen, ganz zu schweigen vom Vierfarbdruck, für den es einen völlig anderen Herstellungsprozess bedarf. Das ist sehr kostenintensiv und sprengt das für dieses Buch vorgesehene Budget. Ich bin sicher, du kannst das gleiche Resultat mit einigen gut platzierten Beschreibungen erzielen. Es tut mir leid, aber es ist leider nicht mehr drin.

Wie geht's dir sonst? Hast du es geschafft, das Übermaß an Geschwätzigkeit etwas zu reduzieren? Ich weiß, dass dies deine Art ist, mit solchen Themen umzugehen, aber eine

Menge Leute kommen ums Leben, und die Leserinnen und Leser könnten das als Zumutung empfinden. Du wirst dich freuen, dass wir nun doch entschieden haben, die Einschusslöcher im Cover wegzulassen – du fandest das ja sowieso ein bisschen übertrieben. Sag Bescheid, wenn ich mir ein paar Stellen noch mal anschauen soll, wenn du damit durch bist.

Herzlich,
ZENSIERT

PS: Zu deiner anderen Frage: Nein, es sollte kein Problem sein, einen gewissen Anteil der Tantiemen an den Nachlass von Lucy Sander weiterzuleiten. Schick mir einfach die nötigen Angaben, dann gebe ich das an die Buchhaltung weiter.

MEIN STIEFVATER

KAPITEL 22

Ich holte Sofia im Foyer ein, als sie vor dem Eingang stehen blieb.

»Jemand schleicht um die Werkstatt herum«, sagte sie. Sie schob die Tür auf, und der Sturm schleuderte Schneeflocken und Hagelkörner herein. Ich zögerte, aber sie schob mich nach draußen. Die Veranda war leer. Sogar die Ehemänner hatten ihr gemeinschaftliches Exil verlassen und Wärme und Tratsch der Kälte und der Angeberei vorgezogen. Der Wind drang bis in meine Ohren, es klang, als würde jemand dicht neben mir Zellophan zerknüllen. Sofia musste schreien, um sich verständlich zu machen. »Ich hab einen Schatten gesehen.« Sie hielt kurz inne. »Er kam aus der Bar.«

»Und?«, schrie ich zurück. Mehr bekam ich nicht heraus, da der Wind mir den Mund verschloss. Der Sturm war so heftig, dass man nur schnappatmen konnte.

»Zieht es die Verbrecher nicht immer zum Ort der Tat zurück?«

Sie hatte recht, aber meine Feigheit hätte mich schon bei weit weniger dramatischen Wetterlagen zögern lassen. Ich wollte schon vorschlagen, dass wir eine Minute warten oder vielleicht sogar Crawford mitnehmen sollten, aber bevor ich ein Wort herausbrachte, legte sie schützend eine Hand über die Augen und warf sich in den Sturm.

Ich folgte ihr hastig, in der Angst, ihr Schatten könnte im Schneegestöber untergehen. Fast augenblicklich war es unmöglich, oben und unten noch zu unterscheiden. Ich hätte genauso gut den falschen Weg einschlagen können, den Berg hinunter, um schließlich auf dem zugefrorenen See zu landen, dessen Eisschicht so dünn war, dass ich zweifellos eingebrochen wäre. Ich hab mal gelesen, dass die Lungen verklumpen, wenn man in kaltes Wasser fällt. Wenn es kalt genug ist, passiert das sogar mit dem Blut. Man kann augenblicklich das Bewusstsein verlieren. Jeder weiß, dass es gefährlich ist, über einen zugefrorenen See zu laufen, denn wenn man einbricht und unter das Eis gerät, ist es unmöglich, das Loch wiederzufinden. Aber das alte Klischee von dem Ertrinkenden, der von unten mit den Fäusten gegen die klare Eisfläche hämmert, ist unrealistisch. In so kaltem Wasser erstarrt alles sofort. Was für eine Enttäuschung, wenn man feststellen muss, dass nicht mal mehr diese dramatische Geste möglich ist. Ich hoffe, ich habe die Chance, gegen meinen Tod aufzubegehren, wenn es so weit ist.

Ich stellte fest, dass ich Sofia aus den Augen verloren hatte. Ich schaute mich um. Überall nur wirbelndes Grau. Das Heulen des Windes war ohrenbetäubend. Es klang, als würde jemand eine Kettensäge direkt neben mein Ohr halten. Meine Augen schmerzten so stark, dass ich schützend den Ellbogen davorhalten musste und nur aufschaute, wenn es unbedingt nötig war. Ich taumelte ein paar Schritte voran. Plumpe Schatten tauchten vor mir in der grauen Masse auf. Bären! Das war mein erster Gedanke. Aber das war lächerlich, denn ich war ja in Australien. Es waren Fahrzeuge, wie sich herausstellte. Ich war auf dem Parkplatz. Gut. Ich war also in die richtige Richtung gegangen.

Der Sturm war so heftig, dass die Autos auf ihren Federungen schaukelten. Ein Fenster von Katherines Volvo war zerborsten, und der Schnee sammelte sich auf dem Rücksitz. Zum Glück war es nicht Marcelos Wagen, dachte ich, da hätte der Schnee die teuren Ledersitze und die sensible Elektronik ruiniert. Mir kam eine Idee, die ich mir für später aufhob.

Von meinem Standort glaubte ich die Werkstatthütte ein Stück weiter oben am Hang gerade noch erkennen zu können.

Die Umrisse waren zu weit entfernt, um von einem Fahrzeug stammen zu können, zu real, um als Monster durchzugehen, und hatten nicht die dreieckige Form eines Chalets. Immerhin war es ein Punkt, an dem ich mich orientieren konnte. Ich machte einen Schritt in diese Richtung, bemerkte aber dann rechts neben mir den Transporter von Michael. Trotz des Schneetreibens war er schon allein aufgrund seiner Größe deutlich zu identifizieren. Die Seitenflächen wirkten wie Segel im Sturmwind, und das Ding schaukelte auf seinen kleinen Rädern hilflos hin und her und konnte jeden Moment umkippen. Ich spürte, wie die Schlüssel in der Hosentasche gegen meinen Oberschenkel gedrückt wurden. Vergiss die Werkstatt. Ich ging einen Schritt auf den Transporter zu.

Jemand packte mich am Arm. Sofias Mund war direkt neben meinem Ohr, ihre Spucke landete auf meinem Hals. »Falsche Richtung, Ernie.«

Sie zerrte mich den Berg hinauf, fort vom Parkplatz. Der Schnee war deutlich tiefer geworden (Fußspuren-Sicherung adieu), und ich sank bei jedem Schritt bis zum Knie ein. Je mehr wir uns den Umrissen des Flachdach-Gebäudes näherten, umso deutlicher wurde die gigantische Schneemasse, die sich darauf türmte. Wir gingen von der Seite darauf zu, obwohl die vordere Front einen besseren Schutz gegen den Wind geboten hätte. Die letzten Schritte waren am anstrengendsten, aber schließlich drückten wir uns erschöpft gegen die rostige Eisenwand. Der Wind teilte sich und fegte auf beiden Seiten um das Gebäude herum und vereinte sich wieder vor uns, als hätten wir hinter einem Felsbrocken in einem reißenden Fluss Schutz gesucht. Das tosende Kratzen in unseren Ohren reduzierte sich auf ein gespenstisches Stöhnen. Ich schnappte hastig nach Luft und schüttelte den Pulverschnee ab, der sich zwei Zentimeter dick an meinen Ärmeln und auf meinen Schultern angesammelt hatte. Ich trug keine Handschuhe, also schob ich meine Hände in die Taschen und ballte und streckte sie, um sie zu erwärmen.

Über mir hingen lange Eiszapfen unter dem Vordach. Vor meinem geistigen Auge spielte sich eine Horrorfilm-Szene ab, in der jemand von einem fallenden Eiszapfen durchbohrt wird, dabei wusste ich doch, dass so etwas unmöglich ist. Trotzdem drückte ich mich so flach wie möglich gegen die Hüttenwand.

Sofia warf einen Blick um die Ecke, zog den Kopf hastig wieder zurück, stieß mir den Ellbogen in die Seite und warf mir bedeutungsschwere Blicke zu. *Schau mal.* Die Werkstatttür stand offen. Das Vorhängeschloss, mit dem Crawford die Hütte verschlossen hatte, lag im Schnee. Es war nicht aufgebrochen. Die Halterung, an der er es befestigt hatte, war vollständig abgerissen worden.

»Wir sollten Crawford holen«, sagte ich.

»Dann hol ihn doch.« Sie wollte um die Ecke herumgehen.

Ich legte einen Arm um sie und drückte sie gegen die Wand. »Stopp!«

»Ich will mir nur die Leiche mal genauer ansehen, okay? Eine bessere Gelegenheit gibt es nicht. Crawford wird uns nicht mehr an sie heranlassen. So wie er die Lösung dieses Falls angeht, wird da nie etwas draus. Und falls das hier …«, sie ließ einen unsichtbaren Ballon zwischen ihren Händen zerplatzen, »etwas richtig Großes ist, dann könnten wir bei Tagesanbruch allesamt tot sein. Wir müssen so viel wie möglich herausfinden, um uns zu wappnen. Und jetzt sind wir hier, die Tür steht offen. Der Mörder ist wahrscheinlich längst weg.«

»Und wenn nicht?«

»Deshalb habe ich dich mitgenommen. Als Leibwächter.«

»Keine gute Wahl.«

»Was hältst du davon? Wir werfen einen Blick hinein, nur ganz kurz, und wenn jemand drin ist, machen wir die Tür zu, verbarrikadieren sie und schließen ihn ein. Es gibt nur einen Zugang. Und dann holen wir die anderen. Kapiert?«

Ich hatte einige Fragen dazu: Wie sollen wir die Tür abschließen, wenn der Bügel kaputt ist? Wie können wir eine

Tür verbarrikadieren und gleichzeitig weglaufen? Was passiert, wenn er bewaffnet ist? Schreibt man *kapiert* mit einem oder zwei p?

Aber ich hatte keine Wahl. Wenn ich zum Gästehaus zurückging, würde Sofia kaum warten, bis ich mit der Verstärkung zurück war. Zu zweit war es sicherer. Und abgesehen davon, dass ich hoffte, dass das, was sich im Transporter befand, mir helfen würde, Michael reinzuwaschen *(Ernest macht etwas heil)*, konnte ein genauerer Blick auf die Leiche nicht schaden. Und obwohl ich wusste, dass es kein besonders edler Beweggrund ist – und ich gerade erst meine Horror-Vision vom tödlichen Eiszapfen-Kebab verdaut hatte –, war ich einfach bloß neugierig.

Wir gingen um die Ecke, schlichen dicht an der Wand entlang, um nicht gesehen und kein Opfer von herabfallenden Eiszapfen zu werden, und erreichten die Tür, die einen Spaltbreit offen stand. Sofia steckte den Kopf durch die Lücke und zog ihn hastig zurück, als wäre sie von einer Schlange gebissen worden. Mit weit aufgerissenen Augen starrte sie mich an und formte mit dem Mund die Worte: »Da ist jemand.« Ich deutete auf die Tür und machte eine fragende Handbewegung: Tür schließen? Sie schüttelte den Kopf, deutete auf meine Augen, dann auf den Türspalt und trat beiseite. Dann schob sie mich hin. Sie wollte, dass ich es mir ansehe. Ich warf ihr einen Blick zu, der aussagen sollte: *Das war aber nicht der Plan.* Sie gab mir noch einen Schubs.

Ich holte tief Luft und widerstand dem Drang, Sofia einen weiteren zweifelnden Blick zuzuwerfen. Dann steckte ich meinen Kopf durch den Spalt.

Green Boots lag immer noch genauso da, ausgestreckt auf dem zu kleinen Holzstapel, die Brust nach oben gewölbt, als würde er auf eine verquere Art als Skydiver durch die Luft segeln. Nur war er nicht mehr alleine, jemand beugte sich über ihn. Ich erkannte die Person sofort, sogar von hinten. Sie war so sehr auf die Leiche fokussiert, dass sie uns noch gar nicht bemerkt hatte. Idealerweise hätte ich mich jetzt zurückziehen, die Person einsperren und die Polizei rufen sollen. Aber das tat ich nicht. Es war, als würde eine unsichtbare Hand mich in die Hütte ziehen. Nur vage bemerkte ich, wie Sofia mir gegen den Oberarm tippte, ihr warnendes Zischen wurde vom Wind fortgeweht.

Ich konnte unbemerkt eintreten, denn der Wind ließ die Wände klappern und das Dach ächzte unter der Schneemasse. Das Geräusch meiner Schritte wurde übertönt. In der Hütte war es eiskalt. Die Kälte drang durch die Wände aus Metall und den Betonboden. Mein Atem dampfte. Ich räusperte mich. Die Person richtete sich ruckartig auf, trat zwei Schritte zur Seite und hob die Hände an. Rote Hände.

»Was Nettes«, sagte ich. Das ist so ein Scherz zwischen uns.

KAPITEL 23

Der Grund, warum ich so oft »was Nettes« zu Erin sage, hat mit unserer Ehe zu tun. Damals riet ich ihr, wenn sie wütend auf mich sei, könne sie auf die Frage »Wie läuft es so mit Ernie?« stets antworten: »Er sagt mir immer ›was Nettes‹.«

Sie entspannte sich, nahm die Hände herunter, sagte: »Oh, Gott sei Dank«, atmete erleichtert aus und schenkte mir das schönste Lächeln, das ich seit langer Zeit von ihr bekommen hatte. Sie machte ein paar Schritte auf mich zu, blieb aber stehen, als die den scharfen Ton in meiner Stimme bemerkte.

»Was machst du hier drin, Erin?«

»Hast du schon mit Michael gesprochen?« Sie klang verwundert, gleichzeitig verwirrt und überrascht, als müsste nach der rätselhaften Diskussion zwischen mir und meinem Bruder alles klar und eindeutig sein. »Hat er dir von Holton erzählt?«

»Er hat mir von Holton erzählt.«

»Okay. Also …« Wieder machte sie eine Pause, als würden die Leerstellen für sich sprechen, bevor sie erkannte, dass sie es konkret aussprechen musste. Mit ihrer freundlichen Lehrerinnenstimme fragte sie: »Wie geht es dir damit?«

»Ich weiß nicht, was davon ich glauben soll.« Es brachte nichts, Erin irgendwelche Lügen aufzutischen, sie war viel besser darin als ich. Ich weiß, ich weiß, ist ein bisschen gemein, das in ein Buch zu schreiben, weil sie keine Möglichkeit hat, etwas zu erwidern. Aber es ist nun mal die Wahrheit. Abgesehen davon ist sie diejenige, die eine Affäre hat.

»Da liegt ein Toter neben uns«, sagte sie schroff.

»Ist mir auch schon aufgefallen.«

»Ernie, das war kein Unfall, wie die Resort-Besitzerin uns weismachen will. Das tut sie nur, damit wir nicht in Panik geraten. Aber du und ich, wir *wissen*, dass dies hier ein Cunningham-Problem ist. Es wurde von den Cunninghams hierhergebracht …« Sie sprach es nicht aus, aber der Rest des Satzes stand im Raum: *und von den Cunninghams erledigt.*

Ich gab ein wenig nach. »Falls ich Michael glauben kann, dann ist der Mann, der meinen Vater umgebracht hat, bereits tot. Die Geschichte ist beendet. Was gibt es jetzt noch?«

»Falls?«

»Ich glaube, dass er es glaubt – mehr ist im Moment nicht drin.«

Die Erinnerung an die Spinnweb-Lichtung ließ mich schaudern. Vielleicht war das der Grund, warum ich Michaels Erklärungen nicht akzeptieren konnte: Alan Holton mag ja ein übler Kerl gewesen sein, aber ich war der einzige Zeuge, und ich wollte nicht, dass seine *Ermordung* gerechtfertigt wurde – egal wer er war und was er getan hatte.

»Es ist doch ganz einfach. Holton hat deinen Vater umgebracht, um sich aus der Affäre zu ziehen, o. k., aber er hat ihn wegen einer ganz bestimmten *Sache* getötet.« Sie schnalzte mit der Zunge, als sie es sich vergegenwärtigte. »Und dann versuchte er, dieselbe Sache an Michael zu verkaufen, und deswegen sind wir jetzt hier.«

»Michael hat mir das auch so erzählt. Aber warum hat Holton so lange damit gewartet?«

»Vielleicht, weil seine Karriere beendet war. Vielleicht, weil er verzweifelt war. Ich weiß nur, dass es sich vor fünfunddreißig Jahren gelohnt hat, dafür zu töten, und dass es sich jetzt anscheinend immer noch lohnt.« Sie deutete mit dem Daumen auf den Toten.

»Also gut. Welche Information hat Michael denn von Holton bekommen?«

»Weiß ich nicht.« Sie zögerte. »Er hat es mir nicht gesagt. Das wäre nicht sicher, behauptete er.«

Regel 9 besagt, dass ich immer dann, wenn mir ein Gedanke kommt, ihn auch preisgeben muss. In diesem Moment kam mir der Gedanke, dass sie zwar die Wahrheit sagte, mir jedoch gleichzeitig etwas verschwieg.

»Aber?«, hakte ich nach.

»Wir haben etwas ausgegraben.«

Ich musste an Michaels schmutzige Gefängnishände denken, die mir aufgefallen waren. Dreck unter den Fingernägeln. Ansonsten war er sauber gewesen. Rasiert, die Haare gewaschen. Wieso hatte er sich nicht die Fingernägel gereinigt? »Und das ist jetzt im Transporter?«

Sie nickte.

»Also gut. Was ist es?« Es klang einfach, wenn man es so aussprach, und vermittelte mir das Gefühl, es müsste wahr sein. »Geld, vermute ich, wenn dafür getötet wird? Irgendwas, das von den Überfällen der Sabres übrig geblieben ist? Schmuck? Drogen?«

»Das hab ich auch gedacht. Ich hab es noch nicht gesehen.«

Ich lachte. Es klang eher wie ein Husten, meine Stimmbänder waren noch halb eingefroren. »All das hier für einen verborgenen Schatz?«

»Lach nicht.« Sie verschränkte die Arme. »Ich vertraue Michael.«

Das Wort »vertrauen« beinhaltete noch etwas anderes. Als könnte man es aus dem Satz ausschneiden und durch ein anderes ersetzen.

»Ist es wegen …«

»Lass das, Ernie. Darum geht es nicht.«

Es ging nicht darum und eben doch. Ich hatte sie nie zuvor direkt darauf angesprochen, nicht mal bei der Eheberatung. Meine Wut war immer von Scham und Trauer ausgebremst worden. Wenn ich es getan hätte, wären wir vielleicht darüber hinweggekommen. Wir hätten uns hinsetzen und darüber reden können. Über das, was für jeden von uns bedeutete, eine Familie zu gründen, und welche Konsequenzen der Brief vom Kinderwunsch-Zentrum, den ich beim Frühstück geöffnet hatte, für uns haben würde. Für die Familie, die wir uns wünschten.

Wir hatten sehr lange auf den Brief gewartet. Es ist eigenartig, eine solche lebensverändernde Nachricht in der Post zu finden, aber ich vermute, sie hielten es für so alltäglich, dass eine telefonische Beratung überflüssig war. Der Brief war ungewöhnlich lange unterwegs gewesen. Zuerst war die Adresse falsch angegeben, dann war der Aufkleber mit der Korrektur im Regen abgegangen. Erin hatte es arg mitgenommen. Jeden Morgen war sie die Erste am Briefkasten gewesen, hatte die Werbezettel der Lieferdienste und Immobilienfirmen durchgeblättert, noch während sie zum Haus zurückging, und mit dem Kopf geschüttelt: Wieder ein Tag ohne Ergebnisse.

Ich habe den Brief immer noch. Er ist zerknittert, weil ich ihn an diesem Morgen zerknüllte, nachdem ich die Ergebnisse meiner Tests ungläubig angestarrt und versucht hatte, sie so zu interpretieren, dass sie das Gegenteil bedeuteten. Als Erin in die Küche kam, die losen Haarsträhnen lässig hinter die Ohren geschoben, hatte ich den Brief wieder glatt gestrichen und neben die Butter gelegt. Mein Arm war schmutzig, irgendeine übel riechende Flüssigkeit klebte an meinem Handgelenk. Ich bat sie, sich zu setzen, und der Blick, den sie mir zuwarf, nachdem sie es gelesen hatte ... Ich glaube, wir wussten beide, dass es mit uns vorbei war. Wir blieben noch eine Weile zusammen, aber das Feuer war erloschen. Wenn es noch da gewesen wäre, hätte ich damit diesen verfluchten Brief verbrannt.

Wir lebten noch achtzehn Monate lang halbherzig nebeneinanderher, weil wir nicht gehen und nicht bleiben konnten. So etwas passiert in Ehen, wenn eine Person ein Kind möchte und die andere es ihr nicht geben kann.

Ja, das war das dritte und letzte ereignisreiche Frühstück in meinem Leben. Das Frühstück, bei dem es um mein Sperma ging.

»Es stimmt also?«, fragte ich. Wir wussten beide, was ich damit meinte. Sie und Michael.

Sie seufzte. »Es stimmt. Aber ich würde ihm auch glauben, wenn es nicht so wäre. Nicht jeder bekommt das Privileg, seinen Vater in einem neuen Licht betrachten zu können.«

Ich verstand in diesem Moment, dass sie, indem sie Michael half, Robert besser zu verstehen, indirekt versuchte, auch mit ihrem Vater abzuschließen.

»Ach, komm«, sagte ich beinahe flehend. »In dir steckt so viel mehr.«

»Immer was Nettes auf Lager.« Sie lächelte grimmig. »Hast du schon im Transporter nachgeschaut?«

Ich schüttelte den Kopf. »Er hat mir die Schlüssel gegeben. Aber dann sind wir dir hierhin gefolgt.«

»Mir sagte er, was da drin ist, würde dich überzeugen.«

Ich wünschte, die Leute würden endlich aufhören, mir ständig zu erzählen, dass das, was in diesem Laster ist, mein Leben verändern wird. Das wird es auch, wie sich herausstellen wird, und zwar einerseits in Bezug auf das, was ich glaubte, andererseits in Bezug auf die Funktionstüchtigkeit meines linken Arms. Aber ich wünschte trotzdem, sie würden damit aufhören.

»So kommen wir nicht weiter«, sagte ich, um die Situation zu entschärfen. »Lass uns lieber mal eine gemeinsame Basis finden.«

»Du klingst wie Dr. Kim.«

»Wir haben so viel Geld für diese Beratungen ausgegeben – wer hätte gedacht, dass es sich doch noch mal auszahlt?« Ich rang mir ein Lächeln ab.

»Also, was könnte das zum Beispiel sein?« Sie ahmte die kraftlose monotone Stimme der Therapeutin nach. »Was verbindet uns?«

»Weder du noch ich glauben, dass Michael dafür verantwortlich ist.« Ich deutete auf den Toten. Es war eigenartig, so ein natürliches Gespräch in seiner Anwesenheit zu führen. »Wir sind uns aber auch einig, dass er wohl kaum eines natürlichen Todes gestorben ist. Du glaubst, jemand will Michael an den Kragen wegen dem, was ihr ausgegraben habt. Ich will Michael helfen und wenigstens einmal in meinem Leben etwas heil machen. Das ist unsere gemeinsame Basis. Wir beide wollen einen Mordfall aufklären.« Erneut muss ich daran denken, dass ich nicht die Hauptfigur in dieser Geschichte bin, nur weil ich das Talent habe, alles aufzuschreiben. Tatsächlich erinnere ich mich, dass ich in diesem Moment dachte, dass wesentlich mehr Personen Motive hatten, diesen verfluchten Mord aufzuklären, als ihn zu begehen. »Lass uns damit anfangen. Wenn wir herausfinden, wer das getan hat, finden wir auch heraus, ob Michael die Wahrheit sagt.«

»Das eine beweist das andere«, stimmte sie zu. Dann legte sie die Spitzen der Zeigefinger zusammen, schob sie unters Kinn und zog die Stirn kraus. »Ich habe das Gefühl, dass wir hier und heute einen Fortschritt erzielt haben. Würdest du mir da zustimmen?«

Gegen meinen Willen musste ich lachen. Es hatte einen

Grund gegeben, warum wir uns ineinander verliebt hatten. Und ganz gleich, was seither geschehen war, konnte man das nicht einfach vergessen.

»Du hattest Zeit, dir das hier anzuschauen, bevor ich kam«, sagte ich. »Hast du irgendwas gefunden?«

»Ich bin zwar keine Expertin, aber ich sehe doch, dass das hier nicht normal ist.« Sie beugte sich erneut über die Leiche. Ich trat näher.

Ich hatte Green Boots bislang nicht genauer anschauen können, ich war viel zu zimperlich gewesen, als ich sein Bein geschleppt hatte, und auch auf Crawfords Foto von seinem Gesicht hatte ich nur einen kurzen Blick geworfen. Seine Augen waren geschlossen. In der Hütte war es so kalt, dass sich Kristalle in seinen Haaren gebildet hatten. Sein Gesicht war überzogen von schwarzer Asche, was ich zuerst für eine Folge von Erfrierungen gehalten hatte. Um seinen Mund hatte sich eine schimmernde Teerschicht gebildet. Über seinen Hals zog sich eine hässliche rote Wunde. Sofia hatte mir von der Schnittverletzung erzählt. Das Blut an Crawfords Ärmel stammte davon, aber aus der Nähe betrachtet sah es noch übler aus. Was immer um den Hals des Mannes geschlungen worden war, es war so fest zugezogen worden, dass es tief in die Haut geschnitten hatte. Auch auf der Wunde hatten sich Eiskristalle gebildet.

Erin unterbrach meine Detektivarbeit. »Sieht aus, als hätte ihn jemand erdrosselt. Ich frage mich, was dieses schwarze Zeug ist. Gift?«

»Asche«, sagte ich und wiederholte damit, was Sofia mir gesagt hatte. »Offenbar.«

»Hat er etwa gebrannt? Hier draußen?«

Ich nickte. »Aber es gab keinen geschmolzenen Schnee. Und wenn er brannte, hätte er sich dann nicht hin und her gewälzt? Sofia glaubt, es sei ein Serienkiller gewesen. Die Medien nennen ihn ›Black Tongue‹. Aber wenn Michael in eine Auseinandersetzung zwischen Gangstern geraten ist, wie unser Vater, dann könnte es auch ein Auftragskiller gewesen sein.«

»Vielleicht. Ziemlich grausam das Ganze. So was tun die Leute in der Regel dann, wenn sie jemanden quälen wollen oder um eine Botschaft damit auszusenden. Aber noch mal zum Verständnis: Du hast gesagt, es ist Asche, aber der Schnee war nicht geschmolzen. Dann hat der Mörder ihn angezündet, ohne ihn anzuzünden?«

»Es ist eine antike Foltertechnik, die einst von den persischen Königen benutzt wurde«, sagte Sofia, die jetzt in der Tür stand. »Was denn? Ich frier mir hier draußen den Arsch ab.«

»Folter?« Ich schaute Erin fragend an. »Das würde zu der These mit der Botschaft passen.«

»Wie viel weiß *sie* denn?« Erin verschränkte die Arme und musterte uns missmutig. »Michael hat mir gesagt, ich könne nur dir trauen.«

»Das geht in Ordnung. Sie weiß von dem Geld.«

»Leider hat Ernie schon einiges davon ausgegeben.« Sofia warf mir einen verstohlenen Blick zu. »Einen ganzen Batzen sogar. Mindestens fünfzig Riesen, hab ich recht?«

Erin starrte mich an auf eine Weise, die ich nicht interpretieren konnte. Entweder war sie verärgert darüber, dass ich Michaels Geld ausgegeben hatte oder dass ich Sofia nahe genug stand, um meine Geheimnisse mit ihr zu teilen. Ich vermutete Letzteres und dachte dabei, dass das schon ein starkes Stück war für jemanden, der die letzte Nacht mit meinem Bruder verbracht hatte. »Du scheinst ja eine Menge über diesen Serienkiller zu wissen«, sagte Erin, immer noch misstrauisch.

Falls Sofia den Eindruck hatte, angeklagt zu werden, zeigte sie es jedenfalls nicht. »Ein Opfer von ihm wurde in unser Krankenhaus eingeliefert. Alison Humphreys. Jemand entdeckte sie, und alle dachten, sie könnte noch gerettet werden. Aber ihre Lungen waren zerstört. Wir mussten die Beatmungsgeräte abstellen. Ich fand den Fall interessant und hörte mir ein paar

Podcasts an. Ich hätte nie gedacht, dass ich diese Informationen mal gebrauchen könnte. Na ja, bis jetzt.«

»Nun, dann löse doch den Fall. Wenn du sogar schon einen Podcast darüber gehört hast …«

»Lass sie doch mal, Erin. Sie weiß mehr als wir.«

»Wir suchen also nach einem Experten fürs Altertum? Mit einem besonderen Interesse an ausgefallenen Foltermethoden?«

»So ungefähr.« Sofia sah verstimmt aus. »Hör mal, ich hab mir das nicht ausgedacht, okay? Ersticken durch Asche. Ernie, ich hab dir schon mal erzählt, dass die meisten Menschen in einem brennenden Haus nicht durch Verbrennen, sondern durch Ersticken ums Leben kommen. Das liegt zum einen daran, dass das Feuer den Sauerstoff aus der Luft zieht, aber selbst wenn das Feuer erlischt, hat man so viel Rauch eingeatmet, dass sich ein Rußfilm in den Lungen ablegt und man keinen Sauerstoff mehr aus der Luft aufnehmen kann, obwohl genug davon da ist.«

»Und bei den alten Persern ist es häufig zu Hausbränden gekommen?«, fragte ich.

»Sehr lustig. Sie haben diese Foltermethode erfunden. Sie hatten dafür einen speziellen Turm erbaut, der mehr als zwanzig Meter hoch war. Darin befanden sich ein Räderwerk und allerlei Geräte und auf dem Boden ein Haufen Asche. Der Gotteslästerer – darauf stand damals die Todesstrafe – wurde drin eingesperrt. Nur in einem Raum zu sein, in dem Asche auf dem Boden liegt, ist nicht weiter schlimm, also wurde das Räderwerk angeworfen, um die Asche in die Luft zu schleudern. Der Verbrecher starb einen Erstickungstod.«

»Lucy hat mir erzählt, bei den ersten beiden Opfern hätte es sich um ein älteres Ehepaar aus Brisbane gehandelt? Sie hat das nachgeschlagen. Und du behauptest jetzt, sie seien auf diese Weise ums Leben gekommen?«

»Ja, sie hat recht. Beziehungsweise nicht ganz. Natürlich

gibt es nirgendwo einen versteckten, drei Stockwerke hohen Folterturm. Und Green Boots hier wurde ganz offensichtlich stranguliert.« Sofia nahm einen Schraubenzieher von der Werkbank und schob damit den Kragen des Toten ein Stück nach unten, damit die Wunde besser sichtbar wurde. »Angesichts der Aschekruste auf seinen Wangen und der Tiefe der Halswunde würde ich sagen, dass man ihm eine Tüte mit Asche über den Kopf gezogen, sie um den Hals festgezurrt und erst nach Eintritt des Todes wieder abgenommen hat.«

»Die Spuren im Schnee sahen aus, als wäre jemand auf kleinstem Raum auf und ab gelaufen.«

»Genau. Der Sauerstoffmangel bewirkt sehr rasch eine Orientierungslosigkeit. Er hat wahrscheinlich in Panik versucht, sich die Tüte vom Kopf zu reißen. Ich kann mir gut vorstellen, dass er panisch im Kreis gelaufen ist.«

»Das klingt für mich aber nicht sehr altertümlich.« Erin merkte, dass sie einen zu scharfen Ton angeschlagen hatte, und hob entschuldigend die Hände. »Entschuldigt, ich will nicht sarkastisch werden. Ich will damit nur sagen, dass jeder einen anderen ersticken kann, wenn er ihm eine Tüte über den Kopf stülpt. Was soll das mit der Asche?«

»Ich stimme dir zu. Ich vermute, der Killer war in einer Notsituation, unter Zeitdruck. Vielleicht brach die Dämmerung an. Vielleicht haben andere Gäste ihn gestört. Bei dem Ehepaar in Brisbane hat der Täter sich viel Zeit genommen. Ich sagte ja schon, dass er keinen Folterturm gebaut hatte, aber es war eine moderne Variation davon. Sie wurden in ihrem Auto eingesperrt in ihrer Garage aufgefunden, mit Kabelbinder ans Lenkrad gefesselt. Auf dem Dach waren Dellen zu sehen, als ob jemand dort gestanden hätte, ein Laubgebläse stand daneben auf dem Boden. Der Mörder hat die Asche durch das Schiebedach eingelassen und sie dann mit dem Laubgebläse aufgewirbelt. Bei der Frau, die zu uns in die Notaufnahme gebracht wurde, war es ähnlich. Sie war in einer verschlossenen Toilette gefesselt aufgefunden worden. Fenster und Tür waren mit Klebeband abgedichtet, nur eine Lücke für das Gebläse war ausgespart worden. Das ist die Methode dieses Killers. Er nimmt sich Zeit. Aber das alles sind natürlich nur Hypothesen.«

»Aus einem Podcast«, fügte Erin hinzu.

»Aus einem Podcast.«

»Es muss sich anfühlen, als würde man in der Luft ertrinken«, sagte ich. Ich wünsche niemandem meine Träume vom Ersticken, und ich erinnere mich kaum noch an den Tag, als wir im Auto meiner Mutter saßen. Ich habe von Tauchern gehört, die knapp unter der Wasseroberfläche ertrunken sind, die das Gefühl hatten, sie müssten nur noch hindurchstoßen, dann wären sie sicher, aber es war einfach unmöglich. Ich kann mir nicht vorstellen, wie es ist, Luft einzuatmen, aber doch keine Luft zu kriegen. »Wenn du davon ausgehst, dass es der gleiche Killer ist, dann muss es sich auch um die gleiche Ausrüstung handeln, richtig? Und das denkst du nicht nur wegen der Asche, sondern weil du glaubst, diese Verletzung am Hals könnte von einem Kabelbinder verursacht worden sein.«

»Genau. Es ist so scharf ins Gewebe eingedrungen, dass es eher eine Plastikschleife und kein Seil gewesen sein muss. Ein Seil würde die Haut zerreißen und eine Angelschnur würde tiefer einschneiden. Aber seht mal hier …« Sie deutete auf den Mund des Toten, der leicht offen stand, nahm ihr Handy heraus (Akku: 85 %) und schaltete die Taschenlampe ein. Es war kein Wunder, dass die Medien dem Mörder den Spitznamen Black Tongue gegeben hatten: Der Mund des Toten war vollgestopft mit schwarzer Holzkohle, seine Zunge sah aus wie eine fette schwarze Schnecke, die sich hinter den ascheverschmierten Zähnen wölbte. »Das ist eher Verzierung und weniger die Ursache des Todes. Das dient nur dazu, einen bestimmten Eindruck zu erzeugen.«

»Warum sollte jemand so etwas tun?«

»Ich habe in der Notaufnahme manche üble Sachen gesehen, also kann ich mir ein paar Grunde ausmalen. Du weißt, was ich meine, Ernie, jede Wette. Du schreibst solche Sachen. Was ist das Grundprinzip der Vorgehensweise eines Psychokillers?«

»Nun«, sagte ich. »Ich vermute, die am meisten verbreitete Ansicht ist die, dass Psychopathen sich *gezwungen* sehen, die Tat auf eine bestimmte Weise durchzuführen. Es gehört dazu – also zu ihnen. Aber wenn das so wichtig ist, dann kann ich mir nicht vorstellen, dass der Täter oder die Täterin so viel Energie für das Töten aufwendet, solange das ganze Drumherum in seinen Augen noch nicht perfekt ist, es sei denn, er wurde gestört. Sonst wäre es nicht der Mühe wert. Und es ist ja nicht so, dass jemand hier oben einen Scheiterhaufen angezündet hat. Das wäre zu offensichtlich gewesen. Aber ich weiß auch nicht, ob uns das weiterhilft.«

»Man braucht gar nicht so viel Feuer, wie man vielleicht denkt. Es kommt vor allem darauf an, diese Partikel in die Luft zu kriegen. Ansonsten kann man Asche in großen Säcken in jedem Gartenshop oder Baumarkt bekommen. Ich denke, Black Tongue hat die Asche mitgebracht. Hat sich gut vorbereitet. Also, glaube ich, ist meine zweite Theorie wahrscheinlicher.«

Mir wurde beinahe schlecht, als ich erkannte, wie gut diese Antwort zu Erins und Michaels Theorien passte, aber da wurden wir vom Geräusch knirschenden Metalls unterbrochen, als Crawford die Tür aufschob. Er war knallrot im Gesicht, schwitzte und war außer sich. In der einen Hand hielt er den zerbrochenen Türgriff mit dem noch immer verriegelten Vorhängeschloss, in der anderen eine große schwere Stablampe. Er musterte uns nacheinander. Er versuchte, etwas zu artikulieren, konnte sich aber offensichtlich nicht entscheiden, welche Worte seine Wut angemessen wiedergeben würden, also brüllte er nur: »Raus!«

Wir trotteten aus der Hütte wie gescholtene Kinder, mit hängenden Köpfen, murmelten: »Entschuldigung, Officer« und gingen fort. Der Sturm hatte etwas nachgelassen, und ich konnte wieder bis zum Gästehaus schauen. Jetzt sah es noch mehr wie ein Lebkuchenhaus aus – frisch mit Puderzucker überzogen.

Crawford folgte uns unwirsch den Hang hinab. (Meine Lektorin wies mich darauf hin, dass es unmöglich ist, unwirsch zu gehen, aber sie war noch nie in der Situation, dass Officer Crawford zwei Schritte hinter ihr herstapfte, also bleibe ich dabei.) Ich hielt die Schlüssel des Transporters hoch, damit Erin sie sehen konnte. Sie nickte zustimmend, und wir gingen Richtung Parkplatz. Dann wandte ich mich an Sofia und flüsterte ihr ins Ohr, damit Crawford nicht mithören konnte.

»Wie geht denn deine zweite Theorie?«

»Black Tongue macht Werbung für sich. Wir sollen wissen, dass er oder sie hier ist.«

KAPITEL 24

Am Heck des Lasters befand sich eine Rolltür, die nach oben aufging und im Dach verschwand. Auf der Kante stand ein leerer Kaffeebecher. Der Schlüssel passte und ging leicht. Ich drehte den Griff um neunzig Grad. Jetzt kam der große Moment, also machte ich eine dramaturgische Pause und schaute die anderen drei an, die sich hinter mir versammelt hatten. Erin rang die Hände und hoffte inständig, mich auf ihre Seite ziehen zu können, damit sie von mir das erfuhr, was Michael ihr verschwiegen hatte. Sofia grinste süffisant und freute sich ganz offensichtlich, dass nun Michaels Geheimnisse enthüllt wurden. Crawford war ungeduldig. Er hatte uns aufgefordert, so autoritär, wie er konnte, sofort zum Gästehaus zurückzugehen, aber ich glaubte nicht, dass er sich sehr ins Zeug gelegt hätte, um uns aufzuhalten. Womit ich recht hatte: Nachdem wir ihn ignoriert hatten, war er uns gefolgt, um sicherzugehen, dass wir nicht noch mehr Unheil anrichteten. Und ich? Ich rechnete damit, enttäuscht zu werden. Wie ich zu Michael gesagt hatte: Das Einzige, was mich hätte überraschen können, war ein Raumschiff.

Ich hob die Tür ein paar Zentimeter an. Erste Beobachtung: Nichts explodierte. (Ich weiß, das klingt verrückt, aber mir waren einige Szenarios durch den Kopf gegangen, und die Vorstellung, das ganze Ding könnte in die Luft fliegen, war noch die am wenigsten abstruse gewesen.) Ich schob die Tür nicht etwa langsam auf, um Spannung zu erzeugen: Sie war teilweise festgefroren. Ich musste mich anstrengen, um sie einen schmalen Spaltbreit zu öffnen. Dahinter war es dunkel. Da ich keine Handschuhe trug, schmerzten meine Hände bei der Berührung des eiskalten Metalls. Ich wollte sie noch ein Stück weiter nach oben schieben, da spürte ich eine Hand auf meinem Arm.

»Vielleicht ist da drin etwas nur für dich«, sagte Erin. »Zunächst zumindest.«

Erin wusste offenbar *etwas* über das, was dort drin war. Sie hatte Michael geholfen, es herzuschaffen. Sie dachte, es sei Geld oder etwas Wertvolles, und da es in einem Laster transportiert werden musste, bedeutete das, dass es ziemlich viel war. *Michael hat mir gesagt, ich könne nur dir trauen.* Michael hatte auch mir versichert, ich sei der Einzige, dem er vertraute, eben weil ich gegen ihn ausgesagt hatte. Er hatte zugelassen, dass man ihn in dieses stickige, stinkende Loch einsperrte, damit er mir unter vier Augen die Schlüssel geben konnte. Sofia und Crawford waren nur zufällig hier. Erin hatte recht.

»Ich geh da lieber erst mal allein rein«, sagte ich laut, um den Wind zu übertönen. »Es, äh … könnte gefährlich sein.«

Das klang nicht sehr überzeugend. Sofia verdrehte die Augen. Ich fragte mich, ob sie genervt war, weil sie ausgeschlossen wurde oder weil sie das Gefühl hatte, der erhoffte Batzen Geld würde mit jedem Schritt, den ich auf Erin oder Michael zuging, für sie in weitere Ferne rücken. Womöglich hatte sie unser Gespräch im Werkstattschuppen deshalb unterbrochen, weil Erin und ich eine gemeinsame Basis gefunden und uns verbündet hatten. Ich erwartete mehr Widerstand von Crawfords Seite, aus verschiedenen Gründen (Beweiskette, Zeugen, Anschein kompetenter Polizeiarbeit), aber er bemühte sich nicht einmal mehr, den Cop raushängen zu lassen. Erin drängte die beiden zur Seite, neben den Transporter, und dann, nachdem ich zweimal heftig geruckt hatte, um das Eis zu brechen, rollte die Tür vollends auf.

Es wirbelte immer noch viel Schnee durch die Luft, und der Himmel war immer noch so grau, dass sogar trotz des offenen Hecks kaum genug Licht ins Innere des Lasters fiel, um alles zu erkennen. An den Wänden hingen die üblichen Seile und Riemen, die man für einen Umzug benötigt. Aber weiter hinten konnte ich sehr spezielle Umrisse erkennen. Es sah aus wie ein …

Ich war mir nicht sicher, ich musste näher ran. Ich stolperte über die Ladefläche. Der Laster quietschte und wackelte, während ich darauf zuging. Die Luft war muffig, vor allem roch es nach frischer Erde. *Wir haben etwas ausgegraben.*

Meine Augen gewöhnten sich an das Zwielicht. Ich hatte mir alles Mögliche ausgemalt, was sich in diesem Transporter befinden könnte und helfen würde, Micheals Unschuld zu beweisen, aber das war mir nie in den Sinn gekommen. Ein paar Sekunden stand ich völlig verblüfft davor, dann schlug jemand gegen die Karosserie. Sofia fragte dumpf, aber fordernd: »Und, was ist es?«

Ich ging zurück und zog die Tür herunter, verschanzte mich im Dunkeln. Erin hatte recht gehabt. Das hier war nur für mich gedacht.

Am Sarg, vor allem in den Fugen, klebte feuchte Erde. Das erklärte den Geruch. Ich untersuchte die Oberfläche im Licht meiner Handy-Lampe (Akku: 37 %). Der Sarg sah ziemlich teuer aus, war aus solidem Holz gefertigt, Eiche womöglich, sorgfältig lackiert, sodass es noch nicht sehr stark verfault war.

Auf jeder Seite befanden sich verzierte Messinggriffe. Er sah nicht neu aus, aber auch nicht hundert Jahre alt. Schwer zu sagen. Lucy wäre begeistert: Grabschändung war ein ziemlich gutes Alibi.

Mein erster Gedanke war, dass es sich um Holtons Sarg handelte, einfach deshalb, weil ich mir nicht vorstellen konnte, wen mein Bruder sonst ausgegraben haben könnte. Außerdem hätte es einen Hauch von Ironie gehabt, denn diesen Mann hatte mein Bruder ja zuerst selbst begraben. Aber das hier war ein sehr teurer Sarg, der offen zur Schau gestellt wurde, in dem jemand lag, der geliebt wurde und dem man Respekt entgegenbrachte. Soweit ich von Michael wusste, hatte Holton der Hälfte der Gefängnisinsassen Geld geschuldet. Die hatten bestimmt nicht tief in die Taschen gegriffen, um ihm einen derart respektablen letzten Ruheort zu spendieren.

Ich ging den Sarg entlang und ließ meine Fingerspitzen über das Holz gleiten. Die Achse des Lasters knarzte, als ich über den Metallboden ging. Ich sah, dass die Nägel im Sargdeckel herausgezogen waren. Man konnte ihn also hochheben. Mir kam der Gedanke, dass es sich vielleicht gar nicht um einen Sarg, sondern um eine Kiste zur Aufbewahrung von Dingen handelte. Vielleicht hatte Michael das, was sich darin befunden hatte, schon herausgenommen. Manche Leute benutzen Särge als Versteck. Aber wenn das der Fall war und er es schon herausgenommen hatte, warum sollte ich ihn mir dann anschauen? Und falls es ein Mensch war, wie sollte ich die Person identifizieren, wenn sie schon so lange unter der Erde gelegen hatte? Ein Haufen Knochen hätte keine Bedeutung, die konnte ich nicht identifizieren, ganz gleich, von wem sie stammten. Als ich über all das nachdachte, berührten meine Fingerspitzen etwas Raues auf dem ansonsten blank polierten Holz. Eine Markierung. Ich leuchtete die Stelle mit meinem Handy an (Akku: 36 %).

Ein ins Holz geschnitztes Ewigkeitssymbol.

Plötzlich erinnerte ich mich. An ein Staatsbegräbnis, ein Ereignis, für das ein mit Plüsch ausgeschlagener Sarg erforderlich war. An ein Schweizer Taschenmesser, mit dem dieses Symbol ins Eichenholz geritzt wurde. An Hüte, die vor Brustkörbe gehalten wurden, an weiße Handschuhe und Goldknöpfe. Ich hätte die Knochen darin sehr wahrscheinlich nicht wiedererkannt, aber ich wusste, welcher Sarg das war.

Michael und Erin hatten Holtons Kollegen ausgegraben – den Mann, den mein Vater erschossen hat.

KAPITEL 25

Ich wusste, dass ich das Ding aufmachen musste. Verdammte Pandora.

Sargdeckel sind höllisch schwer: Es gibt sogar Modelle, die innen mit Blei ausgeschlagen sind, damit die Brühe, in die man sich verflüssigt, nicht ins Holz eindringt oder damit die Fugen sich nicht verziehen wegen des Drucks der darüberliegenden Erdmassen. Leichenstarre der unbelebten Materie. Falls Michael den Sarg noch nicht aufgebrochen hatte, konnte ich allein es kaum schaffen. Um ihn in den Laster zu bugsieren, hatten er und Erin mit den an den Wänden hängenden Riemen eine Art Flaschenzug konstruieren müssen.

Da ich allein war, dachte ich mir, ich könnte den Deckel hochheben, indem ich mich auf die Seite mit den Scharnieren stelle, mich darüber beuge, die Finger unter den Rand schiebe und dann mein Gewicht nutze, um den Deckel hochzuziehen. Das war sehr anstrengend, vor allem bei dieser Kälte. Der Truck hätte als Kühlwagen durchgehen können. Mein Atem dampfte in der eisigen Luft, als ich meine ganze Kraft hineinlegte. Die ersten Zentimeter quietschte es laut, der Deckel bewegte sich ganz langsam nach oben, bis der Kipppunkt erreicht war und das Ding umklappte, mir entgegenfiel und mich zu Boden warf.

Zum Glück sprang kein Gerippe heraus und forderte mich zu einem Tango auf. Der Sarg rutschte ein Stück in meine Richtung, blieb aber im Gleichgewicht. Der Transporter ächzte, als wollte er mich anflehen, doch bitte nicht so einen Aufstand zu machen.

Ich leuchtete mit meinem Handy (Akku: 31 %) in den Sarg.

Er war nicht leer, wie ich beinahe erwartet hatte, also war der Anblick der Leiche eher eine Erleichterung als ein Schock. Immerhin befand sich das darin, was dort sein sollte.

Kurzer wissenschaftlicher Exkurs: Fünfunddreißig Jahre genügen, je nach Verschluss und Material, um eine Leiche in einem Sarg zu mumifizieren. Die Zeit reicht nicht aus, damit alles Gewebe zerfällt, und die Knochen zerbröseln erst nach ungefähr hundert Jahren zu Staub, das Ergebnis ist also ein halbes Skelett, überzogen mit schuppigen grauen Fasern. Zu diesem Zeitpunkt hatte ich keine Ahnung von den biologischen Prozessen – ich musste es später nachschlagen, um darüber schreiben zu können –, also war ich mir nicht sicher, welche forensischen oder intuitiven Erkenntnisse sich Michael von mir erhoffte, als ich die halb verweste Leiche anschaute. Ich schüttelte den Kopf. Mir kam das Ganze völlig sinnlos vor.

Allerdings konnte im Sarg auch irgendwas versteckt worden sein. Michael hatte bestimmt nichts herausgenommen, das einen besonderen Wert hatte, wobei ich mich gerade daran erinnerte, dass er in seinen Hosentaschen nach etwas gesucht hatte, das er mir zeigen wollte, es aber nicht finden konnte. Aber wenn es so klein war, dass es in seine Hosentaschen passte, wieso sollte es dann in einem Sarg versteckt worden sein? Und warum hatte Michael sich die Mühe gemacht, den Sarg hierherzuschaffen, wenn er das Gesuchte schon herausgenommen hatte?

Ich musste mir den Inhalt genauer anschauen. Das Licht der Handy-Taschenlampe fiel zunächst auf die Überreste eines menschlichen Fußes, der für sich allein betrachtet wie ein kleiner Vogel aussah: Lange dünne Knochen formten eine Art

Käfig. Ich beleuchtete die dünnen wächsernen Beine und versuchte, mich an die Biologie-Stunden an der Highschool zu erinnern, um herauszufinden, ob irgendwas fehlte. Die Knochen waren mehr durcheinander als bei dem Skelett-Model damals, und es sah so aus, als wären zu viele Rippen vorhanden. Von der Kleidung war kaum noch etwas übrig bis auf ein paar Goldknöpfe, die an übrig gebliebenen Stofffetzen am Brustkorb klebten, außerdem eine Gürtelschnalle in der leeren Bauchhöhle.

Ich gebe zu, ich empfand nichts dabei, auch wenn ich hier auf einen toten Menschen schaute, den mein Vater auf dem Gewissen hatte. Ich spürte weder Schuld noch Ekel. Ich war in den Bergen und sah mir einen Toten an – das war eine völlig sachliche Angelegenheit. Und nachdem Michael mir gesagt hatte, dass es die Leiche eines Betrügers war, eines Mannes, der versucht hatte, meinen Vater umzubringen, spürte ich sogar noch weniger. Die Leiche im Sarg hatte keine Bedeutung für mich. Ich hatte mich so lange bemüht, das alles zu ignorieren, dass ich nicht das Geringste über diesen toten Polizisten wusste. Ich bin mir nicht mal sicher, ob ich je seinen Namen gehört habe.

Aber beim letzten Mal hatte er mit Sicherheit keine zwei Köpfe gehabt.

Ich hatte das Innere dieses Sargs schon einmal gesehen, während der Beerdigung, als er noch offen gewesen war. Damals war das eindeutig ein Einzelzimmer gewesen. Die Frage war nun also nicht nur: *Wer noch* lag da in diesem Sarg, sondern auch, wie er da hineingekommen war.

Der zweite Schädel war kleiner, befand sich aber im gleichen Stadium der Verwesung. Ledrige Haut klebte straff auf dem Knochen. Der Kopf war nach unten geneigt, das Gesicht auf dem ehemals weißen Seidenkissen abgelegt, und so konnte ich das Loch im hinteren Bereich des Schädels sehen, von dem aus sich einige Risse bis hin zu den Ohren durch den Knochen zogen. Ob die Verletzung von einer Kugel oder einem Schlag verursacht worden war, konnte ich nicht sagen, aber sie war schlimm genug, um den Tod dieser Person verursacht zu haben. Ich schaute genauer hin und entdeckte dünne zierliche Knochen – die Wirbelsäule –, die in das größere Skelett übergingen. Die Rippen hatten sich ineinander verzahnt, als das Fleisch verwest war. Es waren also tatsächlich ein paar Rippen extra in diesem Sarg – sie gehörten der zweiten Leiche.

Ich leuchtete die Wirbelsäule entlang bis nach unten zur Hüfte, dann auf die gebeugten Knie, die Füße (kleine Skelettvögel), die gegen die Seite des größeren Skeletts geschoben waren, als wollten sie dort Schutz suchen. Sich festklammern. Es sah aus wie das berühmte *Rolling Stone*-Cover von Yoko Ono und John Lennon. Auch wenn meine Noten in Biologie miserabel waren, konnte ich das Offensichtlichste erkennen. Die Knochen hatten einen viel geringeren Umfang. Es handelte sich um eine kleine Person. Eine junge.

Michael hatte den Sarg hierher in die Berge transportiert, um mir etwas zu zeigen: die Leiche eines Kindes, die neben den Überresten eines Polizisten lagen. Die Frage war nur: Warum? Ich ging ein paar Schritte Richtung Hecktür.

Da setzte sich der Transporter in Bewegung.

Der erste Ruck war nur so stark, dass ich kurz ins Taumeln geriet. Mein Magen machte einen kleinen Bungee-Sprung, als meine Organe versuchten, ihre plötzliche Bewegung mit der Regungslosigkeit meiner Füße in Einklang zu bringen. Da ich mich in einem dunklen, abgeschlossenen Raum befand, brauchte mein Gehirn einen Moment, um sich darüber zu freuen, dass ich immer noch aufrecht stand. Auf wackeligen Beinen tastete ich mich voran. Es waren nur ein paar Meter, aber alles, was folgte, geschah in wenigen Sekunden. Jemand schlug gegen die Wand des Transporters, warnend.

»Ernie, komm aus dem verdammten Truck!« Eine weibliche Stimme. Ich konnte nicht sagen, ob es Erin oder Sofia war.

Ich versuchte, mich zu beeilen und gleichzeitig die Balance

zu halten. Ich hatte das eigenartige Gefühl, bergauf zu laufen, was bedeutete, dass der Transporter sich *vorwärts* bewegte, während ich versuchte, die Hecktür zu erreichen. Die Riemen an den Wänden hingen jetzt schräg. Das Schlagen gegen die Wand ging weiter, aber das Rumpeln der sich immer schneller drehenden Räder überdeckte die Stimme. Ich wusste trotzdem, was sie mir mitteilen wollte: *Beeil dich*. Auf die Idee war ich auch schon gekommen. Der Transporter rollte den Berg hinab. Dorthin, wo der Hang in einer Fläche auslief, die aus einem gefrorenen See bestand …

Ein Lichtspalt erschien in der Tür, die jetzt einen halben Meter weit aufgegangen war. Erins Kopf tauchte auf, heftig atmend, weil sie versuchte, Schritt zu halten. »Komm schon, Ernie. Beeil dich! Der Abhang wird immer steiler.«

»Was ist denn los?«, schrie ich und stolperte über den schrägen Boden auf sie zu.

»Handbremse war nicht angezogen. Durch das Herumgehen hat sich der Truck in Bewegung gesetzt. Crawford versucht einzusteigen, um ihn abzubremsen. Auf dem Boden sind braune Flecken, vielleicht Bremsflüssigkeit – also erspare uns bitte weitere Diskussionen und komm raus, bevor es zu spät ist.« Sie versuchte, die Unterseite der Tür zu fassen, konnte sie aber nicht festhalten und gleichzeitig rennen. In wenigen Sekunden war sie von raschem Gehen zu schnellem Laufen mit weit ausholenden Schritten gewechselt, und ihre Füße versanken knietief im Schnee. Der Transporter rollte nicht sehr schnell, aber unter diesen Umständen war es nicht leicht mitzuhalten. Ich wusste, dass es bis zur Straße ungefähr hundert Meter waren, und anschließend noch mehrere Hundert Meter bis zum See. Erst nach Überquerung der Straße wurde es richtig steil. Aber der Transporter war so schwer, dass er ab einer bestimmten Geschwindigkeit kaum noch zu stoppen wäre. Ich wusste, dass ich aussteigen musste, bevor er richtig in Fahrt kam.

»Dieser Spalt muss reichen«, sagte Erin und streckte eine

Hand aus. »Der Schnee ist weich genug, du musst dich nur rausrollen.«

Ich ging in die Hocke, ein Knie nach vorn gestreckt, als der Transporter erneut ruckte, diesmal aber heftiger. Ich fiel hin, verlor Erins Hand, grapschte nach einem Riemen, verfehlte ihn, landete auf meinem Hintern und rutschte nach hinten, bis ich mit dem Rücken gegen die Fahrerkabine prallte. Der Abhang war steiler geworden.

Dann hörte ich ein lang gezogenes Quietschen. Ein Knirschen und Schaben. Der Sarg rutschte auf mich zu. Mehrere Hundert Kilo Blei, Holz und zwei Skelette. Ich versuchte auszuweichen, aber Schwerkraft und Verwirrung gehen manchmal eine unheilvolle Beziehung ein. Ich habe Ihnen ja schon mitgeteilt, dass ich dies hier mit einer Hand tippe. Jetzt erfahren Sie, warum.

Ein höllischer Schmerz durchzuckte mein rechtes Handgelenk, gefolgt von einer völligen Taubheit, als wäre meine ganze Hand eingeschlafen. Ich versuchte, mich von der Wand abzustoßen, spürte aber ein Ziehen in der Schulter. Mein Arm wollte mir nicht gehorchen. Es klingt albern, dass ich erst hinschauen musste, bevor ich verstand, was passiert war: Der Sarg war gegen meinen Unterarm gerutscht und fixierte ihn an der Wand. Ich hatte gerade erst eine skelettierte Hand gesehen, also hatte ich ein vages Bild von den vielen kleinen Knochen, die nun womöglich gebrochen waren. Aber das war mein geringstes Problem. Eben noch hätte ich mich noch einfach aus dem langsam rollenden Transporter hinausfallen lassen können. Jetzt wurde er immer schneller, und ich war festgenagelt.

Ich versuchte, mit meinem heilen Arm den regungslosen Unterarm herauszuziehen, aber er bewegte sich kein Stück. Ich versuchte, die Finger zwischen die Wand und den Sarg zu schieben, um den Druck zu vermindern, den Sarg nur ein paar Millimeter zu bewegen, aber er war zu schwer. Ich zog die Hand zurück und stellte fest, dass sie rot und feucht geworden war. Blut. Ich spürte nichts, alles war gefühllos wegen des Schocks, aber ich riss mir die Haut von der Hand, als ich daran zog. Eine Notärztin würde mir später erklären – nachdem ich den Berg hinter mir gelassen, drei weitere Todesfälle überlebt und den Killer demaskiert hatte –, während sie eine gebogene Nadel durch die herabhängenden Hautfetzen stach, dass der medizinische Fachausdruck dafür »Hautablederung« lautete. Ich bin froh, dass ich den Begriff zu diesem Zeitpunkt noch nicht kannte. Ich wäre ohnmächtig geworden.

Ich schaute zur Hecktür, um meine Rettungsmöglichkeiten zu prüfen, was alles andere als beruhigend war. Erin versuchte immer noch, Schritt zu halten, aber ihr Gesichtsausdruck strafte die Bemühungen Lügen. Ich sah, wie sie versuchte, sich auf die Ladefläche zu ziehen, wie ihr Kopf kurz nach oben hüpfte, als sie einen Halt gefunden hatte, aber dann rutschte sie ab und verschwand kurz, bevor sie es erneut versuchte.

»Ich hänge fest«, schrie ich, weil ich nicht wusste, ob sie bemerkt hatte, dass der Sarg meinen Arm zermalmte. Schrauben und Bolzen rollten über den Boden. »Wie weit bis zum See?«

»Das ist eine gute Frage.« Sie schnaufte jetzt. Es war eher der tiefe Schnee als die Geschwindigkeit, der sie erschöpfte und es noch schwieriger für sie machte, nach oben zu springen auf die hüfthohe Ladefläche. »Aber du willst es gar nicht so genau wissen, glaub mir.«

Womit meine Frage so gut wie beantwortet war. Es war keine Zeit mehr zu verlieren, sie war längst verloren. Ich stemmte meine Füße gegen den Sarg und versuchte, ihn zur Seite zu schieben. Dabei musste ich mich so sehr strecken, dass ich fürchtete, mir die Schulter auszukugeln. Er bewegte sich keinen Zentimeter.

»Wo ist die Hauptstraße?«, rief ich. »Daneben ist eine Schneewehe …« Ich bekam kaum noch Luft. »Die kann uns vielleicht aufhalten.«

»Das war sie eben. Wir sind direkt durch«, sagte Erin. Verdammt. Der Ruck, der mich zu Boden geworfen hatte, das muss wohl die Schneewehe gewesen sein. Toller Rettungsanker.

Ich versuchte, mir die Umgebung in Erinnerung zu rufen. Wir waren schon über die Straße hinaus, das bedeutete, der Abhang würde sehr bald noch steiler werden.

»Ernie.« Eine andere Stimme. Sofia war jetzt da. Ich konnte nicht viel erkennen, weil die Tür kaum offen stand und der Truck immer schneller wurde, aber ganz kurz konnte ich ihren Kopf erkennen. »Was ist los? Du hast noch dreißig Sekunden, bevor es zu spät ist. Komm endlich raus!«

»Ich bin verletzt. Kann mich nicht bewegen.«

»He, ist das da ein Sarg?«

»Hilf mir beim Einsteigen«, sagte Erin barsch.

»Ist das nicht gefährlich?«

»Was denn sonst. Los gib mir Schwung.«

Alles wurde immer undeutlicher. Offenbar wirkte das Adrenalin nicht mehr, denn der Schmerz bohrte sich in mein Handgelenk und kroch meinen Arm hinauf. Die Umgebung verschwamm vor meinen Augen. Ich bemühte mich, Erin und Sofia im Blick zu behalten. Sie waren im Hellen. Sie waren eindeutige Objekte. Aber unendlich weit entfernt. Dann tauchte eine dritte Gestalt auf.

»Geht nicht«, sagte eine männliche Stimme. Es war Crawford. »Ich hab das Fenster eingeschlagen, aber es ist zu hoch. Die Zeit reicht nicht, um … Wartet …« Die nächsten Worte waren undeutlich, aber ich verstand, um was es ging. »Ist er immer noch da drin?«

»Er hängt fest«, sagte Sofia.

»Hängt fest?«

»Er ist verletzt.«

»Wie schlimm?«

»Weiß nicht.«

»Schlimm genug, dass er es nicht allein schafft«, blaffte Erin ihn an.

»Au, passen Sie auf meine Füße auf«, sagte Crawford. Gemeinsam schafften sie es offenbar, die Hecktür ein Stück weiter aufzuziehen, denn nun drang mehr Licht herein. Crawford meldete sich erneut zu Wort. »Ach, du meine Güte. Ist das ein …?«

In diesem Moment schlug alles von großer Besorgnis in völlige Panik um. Alle drei rannten jetzt: Offenbar waren wir am steileren Hang angelangt. Ich nahm an, dass das zusätzliche Licht mehr von meiner Verletzung erkennen ließ, was das Chaos noch verstärkte. Erin schrie Crawford an, er solle ihr helfen, auf die Ladefläche zu springen. Crawford wiegelte ab: zu gefährlich, zu riskant. Er sagte Dinge, die sie normalerweise in Rage gebracht hätten, typisch sexistische Bemerkungen, getarnt als Heroismus.

Wahrscheinlich würde er sich selbst jeden Moment auf die Ladefläche schwingen. Erst jetzt sah ich einen Riemen, der vor meinem Gesicht baumelte. Ich packte ihn mit der freien Hand und zog mit aller Kraft daran. Leider war er nicht gut genug befestigt, riss ab, und die daran befestigte Schnalle landete scheppernd auf dem Boden. Ich zog sie heran und legte sie mit einer Hand um eine Hüfte und machte einen einfachen Knoten. Die Schleife war locker, aber vielleicht nützte sie ja was.

»Beeilung! Verdammt, Ernie, tu doch was!«, rief Sofia mit schriller, panischer Stimme. Und die war jetzt ein Stück weiter entfernt. Crawford war auch noch nicht auf dem Weg zu mir, stellte ich fest. Und da dämmerte mir, dass er keinesfalls die Absicht hatte, seine Lorbeeren als alleiniger Retter einzuheimsen. Als ich aufschaute, sah ich, dass alle drei immer kleiner wurden. Dann bemerkte ich, dass die Riemen wieder gerade herabhingen. Alles war wieder normal. Das Rumoren in meinem Magen hörte auf, als ich feststellte, dass der Transporter zum Stehen gekommen war.

Das hätte eine gute Nachricht sein können. Nur leider wusste ich, dass der Truck nicht schneller gerollt war, als die Verfolger zu Fuß vorangekommen waren. Sie hatten angehalten, weil sie sonst in Gefahr geraten wären. Sie hatten es nicht mehr geschafft.

Was bedeutete, dass ich nun gefangen war in mehreren Tonnen Stahl mitten auf einem gefrorenen See.

Ich erspare Ihnen die übertriebene Spannung vom knackenden Eis und den spinnwebartigen Rissen auf der Eisfläche: Der Truck stand knapp fünf Sekunden aufrecht, bevor er einbrach und sich um etwa 30 Grad neigte. Die Fahrerkabine hinter mir verschwand zuerst. Noch ein Ruck, und schon waren es 45 Grad. Ich wusste, dass ich mir ganz schnell etwas ausdenken musste.

Ein vager Gedanke keimte auf. Ich schleuderte die schwere Schnalle mit aller Kraft in Richtung der halb geöffneten Tür, aber sie prallte ab, landete auf dem Boden und rutschte zu mir zurück. Beim nächsten Versuch ließ ich sie über den Boden und durch den Spalt nach draußen gleiten. Es ging mir nicht darum, sie irgendwo festzukeilen – die Wasseroberfläche war glatt und leer –, aber ich wollte, dass etwas auf der Oberfläche liegen blieb. Falls ich unterging, musste ich vor allem das Loch im Eis wiederfinden. Wenn ich mich vorsichtig an dem Riemen entlanghangelte, konnte ich vielleicht den Weg zurück zur Oberfläche finden. Die Wände des Transporters ächzten unter dem Druck des Wassers. Ich hörte, wie es eindrang, ich konnte die Kälte *riechen*. Ich bin mir nicht sicher, aber vielleicht befand ich mich zu diesem Zeitpunkt schon unter der Wasserlinie. Ich packte den Messinggriff des Sargs mit meiner heilen Hand und bereitete mich auf den einen Moment vor. Es würde keinen zweiten geben.

Es ging schnell. Ein weiteres Knacken der Eisschicht, und plötzlich lag ich auf dem Rücken und schaute durch die halb geöffnete Tür in den Himmel. Der Transporter neigte sich jetzt um 90 Grad nach vorne. Jetzt war es so weit. Anstatt den Sarg gegen die Schwerkraft von mir wegzuschieben, zerrte ich am

Griff, um ihn Richtung Dach zu kippen. Vor dem Einbruch ins Eis wäre das auf so etwas wie Bankdrücken hinausgelaufen, aber jetzt hatte der Sarg einen anderen Schwerpunkt. Ich musste ihm nur einen Schub geben. Und dabei außer Acht lassen, dass mein Unterarm wie in einem Mörser bearbeitet wurde. Ich legte meine ganze Kraft hinein. Und endlich funktionierte mal was.

Der Sarg kippte.

Entschuldigung, ich habe meine Begeisterung nicht genügend hervorgehoben.

Der Sarg kippte!

Er rammte die Decke (die jetzt eine Seitenwand war), blieb diagonal über mir hängen, der Sargdeckel sprang auf, und die Knochen und der ganze Schmutz und Staub fielen heraus und verteilten sich auf der Rückwand (die nun der Boden war). Meine (platt gedrückte) Hand kam frei, und ich rollte zur Seite für den Fall, dass das Ding wieder zurückrutschte. Ich fasste nach meiner zerquetschten Hand, spürte die Nässe, hatte aber nicht genügend Willenskraft, um mir den Schaden genauer anzusehen. Es war sowieso zu kalt, oder ich stand zu sehr unter Schock, um meine Schmerzen zu spüren.

Ich stand auf und schaute zum Himmel. Der Riemen, den ich hinausgeworfen hatte, wies mir immer noch den Weg nach oben. Ich hörte laute Schreie – wahrscheinlich rief jemand meinen Namen, ich war mir nicht sicher. Ich schaute mich in meiner Zelle um. Es war unmöglich, mit meinem verletzten Arm über den schrägen Fußboden, der nun eine Wand darstellte, hochzuklettern. Der Riemen hing an nichts fest, also konnte ich mich nicht hinaufhangeln. Und natürlich sank der Transporter immer tiefer. Wasser schwappte gegen meine Fußgelenke, es drang durch einen Riss in der Wand herein. Mag sein, dass das Eskimoische tausend Wörter für Schnee hat, aber kein Wort kann beschreiben, wie betäubend eisig dieses Wasser war. Vor Jahren, als ich auf die Ergebnisse des Fruchtbarkeitstests gewartet habe – nachdem ich erfahren hatte, dass die Temperatur der Hoden ein wichtiger Faktor bei der Spermienproduktion ist, hatte ich die Slips durch Boxershorts ersetzt, und einen Sack Eiswürfel von der Tankstelle in die Badewanne gefüllt –, wäre ich vielleicht begeistert gewesen von den Möglichkeiten, die sich hier auftaten. Aber nicht jetzt. Es war einfach nur betäubend, sofortiger Herzstillstand nicht auszuschließen. Mir fiel ein, dass auf diese Weise Kaviar gewonnen wird: Sie betäuben die Störe in eiskaltem Wasser, bevor sie sie aufschneiden.

Es dauerte nicht lange, dann lief das Wasser über die Heckkante. Zuerst war es nur stetiges Tropfen in der einen Ecke, aber dann plätscherten mehrere Wasserfälle herein. Das eisige Nass stieg bis auf Kniehöhe. Ich schaute weiter nach oben in der Hoffnung, der Riemen würde immer noch unbewegt auf dem Eis liegen und nicht in den Truck zurückgleiten. Ich prüfte den Knoten an meiner Hüfte mit der heilen Hand. Mein Plan war einfach: Das Wasser sollte mir helfen, nach oben zur Hecktür zu steigen. Wenn der gesamte Laderaum voll Wasser war, musste ich einfach nur schwimmen und käme nach oben, während der Transporter hinter mir weiter versank. Ich musste nur den Boden des Laderaums als Leitplanke nutzen, damit ich es möglichst schnell und geradlinig durch die Tür schaffte und nicht irgendwo hängen blieb. Und ich durfte nicht ohnmächtig werden, trotz der eisigen Kälte des Wassers. Oder an dem Riemen ziehen. Aber selbst wenn etwas danebenging: immer nur nach oben, nach oben. Ganz einfach. *Na klar.* Die Schlaufe rutschte ein Stück hinauf. Ein leichtes Rucken.

Das Wasser reichte mir jetzt bis zur Brust. Ich hörte nichts mehr, nur noch das Rauschen des Wassers. Ich konnte nur noch ein schmales Stück vom Himmel erkennen, ein paar weiße Wolken und wirbelnde Schneeflocken, das Blickfeld verengte sich. Alles unterhalb meines Halses bebte wegen der Kälte. Ich dachte an den Stör. Wenn mein Herz aufgrund des Kälteschocks plötzlich aufhörte zu schlagen, würde ich wenigstens nicht mitbekommen, wie ich ertrank. Das war ein beruhigender Gedanke.

Nach oben, nach oben, summte ich in Gedanken. Dann mit einem Mal verschwand der Himmel, als die Wassermassen wie eine Sturzflut in den Laderaum drangen. Ich holte tief Luft. *Nach oben, nach oben.*

KAPITEL 26

Ich wachte auf und war nackt.

Mein Gehirn versuchte zu rekonstruieren, ob mich jemand über das Eis gezogen und ans Ufer gelegt hatte, aber meine Sinne sagten mir, dass mir nicht kalt genug war, um draußen zu sein. Ich lag in einem Bett. Ich war bis zum Hals eingemummelt wie ein Kind, das einen Albtraum gehabt hatte, die Decken waren festgesteckt, als sollte ich festgehalten werden. Ich blinzelte, um klarer sehen zu können.

Ich lag nicht in einem Hochbett, also konnte ich nicht in meinem Chalet sein. Ich musste mich in einem der Gästezimmer des Hauptgebäudes befinden. Ich konnte nicht viele Gegenstände erkennen. Das Zimmer war nur schwach erleuchtet, die Vorhänge waren zugezogen. Das gefiel mir nicht, denn ich wusste nicht, wie spät es war, und ich wollte nicht diesem Klischee entsprechen und beim Aufwachen als Erstes die Frage »Wie spät ist es?« oder »Wie lange war ich bewusstlos?« stellen. Zwei Schatten unterhielten sich flüsternd auf der anderen Seite, sie hatten noch nicht bemerkt, dass ich aufgewacht war. In meiner linken Hand spürte ich einen pulsierenden Schmerz. Ich schob die Decke nach unten, um mir den Schaden anzusehen, und stellte fest, dass ich einen dicken Topfhandschuh mit Blümchenmuster trug. Ich zog daran und zuckte zusammen. Der Handschuh wollte nicht abgehen. Ich schob einen Finger in die Öffnung und traf auf einen klebrigen Wulst. Es fühlte sich an, als hätte meine Haut sich mit dem Baumwollstoff verklebt. Ich war mit diesem verdammten Handschuh verwachsen.

Jemand legte eine Hand auf meine Schulter, um mich davon abzuhalten, daran zu ziehen. »Lieber nicht.« Ich schaute auf und sah Juliette, die Inhaberin des Resorts. Sie schüttelte den Kopf. Hinter ihr stand Katherine. »Das ist kein schöner Anblick.«

Katherine bot mir eine Tablette aus einer orangefarbenen Flasche an. Ich nahm sie und schaute sie an. »Oxycodon, gegen Schmerzen. Das ordentliche Zeug.« Mehr musste sie nicht sagen. Ich schob sie in den Mund. Sie hielt kurz inne, fragte sich wahrscheinlich, ob der Besitz eines solchen Mittels sie in ein zweifelhaftes Licht stellte, und fügte hinzu: »Wegen meinem Bein.«

Dann hielt ich es doch nicht mehr aus: »Wie lange war ich bewusstlos?«

Katherine trat ans Fenster und zog die Vorhänge zurück. Der Himmel war genauso schwarz wie in der vorherigen Nacht. Offenbar hatte es aufgehört zu schneien, aber es war noch immer sehr windig: Das Fenster klapperte.

»Ein paar Stunden«, sagte Juliette. Ich setzte mich auf, bekam einen Hustenanfall und musste hastig die Decke an ein paar Stellen neu richten, damit es nicht noch peinlicher wurde. Katherine reichte mir einen weißen Hotelbademantel und hielt sich dabei eine Hand vors Gesicht. Ich bemerkte Marcelo, der auf einem schmalen Sofa saß und uns anschaute. Das wunderte mich. Er war zwar nicht der Typ, der sich aus allem raushielt, aber auch kein fürsorglicher Stiefvater, der am Krankenbett Wache hielt.

Mein Husten wollte nicht aufhören, ich sah Sterne. Zu viele und viel zu früh. Juliette drückte mich zurück aufs Bett und ermahnte mich, still zu liegen. Sie hielt Katherine eine Hand hin, die den Kopf schüttelte, weil sie nicht noch eine Tablette verschenken wollte. Juliette räusperte sich laut, und ich hörte, wie Katherine resignierend seufzte. Ich spürte, wie mir eine schmale Pille zwischen die Lippen geschoben wurde. Dann trübte sich meine Sicht, und ich war wieder unter Wasser.

Nächte in den Bergen tendieren zu einer besonderen Art von Schwärze. Auf der Schattenseite verschwindet die Sonne sehr schnell, und es wird rasch dunkel. Da keine Lichter angehen wie in der Stadt, kann man kaum unterscheiden, ob es noch später Nachmittag, Mitternacht oder schon Morgen ist. In dieser Dunkelheit wachte ich auf. Immerhin trug ich jetzt einen Bademantel.

Katherine und Juliette waren gegangen, aber Marcelo saß noch am Fenster. Eine einzelne Lampe war eingeschaltet, und er las ein Buch aus der Bibliothek. Er hörte, wie ich mich bewegte, legte das Buch beiseite und zog seinen Stuhl zu mir hin. Ich richtete mich mühsam auf und unterdrückte den Hustenreiz. Ich fühlte mich leichter, irgendwie schwebend, aber die Schmerzen waren zurückgegangen. Das kam wahrscheinlich von der Tablette. Ich war Juliette dankbar, dass sie Katherine eine zweite abgerungen hatte.

»Freut mich, dass es dir wieder besser geht«, sagte Marcelo mit diesem ruppigen Schnauben, mit dem ältere Männer ihren Gefühlen abrupt Ausdruck verleihen.

»Ich werd's überleben«, sagte ich und vermied, meine Hand anzuschauen, aus Angst, ich müsste meine Meinung ändern. »Wo sind die anderen?«

»Du bist ohnmächtig geworden, nachdem du zum ersten Mal aufgewacht bist – du erinnerst dich vielleicht. Es war nur kurz. Katherine und die Resort-Chefin sind losgegangen, um dir was zu essen zu besorgen.«

»Was ist mit Michael?«

Marcelo zuckte mit den Schultern. »Ich hatte gehofft, du könntest mir was dazu sagen. Crawford lässt mich nicht zu ihm.«

»Wieso bist du nicht zu ihm rein, als Crawford damit beschäftigt war, mich zu retten. Der Trockenraum war doch die ganze Zeit unbewacht, und es ist nur ein Riegel vorgeschoben.«

»Darauf bin ich gar nicht gekommen.« Er schob die Zungenspitze in den Mundwinkel. Es war schwer zu sagen, ob er damit etwas andeuten wollte oder ob er nur trockene Lippen hatte. Die Luft hier oben entzieht der Haut Feuchtigkeit. Ich stellte fest, dass ich ausgedörrt war und heiser. Ich hustete trocken. Marcelo stand auf und ging ins Badezimmer. Von dort rief er: »Abgesehen davon waren wir alle sehr gebannt von deiner Stunt-Einlage da unten am See. Du hättest Eintritt nehmen sollen. Alle Augen waren auf dich gerichtet.« Er setzte sich wieder hin und reichte mir ein Glas Wasser. »Du hast recht, es wäre die perfekte Gelegenheit gewesen, mit Michael zu reden.«

Ich trank das Glas in einem Zug aus und fühlte mich anschließend genauso ausgedörrt. Eine absurde Folge des Ertrinkens. Immerhin konnte ich sprechen. »Und du? Bist du hier als selbstloser Wächter an meiner Seite oder weil du sichergehen wolltest, als Erster nach dem Aufwachen mit mir zu sprechen?«

»Ist es so schlimm, dass ich mir Sorgen um dich mache?« Er rutschte auf seinem Stuhl herum und lachte verschämt. »Was nicht heißen soll, dass ich keine Fragen hätte.«

»Ich würde gern den Anfang machen, wenn es dir nichts ausmacht.« Wir wussten beide, dass ich nicht darum bat. Es kam selten vor, dass Marcelo Garcia, der vor Gericht jedem Druck standhielt, ins Hintertreffen geriet. Aber hier wollte er unbedingt herausfinden, was ich wusste, was bedeutete, dass ich, obwohl ich ans Bett gefesselt war, die Oberhand behielt. Dieser angenehme Umstand half mir, den pochenden Schmerz in meiner Hand zu ertragen, der sich jetzt wieder meldete.

Marcelo atmete lautstark aus. »Über was hat Michael mit dir gesprochen?«

»Über Alan Holton.«

Marcelo schloss kurz die Augen. Ich kannte dieses Blinzeln. Das setzen Leute ein, wenn sie hoffen, sie könnten die Zeit ein paar Sekunden zurücksetzen. In der Hoffnung, sie würden dann ihren Partner nicht mehr mit jemand anderem im Bett sehen. Um eine Lüge nicht hören zu müssen. Um die Wahrheit nicht hören zu müssen. Sie schließen die Augen in der Hoffnung, die Welt würde gleich wieder so sein wie zuvor. Es ist wie dieses Blinzeln am Frühstückstisch, das sich wünscht, einen Brief nicht gelesen zu haben.

»Dann weißt du also von den Sabres.«

»Ein bisschen. Weniger als du, vermute ich. Da könntest du mir auf die Sprünge helfen.«

»Es war mehr ein Kollektiv als eine Gang. Dein Vater fand nicht mal den Namen gut, aber sie mussten sich ja irgendwie benennen. Sie machten vor allem Einbrüche, genug, um von der Polizei bemerkt zu werden, aber nicht genug, um eine größere Fahndung auszulösen. Dein Vater war eher ein Ärgernis als ein Krimineller – er raubte nur so viel, wie er brauchte. So war es jedenfalls, bevor es, nun ja, schlimmer wurde.«

Ich merkte, wie er mich prüfend anschaute, um herauszufinden, wie viel Michael mir bereits erzählt hatte. Damit er wusste, wo er etwas abkürzen und wo er die Wahrheit glätten konnte. Ich bin ein schlechter Pokerspieler, aber ich vermutete, dass mein angespanntes Gesicht höchstens als Ausdruck von Verstopfung oder Bestürzung zu interpretieren war (tatsächlich machte mir meine kaputte Hand zu schaffen; ich musste die Zähne zusammenbeißen, um Marcelo folgen zu können).

Er fuhr fort: »Ich lernte deinen Vater und seine Freunde unbeabsichtigt kennen. Noch bevor ich Wirtschaftsanwalt wurde, damals nahm ich jeden als Klienten, der durch die Tür kam. Ich war günstig und hartnäckig und konnte einige Einbruchsfälle auf unbefugten Zutritt herunterkochen. Danach wurde ich öfter engagiert. Ich war diskret, half jemandem, der jemanden kannte, und eine Empfehlung führte zur nächsten. Ich war nicht der exklusive Anwalt der Sabres, und ich habe niemals das Gesetz gebrochen. Aber ich war jemand, mit dem bestimmte Leute leichter über bestimmte Dinge reden konnten. Ich bin nicht so dumm, dass ich nicht wusste, was los war, aber ich brauchte das Geld. Für Sofia.«

»Für Sofia«, wiederholte ich geistesabwesend.

Ich musste an das denken, was Michael mir im Trockenraum gesagt hatte: *Dad hat gegen das Gesetz verstoßen, um uns zu ernähren.* Marcelo sagte das Gleiche, der Unterschied war nur, dass ich ihm nicht glaubte. Michael wollte damit sagen, dass unser Vater seine Verbrechen nicht aus Habgier begangen hat. Was man von Marcelo nicht behaupten konnte, oder?

»Wirklich.« Marcelo klang jetzt, als würde er sich verteidigen. Er merkte, dass ich seine Rolex anstarrte, während ich über Michaels Aussage nachdachte. Er hielt sie hoch und tippte dagegen. »Das hat nichts mit Protzerei zu tun. Dein Vater hat sie Jeremy hinterlassen. In seinem Testament. Es ist jammerschade, dass wir sie nicht weitergeben konnten.«

Das traf mich unerwartet. Kaum begannen die Teile aus Michaels Geschichte zusammenzupassen, da stellte dieses Geständnis wieder alles infrage. Michael hatte darauf bestanden, dass unser Vater eine Art Robin Hood, ein ehrenwerter Dieb, gewesen sei. Aber wenn er das erbeutete Geld für angeberischen Schmuck ausgegeben hatte, dann war er vielleicht doch nur habgierig gewesen. Und wenn er auf dem Totenbett eine superteure Armbanduhr vererben konnte, dann hatte er womöglich irgendwo anders noch mehr Wertgegenstände deponiert. Das war jedenfalls das, was Erin sich vorstellte. Vielleicht dachte Michael ja, dass er solche Dinge von Holton kaufen würde. Vielleicht war es das, wofür jemand anderes tötete.

»Weißt du, wie Rolex-Uhren vermarktet werden?«, fragte Marcelo.

Das war eine eigenartige Frage, und ich hatte keine Zeit, mir von Marcelo die Geschichte seines Erfolgs auftischen zu lassen. Aber ich erinnerte mich an die einschlägigen Werbekampagnen. »Sie verkaufen sie als Erbstücke, die weitergegeben werden sollen.«

»Genau. Wir hätten das beinahe vergessen, nachdem Jeremy ...« Er räusperte sich, es war ihm sichtlich unangenehm. »Jedenfalls gehört sie dir und Michael. Ich bin nur der Treuhänder.«

»Für einen Treuhänder trägst du sie aber schon sehr lange.«

»Deine Mutter und ich haben uns entschieden, sie einem von euch zu überlassen, wenn sie stirbt – mit mir hat das gar nichts zu tun. Es ist ihr Wille. Du kannst sie trotzdem haben, wenn du möchtest.« Er ließ den Verschluss aufschnappen, was ein Bluff gewesen sein könnte, so wie wenn man einem Freund das letzte Stück Pizza anbietet in der Hoffnung, dass er ablehnt.

Ich hob den Topfhandschuh. »Ich bin momentan nicht an einer Armbanduhr interessiert.«

»Sie gehört dir und Michael, wann immer ihr sie wollt. Vor allem aber ist es eine Uhr, die dafür gemacht wurde, in einer Familie weitervererbt zu werden. Ich trage sie, um mich daran zu erinnern ...«, er hielt inne und warf einen Blick auf die Uhr, der eine Sentimentalität ausdrückte, die mein Vater in Bezug auf Schmuck nicht besessen hatte, »dass ich mich um euch kümmern muss. Und um eure Mutter.«

Ich unterdrückte eine höhnische Bemerkung, indem ich einen Hustenanfall simulierte. Ich sah hier nur einen reichen Mann vor mir, der an seinem Besitz hing und so tat, als hätte er die Witwe seines toten Freunds aus Edelmut geheiratet. Nur allzu gern hätte ich mich über Marcelos Eitelkeit hergemacht, genauso wie ich jetzt gerne noch eine von Katherines Tabletten gehabt hätte (ich brauchte ganz dringend noch eine), aber wir kamen zu sehr vom Thema ab. »Du hast also den Sabres geholfen. Soll das bedeuten, dass du meinen Vater vertreten hast? Warst du sein Anwalt?«

»So haben wir uns kennengelernt. Und wir sind uns nähergekommen. Ich tat mein Bestes, aber dein Vater hatte einen Weg eingeschlagen, der mitunter nur schwer zu korrigieren war. Er musste Rückschläge einstecken, und am Ende konnte ich ihn nicht davor bewahren, sich vom Staat 45 Tage Kost und Logis spendieren zu lassen, wenn du verstehst, was ich meine.« Ich erinnerte mich nicht an die gut sechswöchige Haft meines Vaters, aber es passte zu dem, was ich von dem Mann wusste, der regelmäßig durch Abwesenheit glänzte. Marcelo fuhr fort: »Das war ein Weckruf für uns beide. Er kam rechtzeitig wieder raus, um neu anzufangen, und zu diesem Zeitpunkt war ich durch damit, Umschläge mit Geld anzunehmen, ohne zu wissen, von wem sie kamen. Die ganze Sache ... Ich weiß nicht, wie ich es ausdrücken soll, aber dein Vater ist wieder in seinen alten Trott geraten. Nur hatte sich etwas verändert. Es kam zu mehr Gewalt vonseiten der Sabres. Daraufhin gab es weniger Nachsicht bei den Gesetzeshütern.«

»Michael sagte mir, Entführung sei lohnender als Überfälle.«

»Genau. Ein Makler wurde angeschossen, als er sich weigerte, seinen Safe zu öffnen. Er überlebte, aber für solche Dinge waren die Sabres eigentlich nicht bekannt. Doch nun genügte es ihnen nicht mehr, einfach den Schmuck aus irgendwelchen Schubladen zu kramen, sie wollten an die Safes und, als das auch nicht mehr reichte, an die Bankkonten der Leute. Das war in den späten Achtzigern – damals waren Entführungen en vogue. Die Sabres probierten es aus und fanden Gefallen daran. Die Polizei wurde hellhörig. Zu diesem Zeitpunkt konnte jeder, der daran beteiligt war, wegen Beihilfe drangekriegt werden. Robert wusste, im Fall einer erneuten Verurteilung käme er erst wieder raus, wenn du dich schon rasieren müsstest.«

»Also hast du ihm einen Deal besorgt.« Ich bekam die Worte kaum noch über die Lippen. Meine Hand schmerzte so stark und war so heiß, dass ich draußen damit den Schnee zum Verdampfen hätte bringen können. »Er hat also Informationen gegen Immunität eingetauscht?«

Marcelo fummelte an seiner Armbanduhr herum. Wieder dieses langsame Blinzeln, als wollte er eine Geschichte auslöschen, die ihm nicht behagte. »Ich habe den Deal mit ausgehandelt. Er beinhaltete, dass dein Vater helfen sollte, die wichtigsten Akteure zu identifizieren. Aber jedes Mal, wenn Robert eine Frage beantwortet hatte, stellte die verantwortliche Polizistin ihm zwei weitere. Sie wollte, dass er weiter mit den Sabres arbeitete, und das war das Problem, denn dann würde er sich immer weiter in die Sache verstricken bei dem Versuch, es ihr recht zu machen. Vor allem wollte sie, dass er herausfand, welche Beamten von den Sabres Geld erhielten. Sie wollte ihn erst wieder in Ruhe lassen, wenn sie etwas in der Hand hatte.«

»Womit du meinst, dass er hieb- und stichfeste Beweise gegen Holton und seinen Partner liefern sollte? Michael sagte mir, der Überfall, bei dem Robert erschossen wurde, sei eine abgekartete Sache gewesen. Du willst mir also sagen, dass er genau diese beiden Typen belasten musste, um seinen Deal zu erfüllen? Vielleicht hatte er also wirklich Beweise gegen sie gefunden.«

Marcelo zuckte mit den Schultern. »So habe ich mir das auch zusammengereimt. Robert hat mir die Beweise nie gezeigt – das war etwas zwischen ihm und der Führungsbeamtin. Er lachte über das, was sie ihm aufgetragen hatten, sprach immer von »richtigem Spionage-Kram«. Er fand es sogar cool, einen auf Undercover-Agent zu machen. Zu Anfang jedenfalls.« Marcelo lehnte sich zurück und rieb sich die Knie. Eine Minute lang schwieg er, verlor sich in Erinnerungen. Er vermisste seinen Freund.

Es war eigenartig, sich vorzustellen, dass jemand meinen Vater vermisste. Machte ihn das zu einem besseren Menschen? Marcelos Geschichte füllte einige Leerstellen in meinem Bild von ihm. Ein Mann, der über *Spionage-Kram* scherzte. Ein Mann, der Freunde hatte. Ich nutzte Marcelos Pause, um mich gegen die Wand zu lehnen und die Augen zu schließen, um meine Gedanken von der schmerzenden Hand zu lösen.

Undercover-Agent. Führungsbeamtin. Spionage-Kram. Die Worte gingen mir im Kopf herum. Ich hatte auch eine Gebrauchsanleitung für das Verfassen von Spionageromanen geschrieben, also kannte ich zum Beispiel die Romane von Ludlum und le Carré, aber das Buch hatte sich nicht besonders gut verkauft.

»Mehr habe ich nicht zu bieten.« Marcelos Stimme bohrte sich in meine Gedanken.

»Wirklich?« Ich behielt die Augen geschlossen in der Hoffnung, dass meine halb abwesende Haltung ungefährlich genug wirkte, um ihn zu einem weiteren Geständnis zu bewegen. Aber Marcelo biss nicht an. Also musste ich den Druck erhöhen. Formell betrachtet war ich Anwalt, das erlaubte es mir, besonders rabiat vorzugehen. »All das hast du während Michaels Verhandlung schon gewusst. Du hast Holtons Geschichte dazu benutzt, die Verhandlung zu manipulieren. Weil du wusstest, dass sie die Wahrheit lieber unter den Teppich kehren würden, als sie vor der Öffentlichkeit auszubreiten. Deshalb hat niemand sich die Mühe gemacht, die gigantische Summe zu erwähnen, die Michael abgehoben hatte, geschweige denn das Geld zu finden. Warum sich auch niemand dafür interessiert hat, dass Holton eine Kugel im Körper hatte.«

»Welches Geld?«

Das verunsicherte mich ein wenig. Marcelo hatte doch sicherlich Michaels Bankkonten gesichtet. Wieso hatte niemand diesen sehr großen Betrag bemerkt? Selbst wenn Michael es schrittweise abgehoben hatte, wäre es auffällig gewesen. Ich kannte die Regeln bei Beweisverfahren nicht und nahm mir vor, mehr Justizkrimis zu lesen.

»Ich weiß nicht, was du damit andeuten willst, aber ich habe Micheal den besten Deal besorgt, den er kriegen konnte. Das ist mein Job.«

»Für Michael setzt du also alles in Bewegung, aber für Sofia rührst du keinen Finger?« Ich erinnerte mich daran, dass er sich geweigert hatte, seine Tochter als Anwalt zu vertreten.

»Das ist …«, rief er empört und richtete sich auf. »Das ist nicht ganz richtig. Ob du mir glaubst oder nicht, was ich tue, ist für sie am besten.«

»Worum geht es dann eigentlich, Marcelo?« Ich sprach nun lauter und öffnete die Augen, um ihn festzunageln. Mir war schon bewusst, dass sie blutunterlaufen waren und gruselig wirken mussten. Marcelo schaute zur Tür. Ich interpretierte das so, dass er fürchtete, wir könnten unterbrochen werden, bevor er mir alles mitgeteilt hatte. Die ganze Aufregung verstärkte die Schmerzen in meiner Hand, aber es setzte auch Marcelo unter Druck, also machte ich weiter. »Es kann doch kein Zufall sein, dass der Transporter den Hang hinuntergerollt ist, nachdem ich mit Michael gesprochen und mir das Opfer von heute Morgen noch mal genauer angeschaut habe. Die Handbremse des Fahrzeugs war nicht angezogen. Das muss Absicht gewesen sein. Jemand wollte etwas vertuschen, das vor fünfunddreißig Jahren begraben wurde, etwas, das Holton und Michael ans Tageslicht gebracht haben. Dad hat vor seinem Tod nach Beweisen gesucht. Und wir wissen nun, dass Holton Informationen an Michael weitergegeben hat über etwas –«

»Schon gut, schon gut«, zischelte Marcelo. Seine Augen wanderten wieder zur Tür. »Ich weiß nur, dass er seine Führungsbeamtin an diesem Abend treffen sollte, um ihr etwas Wichtiges zu übergeben. Ich glaube, dass Robert Zeuge eines Mordes war .«

Darum ging es also.

»Ein Kind«, sagte ich nüchtern.

Er wurde blass und starr wie ein Stör. »Woher weißt du das?«

»Ist nur so eine Ahnung.«

»Mehr habe ich auch nicht. Ahnungen und Theorien.« Er sagte es auf eine Art, die Zweifel bei mir säten. Ich hatte den

Eindruck, dass er immer noch überlegte, was er mir erzählen sollte und was nicht. »Nach Roberts Tod habe ich viel darüber nachgedacht, was der Grund gewesen sein könnte, ihn umzubringen. Und was ihn so sehr in Angst versetzte, dass er sogar eine Schusswaffe bei sich trug. Glaub mir, das war nicht normal. Ich sagte dir ja, dass die Sabres immer unberechenbarer wurden. Sie nahmen nicht nur in Kauf, dass Menschen verletzt wurden ... wie du schon sagtest, Entführungen lohnten sich. Das war der Grund, warum dein Vater nicht mehr mitmachen wollte, und weil er selbst Kinder hatte. Aber eine Woche vor seinem Tod ... Das ist eine alte Geschichte, du weißt, wie so was läuft: Ein Kind von reichen Leuten wird entführt, um Lösegeld zu erpressen. Die Familie vermasselt die Übergabe. Obwohl sie es sich leisten können, packen sie den Koffer voll mit Reklameprospekten anstatt mit Geld. Das Mädchen taucht nie mehr auf. Niemand konnte überführt werden, aber alles deutete auf die Sabres hin. Hat Michael erwäh–«

»Wie hieß das Mädchen?«, stammelte ich.

»McAuley.«

»Vorname?« Ich wollte, dass sie einen echten Namen hatte, ein Vermächtnis.

»Rebecca.«

»Wie hoch war die Lösegeldsumme?«

»Dreihunderttausend.«

Meine Gedanken kamen ins Trudeln, aber mir fiel noch etwas ein, was Michael gesagt hatte: *Ich brachte ihm, was ich konnte, aber es war weniger, als er verlangt hatte.*

Alan Holton hatte Michael Informationen verschafft über Rebecca McAuley, die vor Jahrzehnten entführt worden war und nie wieder auftauchte. Vielleicht sogar über den Mörder. Auf jeden Fall aber über den Ort, wo ihre Leiche gefunden werden konnte: im Sarg eines toten Polizisten. Das perfekte Versteck, ein sicherer Ort sechs Fuß tief unter der Erde. Dank des High-Speed-Internets, das mir hier jenseits der Berge beim

Schreiben zur Verfügung steht, konnte ich herausfinden, dass dies eine beliebte Methode der Mafia von Chicago war, um Menschen verschwinden zu lassen. Also musste die Polizei auch davon gewusst haben. Sie war so beliebt wie die berühmten Zementschuhe.

Es war kein Wunder, dass Holton wusste, wo die Leiche sich befand – er selbst hatte sie versteckt.

Ich erinnerte mich daran, dass es auf der Trauerfeier einen Konflikt mit der Familie gegeben hatte: Ein Polizist, inzwischen weiß ich, dass es Holton war, wollte, dass die Leiche verbrannt wird, weil dies angeblich der Wunsch seines Partners gewesen sei, den er ihm gegenüber im Dienst geäußert hatte. Aber die Familie hatte es abgelehnt und auf einem Begräbnis bestanden. Das hatte Holton natürlich auf die Palme gebracht, denn eine begrabene Leiche war nicht so perfekt versteckt wie eine, von der nur noch die Asche übrig war.

Und der Preis? Das war leicht. Holton wollte, dass Michael das Geld heranschaffte, das die Familie nicht gezahlt hatte. Das Lösegeld von vor fünfunddreißig Jahren. Und Michael war bereit zu bezahlen, um herauszufinden, wer für den Tod unseres Vaters verantwortlich war.

Ich stellte mir vor, wie Holton verzweifelt versucht hatte, seine Missetaten zu verbergen: die Leiche eines Mädchens und das nicht bezahlte Lösegeld. Falls er wusste, dass mein Vater Beweise gegen ihn hatte, dann hatte er ein Motiv gehabt, ihn umzubringen. Als Holtons Partner starb, nutzte er die Gelegenheit, um seine Geheimnisse zu vergraben.

»Michael hat die Leiche von Rebecca gefunden.« Ich entschied mich dazu, Marcelo an meinem Wissen teilhaben zu lassen, da ich vermutete, dass die zweite Leiche im Transporter die des entführten Mädchens war (mal ernsthaft: Wer sonst sollte es gewesen sein?). Marcelo riss die Augen auf, also machte ich weiter: »Sie befindet sich in dem Transporter. Es war das Erste, was er tat, als er aus dem Knast kam. Ich vermute, er hat drei

Jahre lang darauf gewartet, sie ausgraben zu können. Daher können wir annehmen, dass Holton ihm davon erzählt hat. Das Problem ist nur: Auch wenn mein Vater Beweise dafür hatte, wo und wie Rebecca ums Leben kam, wusste er jedoch nicht, wo die Leiche begraben war.«

»Weil sie erst begraben wurde, nachdem er getötet worden war«, stimmte Marcelo zu. »Dein Vater wollte der Führungsbeamtin in dieser Nacht also etwas anderes liefern. Andere Beweise. Glaubst du, das war es, was Holton Michael verkauft hat – Roberts letzte Information?«

»Vielleicht. Aber ich verstehe nicht, warum Holton Michael von einem Mord erzählte, den er begangen hatte«, sagte ich. All das passte nicht zusammen, solange diese Frage nicht geklärt war. Ich war mir nicht sicher, ob ich schon genug darüber wusste.

»Es sei denn, Holton hat den Mord gar nicht selbst begangen und schützte nur denjenigen, der es getan hatte. Nicht vergessen, Holton war Polizist – wenn er jemandem etwas schuldete, dann dürfte das eine sehr gefährliche Person gewesen sein.«

Das passte zu dem, was Michael mir im Trockenraum erzählt hatte: Er dachte, Holton wollte jemand anderen ans Messer liefern. Damit stand auch ein Satz von Michael wieder im Raum, den er vor drei Jahren geäußert hatte, nämlich dass es Leute gab, die Holtons Geschichte lieber nicht vor Gericht haben wollten. So passte es zusammen. Liebe Leserinnen und Leser, es ist mir nicht entgangen, dass dies die typische »Die Verbindungen reichen bis ganz nach oben«-Szene ist.

Marcelo wartete ab, bis ich das alles verdaut hatte, und versuchte herauszufinden, ob ich ihm glaubte. »Gehen wir mal drei Jahre zurück. Holtons Leben geht in die Binsen. Er landet immer wieder im Knast und schafft es kaum zu überleben. Vielleicht glaubt er inzwischen, dass sein Unglück mit dem Fall Rebecca McAuley begann. Er entscheidet sich, jemanden dafür büßen zu lassen. Und er knüpft da an, wo alles begann, und ködert Michael damit, ihm Dinge über seinen Vater zu enthüllen.«

»Ich kann verstehen, dass er sich nicht an mich gewandt hat.« Ich schüttelte den Kopf. »Ich bin einfach nicht der Typ, der Familiengeschichte schreibt. Deshalb bin ich auch der Einzige, dem Michael vertraut. Ich war bereit, vor Gericht gegen ihn auszusagen, womit deutlich wurde, dass ich nicht genug wusste, um Angst zu haben. Dabei hätte ich Angst haben sollen. Dadurch habe ich mir sein Vertrauen erworben.«

Marcelo biss die Zähne zusammen, um nicht das herauszutrompeten, was er alles getan hatte, um für Michael eine geringere Haftstrafe zu erreichen. Hätte *ihm* das nicht einiges Vertrauen bescheren müssen? Aber dann besann er sich eines Besseren.

Ich sprach es nicht aus, aber Marcelo war alt genug, um in die Reihe der Verdächtigen aufgenommen zu werden. Ich suchte inzwischen nach jemandem, der vor drei Jahrzehnten einen Mord begangen hatte und einen weiteren heute Morgen. Das rückte Audrey, Marcelo, Andy und vielleicht auch Katherine in den engeren Kreis der Verdächtigen. Katherine wäre damals noch sehr jung gewesen, aber sie hatte eine wilde Jugend gehabt. Wer weiß, in was sie so alles hineingeraten war. Ich hatte damals noch ins Bett gemacht und konnte nicht als Hauptverdächtiger in Betracht gezogen werden. Und doch, wenn ich davon ausging, dass in beiden Fällen derselbe Täter am Werk war – könnte dann das Motiv nicht einfach bloß Rache gewesen sein? Zorn lässt sich genauso gut vererben wie eine Rolex. Wenn wir das Alter außer Acht lassen, dann sind alle verdächtig. Wer weiß, vielleicht ist Rebecca ja doch erwachsen geworden und hat angefangen, Leute umzubringen.

»Wir vergessen das Offensichtliche. In den letzten zwölf Stunden haben erstaunlich viele Leute mir weismachen wollen, mein Vater sei ein guter Mensch gewesen. Das ist in meinem ganzen bisherigen Leben nicht vorgekommen. Und wenn er es doch nicht war? Könnte er nicht Rebecca entführt und umgebracht haben?«

Marcelo beugte sich vor und drückte meine Schulter. »Es tut mir wirklich leid, dass du ihn nicht besser kennenlernen konntest. Ich weiß, dass das nicht viel Beweiskraft hat, aber wenn du ihn besser gekannt hättest, würdest du nicht glauben, dass er zu so etwas fähig war. Um ehrlich zu sein, bin ich überrascht, dass das bei Holton wohl anders war.«

»Nun suchen wir immer noch nach einer fehlenden Verbindung. Wie hieß Alan Holtons Partner?«

»Clarke. Brian Clarke. Sagt dir das was?«

Falls Sie darauf gehofft haben, dass die Nennung eines Namens alles zusammenführt – Crawford, Henderson oder Millot (Andys Nachname, den Katherine bei der Heirat angenommen hat, der aber in Wahrheit Milton lautet, ich habe ja schon erwähnt, dass ich einige Namen einfach aus Spaß geändert habe, dies ist einer davon) –, muss ich Sie enttäuschen.

»Der Name sagt mir erst mal gar nichts. Wie sieht's mit Kindern aus? Von ihm oder Holton? Allerdings finde ich den Gedanken weit hergeholt, dass jemand das kriminelle Erbe seiner Familie verteidigen will, indem er sich unsere gesamte Familie als Ziel aussucht.«

»Das ist wahr. Abgesehen davon, nein, keine Kinder.«

Marcelo verfiel in Schweigen. Es wirkte, als sei er enttäuscht. Das mit Holtons Partner war eine Sackgasse. Ich hatte inzwischen Schwierigkeiten, alle Gedanken und Theorien zu überblicken: Zusätzlich zu dem Pochen in meiner Hand bekam ich jetzt noch Kopfschmerzen. Ich wusste nicht, wie lange ich mich mit Marcelo unterhalten hatte, aber ich war erschöpft. Mir müssen wohl die Augen zugefallen sein, eine Sekunde, aber vielleicht auch länger, denn ein sanftes Tätscheln meiner Wange brachte mich in die Wirklichkeit zurück. Marcelo beugte sich über mich.

»Tut mir leid. Ich besorge dir noch eine von diesen Tabletten, wenn Katherine zurückkommt. Aber hör mir noch mal zu. Ich *habe* Angst, okay? Ich mache mir Sorgen, dass Leute, die bestimmte Dinge wissen …«, er schlug jetzt einen reumütigen Ton an, »und zu denen gehörst du jetzt unglücklicherweise auch, in Gefahr sind. Ich hatte noch nie von diesem Killer namens Black Tongue gehört, bis Sofia beim Frühstück von ihm sprach. Und du hast mich gebeten, Informationen über die Opfer einzuholen. Das hat mir zu denken gegeben. Ich habe jahrelang über das nachgedacht, was ich dir eben erzählt habe. Es war nie mehr als eine unausgegorene Idee. Ich hatte nie vor, es anderen mitzuteilen. Aber heute Morgen war auf einmal von Black Tongue die Rede, das geht mir einfach nicht mehr aus dem Kopf. Das ist doch eine von deinen Regeln, oder? Keine Zufälle?«

Ich lachte leise. Es war sehr wohl eine von Knox' Regeln und auch Gegenstand des Schwurs für den Detection Club. Insofern verdiente Marcelo zumindest ein klein wenig Anerkennung. »Du hast meine Bücher gelesen.«

»Du liegst mir nun mal am Herzen.« Noch so eine beiläufige Bemerkung, die ich beinahe überhört hätte. Es klang wie eine kindliche Entschuldigung. »Ich bin mir sicher, da will jemand Spuren verwischen. Denn es waren *drei* Personen an der Abmachung beteiligt, die zum Tod deines Vaters führte. Nicht nur er und ich.«

Schlagartig war ich wieder wach, auch ohne die Klapse von Marcelo. Ich erinnerte mich an dessen Zögern, als ich ihn bat, die Opfer von Black Tongue ausfindig zu machen. Er hatte mich gebeten, einen der Namen zu wiederholen.

»Diese Polizistin, die Verbindungsbeamtin meines Vaters, wie hieß die?«

»Das wird dir gar nicht gefallen.«

»Schätze ich auch.«

»Alison Humphreys.«

»Er ist wach!«, rief Katherine fröhlich, als sie mit ihrer Schulter die Tür aufschob. Sie hielt eine große khakifarbene Plastikkiste in den Händen, auf dessen Seite nachlässig ein rotes Kreuz gesprayt worden war. Ursprünglich, da war ich mir sicher, war das mal ein Angelkoffer gewesen. Es war nicht schlimm, dass sie meine Unterhaltung mit Marcelo unterbrochen hatte. Ich war froh, sie zu sehen. Ich war sogar sehr froh.

»Meine Hand tut weh«, stellte ich plump fest.

»Bis zur nächsten solltest du mindestens noch …«, sie stellte den Erste-Hilfe-Kasten auf den Tisch, beugte sich vor und warf einen Blick auf Marcelos Armbanduhr. »Vielleicht sage ich dir das besser nicht.«

»Bitte.«

Sie öffnete die Fächer und durchsuchte den Inhalt, schnalzte zufrieden mit der Zunge und warf mir etwas zu. Ein schmales grünes Päckchen landete auf meiner Bettdecke. »Panadol sollte fürs Erste genügen.« Sie muss wohl den Zweifel in meinem Gesicht bemerkt haben, denn sie fügte beschwichtigend hinzu: »Ich weiß, dass es wehtut, Ernie. Nach allem, was passiert ist, will ich dir keine Überdosis verpassen. Sie musste dich schon einmal reanimieren.« Sie deutete mit dem Daumen auf Juliette.

Das sollte niemanden überraschen: Ich wies ja bereits darauf hin, dass unsere Lippen sich berühren würden. Und auch darauf, dass innerhalb der nächsten drei Seiten jemand sterben wird.

»Tut mir leid, dass ich Sie ausziehen musste«, sagte Juliette verlegen. »Aber Hypothermie wird durch Kleidung begünstigt, wie Sie wahrscheinlich wissen.« Das sagte sie so, als ginge sie vom Gegenteil aus. (Zu Recht, wie Sie bei der Lektüre der ersten Fassung meines Manuskripts festgestellt hätten: Meine

Lektorin hatte bei meinem ersten Versuch, das Thema Unterkühlung in diesem Satz anzugehen, an den Rand die Anmerkung geschrieben: »Hypo = kalt«, »Hyper = warm«, auf diese offenbar angeborene hilfreiche und doch selbstgefällige Art, mit der Lektorinnen und Lektoren einen gleichzeitig korrigieren und einem ihre Korrektheit unter die Nase reiben.) »Ansonsten habe ich nicht viel getan«, fuhr sie fort. »Wenn Sie sich den Riemen nicht um die Hüfte geschnürt hätten, hätte Erin Sie wahrscheinlich nicht –«

»Erin?« Eine Erinnerung blitzte auf. Die Stimme auf dem Eis. Das Ziehen am Riemen, bevor ich unterging. »Was meinen Sie damit?«

»Sie sah, wie Sie das Seil durch die Tür geworfen haben. Sofia sagte, Crawford hätte sie nicht zurückhalten können.« Katherine erklärte es wie beiläufig, viel zu sachlich angesichts dessen, was mir jetzt durch den Kopf schoss. »Sie hat Ihnen das Leben gerettet.«

»Was hat sie getan? Geht es ihr gut?« Ich stand auf. Das Blut wich aus meinem Kopf, und mir wurde schwindelig. Vier Hände stützten mich. Katherine versuchte, mich zurück aufs Bett zu schieben, aber ich drängte an ihr vorbei zur Tür. »Wo ist sie?«

»Sie ist raus aufs Eis gegangen«, sagte Katherine.

»Erin!« Ich riss die Tür auf und taumelte in den Flur. »Erin!« Und da prallte ich gegen sie.

»Meine Güte, Ernie«, Erin stolperte zurück und hatte Mühe, das Tablett in ihren Händen gerade zu halten, auf dem eine Dose mit einem Softdrink und zwei Schalen mit Hot Chips standen. Sie schaute mich vorwurfsvoll an und sagte: »Du solltest nicht aufstehen.« Dann warf sie einen Blick über meine Schulter und sagte: »Er sollte nicht aufstehen.«

Ich weiß nicht, ob ich das Gleichgewicht verlor oder ob ich mich ihr an den Hals warf, was ich normalerweise nicht tue, aber ich klammerte mich so fest an sie, wie es meine vom Oxycodon erschlafften Glieder zuließen. Erin erwiderte meine Umarmung, und wir standen kurz so da, als wären wir nicht hier in den Bergen. Als hätte sich nie etwas geändert, als hätte sie kein eigenes Kapitel in ihrem Leben aufgeschlagen.

»Ist eine Weile her, seit ich ein Eisbad genommen habe«, flüsterte ich ihr ins Ohr. Sie drückte meine Schulter ganz fest. Sie lachte schrill, es war auch ein Schluchzen dabei, und dann lagen wir uns zitternd in den Armen. Ich spürte ihre Tränen an meinem Hals.

Ich sollte jetzt damit rausrücken. Was ich bei jenem Frühstück in dem Brief aus der Reproduktionsklinik erfahren hatte, hätten eigentlich gute Nachrichten sein sollen. Meine Schwimmer waren olympiareif. Die Eisbäder, die Boxershorts, die Alkohol-Abstinenz und die Austern, alle diese wilden Experimente zur Erhöhung meiner Fruchtbarkeit waren völlig überflüssig gewesen. Ich war völlig verwirrt und versuchte, es zu verstehen, bis ich endlich in der Klinik anrief. Dort sagten sie mir, meine Frau sei begeistert gewesen, als sie die Neuigkeiten gehört hatte, die sie ihr schon erzählt hatten, weil ich nicht ans Telefon gegangen war. Ich sagte ihnen, ich hätte keine verpassten Anrufe gehabt, und es stellte sich heraus, dass sie nur Erins Nummer, nicht meine auf ihrer Liste hatten. Sie hatte ihnen gesagt, ich würde die Ergebnisse lieber per Post übermittelt bekommen, das war in meiner Kartei vermerkt. Und da sie die richtige Adresse hatten, konnten sie nicht verstehen, wieso ich wiederholt per Mail einen neuen Brief angefordert hatte. Mitten in diesem Hin und Her fiel mir ein, dass Erin darauf bestanden hatte, selbst die Post aus dem Briefkasten zu holen. Dass sie mir sagte, der erste Brief ging in der Post verloren. Der zweite war anscheinend durch den Regen unlesbar geworden.

All das war durch meinen Kopf gefegt wie ein Zyklon, als ich den Brief am Frühstückstisch las. Es war reiner Zufall gewesen, dass ich an diesem Tag vor Erin am Briefkasten gewesen war.

Vielleicht hatte sie es so oft getan, dass sie nachlässig geworden war. Als ich ihn gelesen hatte, kam mir der böse, misstrauische Gedanke, die Mülltonnen zu durchwühlen, die draußen am Straßenrand standen. Als ich zurückkam, waren meine Arme mit der vergammelten Sauce eines eine Woche alten Pfannengerichts verschmiert und in der Hand hielt ich einen Alustreifen. Sie wissen schon, der mit den Tabletten, auf dem die Wochentage aufgedruckt sind.

Damit war das Feuer endgültig erloschen.

Aber das spielte jetzt keine Rolle mehr. Sie hatte mir das Leben gerettet. Sie war immer noch da.

Ich spürte unterbewusst die Anspannung der drei Personen hinter mir. Sie passten auf, falls ich wieder in Ohnmacht fiel, aber für mich war es bedrückend. Mir wurde plötzlich deutlich bewusst, dass *jemand* versucht hatte, diesen Sarg im See zu versenken. Vielleicht hatte diese Person auch geplant, mich zu töten, oder ich war ihr einfach nur in die Quere geraten. Michael hatte mich dorthin geschickt, was verdächtig war. Andererseits hätte er einen ziemlichen Aufwand betrieben, den Sarg hier hinauf in die Berge zu bringen, nur um ihn dann zu entsorgen. Falls er mich in eine Falle locken wollte, um mich umzubringen, hätte er sich auch etwas Einfacheres ausdenken können. Oder mich einfach im Trockenraum ermordet. Ob ich ihm glaubte oder nicht – und ich war ihm gegenüber inzwischen etwas aufgetaut –, er hatte mir ein tödliches Geheimnis anvertraut. Jetzt musste ich ihn fragen, wie das alles zusammenpasste.

Erin half mir, die Treppe hinunterzuhumpeln. Die anderen protestierten und verlangten, ich solle mich wieder ins Bett legen. Aber ich war jetzt hellwach, aufgeputscht von Schmerzmittel und Adrenalin. Ein kalter Luftzug wehte durch das Foyer, grelles Licht – keine Ahnung, woher das kam – strahlte durch die vereisten Fenster. Die Tür zum Trockenraum ging auf mit diesem bekannten Schmatzen. Gummiisolierung. Luftdicht. Das war der Grund, warum ich erst nachdem ich die Tür aufgezogen hatte den eigenartigen Geruch wahrnahm. Überall Asche.

MEINE TANTE

KAPITEL 27,5

Hier wird nichts verraten.

Aufmerksame Leserinnen und Leser werden erkannt haben, dass die Überschriften der Abschnitte nahelegen, dass Marcelo, mein Stiefvater, Michael umgebracht hat, dessen Leiche ich soeben im Trockenraum gefunden habe. Das würde durchaus passen. Ich habe die Erwartung geweckt, dass in jedem Teil des Buchs jemand zu Tode kommt, und glauben Sie mir, das ist auch so.

Ich habe immer daran geglaubt, dass es in einem Kriminalroman mehr Hinweise gibt als die, die auf den Seiten zu lesen sind. Ein Buch ist trotz allem ein physisches Objekt, das einige Geheimnisse offenbaren kann, die der Autor nicht preisgeben wollte: Die Gliederung, die leeren Seiten, die Überschriften. Sogar ein Klappentext mit dem Hinweis, dass es eine überraschende Wendung geben wird, kann, wenn eine solche Wendung vorhanden ist, den gewollten Effekt ruinieren. In einem Rätsel-Krimi wie diesem hier sind in jedem Wort Hinweise versteckt – meine Güte, sogar in den Satzzeichen. Falls Sie nicht verstehen, was ich damit meine, dann denken Sie mal über das Buch nach, das sie gerade in den Händen halten. Wenn ein Mörder schon enttarnt scheint, obwohl auf der rechten Seite noch mehr als nur ein paar Seiten übrig sind, dann kann das nicht der wahre Mörder sein. Dann ist noch viel zu viel von der Geschichte übrig. Das funktioniert auch bei Filmen auf diese Weise: Der berühmteste Darsteller mit den wenigsten Dialogzeilen ist meist der Täter, und wenn ganz plötzlich eine

Weitwinkelaufnahme eine Straßenkreuzung zeigt, dann darf man annehmen, dass gleich jemand von einem Auto überfahren wird. Ein guter Autor muss die Leserinnen und Leser immer wieder auf dem falschen Fuß erwischen, und zwar nicht nur innerhalb der Erzählung, sondern auch innerhalb der Form des Romans selbst. Wo immer Hinweise versteckt sein könnten, werden Sie auch welche finden.

Was ich damit sagen will: Ich muss mir bewusst sein, dass *Sie* sich bewusst sind, dass ich all das hier aufschreibe.

Bevor Sie sich jetzt einen großen Kopf machen: Sie haben mich noch nicht ertappt. Falls es etwas über die innere Logik dieses Buchs zu lernen gibt, ist es nicht das. Ich kann es jetzt ja sagen, Spoiler hin oder her: Marcelo hat Michael nicht umgebracht. Er ist nicht Black Tongue.

Ich bin nicht unehrlich, das hier ist nicht die angekündigte Lücke in der Handlung, auch wenn ich versprochen hatte, dass es eine gibt. Die hatten wir nämlich schon im vorhergehenden Kapitel. Sie werden sich vielleicht erinnern, dass ich angekündigt hatte, es gäbe eine Lücke in der Handlung, die so groß ist, dass man mit einem Lastwagen hindurchfahren könnte. Das war genau so gemeint.

KAPITEL 28

Ascheflocken wirbelten durch die Luft. Meine Nase zuckte, als die kleinen Partikel um ihre Spitze tanzten. Der Trockenraum war nicht so düster wie bei meinem letzten Besuch: Zum Schein der orangefarbenen Hitzelampe hatte sich noch ein Streifen Mondlicht gesellt, der durch das hohe Fenster hereinfiel, das jetzt zersplittert war. Durch die Schneewehe war ein Loch gedrückt worden, eine Art Tunnel. Michael lag zusammengekrümmt am Boden, von Kopf bis zu den Füßen von einer Rußschicht bedeckt. Seine Handgelenke waren gefesselt und über seinem Kopf an einem Garderobenständer festgebunden.

Ich muss wohl laut geschrien haben, denn Erin konnte es nicht gewesen sein (sie hielt sich eine Hand vor den Mund), und Juliette wurde erst durch den Lärm angelockt und näherte sich mit sorgenvollem Gesicht, aber ich weiß es nicht mehr genau. Ich erinnere mich noch, dass ich auf die Knie fiel und mir den Topfhandschuh von der Hand zog (und einen Teil der Haut, aber das merkte ich gar nicht) und an dem Kabelbinder zerrte. Nutzloser Eifer, denn meine verstümmelten Finger waren zu nichts zu gebrauchen. Hinter mir rief Erin Juliette zu, sie solle ein Messer oder eine Schere holen und Sofia, falls sie sie in der Bar fand.

Ich ließ von dem Kabelbinder ab und wischte mit meiner heilen Hand über Michaels Gesicht, um es von der dicken Ascheschicht zu befreien. Es war, als würde man einen Kokon öffnen. Die Haut darunter war kalt. Sein Haar war grau von der Asche. Ich hätte ihn flach hinlegen müssen, um ihn zu beatmen, aber Juliette war noch nicht mit der Schere zurückgekommen. Ich stand auf und trat so heftig gegen den hölzernen Garderobenständer, dass er zerbrach und Michael zur Seite rollte. Ich drehte ihn um, legte ihn flach auf den Rücken und schlug mit einer Hand auf seinen Brustkorb. Ich wischte den schwarzen Dreck von seinem Mund und versuchte hineinzublasen. Ein fauler Geruch kam mir entgegen, seine Lippen waren mit Teer verschmiert. Ich setzte mich auf. Hob erneut meine Faust. Bei jeder Bewegung schoss ein bohrender Schmerz durch meinen linken Arm. Ich drückte erneut meinen Mund auf seinen, bekam aber einen Würgeanfall und musste mich direkt neben seinem Kopf übergeben. Es ist nicht schön, aber wahr. Ich wusste, dass er schon eine Weile tot war. Trotzdem wischte ich mir den Mund ab und versuchte es wieder. Und wieder. Und wieder. Dann legte sich eine Hand auf meine Schulter und zog mich fort.

Ich warf einen letzten Blick auf seine schmutzigen Wangen, auf denen sich helle Flecken abzeichneten. Da merkte ich, dass sie von meinen Tränen stammten, die dort hingefallen waren.

Die Familie traf in der Bar zusammen, verteilte sich in kleinen Grüppchen im Raum. Marcelo saß bei Audrey, die die Fäuste ballte und einen Arm um Lucy gelegt hatte. Wie alle angeheirateten Verwandten waren sie nie besonders eng gewesen, jetzt aber in gemeinsamer Trauer vereint. Beide hatten Michael geliebt. Beide hatten zu ihm gehalten. Nun war er beiden geraubt worden. Katherine lief hektisch umher. Andy lag rücklings auf dem Boden.

Ich war nur dort, weil niemand mich in den Trockenraum zurückgehen ließ. Mir wurde gesagt, ich hätte einen hysterischen Anfall bekommen. Erin war bei mir, passte auf, war aber ebenfalls verzweifelt. Auch sie hatte Michael verloren, durfte sich aber Lucys und Audreys Trauer nicht anschließen. Nun, wo Michael tot war, musste sie sich fragen, welchen Platz sie noch in dieser Familie einnahm. Sie biss die Zähne zusammen, sowohl physisch als auch im übertragenen Sinn, nur ein paar Tränen waren über ihre Wangen geflossen und vertrocknet.

Juliette machte sich hinter der Bar zu schaffen, wahrscheinlich um sich abzulenken. Vorher hatte sie mir eine Decke um die Schultern gelegt und eine heiße Schokolade gebracht, was beides erstaunlicherweise einen beruhigenden Effekt auf mich hatte. Genauso wie ihre warme, angenehme Hand, die kurz auf meiner gesunden liegen blieb, als sie mir den Becher reichte. Jemand hatte mir den Ofenhandschuh zurückgegeben. Ich hatte auch gesehen, wie Katherine zum Tresen gekommen war, um Juliette ebenfalls um ein warmes Getränk zu bitten. Als Juliette gefragt hatte: »Welche Zimmernummer haben Sie?«, war sie empört davonstolziert.

Nur Sofia und Crawford fehlten. Wir warteten, dass sie zurückkamen, um uns das Ergebnis der Leichenschau mitzuteilen.

Ich würde gerne lügen und behaupten, dass ich ebenfalls im Trockenraum war, um dort nach Spuren zu suchen und mich als genialer Detektiv zu beweisen, aber ich hatte einen schweren Schock. Mir fehlte die Kraft, einen Tatort zu analysieren.

Wenn ich zu diesem Zeitpunkt schon die Lösung des Falls gekannt hätte, wäre die Bar, in der wir alle versammelt waren, ein guter Ort gewesen, um alles aufzuklären. Nur fühlte sich dieser Ort doch ganz anders an als ein Salon oder eine Bibliothek, wo der Detektiv üblicherweise hin und her geht, eine Hand in der Hosentasche, und seine schlauen Erkenntnisse enthüllt. Der auffälligste Unterschied war, dass ich einen Bademantel trug, was das Risiko barg, dass ich noch etwas mehr als nur schlaue Erkenntnisse enthüllte. Aber die Atmosphäre in diesem Raum passte sowieso nicht dazu, denn hier hatten sich keine Verdächtigen versammelt, sondern Überlebende.

Alles hatte sich verändert. Bis eben war es nur um die Leiche eines Unbekannten gegangen, der zwar auf brutale, aber irgendwie auch schräge Weise ums Leben gekommen war. Sein Feuertod im nicht geschmolzenen Schnee war für uns, auch wenn das morbide klingt, eine intellektuelle Herausforderung gewesen, mehr nicht. Und wer Sofias Theorie vom Serienkiller nicht zustimmen wollte, konnte die Sache komplett ignorieren. Der Tod von Green Boots war ein Rätsel, das gelöst werden wollte, eine unbequeme Tatsache, ein aufregendes Ereignis. Ich hatte so getan, als sei ich ein Detektiv, doch hatte ich mir auch die Mühe gemacht zu *fühlen*? Aber dieses Mal hatte das Opfer einen Namen. Leider, aber es war nicht zu leugnen. Michael Ryan Cunningham.

Und ich? Ich hatte versucht herauszufinden, was mit Green Boots passiert war, damit ich meinen Bruder aus seinem behelfsmäßigen Gefängnis befreien konnte. Ich fühlte mich verantwortlich dafür, dass der Verdacht auf ihn gefallen war und man ihn deswegen eingesperrt hatte. Aber nun musste ich damit leben, an seinem Tod mitschuldig zu sein. Ich musste immer

wieder an Michael denken, der, an den Garderobenständer gefesselt, hilflos zusehen musste, wie die Asche in den Raum eindrang. An den Toten im Schnee, der mit den Händen an seinem
Hals gezerrt hatte, sich die Fingernägel abbrach. Ich fing an zu
zittern – die Wirkung des Oxycodons ließ nach –, also hob ich
mit zitternder Hand den Becher und nahm einen Schluck von
der heißen Schokolade.

Draußen drängten sich die Leute mit ihrem Gepäck und
Kindern auf den Armen. Die Lichter, die ich bemerkt hatte,
als ich die Treppe hinabgelaufen war, waren die Scheinwerfer
von zwei Bussen mit Schneeketten, die vor dem Eingang vorgefahren waren. Ein kalter Windzug wehte vom Foyer hierher,
weil die Tür offen stand und die Menschen hinausdrängten.
Nachdem sie die ständigen Beschwerden leid gewesen war,
hatte Juliette zwei Busse in Jindabyne gechartert, damit sie die
unzufriedenen Gäste ins Tal brachten. Das Zeitfenster dafür
war eng bemessen. Der Sturm hatte sich nur vorübergehend
abgeschwächt und würde bald noch heftiger werden. Ich vermutete, dass es nicht das Wetter allein gewesen war, dass Juliette diesen Exodus nahegelegt hatte, zumal sie einiges an Geld
zurückerstatten musste. Als wir uns in ihrem Büro unterhalten
hatten, war sie sehr zögerlich gewesen, was das Alarmieren der
Gäste betraf. Aber irgendwann zwischen meinem Unfall und
dem Fund von Michaels Leiche hatte sie es sich anders überlegt
und die Busse angefordert. Es sollte sich herausstellen, dass es
eine gute Entscheidung war.

Zuerst gab es nur spärliches Interesse an den verfügbaren
Plätzen in den Bussen. Natürlich war das Wetter sehr schlecht,
aber es gab einen Kamin, Brettspiele und eine Bar, um es zu
kompensieren. Ehrlich gesagt hatten es die meisten Gäste doch
genau darauf angelegt. Allerdings musste noch die Leiche in
die Betrachtung miteinbezogen werden. Aber niemand wusste, wer er war, und nur die Cunninghams tendierten dazu, ihre
Nase in die Angelegenheiten anderer Leute zu stecken. Die of-

fizielle Sprachregelung war, dass Green Boots an Unterkühlung gestorben war. Ein tragischer Unfall, aber nicht so tragisch, dass man deswegen den Urlaub abbrach. Den Kindern auf der achtstündigen Rückfahrt nach Sydney zu erklären, warum das Rodeln ausgefallen war, das wäre eine echte Tragödie gewesen. Aber im Licht eines zweiten Todesfalls, der eindeutig ein gewaltsamer war, hatte sich der geflüsterte Tratsch (»Hast du schon gehört?«) in eine panische Gerüchteküche verwandelt (»Hast du noch nicht gehört?!«). Die Leute mit den Geländewagen waren als Erste aufgebrochen. Die anderen stiegen nun in die Busse und ließen ihre Autos für ein paar Tage hier stehen, bis der Sturm abgeklungen war.

Crawford führte Sofia in den Raum. Sie rang ihre Hände, die aussahen, als hätte sie sie in Tinte getaucht, jedenfalls hatte ich diesen Eindruck. Alle beugten sich vor. Sogar Andy richtete sich auf und zeigte Interesse, setzte sich im Schneidersitz hin wie ein kleiner Junge.

»Michael ist tot«, sagte Sofia, auch wenn das gar nicht nötig war. Das Ergebnis ihrer Untersuchung stand ihr ins Gesicht geschrieben. Sie war blass geworden, als sie sich übergeben musste, nachdem wir Green Boots in den Schuppen geschleppt hatten. Heute Morgen hatte sie zerbrechlich gewirkt, als sie ihren Tee getrunken hatte, aber jetzt wirkte sie völlig ausgemergelt. Vielleicht war es die Kombination von Kälte, Stress und Trauer, aber mir war klar, dass sie höchstens noch einen weiteren Toten verkraften würde. Immerhin wagte nicht einmal Katherine, angesichts ihres leidenden Gesichtsausdrucks, ihre Kompetenz als Ärztin infrage zu stellen. »Er wurde ermordet, daran habe ich keinen Zweifel. Gefesselt und erstickt.«

»Um Himmels willen.« Das war Marcelo. Crawford hatte sich bemüht, niemanden in den Trockenraum zu lassen, nachdem ich die Leiche gefunden hatte, mit Ausnahme von Sofia. Zwar hatte der Verdacht, Michael sei keines natürlichen Todes gestorben, sich unter den Familienmitgliedern schon herumgesprochen, bislang war aber nur Erin und mir bekannt gewesen, wie er ums Leben gekommen war. Ich sah den Horror in Marcelos Gesicht, vermengt mit Trauer. Er dachte bestimmt an unsere letzte Unterhaltung, genau wie ich.

Ich bin mir sicher, da will jemand Spuren verwischen.

»Verdammte Scheiße, Sofia«, blaffte Erin sie an. Sie übersprang das Stadium des Leugnens und ging gleich zur Wut über. »Du hattest recht, okay? Hör auf mit diesem theatralischen Getue.«

Sofia ließ ihren Blick durch den Raum gleiten, um herauszufinden, wie provokant das wirken würde, was sie sagen wollte, und ob es schon zu spät war, noch einen Sitzplatz im zweiten Bus zu ergattern. Sie seufzte, weil sie nun mal keine Begabung zum Lügen hatte. Es war nicht fair, dass sie die Aufgabe übernehmen musste, diesen Horror zu erklären, und nicht zusammenbrechen durfte wie wir anderen. Aber nun holte sie tief Luft und bemühte sich um so viel Taktgefühl wie möglich. Jeder Arzt und jede Ärztin ist doch stolz auf das Talent, schlechte Nachrichten zu übermitteln. »Ja, Erin, ich denke, Michael wurde auf die gleiche Art umgebracht wie der Mann heute Morgen.«

»Das können wir aber nicht mit Sicherheit sagen«, protestierte Lucy hastig. Ich erinnerte mich daran, dass sie den Toten im Schnee überhaupt nicht gesehen hatte, also keinen Grund hatte, die offizielle Sicht anzuzweifeln. »Das ist doch lächerlich! Du willst uns nur Angst machen. Der Typ heute Morgen ist wahrscheinlich bloß erfroren.«

»Ich will überhaupt nichts. Du musste den Tatsachen ins Auge schauen, Lucy. Auch er wurde ermordet.« Sofia schaute sich um, ob jemand Einspruch erhob. Ich sah, dass Lucy gerne widersprochen hätte, aber noch nicht wusste, wie sie es formulieren sollte. »Jemand hat dem Mann mit den grünen Stiefeln eine Plastiktüte übergestülpt und sie mit Asche gefüllt. Er wäre auch ohne diese Show erstickt, aber die Asche ist offenbar die Visitenkarte des Killers. Mit Michael hat er das Gleiche getan, mit dem Unterschied, dass dieses Mal die Asche tatsächlich die Todesursache war. Wir fanden außerdem …«, sie schaute zu Crawford, der zustimmend nickte, »noch Reste von Klebeband am zerbrochenen Fenster. Durch den Schnee wurde ein Tunnel gebuddelt. Vergesst nicht, dass der Trockenraum ziemlich dicht ist, die Tür ist mit Gummileisten abgedichtet, was auch den Lärm gedämpft hat. Außerdem waren wir alle sowieso unten am See. Wenn der Mörder ein Rohr durch den Schnee und das Fenster geschoben und mit Plastik und Klebeband abgedichtet hat, vielleicht auch mit festgedrücktem Schnee, dann war der Raum immer noch luftdicht. Die Asche konnte sich sehr gut in der Luft ausbreiten.«

Katherine wollte eine Frage stellen, brach aber in Schluchzen aus. Sie wischte sich die Tränen aus den Augen und lief weiter hin und her.

»Entschuldigung.« Andy hob eine Hand. Er war am wenigstens aufgeregt, aber am meisten interessiert. Er schaute zum Fenster, wo die Leute in die Busse stiegen. Auch wenn es ihm nur um Selbstschutz ging, war ich froh, dass jemand Fragen stellte, denn ich war nicht in der Verfassung dazu. »Ein Rohr wurde reingeschoben?«

»Um die Asche hineinzublasen, damit sie sich in der Luft verteilt. Durch den Schnee wurde ein tunnelartiges Loch gebohrt. Ich würde sagen, dass jemand ein Laubgebläse durchgeschoben hat.«

Ich erinnerte mich dunkel, dass ich, als ich mit Sofia auf dem Weg zum Werkstattschuppen gewesen war, ein Geräusch gehört hatte, das mich an eine Kettensäge erinnerte. Ich sage »dunkel«, weil ich mich nur schwach erinnerte, aber auch weil ich mich ziemlich dämlich verhielt: Ich hätte dieses Geräusch als verdächtig einordnen müssen. Aber wenn der Wind in den Ohren heult, hört man alles Mögliche – Kettensägen, Eisenbahnen, Schreie –, daher konnte ich es nicht genauer identifizieren. Wenn das, was ich da gehört hatte, tatsächlich das

Knattern eines Laubgebläses gewesen war, dann wurde Michael umgebracht, als ich gerade draußen herumlief und Detektiv spielte. Was auch bedeutete, dass Sofia, die mit mir zusammen war, jetzt für beide Morde ein Alibi hatte.

»Woher willst du denn wissen, dass es ein Laubgebläse war?« Lucy war wieder auf Gegenrede aus. Ich fragte mich, wieso sie unbedingt die Umstände von Michaels Tod anzweifeln wollte. Vielleicht war ihre Weigerung, die Tatsachen zu akzeptieren, ein Zeichen, dass sie mit der ganzen Situation nicht umgehen konnte.

»Nun ja«, sagte Sofia. »Diese Information habe ich in den Medienberichten über die Black-Tongue-Morde gefunden. Und wie ich schon sagte: In der Schneewehe ist ein rundes Loch zu sehen.«

»Nein, ich glaube dir kein Wort. Dieser dämliche Idiot ist in der Kälte erfroren, und dann haben Sie …«, Lucy deutete auf Crawford, »*meinen* Michael eingesperrt, und jemand …« Ihre Stimme versagte, aber sie machte trotzdem weiter: »Jemand hat die allgemeine Panik dazu benutzt …« Sie musste sich zusammenreißen. »Es dürfte nicht sehr schwer sein, die Berichterstattung über diese Feuermorde oder was es sein soll im Internet zu finden und sie … nachzuahmen. Ich habe sie ja selbst gegoogelt.« Sie schwankte zwischen verschiedenen Erklärungen. Und ließ ihren Blick erneut durch den Raum gleiten auf der Suche nach einem weiteren Opfer. Sie wollte jeden Einzelnen dafür verantwortlich machen und wurde von Mal zu Mal aggressiver. Zu Crawford: »Sie haben ihm dem Mörder auf dem Tablett serviert.« Zu Sofia: »Du hast damit angefangen, Panik zu schüren.« Zu Katherine: »Du hast uns hierhergeholt.«

Dann wandte sie sich an Erin. Es wäre übertrieben zu sagen, dass ein Schatten über ihr Gesicht huschte, aber etwas war ihr eingefallen und ließ sie noch wilder erscheinen. Etwas, an dem sie sich festklammern konnte. »Wie ich schon sagte, jemand mit einem passenden Motiv hat die Gelegenheit ergriffen. An *dir* hing er doch nur, solange er im Gefängnis war. Du warst ein Zeitvertreib, ein Spielzeug. Denn er wusste, dass *ich* draußen auf ihn wartete. Als er rauskam, brauchte er dich nicht mehr. Ich wusste, dass er mit dir Schluss machen würde, wenn er mich sah. Wenn er mich nicht geliebt hätte, warum hätte er dann ...« Ein grausames Lächeln blühte auf. »Hat er dir davon erzählt? Ja? Als ihr hier angekommen seid, hat er da seinen Fehler erkannt? Ich frage mich, wie du das wohl verkraftet hast.«

Dann wanderte ihr durchbohrender Blick zu mir. »Und *du*.« Das Wort klang vergiftet aus ihrem Mund. Mein Herz schlug mir bis zum Hals, weil ich kurz befürchtete, sie könnte von dem Geld wissen. Dann konnte man mir ein ernsthaftes Motiv unterstellen. Aber Lucy grinste nur höhnisch. »Vielleicht habt ihr es zusammen getan. Wieso war Ernest so erpicht darauf, gleich nachdem er aufgewacht war, mit Michael zu sprechen, hm?«, rief sie in den Raum. »Weil niemand ihn bis dahin entdeckt hatte. Und er wollte der Erste sein. Das ist alles, was ich dazu zu sagen habe.«

Die Leute sagen oft »Das ist alles, was ich dazu zu sagen habe« und reden dann immer weiter. Jedenfalls ist mir das aufgefallen. Erin biss die Zähne zusammen, unter dem Tisch trippelte sie mit den Füßen.

Ich entschied, für mich selbst zu sprechen. »Warum hätte ich Michael etwas antun sollen?«

»Zum Beispiel, weil er deine Frau gevögelt hat.«

»Lucy!«, zischte Audrey und riss sich von ihr los. Ich weiß nicht, wer mehr geschockt war, Lucy oder ich, dass meine Mutter plötzlich für mich Partei ergriff. »Du kannst beschuldigen, wen du willst, aber es gibt nur eine Person hier im Raum, die darauf bestanden hat, dass Michael in einen Raum gesperrt wird, bei dem *außen* ein Schloss angebracht ist.«

Es wurde still im Raum. Audrey hatte recht. Und obwohl sie bis eben ganz ruhig geblieben war, schäumte sie innerlich vor Wut. Genau wie alle anderen hatte auch sie jemanden gefunden, den sie zur Verantwortung ziehen konnte. Sie hatte mich nicht verteidigen, sie hatte Lucy das Messer in die Brust stoßen wollen. Tatsächlich hatte Lucy den Trockenraum als Gefängniszelle vorgeschlagen. Den einzigen Raum, aus dem er nicht entkommen konnte. Auch wenn ich das Gefühl hatte, er sei dort wegen mir eingesperrt worden, war es Lucy gewesen, die ihn dorthin gebracht hatte. Deshalb schleuderte sie wilde Beschuldigungen in den Raum: Auch sie fühlte sich schuldig.

Sofia flüsterte Crawford etwas zu, der sein Handy entsperrte und es ihr gab. Sie ging zu Lucy, hockte sich hin und zeigte auf den Bildschirm.

»Ich glaube nicht, dass du das schon gesehen hast«, sagte sie mit ruhiger, sanfter Stimme. »Ich weiß, es klingt verrückt, was ich sage, aber wenn du gesehen hättest ...« Sie ließ das Bild auf dem Display für sich sprechen. »Es gibt hier einen Mörder. Dieser Mann ist nicht an Unterkühlung gestorben.«

Lucy erbleichte. Der Hass hatte sich aus dem Staub gemacht wie eine Horde Kakerlaken, auf die ein Lichtschein gefallen ist. Als sie aufschaute, wirkte sie verwirrt, schien gar nicht mehr zu wissen, dass sie sich gemeinsam mit uns in einem Raum befand. Ein Wut-Kater, so haben Erin und ich das mal genannt: Wenn man wegen nichts und wieder nichts gestritten hat und im Morgengrauen plötzlich feststellt, dass man einfach nur dumm ist. So sah Lucy jetzt aus. Verwirrt und gedemütigt.

»Ist das der Mann, den ihr draußen gefunden habt?«, flüsterte sie. Sie konnte sehen, was auch wir in seinem geschwärzten Gesicht wahrgenommen hatten: Er war eines sehr seltsamen, grausamen Todes gestorben. Und es verstärkte nur den Eindruck, dass Lucy, als sie den Trockenraum als Gefängniszelle vorgeschlagen hatte, Michael dem Mörder ausgeliefert hatte.

Sofia nickte. Ich wusste, dass sie Lucy beruhigen, nicht anklagen wollte, indem sie ihr die Fakten verdeutlichte. Aber das funktionierte nicht. Lucy fühlte sich bloßgestellt.

»Ich kann hier nicht mehr bleiben.« Sie stand auf. »Ernest,

Erin, es tut mir leid, was ich gesagt habe. Ich muss mich entschuldigen – bei allen.« Sie verließ den Raum.

Niemand hielt sie auf. Crawford ging ihr halbherzig bis ins Foyer nach, wollte sie zur Umkehr bewegen, aber sie ließ ihn abblitzen mit einer ätzenden Bemerkung, die so ähnlich klang, wie »Sie sind der Boss«. Womit sie sehr deutlich machte, dass er es nicht war. Wir schauten ihr nach, um uns zu versichern, dass sie nicht zum Trockenraum ging, wo Michael immer noch lag. Sie stapfte die Treppe hoch, wollte wahrscheinlich in die Bibliothek. Oder aufs Dach, wegen des Handy-Empfangs. Nicht um eine Zigarette zu rauchen. Sie und ich wissen ja, dass sie ihre letzte schon geraucht hat.

KAPITEL 29

»Sofia.« Audrey schlug einen versöhnlichen Ton an, nachdem Lucy gegangen war. So ruhig hatte sie das ganze Wochenende noch kein einziges Wort gesprochen, also hörten wir gut zu. »Mein Sohn ist tot, und ich würde gerne wissen, warum. Wir sind alle aufgebracht und würden gerne jemanden dafür zur Verantwortung ziehen.« Ich bin mir nicht sicher, aber es könnte sein, dass sie mir kurz einen Blick zuwarf, vielleicht habe ich mir das auch eingebildet. »Aber je mehr Informationen wir haben, umso besser. Denn ich will wissen, wer das getan hat. Und wenn die Person noch hier ist, möchte ich, dass sie bestraft wird.« Sie holte tief Luft, um ihre Beherrschung wiederzufinden. Ich hatte, den Ton, den sie anschlug, für Ruhe gehalten, aber es war eisige Kälte. »Wärst du also so nett und würdest den Unkundigen unter uns erklären, wie man jemanden mit einem Laubgebläse und einer Tüte Kohle umbringen kann?«

»Mit Asche, nicht mit Kohle. Dieses flockige Zeug«, sagte Sofia. Sie konnte eine Spur von Aufregung in ihrer Stimme nicht verbergen, weil sie endlich aufgefordert wurde, ihre

Theorie vorzubringen. »Darin sind sehr viele feine Partikel, die die Lunge verkleben wie Zement, wenn man sie einatmet. Man erstickt praktisch von innen her.«

Meine Mutter dachte eine Weile darüber nach. Dann drehte sie ihre Hand, wie es jemand tut, der gedankenverloren ein Glas Wein hält, zeichnete einen imaginären Kreis aufgewirbelter Asche in die Luft. »Man muss also ziemlich viel davon einatmen, damit es seine Wirkung tut, richtig?«

»Ja«, sagte Sofia. »Recht viel. Nicht ganz so viel in einem Raum ohne Frischluft.«

»Sie möchte wissen, wie lange es dauert«, fügte ich hinzu. Das interessierte mich auch. Ich bemerkte, wie Audrey ganz kurz zustimmend nickte.

»Oh, Stunden.«

»Stunden?« Audreys Gesichtszüge entgleisten.

»Ist es schmerzhaft?«, warf Katherine ein.

Sofia gab keine Antwort, was eine eindeutige Antwort war. Es muss quälend gewesen sein.

»Stunden?«, wiederholte Audrey und merkte jetzt selbst, dass sie sich an Crawford gewandt hatte. Sie wollte keine Klarstellung, sondern eine Erklärung von ihm. »Die Ärztin hier war so freundlich, uns die Fakten darzulegen. Können Sie, Herr Polizist, mir bitte erklären, wie es sein kann, dass mein Sohn über *Stunden* in einem Raum stirbt, über den *Sie* die Aufsicht hatten?«

Crawford räusperte sich. »Ma'am, mit allem Respekt ...« Das war ein schlechter Beginn, meine Mutter hat noch nie positiv auf Formalitäten oder Entschuldigungen reagiert. »Die Gummiabdichtung sorgt dafür, dass der Raum praktisch schalldicht ist.«

Ich war kurz davor einzuwenden, dass der Sturm ziemlich laut gewesen sei, aber ich hatte meine Lektion gelernt, als ich zuletzt einem Cop zur Seite gesprungen war, und hielt die Klappe.

»Aber, ehrlich gesagt habe ich nichts gehört, weil ...« Crawford brach ab.

»Raus damit!«

»Weil ich nicht da war.«

Im Raum wurde es schlagartig totenstill, und die Spannung stieg ins Unermessliche. Es gab zwei Möglichkeiten: Das Schweigen könnte anhalten, oder Audrey würde aufspringen und Crawford den Kopf abreißen. Letztlich trat weder das eine noch das andere ein, aber Audrey ergriff als Erste wieder das Wort. Sie brachte kaum mehr heraus als ein heiseres Flüstern.

»Sie haben meinen Sohn in einen verschlossenen Raum eingesperrt und ihn dort sich selbst überlassen?«

Marcelo legte eine Hand auf ihren Rücken, fest, aber mitfühlend.

»Ma-« Crawford wollte sie schon wieder mit »Ma'am« ansprechen, besann sich dann aber eines Besseren. Mit einem Mal wirkte er nervös. Er fing noch mal von vorn an und nannte sie jetzt Mrs Cunningham, dann sagte er: »Der Raum war ja gar nicht verschlossen.«

Diejenigen unter uns, deren Aufmerksamkeit abgenommen hatte (vor allem Andy) oder die kurz davor waren, in Ohnmacht zu fallen (Sofia, die schon leicht schwankte, und ich) richteten ihre Augen wieder auf Crawford.

»Juliette hatte die Wettervorhersage studiert und mir mitgeteilt, dass sie darüber nachdenkt, einige der Gäste ins Tal zu bringen, wenn es eine ruhige Phase gibt, bevor der Sturm wieder zunimmt. Also entschieden wir, dass wir, sein Einverständnis vorausgesetzt, Michael in eins der Gästezimmer bringen wollten. Als wir zu ihm gingen, um ihm das mitzuteilen – das war, bevor Sie mit ihm gesprochen haben, Ernest, und bevor ich Ihnen zur Werkstatt folgte –, schlief er. Er lag auf der Bank mit dem Rücken zur Tür. Er hatte ein Kissen und eine Decke, und es sah aus, als hätte er es sich bequem gemacht. Also haben wir ihn nicht geweckt. Juliette war dabei, sie kann das bestätigen, stimmt's?«

»Er sagt die Wahrheit. Ich war dabei.«

»Dann musste ich den beiden hinterhergehen.« Er deutete mit dem Kopf auf Erin und mich, schloss Sofia allerdings nicht mit ein. »Als sie vom Schuppen weggingen und er hier seinen Titanic-Moment hatte. Als wir dann zurückkamen, waren die Busse gekommen, und ich war damit beschäftigt, die Leute zu verteilen. Außerdem mussten viele Autos aus dem Schnee gegraben werden. Es gab die ganze Zeit was zu tun. Aber ich schwöre, ich wollte nicht, dass Michael im Trockenraum eingeschlossen ist. Ich wollte nicht, dass er aufwacht und nicht herauskann. Falls zum Beispiel ein …« Er wollte sagen »Falls ein Feuer ausbricht«, hielt aber noch rechtzeitig inne. »Ich hab den Riegel zurückgezogen, bevor ich ging. Da bin ich mir ganz sicher.«

Ich versuchte verzweifelt, mich daran zu erinnern, ob ich den Riegel aufgeschoben hatte, bevor ich die Tür aufzog. Aber ich glaube nicht. Crawford hatte recht: Die Tür war nicht verschlossen gewesen.

»War das Fenster zerbrochen, als Sie ihn das letzte Mal gesehen haben?«, fragte ich.

Crawford warf Juliette einen fragenden Blick zu. Die zuckte mit den Schultern. Er schüttelte den Kopf. »Weiß ich nicht.«

»Sind Sie sicher, dass er schlief?«

»Also, ich habe ihn nicht danach gefragt.«

»Hat er geatmet?« Diese Frage stellte ich Juliette.

»Ich habe … Hören Sie, ich habe nicht nachgeschaut. Es sah doch alles völlig harmlos aus.«

»Worauf willst du hinaus, Ernie?«, fragte Sofia.

»Der Tote im Schnee hatte eine tiefe Schnittwunde am Hals von dem Kabelbinder«, sagte ich. »Falls Michael sich dagegen gewehrt hatte, hätte er sich an den Händen verletzt. Ich habe aber nichts dergleichen bemerkt, als ich ihn gefunden habe. Du, Sofia?«

Sie dachte kurz nach. »Nein. Ich konnte weder Blut noch Prellungen oder sonstige Verletzungen feststellen, die auf einen Kampf hinweisen. Aber da war so viel Asche, dass ich etwas übersehen haben könnte.« Ich sah ihr an, dass sie das nicht glaubte. »Ein heftiger Schlag vielleicht, aber das würde bedeuten, er vertraute der betreffenden Person so sehr, dass er ihr den Rücken zuwandte.«

Ich dachte laut nach. »Also das Fenster war vielleicht zerbrochen, vielleicht auch nicht. Als wir ihn fanden, war es jedenfalls kaputt. Es lag Glas auf dem Boden verteilt, man hätte den Luftzug gespürt, wenn es schon kaputt gewesen wäre, denn der Sturm war noch im Gang, also können wir daraus schließen …« Erin stieß mich mit dem Ellbogen in die Seite, aber ich ließ mich nicht beirren. Alle Augen waren auf mich gerichtet, als ich versuchte, den Zeitablauf zu rekonstruieren. Alles genau zu analysieren, brachte meine Lebensgeister zurück und half mir, den Schock zu überwinden. Ich bin sicher, alle wären lieber in ihre Zimmer zurückgegangen, um ihren Kummer zu pflegen, aber wir wussten, wie wichtig das hier war. Es konnte uns zum Mörder führen. »Nehmen wir also mal an, dass das Fenster noch heil war, als Sie ihn zuletzt gesehen haben. Ob er tatsächlich geschlafen hat oder nur so tat, sei dahingestellt.« Erin gab mir wieder einen Stoß. »Was denn?«, zischte ich sie an.

»Das ist ja alles sehr interessant, aber es läuft darauf hinaus, dass du der Letzte in dem Raum warst, als er noch wach war«, flüsterte sie mir zu. Alle hörten es.

Ich ließ meinen Blick über die Anwesenden gleiten. Oh, deshalb waren sie so aufmerksam.

»Er lebte noch, als ich ihn verließ«, sagte ich. Aber die anderen schauten mich so ausdruckslos an wie Geschworene vor Gericht. Ich weiß, ich hätte es nicht tun sollen – nur Schuldige wiederholen sich ungebeten, wenn sie verhört werden –, aber ich konnte es nicht unterdrücken. Es klang beinahe flehentlich: »Er lebte noch, als ich ihn verließ.«

Niemand von uns stieg in einen Bus. In einem stillschweigenden Übereinkommen hatten alle entschieden, dass derjenige, der am schnellsten nach unten ins Tal wollte, der gesuchte Täter war, also taten wir so, als wäre es kein Problem zu bleiben. In diesem Moment dachten die meisten von uns, der Mörder wäre einer von uns. Einige, Sofia und ich inbegriffen, wollten bleiben und herausfinden, wer es war. Die anderen schwankten zwischen Angst und Trotz. Audrey würde das Resort niemals ohne Michaels Leiche verlassen, die sie allerdings nicht in den Laderaum eines Reisebusses packen konnte. Katherine blieb, weil sie sich um Lucy Sorgen machte. Andy blieb, weil Katherine blieb. Marcelo blieb wahrscheinlich, weil er hoffte, endlich das versprochene Zimmer im Gästehaus zu bekommen. Crawford sagte nichts dazu, aber er wusste, dass er uns nicht uns selbst überlassen konnte, denn dann würde er das womöglich stattfindende Massaker seinen Vorgesetzten erklären müssen, wenn sie denn irgendwann aufkreuzten. Juliette scherzte, sie könnte uns nicht allein lassen, weil wir dann womöglich das ganze Resort abfackelten. Das würden wir sowieso tun, aber das konnte sie zu diesem Zeitpunkt noch nicht wissen.

Wir blieben in der Bar, und unsere Trauer, unsere Wut, unsere Scham und die gegenseitigen Beschuldigungen machten Erinnerungen an frühere Zeiten Platz, die mit belegten Stimmen beschworen wurden. Andy erwähnte Michaels Rede als Trauzeuge bei meiner Hochzeit. Er hatte es witzig gefunden, eins meiner Bücher zu parodieren, indem er die zehn Regeln für eine perfekte Trauzeugen-Rede aufstellte, aber da er sich dafür ein wenig zu viel Mut angetrunken hatte, war er nicht über Punkt drei hinausgekommen. Es war idiotisch, es in diesem Moment anzubringen, aber das Peinliche daran ging rasch in Schluckauf und verschämtem Gelächter unter. Ich bin nicht so abgebrüht, Michaels Taten als bloße Fehler abzutun, aber es waren ja mehr Erinnerungen vorhanden als nur die an die letzten drei Jahre.

Nachdem uns allen klar geworden war, dass wir nicht abreisen würden, schlug jemand vor, wir sollten schlafen gehen, und alle stimmten erschöpft zu. Crawford verschloss den Trockenraum. Er wollte Michaels Leiche dort so liegen lassen, wie wir sie vorgefunden hatten. Also schärfte er uns ein, nicht mehr dort hineinzugehen. Juliette verteilte die Schlüssel der nun frei gewordenen Gästezimmer. Ich lehnte ab, weil ich lieber im Chalet blieb. Falls jemand mich umbringen wollte, würde ich ihn immerhin sehen, wenn er die Leiter zur Hochebene hinaufstieg. Abgesehen davon musste ich zu meinem Zimmer zurück, denn ich hatte seit dem Morgen nicht mehr nach der Tasche mit dem Geld geschaut. Ich wollte in ihrer Nähe sein. Jetzt, wo ich wusste, dass Marcelo davon nichts ahnte, war ich dankbar, dass nur Sofia und Erin eingeweiht waren, denn es gab mir ein Motiv. Zusammen mit der Tatsache, dass ich der Letzte gewesen war, der mit Michael gesprochen hatte, würden die anderen, die mich sowieso schon vage unter Verdacht hatten, mich wahrscheinlich in Stücke reißen, wenn sie erfuhren, dass ich eine Viertelmillion Dollar bei mir hatte. *Familien*geld.

Alle machten sich gähnend auf den Weg. Als Katherine an mir vorbeiging, hielt ich sie auf und fragte, ob sie eine Dose mit Schmerztabletten für mich hätte.

»Tut mir leid, Ernie, aber die sind zu stark. Ich behalte sie besser bei mir.« Sie verzog entschuldigend das Gesicht, dann drückte sie mir eine einzelne Pille in meinen Ofenhandschuh.

Ich hatte mich schon darüber gewundert, als sie mir eine Tablette gegeben hatte, nachdem ich im Bett zu mir gekommen war, aber jetzt kam mir ihre Art noch merkwürdiger vor. Sie hatte zweifellos starke Schmerzen in ihrem Bein, die manchmal nahezu unerträglich sein mussten und normalerweise mit Medikamenten in den Griff zu bekommen waren. Aber seit ihrem Unfall hatte sie sich auf natürliche Therapieformen verlegt. »Alternative Medizin«, wie sie es ausdrückte. »Schwachsinn«, wie die Ärzte es ausdrückten. Aber Katherine war das egal. Sie war geläutert und nüchtern, und das wollte sie auch bleiben. Sie nahm kein Panadol, wenn sie Kopfschmerzen hatte, und trank kein Glas Wein nach einem stressreichen Arbeitstag. Bei der Geburt von Amy hatte sie jede Art von Schmerzmitteln abgelehnt. Sie hatte für sich einen Weg eingeschlagen, und nichts und niemand konnte sie davon abbringen.

Als ich älter wurde, verstand ich, warum das so wichtig für sie war. Als sie den Unfall hatte, der ihr Bein in Mitleidenschaft zog, war sie betrunken gewesen. Seither hatte sie alles aus ihrem Leben gebannt, was sie beeinträchtigen könnte. Ihre geistigen Fähigkeiten waren ihr wichtiger als die Befreiung von den Schmerzen: Sie wollte nicht noch einmal die Kontrolle über sich verlieren. Deshalb hatte ich Sofia empfohlen, sie sollte sie wegen der Anonymen Alkoholiker fragen, falls es nötig wäre. Weil Katherine standhaft war. Sie war – aber das würde ich ihr gegenüber niemals laut sagen – ein Vorbild.

Darüber hinaus hatte ich immer den Eindruck gehabt, dass sie den Schmerz in ihrem Bein und ihr Hinken als eine Strafe ansah. Eine Erinnerung daran, dass auf dem Beifahrersitz ihre beste Freundin gesessen hatte. Eine Erinnerung, die sie nicht getrübt haben wollte, die sie verdient hatte. Falls Sie sich fragen, ob die Beifahrerin es überlebt hat, werfen Sie einen Blick auf die Seitenzahl.

Vielleicht machte ich mir zu viele Gedanken. Vielleicht war die Verletzung über die Jahre schmerzhafter geworden, und Katherine hatte sich schließlich doch dem Rat des Arztes gebeugt. Vielleicht wurde es in der Kälte noch schlimmer. Allerdings hatte Katherine diese Unterkunft selbst ausgesucht, was schon eigenartig wäre, wenn das der Fall war. Vielleicht hatte sie dem Druck nachgegeben, vermutlich von Andy (obwohl mir gerade auch Juliette wieder einfällt, die sich, nachdem ich erneut aufgewacht war, geräuspert hatte, um ihr eine weitere Tablette abzuringen), dass ich die Pillen dringend nötig hatte. Trotzdem konnte sie nicht anders, als immer nur kleine Dosen herauszugeben. Wäre es nach ihr gegangen, dann hätte sie mir stattdessen wahrscheinlich ein paar Atemübungen verordnet. Lucy könnte ihr womöglich ein paar Öle verkaufen, was nach Tupperware und Kosmetikartikeln sicher schon auf ihrer Liste »unabhängiger« Geschäftsideen stand.

Also bedankte ich mich für die bescheidene Ration und schluckte die Pille mit dem Rest der ehemals heißen Schokolade herunter. Dann stellte ich den Becher auf dem Bartresen ab und verließ den Raum. Zu meiner Überraschung wartete Erin im Foyer auf mich. Die Eingangstür stand offen, und Schneeflocken wehten über den Fußboden.

»Ich weiß nicht, wie ich dir das sagen soll ...«, begann sie, dann fehlten ihr die Worte. Sie schaute zu Boden. Ein Windstoß fuhr durch ihr Haar. Sie blickte wieder auf, sah mich an. Die Atome in der Luft änderten ihre Zusammensetzung. »Ich möchte heute Nacht nicht allein sein.«

MEINE FRAU

KAPITEL 30

Erin flüsterte meinen Namen irgendwo über mir. Das Unwetter war stärker geworden, und das kleine Chalet ächzte unter dem Ansturm der Windböen und Schneemassen, die von allen Seiten kamen. Es war ein Gefühl wie in einem U-Boot. Ich lag auf dem Sofa, nachdem ich ihr das Bett auf der Empore überlassen hatte. Ich war endlich meinen Bademantel losgeworden und trug Boxershorts und das T-Shirt einer Band, die ich schon lange nicht mehr hörte. Erins Bitte, bei mir bleiben zu dürfen, hatte ihren Ursprung in Einsamkeit und Angst. Die Erwartung, dass ich zu ihr hinaufklettere, stand nie im Raum. Es gibt keine Sex-Szenen in diesem Buch.

»Ich bin wach«, sagte ich.

Von oben raschelte es, vermutlich weil sie sich umdrehte. Ihre Stimme schien minimal näher zu sein, als sie weitersprach. »Und, was denkst du?«

»Ich weiß es nicht«, sagte ich ehrlich. »Mir geht diese Black-Tongue-Geschichte nicht aus dem Kopf. Diese Folter, das ist so markant. Es würde sehr gut in einen Kriminalroman passen.«

»Könnte aber Regel 4 brechen«, sagte sie zerstreut. »Bedarf einer wissenschaftlichen Erklärung. Ich frage mich auch, ob ein Schneetunnel als Geheimgang durchgehen könnte.«

Ich schreibe schon lange diese Krimi-Lehrbücher, daher kennt Erin die Regeln von Ronald Knox genauso gut wie ich. Ich fragte mich, ob sie jetzt darauf zurückkam, um zu suggerieren, dass wir ein Team waren. Das kam mir recht besitzergreifend vor von einer Frau, die mich so übel belogen hatte, um keine Kinder mit mir bekommen zu müssen. Und die jetzt in meinem Chalet übernachtete.

»Das genau ist das Problem«, erwiderte ich. »Diese Morde schreien geradezu nach Medienaufmerksamkeit. Sie liefern perfekte Schlagzeilen, könnten sogar Stoff für Doku-Serien liefern. Sie sind Inszenierungen. Und daher sind sie auch leicht nachzuahmen.«

»Willst du damit sagen, der Täter will, dass wir denken, Black Tongue sei hier oben?«

»Was wäre ungewöhnlicher? Dass ein berühmter Serienkiller uns in die Berge gefolgt ist oder dass jemand versucht, es so aussehen zu lassen, als sei dies der Fall?«

»Sofia hat sich sehr angestrengt, ihre Erklärungen als glaubwürdig darzustellen«, warf Erin ein. »Als hätte sie die Absicht, uns Angst zu machen.«

»Sie ist Ärztin. Sie hat eins der Opfer behandelt. Und sie hat nur das wiederholt, was in den Nachrichten zu sehen war.«

»Klingt, als wolltest du sie verteidigen.«

»Irgendjemandem muss man ja vertrauen.« Das war fies gewesen, daher entschied ich, das Thema zu wechseln. »Sag mal: Wie hat Michael dich dazu gebracht, dich als Grabräuberin zu betätigen?«

Das traf sie unvorbereitet. »Na ja, zuerst wusste ich gar nicht, dass es darauf hinauslief. Er hat mich überrumpelt.«

»Wie bist du überhaupt in diese Sache reingeraten?« Die doppelte Bedeutung von »diese Sache« erfüllte den Raum.

»Michael und Lucy hatten finanzielle Probleme. Und du und ich, wir hatten unsere Problemchen seit … Nun ja, geteiltes Leid ist halbes Leid, wie man so schön sagt. Es ging um Trost, Ernie, nur um Trost.« So hatte ich es nicht gemeint, aber ich konnte mich nicht überwinden, sie davon abzuhalten weiterzureden. »Es ist wie mit dem Schnee hier in den Bergen, anders kann ich es dir nicht erklären. Viele kleine Flocken, aber irgendwann stehst du knietief drin. Die Dinge ändern sich nur Schritt für Schritt, aber wenn du zurückblickst, hat sich ganz viel verändert. Es fing erst an, als wir in getrennten Zimmern schliefen, aber Lucy wusste nichts davon.«

Die Enthüllung, dass sie länger zusammen gewesen waren, als ich gedacht hatte, sogar bevor Michael vor meinem Haus auftauchte, hätte mir eigentlich einen tiefen Schmerz zufügen müssen. Aber ich hatte an diesem Tag schon so viele Schmerzen gehabt, dass es einfach an mir abprallte.

Etwas kam mir wieder in den Sinn, was Michael an diesem Abend gesagt hatte: *Lucy wird mich verlassen.* Wegen eines Mordprozesses, in dem jede Bewegung nachverfolgt würde, womit sicherlich auch seine Affäre ans Tageslicht gekommen wäre. Lucy konnte nichts davon gewusst haben, sonst hätte sie wohl anders reagiert, als bekannt wurde, dass die beiden *eine Nacht* miteinander verbracht hatten. Was wäre gewesen, wenn sie alles erfahren hätte? *Lucy wird mich verlassen.* Michael hatte das gesagt, obwohl er sich bereits regelmäßig mit Erin traf. Ich fragte mich, ob Erin wusste, dass er zu diesem Zeitpunkt immer noch an seiner Ehe gehangen hatte und erst später seine Meinung änderte. Michaels Tod hatte Lucy eindeutig mehr aus dem Gleichgewicht gebracht als Erin. Ich fragte mich, ob sie mehr darüber wusste, als ich bislang gedacht hatte.

Ich speicherte das für später ab. »Ich meinte: in die Sache verstrickt worden.«

»Michael und ich, nicht dass es eine Rolle spielt, aber wir hatten nie die Absicht …«

»Das will ich gar nicht wissen. Erzähl mir, was Michael dir gesagt hat. Und noch wichtiger, warum du ihm geglaubt hast.«

»Hab ich zuerst gar nicht. Es dauerte eine Weile, bis ich überzeugt war. Aber dann fand ich die Tasche mit dem Geld, die du versteckt hattest. Michael hatte mich gebeten, danach zu suchen. Zuerst dachte ich nicht, dass da etwas sein könnte. Aber ich konnte mir nicht vorstellen, warum er mich anlügen sollte, also schaute ich nach. Du hast sie nicht besonders gut versteckt, Ernie.« Das klang so, als wäre es mein Fehler. Wie sie mir damals, als wir noch verheiratet waren, vorhielt, sie hätte die Schokolade gegessen, nur weil ich sie in ihrer Nähe liegen gelassen hatte. »Und da fing ich an, darüber nachzudenken, welche anderen Teile seiner Geschichte wahr sein könnten. Vielleicht wollte ich ja, dass sie wahr waren. Ich war erschüttert, wie das mit uns zu Ende gegangen war, und das war, nun ja, verrückt, aber es war auch erlösend. Ich machte mit, weil ich dachte, du könntest auf diese Art mit uns Frieden schließen. Michael musste mir versprechen, dass wir dich miteinbeziehen. Das Geld sollte für uns sein, Ernie, für uns drei.«

Das Geld gehört der Familie.

Da war es wieder. Nur dieses Mal verstand ich es endlich.

»Du sprichst jetzt nicht von der Tasche. Du dachtest, du würdest etwas ausgraben ...« *All das hier für einen verborgenen Schatz?* »Warte mal, was genau hast du gedacht, würdet ihr ausgraben?«

»Bevor er rauskam, sagte er mir, ich solle allen ein falsches Entlassungsdatum mitteilen. Und er beauftragte mich, einen Transporter zu leihen, weil wir etwas unterwegs einladen müssten, und dass wir das nachts tun müssten. Er sagte, er wüsste, wo er suchen musste, und dass wir nach seiner Entlassung nur einen Tag bräuchten, um alles zu erledigen. Ich bereite also alles vor, und dann stehen wir auf dem Friedhof, und ich sage ihm, dass ich mit so etwas nichts zu tun haben will, und er sagt, es sei doch bloß Erde und Holz und er brauche meine Hilfe. Dann heben wir mithilfe der Riemen und Gurte und des Motors des Transporters den Sarg aus dem Grab. Michael macht ihn auf, wirft einen kurzen Blick hinein und sagt, wir müssen ihn hierher mitbringen. Also luden wir das Ding in den Laster und kamen her. Ich glaube, er war sehr zufrieden mit sich. Ich glaube nicht, dass er damit rechnete zu sterben. Euer Vater hat Überfälle gemacht, also zählte ich eins und eins zusammen und kam zu

dem Schluss, dass in dem Sarg etwas sehr Wertvolles sein musste. Keine Ahnung – Diamanten vielleicht? Jedenfalls dachte ich
nicht, dass wir eine Leiche ausgegraben hätten, damit das klar
ist. In diesem Fall wäre ich schreiend davongelaufen.«

»Du hast mir erzählt, Michael wollte dir nicht sagen, was
Alan ihm verkaufen wollte. Als du dann mitgeholfen hast, den
Sarg auszugraben, wieso hast du nicht gefragt, was drin ist?«

»Hab ich. Er sagte, es wäre sicherer, wenn ich es nicht
wüsste.«

»Mich hast du auch nicht gefragt.«

»Es scheint so, als müssten alle, die wissen, was dadrin ist,
sterben – oder beinahe zumindest«, sagte sie und schielte auf
meine Hand. »Ich nehme an, er hat etwas herausgefunden.«

»Vielleicht gehört das auch dazu. Nehmen wir mal an, Green
Boots wäre ein Niemand. Nehmen wir an, er wurde nur umgebracht, um zu suggerieren, dass Black Tongue oder wer immer
behauptet, es zu sein, hier ist. Oder er wurde umgebracht, weil
er im Weg stand. Was, wenn Michael schon die ganze Zeit im
Visier des Täters stand?«

»Das bedeutet, alle, die wissen, was in dem Sarg ist, sind in
Lebensgefahr«, sagte sie.

Das war die gleiche Idee, die auch Marcelo schon geäußert
hatte. Marcelo hatte nicht gewusst, dass sich ein Sarg im Transporter befand, und Erin hatte nicht gewusst, was in diesem Sarg
war. Ihrer Logik nach müsste ich, der am meisten wusste, das
nächste Opfer von Black Tongue werden.

»Falls das so sein sollte, musst du mir noch was anderes erklären. Wir müssen einander nicht mehr belügen. Du hast sogar
nach vier Jahren Ehe noch davor zurückgeschreckt, mich in der
Öffentlichkeit zu küssen. Aber du und Michael ... das ergibt
keinen Sinn.« Ich machte eine Pause in der Hoffnung, sie würde darauf kommen, ohne dass ich es aussprechen muss, weil ich
sonst zugab, wie genau ich sie beobachtet hatte.

»Ich weiß nicht, worauf du hinauswillst. Ist das jetzt der

richtige Zeitpunkt, über unsere Probleme mit Intimität zu diskutieren?«

»Auf den Stufen vor dem Eingang des Gästehauses, kurz bevor Crawford ihn abführte, was hast du da aus Michaels Gesäßtasche genommen?«

Als Erin Michael vor aller Augen umarmte, war mir das merkwürdig vorgekommen, aber ich hatte dieses Gefühl auf meine Eifersucht und ihre Fröhlichkeit zurückgeführt. Ich hatte es dann erneut gesehen, als ich die Aufzeichnungen von Juliettes Wetterkamera betrachtet hatte. Im Trockenraum hatte Michael versucht, mir etwas zu zeigen, bevor er mir die Schlüssel des Transporters übergab, aber er hatte es nicht gefunden. Ich war blind gewesen. Dabei kannte ich meine Frau doch. Sie ging nicht mit ihren Gefühlen hausieren.

Auf der Empore war lautes Rascheln zu hören, dann landete etwas auf dem Kopfkissen neben meinem Kopf. Ich tastete im Dunkeln herum, bis ich ein kleines Plastikding gefunden hatte. Es hatte die Form eines Flaschenverschlusses, war aber etwas größer und tiefer. Eher wie ein Schnapsgläschen. Ich hielt es in die Höhe. Es kam gerade genug Mondlicht durch die Wolken, dass ich die Umrisse wahrnehmen konnte. Die Oberfläche glitzerte. Ein Reflex. Durchsichtiges Plastik, vielleicht sogar Glas.

»Du bist ganz schön schlau, mein Lieber«, sagte sie.

Ich erinnert mich, wie so etwas wie ein Schnapsglas vom Armaturenbrett gerollt war, als Michael rückwärts aus unserer Einfahrt gefahren war. In diesem Moment war ich wegen der Leiche auf dem Rücksitz ein klein wenig abgelenkt gewesen, aber jetzt erkannte ich, dass es das gleiche Objekt war. Es war kein Schnapsglas, sondern so ein Ding, das Juweliere benutzen. Dieses Gerät, dessen offene Seite man über das Schmuckstück setzt, und in das oben eine Linse eingesetzt ist, die man vor das Auge hält. (Meine Lektorin hat mir netterweise einen Hinweis hinterlassen, dass das Ding Juwelierlupe genannt wird, also kann ich von nun an so tun, als wäre ich ziemlich schlau, und dieses Wort verwenden.)

Es hatte anscheinend so unverfänglich gewirkt, dass es nicht als Beweismittel konfisziert wurde. Aber Michael hatte sich immerhin die Mühe gemacht, es unter dem Sitz hervorzuklauben, bevor er verhaftet wurde. Und hatte es als Teil seiner Habe in den Umschlag getan, der ihm bei seiner Entlassung aus dem Gefängnis wieder ausgehändigt wurde.

»Warum hast du es genommen?«, fragte ich.

»Denk doch mal nach, Ernie. Ich dachte, wir würden etwas Wertvolles ausgraben. Keine Ahnung, was, Diamanten? Goldbarren? Was stiehlt man und versteckt es in einem Sarg? Warum sollte er dieses Ding dabeihaben, wenn er nicht so etwas damit überprüfen wollte? Alan Holton war doch so eine Art Secondhand-Juwelier, oder? Ich dachte, es wäre ziemlich offensichtlich, um was es hier ging. Und ich nahm es ihm ab, nun ja …«, sie räusperte sich, schien verlegen, »weil Michael mir nichts über den Inhalt des Sargs gesagt hatte. Vielleicht hätte ich die Chance, es selbst herauszufinden. Nur für den Fall, dass dieses Wochenende anders verlaufen würde, als ich es mir ausgemalt habe. Mit Lucy und so.«

»Du hast ihm nicht vertraut? Einmal ein Verräter, immer ein Verräter?« Diese kleinliche Stichelei hätte ich mir schenken können, das war mir bewusst. Offenbar hatte Katherines Tablette meine Zunge gelöst. Normalerweise hätte ich das nicht gesagt.

»Vielleicht gehörte das dazu«, murmelte sie mit diesem schamerfüllten Ton, den Menschen anschlagen, wenn sie etwas zugeben. »Er brauchte sehr lange, um Lucy von uns zu erzählen. Und er wusste, dass ich dir nicht davon erzählen konnte, bevor er es ihr mitgeteilt hatte. Ich bat ihn, ihre Schulden zu bezahlen, damit die Sache endlich abgeschlossen war. Als er ihr endlich die Papiere schickte, tat er das, glaube ich, nur, weil er immer noch wütend auf dich war. Das war das erste Mal, dass ich dachte, vielleicht wollte er nur dir etwas wegnehmen. Dieses Wochenende kam das alles wieder hoch. Ich kam mir vor, als würde ich benutzt.«

»Du hast ihm dieses Ding weggenommen, damit er dir nicht vorenthalten konnte, was immer in diesem Sarg war, weil er den Wert nicht abschätzen konnte, ohne diesen Berg zu verlassen.«

»Das klingt ein bisschen paranoid, wie du es hier ausdrückst«, entgegnete sie. »Aber dann hat er dir die Schlüssel gegeben, nicht mir. Und mir war klar, wenn du nicht allein zum Transporter gingst, würden Crawford und Sofia ebenfalls sehen, was drin ist, und dann würden es alle erfahren. Immerhin wusste ich, dass du das mit der Geldtasche geheim halten wolltest, also dachte ich, du würdest dieses Geheimnis ebenfalls bewahren, was immer es war. Deshalb bestand ich darauf, dass du allein reingehst.« Ich hörte, wie sie die Luft einzog. Das war eine Angewohnheit von ihr, wenn sie nervös war oder nicht schlafen konnte. Ich hatte dann immer ihre Schulter gestreichelt, um ihr zu zeigen, dass sie nicht allein war und alles in Ordnung sei. Jetzt stellte ich überrascht fest, dass mein Arm die eingeübte Bewegung vollführte und neben mir auf dem leeren Sofa landete. Motorisches Gedächtnis. »Offenbar lag ich falsch mit dem, was sich in dem Sarg befand ...«, sie machte eine erwartungsvolle Pause, aber ich ging nicht darauf ein, »also habe ich mir eine neue Theorie zurechtgelegt. Ich glaube, er wollte das Geld überprüfen.«

Ich dachte kurz darüber nach. Das könnte stimmen. Ich wusste nicht viel über gefälschte Banknoten, aber ich vermutete, dass es irgendwo winzige Markierungen gab, spezielle Seriennummern oder so etwas. Ich habe das inzwischen recherchiert und es stimmte tatsächlich.

»Das hier ist nichts Besonderes oder Wertvolles«, sagte ich, während ich die Juwelierlupe zwischen meinen Fingern drehte. Ich konnte sie jetzt besser erkennen, weil meine Augen sich an die Dunkelheit gewöhnt hatten. »Sie sieht genauso aus wie die, die wir in der Schule in der zwölften Klasse im Physikunterricht benutzt haben. Die kann man überall kaufen. Aber du hast recht, was Holtons Job betrifft. Die Lupe gehörte wahrscheinlich ihm, und Michael hat sie ihm abgenommen.«

»Vielleicht hat Holton das Ding mitgebracht, um Michaels Geld zu überprüfen, und stellte fest, dass es nicht seinen Erwartungen genügte? Vielleicht haben sie sich deshalb gestritten?«

»Ich habe mich auch gefragt, wie Michael an die zweihundertsiebenundsechzigtausend Dollar gekommen ist, ohne dass Lucy etwas davon mitbekam«, gab ich zu. »Es ist ziemlich viel Geld. Nicht mal Marcelo wusste davon. Ich wäre auch nicht überrascht gewesen, wenn Michael dich gebeten hätte, danach zu suchen, um herauszufinden, ob es überhaupt noch da war.«

»Aber wenn er doch schon wusste, dass es Falschgeld war, warum wollte er es noch mal überprüfen?«

»Weiß ich nicht.«

»Und wenn es andersherum gewesen wäre?«, schlug sie vor. »Wenn Holton das Geld gebracht hat und Michael damit nicht zufrieden war?«

Ich dachte darüber nach. Michael hatte deutlich gemacht, dass er etwas von Holton kaufen wollte. Aber stimmte das? Was hätte Michael verkaufen können? »Wenn das Geld nutzlos ist, nutzlos und dennoch Grund für einen Mord, warum sollte man es dann behalten?«

»Du hast doch etwas davon ausgegeben«, stellte sie fest.

»Ein bisschen. Es gab keine Probleme.«

»Nur weil es Falschgeld ist, muss es nicht wertlos sein. Vielleicht sind die Scheine gekennzeichnet – so wie die Polizei Lösegeld markiert zum Beispiel.«

»Vielleicht.« Mir war etwas entgangen, aber ich wusste nicht, was. Meine Intuition sagte mir, dass etwas an Erins Theorie, etwas, das sie gesagt hatte, der Wahrheit ziemlich nahekam. Aber ich wusste noch nicht genug, um es zu entschlüsseln. Michael hatte mir gesagt, das Problem sei, dass er *nicht genug* hätte, also dachte ich, dass es kein Falschgeld sein konnte.

Uns gingen die Ideen aus, und wir verfielen wieder in Schweigen. Ich hatte das Gefühl, das U-Boot-artige Chalet würde ächzend weitere Hundert Meter nach unten sinken. Nach einer Weile dachte ich schon, Erin sei eingeschlafen. Da erschien das blasse Oval ihres Gesichts über mir. Sie beugte sich über den Rand der Empore.

»Würde es etwas nützen, wenn ich sagen würde, es tut mir leid?«, fragte sie.

»Was tut dir denn leid?«

»Nun, alles, denke ich.«

In ihrer Stimme schwang etwas Metaphorisches mit, senkte sich auf mich herab, wie ich da auf dem Rücken lag und zu den Sternen sprach, aber ich wusste nicht, was es war.

»Ja, okay.«

»Nur okay?«

»Hmmmm«, murmelte ich und versuchte, möglichst schläfrig zu klingen, aber ich war mir sicher, dass sie mein Herz schlagen hörte. Das ganze Kissen schien zu vibrieren.

»Willst du nicht wissen, warum?«

»Willst du mir wirklich etwas mitteilen, oder geht es nur darum zu reden, weil du nicht schlafen kannst?« Ich wollte nicht verletzend sein. Es gibt einen Graubereich in jeder Ehe, wo Zuneigung sich mit Grausamkeit vermengt, aber wir waren nicht mehr zusammen, also kam es ziemlich schroff rüber.

»Kann es nicht beides sein?« Das klang fast schon bittend.

»Sicher«, gab ich nach. »Aber wenn ich morgen den Wettlauf mit einem Serienkiller verliere, weil ich zu wenig geschlafen habe, dann werde ich dich dafür verantwortlich machen.«

Ihre Zähne blitzten im Dunkeln auf. Sie lächelte. »Das wäre dann wohl so.«

»Du musst dich nicht bei mir entschuldigen, Erin. Ich hätte

nicht so viel Druck machen sollen. Ich dachte, du wärst glücklich, ich dachte, wir hätten gemeinsam entschieden, dass wir Kinder haben wollen, dabei habe ich gar nicht gemerkt, wie sehr ich dich dazu gedrängt habe. Ich war dir ziemlich lange böse, aber welches Anrecht habe ich auf deine Entscheidungen? Du hättest mich nicht hintergehen dürfen, und es wäre mir lieber gewesen, wenn es nicht ausgerechnet Michael gewesen wäre, das werde ich nie verkraften, aber ich habe genug von dir verlangt. Ich verlange keine Entschuldigung von dir.«

Das war nur die halbe Wahrheit. In Wirklichkeit wollte ich nicht einfach daliegen und ihre Entschuldigungstiraden über mich ergehen lassen. Die kannte ich nämlich schon – von der Therapie, von zu Hause, wo sie mal geflüstert, mal geschrien, mal geschrieben wurden, per SMS oder E-Mail, tränenerstickt oder hasserfüllt. Ich dachte, ich hätte alle Arten von Entschuldigungen bereits gehört.

Und dann überraschte sie mich damit: »Ich habe meine Mutter umgebracht.«

KAPITEL 31

Ihre Worte wirkten in dem kleinen Raum wie eine Explosion. Mir fiel nichts ein, was ich auf dieses Geständnis erwidern könnte. Ich wusste, dass sie bei ihrem Vater aufgewachsen war – das war einer der Gründe gewesen, warum wir uns gleich bei unserem ersten Treffen gut verstanden hatten. Aber damals hatte Erin mir erzählt, dass ihre Mutter an einer Krankheit gestorben war, als sie noch klein war.

»Sie ist gestorben, als sie mich geboren hat.« Ihre Stimme war kaum mehr als ein Flüstern. »Du wirst mir jetzt sagen, dass es nicht meine Schuld gewesen ist, aber das spielt keine Rolle. Denn mein Vater hat mir sehr wohl die Schuld gegeben, und ich habe es geglaubt. Glaube es immer noch. Ich habe sie umgebracht. Ich weiß, dass so etwas passieren kann. Ich weiß, dass ich nichts dafür kann. Deshalb habe ich anderen erzählt, sie sei an Krebs gestorben, denn dann sagten alle: ›Oh, das tut mir sehr leid‹, sonst nichts weiter. Aber mein Vater hat mir jeden Tag bis zu seinem Tod vorgeworfen, dass es *meine* Schuld sei. Ich wusste immer, dass er mich am liebsten gegen sie eingetauscht hätte.«

Ich wusste, dass ihr Vater sie gequält hatte, aber ich hatte nie den Grund dafür erfahren und dass er so hasserfüllt gewesen war. »Es ist sehr grausam, so etwas einem Kind vorzuwerfen«, sagte ich. »Das wusste ich nicht.«

»Bitte glaube mir, wenn ich sage, dass ich dir nicht wehtun wollte. Ich hatte nur, na ja … nachdem wir darüber gesprochen hatten, dass wir ein Baby haben wollten …« Sie musste schluchzen und brauchte einen Moment, um sich wieder zu fassen. »Du warst so begeistert, Ernie. Nur darüber zu reden hat dich schon furchtbar glücklich gemacht. In Gedanken warst du bereits Vater, bevor wir überhaupt angefangen hatten, es zu versuchen. Ich wollte deinen Wünschen entsprechen. Du warst so glücklich, als ich zugestimmt hatte. Aber dann … Ich will damit nicht sagen, dass es deine Schuld war, ich versuche nur, es zu erklären. Ich bekam Angst. Ich brauchte mehr Zeit.«

Sie hielt kurz inne und fuhr fort: »Ich wollte die Pille nur ein paar Wochen nehmen, bis ich mich an die Idee gewöhnt hatte, schwanger zu werden. Und ich fand diese ersten Wochen einfach großartig. Es waren unsere glücklichsten Momente, denke ich. Deine Augen leuchteten, und ich wollte dieses Leuchten nicht auslöschen. Aber die wenigen Wochen wurden zu Monaten und zu einem Jahr, und plötzlich wolltest du wissen, was los war. Und dann gingen wir in diese Kliniken und zu diesen Ärzten. Sie gaben dir diesen kleinen Plastikbecher, und ich erkannte, dass ich mich in eine Sackgasse manövriert hatte. Ich musste mitspielen und wusste, dass die einzige Lösung wäre, die Pille abzusetzen und wundersamerweise doch schwanger zu werden, bevor jemand dir die Wahrheit sagte. Aber ich schaffte es nicht. Es war, wie wenn man Geld in einen Spielautomaten wirft. Ich verbummelte meine Klinik-Termine. Ich redete mir ein, ich müsste nur noch einen weiteren Brief vernichten, nur noch einen weiteren Anruf abwimmeln, dann würde ich bereit sein. Jedes Rezept sollte mein letztes sein, und dann stand ich doch wieder vor dem Apothekentresen.«

Auch ich weinte jetzt. »Ich wollte doch nur dich, so wie du bist. Ich wollte kein Mittel zum Zweck. Ich war so begeistert, weil ich dachte, wir würden es gemeinsam wollen. Ich hätte dir doch zugehört.«

»Aber wenn ich es dir gesagt hätte, hättest du Druck gemacht. Du hättest nicht gewusst, wogegen du angehst, und du hättest es auf deine witzige, charmante Art getan. Vielleicht hättest du das Thema ein, zwei Jahre ruhen lassen, aber du hättest Druck ausgeübt. Ich hätte dir nicht von meiner Mutter erzählen können. Seit meiner Teenagerzeit habe ich niemandem davon erzählt, nachdem ich mir angewöhnt hatte, von einer tödlichen Krankheit zu sprechen. Ich konnte mich dem Urteil der anderen nicht stellen. Ich dachte, wenn nur genug Zeit verging, würde ich dir das geben können, was du wolltest. Ich habe es wirklich versucht. Ich verlange kein Mitleid. Ich versuche nur, dir zu erklären, was in mir vorging. Ich hatte Angst davor, verletzt zu werden, körperlich verletzt. Ja, ich hatte Angst zu sterben, so wie sie. Aber vor allem hatte ich Angst, dass, *sollte* mir etwas passieren, du das Baby, das du dir so sehr gewünscht hast, mit dem gleichen Blick ansiehst, mit dem mein Vater mich angesehen hat.«

»Ich habe mir so sehr eine Familie gewünscht ...«

»Oh, Ernie, ich weiß.«

»... und dabei vielleicht vergessen, dass ich schon eine hatte. Es tut mir leid.«

»Ich entschuldige mich gerade bei dir, du Trottel.« Sie gab ein ersticktes Lachen von sich. »Es tut mir leid, dass ich dich angelogen habe. Ich wollte nicht diejenige sein, die dir nicht das geben konnte, was du haben wolltest.«

»Ich hätte dich trotzdem geliebt.« Das tat ich immer noch, wollte es aber nicht aussprechen. Dieses Bekenntnis wäre zu schmerzhaft gewesen, trotz des Oxycodons. Vielleicht hätte ich etwas sagen sollen. Vielleicht ist das der Grund, warum ich das hier aufschreibe. Wie gesagt, ein Buch ist ein physisches Objekt. Es wird geschrieben, damit es jemand liest.

Nach einer Pause kam ihre Stimme wieder von oben. »Möchtest du hochkommen?«

Ich wusste, dass sie sich nur nach Zuneigung sehnte, weil Michael tot war. Ich wusste, dass es falsch wäre und leer. Und die Wunden wären am nächsten Morgen wieder frisch. Das alles wusste ich, aber ich lag da und rang um eine Antwort.

»Mehr als alles in der Welt«, sagte ich schließlich. »Aber ich denke nicht, dass ich es tun werde.«

KAPITEL 32

Ich träumte von meiner Hochzeit, obwohl es mehr eine Erinnerung war als ein Traum. Michael klammerte sich an das Rednerpult, als wäre es sein einziger Halt. Er brachte kaum ein klares Wort heraus, musste zum dritten Mal neu ansetzen, um seine Rede als Trauzeuge zu halten. Die Gäste lachten über seine Bemühungen. Sogar Audrey lächelte. Er nahm einen Schluck Bier und hob die Hand: *Nur eine Sekunde, gleich geht's weiter.* Er bekam einen Schluckauf, wischte sich den Mund mit dem Ärmel ab und versuchte es erneut: »Ohne Frau wär das Leben lau.« Die Anwesenden brachen in Gelächter aus, und er grinste in dem Glauben, er hätte diese Lacher aufgrund seines Talents geerntet und nicht wegen seiner Albernheiten. Wieder musste er aufstoßen. Aber diesmal klang es anders, eher wie ein … Noch mal, es klang erstickt, dann fasste er sich an den Hals, seine Augen traten hervor und sein Schluckauf wurde zu einem Würgen. Und während die Gäste weiterlachten, schwappte schwarzer blubbernder Teer über seine Lippen.

Der Morgen war grau, trüb, der Sturm war zurück mit neuer Wucht. In der Nacht war so viel Schnee gefallen, dass man die Tür mit der Schulter aufdrücken musste. Nach wenigen Schritten reichte uns der Schnee bis zu den Knien, und wir zitterten vor Kälte. Eisige Schneeflocken wehten mir ins Gesicht. Die verbliebenen Autos auf dem Parkplatz trugen weiße Perücken. Schneewehen türmten sich an den Seiten des Gästehauses wie erstarrte Sturmwellen.

Wir hatten uns angezogen und das Chalet verlassen, ohne viel zu reden. Die Kluft zwischen uns fühlte sich so ähnlich an wie bei langjährigen Freunden, die miteinander geschlafen hatten. Nach den Bekenntnissen der vergangenen Nacht und ihrer Einladung war nicht mehr so ganz klar, wie wir miteinander umgehen sollten. Ich hatte mit übergezogenem Ofenhandschuh geschlafen, der inzwischen zur Hälfte aus natürlichen Materialien bestand. Ich hätte ihn nicht abziehen können, selbst wenn ich gewollt hätte. Ich konnte ihn nur mit großer Mühe durch die Ärmel meiner Thermojacke schieben. Als sie sah, wie ich mich damit abmühte, half Erin mir, die Beanie-Mütze bis über die Ohren zu ziehen. Gestern war ich öfter in der Kälte unterwegs gewesen, als meine für ein gemütliches Kaminfeuer gedachte Kleidung erlaubt hatte, also war ich jetzt darauf bedacht, mich auf alles vorzubereiten. Mit den Zähnen zog ich einen Handschuh über meine gesunde Hand, bis er endlich richtig saß. Beim Hinausgehen nahm ich ein Bügeleisen von einem der Regale. Erin hob die Augenbrauen, als ich danach griff, aber die Frage, die sie stellen wollte, blieb ihr auf halbem Weg im Hals stecken. Vielleicht wollte sie lieber gar nicht wissen, was ich vorhatte.

Die Lupe hatte ich in die Tasche gesteckt. Ich war vor Erin aufgewacht und hatte sie im Morgenlicht genauer betrachtet.

Auf der einen Seite stand *50 x*, was wahrscheinlich die Vergrößerungsstärke bedeutete. Ich hatte einen 50-Dollar-Schein aus der Tasche genommen, auf dem Sofatisch glatt gestrichen und dann die Linse darübergleiten lassen, um vielleicht auf etwas Interessantes zu stoßen.

Ich wusste nur eins über die australischen 50-Dollar-Scheine, dank eines alten Partytricks, der Schriftstellern ganz gelegen kommt. Im Jahr 2018 wurde die 50-Dollar-Banknote neu designt und eine Miniaturversion der legendären Antrittsrede von Edith Cowan im australischen Parlament unter ihr Porträt gesetzt. Leider war in dem Text das Wort »Verantwortung« falsch geschrieben worden, was sechs Monate lang unbemerkt blieb, in denen Millionen Scheine in Umlauf kamen. Ich machte daraus eine Dinnerparty-Anekdote und fragte die anwesenden Gäste nach ihren Fünfzigern, und wenn ich einen der falsch geschriebenen Scheine fand, gipfelte das Ganze, begleitet von fröhlichem Gläserklirren, in meiner Aussage: »Das beweist, dass sie uns Schriftstellern nicht genug zahlen. Wir hätten den Fehler viel schneller gefunden, wenn wir mehr von diesen Banknoten in den Händen halten würden!« Brüllendes Gelächter. Aber mehr wusste ich nicht über Geld und Banknoten. Als ich den Schein untersuchte, bemerkte ich den Druckfehler, was darauf hindeuten konnte, dass das Geld echt war.

Es gab auch eine Seriennummer, wie ich vermutet hatte, und überschneidende Farbabstufungen und ein kleines Hologramm in der linken unteren Ecke. Aber all diese Details konnte man auch mit bloßem Auge erkennen. Die Lupe war dazu nicht nötig. Die fünfzigfache Vergrößerung genügte, um mir jede Faser und die winzigen Details in der Farbtönung zu zeigen. Aber die Lupe musste für etwas anderes gedacht sein. Ich gab auf. Es war sinnlos, nach etwas zu suchen, ohne zu wissen, was es war.

Als wir an den Autos vorbeigingen, berührte ich Erins Arm, um sie auf etwas aufmerksam zu machen. Der Wind heulte so laut, dass Sprechen keinen Sinn machte, also hob ich nur das

Bügeleisen an und deutete damit auf Marcelos Mercedes. Wir stapften darauf zu. Dann schleuderte ich das Bügeleisen, das schwerste Objekt, das ich in meinem Chalet gefunden hatte, gegen eines der Fenster, das zwar Risse bekam, aber nicht zerbrach. Nun hatte die Scheibe einen kleinen Krater in der Mitte. Das dunkle Glas hatte weiße Striemen bekommen.

Die Idee war mir gestern schon gekommen, als ich das Glas um Katherines Auto bemerkt hatte, aber zu beschäftigt damit war, nicht zu sterben, um es zu versuchen. Ich hatte mir überlegt, dass ein weiteres vom Sturm zerschlagenes Autofenster kein großes Aufsehen erregen würde. Aber ich hatte die Alarmanlage vergessen, die nun losging. Der Sturm war laut, aber ich war mir nicht sicher, ob er dieses Jaulen übertönte, zumal der Wind gegen mich arbeitete und den Lärm zum Gästehaus trug. Außerdem flackerten auch noch die Warnblinker wie ein Leuchtfeuer. Erin schaute sich um, ob jemand kam, um nachzuschauen, aber man konnte nur wenige Meter weit sehen. Ich musste mich beeilen.

Ich schlug erneut gegen das Fenster. Es wurde noch etwas mehr eingedellt und sah jetzt aus wie eingedrückte Eierschale. Aber es hielt noch stand. Ich musste nur noch einmal zuschlagen, bevor meine Hand durch die Scheibe krachte. Ich nutzte den Ofenhandschuh (der jetzt ganz nützlich war), um die Glassplitter aus dem Rahmen zu wischen, und beugte mich hinein. Erin stapfte ungeduldig mit den Füßen, sie wollte gehen, aber ich wusste, wonach ich suchte. Ich zerrte daran und riss eine Handvoll Kabel aus ihren Halterungen. Kaum hatte ich mich wieder aufgerichtet und wollte Erin zurufen, dass wir abhauen konnten, da krachte eine Faust von der Seite gegen meine Wange.

Morgendlicher Schnee kann sich als nützlich erweisen, wenn man stürzt, aber Gleiches gilt für eine Ex-Ehefrau. Erin fing mich mit beiden Armen auf wie ein Box-Trainer seinen Schützling.

»Meine Güte, Ernest.« Marcelo schüttelte seine Hand und starrte mich überrascht an.

Ich richtete mich unsicher auf und befühlte meine Wange. Er hatte seine rechte Hand benutzt und glücklicherweise hatte die Operation an der Schulter seine Schlagkraft beeinträchtigt, denn das war die Hand, an der er die schwere Rolex trug. Ansonsten hätte ich mich wahrscheinlich gefühlt wie von einer Hantel getroffen. Ich wunderte mich, dass meine Zähne noch da waren.

»Das tut mir so leid«, sagte Marcelo. »Ich habe nach Lucys Auto geschaut, und da hörte ich den Alarm. Bei all dem Durcheinander hier dachte ich schon, jemand hätte … Moment mal … Was tust du eigentlich hier?«

Er ließ seinen Blick über das Auto gleiten und dachte offenbar über das zerbrochene Fenster nach. Ich hatte das Bügeleisen direkt neben der Tür fallen gelassen. Es lag halb verdeckt im Schnee, war aber noch sichtbar. Ich schob es mit dem Fuß unter den Wagen. Marcelo trat näher ans Fenster. Wenn er genauer hinsah, würde er erkennen, dass die Kabel aus der Konsole gerissen waren und dass hier was nicht stimmte.

»Ich hab gesehen, dass der Sturm das Fenster eingedrückt hat«, sagte ich eindeutig zu laut, damit er sich wieder zu mir umdrehte. »Die schönen Ledersitze und alles. Ich dachte, es wäre zu schade, wenn die ruiniert würden. Also hab ich da drin nach etwas gesucht, womit man das Fenster abdecken kann.«

»Guter Junge«, sagte er, legte mir einen Arm um die Schulter und zog mich vom Auto weg. »Vergiss die Ledersitze, lass uns erst mal reingehen. Oh, Moment mal …« Er hielt inne und kniete sich in den Schnee. Mein Magen, der schon viel zu viele Gründe hatte, sich umzustülpen, fand jetzt noch einen. Marcelo richtete sich stöhnend wieder auf und streckte die Hand aus. Es war nicht das Bügeleisen, was er gefunden hatte. »Du hast dein Handy fallen lassen.« Er reichte mir das Gerät.

Achtung, das ist grenzwertig, hier wird Regel 6 fast gebrochen, denn ein glücklicher Zufall kommt ins Spiel – aber ein Detektiv darf auch mal ein bisschen Glück haben. Spannung wird in Kriminalgeschichten meist dadurch erzeugt, dass dem Schnüffler das Leben schwergemacht wird, aber hin und wieder kommt es, wie im richtigen Leben, doch mal vor, dass ihm etwas vor die Füße fällt. Und ehrlich gesagt weiß ich nicht, wieso Marcelo nichts bemerkte. Vielleicht war er abgelenkt, rechnete schon durch, wie viel es ihn kosten würde, das Fenster zu ersetzen, oder vielleicht hatte die Kälte sein Denkvermögen beeinträchtigt. Vielleicht tat ihm einfach die Hand weh, weil er mir einen Fausthieb verpasst hatte. Das Teil sah einem Handy zum Verwechseln ähnlich – es war klein, rechteckig und elektronisch und hatte einen LCD-Schirm –, aber er hätte es trotzdem bemerken müssen. Nun gut, das war jetzt einfach so: Ich nahm es dankend hin, tun Sie das auch, liebe Leser. Abgesehen davon war ich der Ansicht, dass ich nach den gestrigen Vorfällen auch mal ein bisschen Glück verdient hatte.

Ich schnappte mir das GPS-Gerät, das ich gerade erst aus seiner Halterung gerissen hatte, und schob es in meine Tasche, bevor er einen genaueren Blick darauf werfen konnte.

Ein scheußlich aussehendes Fahrzeug parkte vor dem Eingang des Gästehauses. Ein grellgelber Kasten saß in Hüfthöhe auf einem mechanischen Gerät, das aussah, als wäre es der Nachkomme eines Panzers und eines Schulbusses. Unter ihm quoll Dampf hervor, der Motor lief.

Eine kleine Gruppe hatte sich davor versammelt: Sofia, Andy, Crawford, Juliette und ein Mann, den ich nicht kannte. Kurz keimte etwas Hoffnung in mir auf – vielleicht war es ein Detective. Aber als ich näher kam, sah ich, dass er eine Regenjacke aus Plastik trug mit dem Schriftzug *SuperShred Resort* über der Brust. Auf allen seinen Kleidungsstücken prangte ein Logo, angefangen bei seiner Oakley-Sonnenbrille über sein

Skullcandy-Halstuch, das er übers Kinn gezogen hatte (den Totenkopf-Aufdruck vor dem Mund), bis hin zu seiner weiten Schneehose, auf der in voller Länge der Quiksilver-Schriftzug prangte. Er sah aus wie ein mit Stickern übersäter Kühlschrank. Vermutlich ein Snowboarder, jedenfalls sah seine Nase – der einzig sichtbare Teil seines Gesichts – mehrfach gebrochen aus. Als ich näher kam, bemerkte ich das SuperShred-Logo auch auf der Seite des Schulbus-Panzers. Anscheinend kam er von dem Resort im Nachbartal.

Ich drängte mich zwischen Andy und Sofia. Sie zitterte stark und war sehr blass wegen der Kälte. Ich merkte, dass sie dem, was hier geschah, kaum Aufmerksamkeit schenkte, sondern dringend wieder ins Haus gehen wollte. Ich hatte erwartet, dass man mich und Erin verwundert anschaute, weil wir zusammen kamen, zumal Erin die gleiche Kleidung trug wie gestern, aber niemand schien Lust zu haben, sich auf solchen Schulhof-Tratsch einzulassen. Alle waren zu sehr auf Marcelo konzentriert, der mit uns näher trat, und schenkten uns keine besondere Aufmerksamkeit.

»Fahren wir ab?«, fragte ich. Das Gefährt konnte nur dazu dienen, durch tiefen Schnee zu fahren, und es sah auch nicht aus, als würde man es zum Vergnügen benutzen.

»Und?«, wandte sich Juliette über meinen Kopf hinweg an Marcelo.

»Im Chalet ist sie nicht. Ihr Auto ist noch da.«

»Mist.«

»Ich kann euch den Berg hinaufbringen.« Die Stimme der wandelnden Reklametafel passte zu seinem Outfit, sein Akzent war gesponsert von Monster Energy Drink. Wenn wir nicht nach einer vermissten Frau gesucht hätten, hätte er garantiert Begriffe wie »Alter« und »Bruder« als Interpunktion benutzt. Er hatte einen leichten kanadischen Akzent, weshalb ich ihn für einen dieser Schnee-Süchtigen hielt, die sechs Monate im Jahr auf der nördlichen und sechs Monate auf der südlichen

Halbkugel zubringen. »Aber um bei dem Wetter jemanden zu finden, muss man ihn praktisch erst überfahren.«

»Was ist denn passiert?«, fragte ich.

»Lucy ist verschwunden«, wandte sich Marcelo schließlich an mich, in diesem Ton, den man jemandem gegenüber anschlägt, der gerade klischeemäßig gefragt hat: »Hab ich was verpasst?« Er fügte hinzu: »Seit gestern Abend hat niemand sie mehr gesehen.«

Das passte zusammen. Marcelo hatte mich dabei ertappt, wie ich sein Auto plünderte, weil er auf dem Parkplatz nachschauen wollte, ob Lucy in der Nacht weggefahren war. Da Katherine und Audrey nicht anwesend waren, ging ich davon aus, dass sie im Haus nach ihr suchten.

Die wandelnde Reklametafel drehte sich zu uns um. »Entschuldigt bitte, dass ich so direkt frage, aber was zum Teufel ist hier los? Jules, es wäre besser, wenn ich dich nach Jindabyne mitnehme.«

»Das ist Gavin.« Juliette legte eine Hand auf seinen Arm. Sie schienen sich gut zu kennen. Ich nahm an, dass unter Saisonarbeitern rasch Freundschaften geschlossen wurden. Aber sie kannten sich nicht gut genug, dass sie ihm von den Morden erzählt hatte, sonst hätte er diese Frage nicht gestellt. »Das Wetter soll noch schlechter werden, und der Oversnow ...«, sie klopfte auf das seltsame Gefährt, das ein dumpfes Geräusch von sich gab, »ist unsere einzige Möglichkeit, den Berg hinabzufahren. Gavin hat angeboten, uns mitzunehmen.«

»Aber wir müssen jetzt gleich los«, fügte er hinzu und warf einen nervösen Blick in den Himmel.

»Ohne Lucy?«, fragte Erin.

»Unser Zeitfenster ist jetzt.« Er zuckte mit den Schultern. »Ihr habt die Cops hier. Aber ich bin auf mich allein gestellt. Was bedeutet, dass ich mich um meine eigenen Leute kümmern muss.«

»Wir haben hier genau einen Cop«, korrigierte Marcelo.

»Wenn man ihn denn als solchen bezeichnen mag. Wie auch immer, für uns gilt, entweder alle oder keiner. Wir sind eine Familie.«

Ich fand es eigenartig, dass er das sagte, da Lucy bloß seine Ex-Stiefschwiegertochter war, aber mir war auch klar, dass die Garcias Angeheiratete anders betrachteten als ich. Und falls es eine Cunningham-Tugend war, sich mit dem Gesetz anzulegen, dann hatte sie mit dem Blitzer auf dem Weg hier hoch immerhin die Eintrittskarte gelöst.

»Ich danke dir, dass du gekommen bist«, sagte Juliette. »Aber wir können hier nicht weg. Lass uns nur kurz eine Rundfahrt machen. Hast was gut bei mir.«

»Schnaps?«

»Schnaps. Wie damals in Whistler.«

Die Erinnerung an eine offenbar wilde Nacht überkam ihn so sehr, dass seine Sonnenbrille die Farbe änderte. »Okay, wer kommt mit?«

»Ich bin dabei.« Ich vermutete, dass Andy sich meldete, weil sich bei ihm Erinnerungen an verpasste Chancen eines Auslandsjahrs mit allgemeiner Panik fortgeschrittenen Alters mischten. Wahrscheinlich dachte er, ein wenig Bewegung verschaffte auch ihm endlich eine Daseinsberechtigung, oder er wollte einfach nur mit diesem spektakulären Fahrzeug eine Spritztour machen.

Ich merkte, wie Erin mir einen Stoß gab. *Einer von uns sollte mitfahren.* »Ich auch«, sagte ich.

Gavin schien mich erst jetzt zu bemerken und streckte mir seinen North-Face-Handschuh zur Begrüßung hin. Ich machte eine entschuldigende Geste mit dem Ofenhandschuh und lehnte ab.

»Geiler Handschuh, Digger«, sagte er.

Crawford machte einen Versuch, sich einzuklinken, aber Juliette trat ihm in den Wag. »Sie sollten hierbleiben und alles im Blick behalten. Erin, Marcelo, können Sie Katherine und

Audrey beim Suchen helfen? Sofia ...«, sie musterte sie von oben bis unten, »ehrlich gesagt, sehen Sie aus, als müssten Sie sich hinlegen.« Sofia nickte dankbar. »Gavin, ich komme auch mit und werfe einen Blick auf die Unterlagen. Ja, ich weiß.« Sie musste bemerkt haben, wie seine Augen aufleuchteten. »Dräng mich nicht. Nur kurz draufschauen. Ernest und Andrew, steigen Sie ein.«

Ich war überrascht, dass sie alle unsere Namen behalten hatte, und sagte ihr das. Sie zuckte mit den Schultern und meinte, da die Menge der Anwesenden sowieso immer kleiner wurde, wäre das kein Problem für sie. Ich musste grinsen, so zynisch die Bemerkung auch war.

Gavin ging um sein hässliches Gefährt herum und zog eine Tür auf. Wir stiegen über drei Stufen hinein, und er setzte sich hinters Steuer. Dieses Ding war kaum für Passagiere geeignet. Statt Sitzreihen gab es Metallbänke auf jeder Seite. Drinnen war es kalt wie in einer Tiefkühltruhe, mir stockte der Atem. Alles roch nach Benzin. Der Boden vibrierte vom Wummern des Motors, während Gavin den astdicken Schaltknüppel betätigte.

Wir fuhren zunächst langsam an den Gebäuden vorbei, aber dann trat Gavin aufs Gas, wir drei wurden im Bauch dieses Ungetüms ordentlich durchgerüttelt. Ich hielt mich an einem Metallbügel über dem Fenster fest und versuchte, durch die beschlagene Scheibe zu spähen. Gavin hatte recht, wir würden Lucy umfahren, bevor wir sie sahen. Angesichts der gigantischen Räder dieses Panzers bezweifelte ich, dass wir es überhaupt mitkriegen würden. Der Schnee hatte alle Spuren längst überdeckt.

Während wir fuhren, zog ich Marcelos GPS-Gerät aus der Tasche. Es wurde mit Solarzellen betrieben, hatte aber noch etwas Strom und ging sofort an. Ich durchsuchte den Verlauf nach kürzlich gemachten Fahrten. Die vage Andeutung einer Landkarte wurde geladen. Die Sky Lodge war nicht mal eingezeichnet, nur ein kleiner Pfeil in der Mitte einer unbebauten

Umgebung deutete darauf hin. Ich zoomte heran und konnte nun die nächstgelegene Straße erkennen. Die grüne Linie begann bei der Bier-Reklame, die tausend Kilometer und Jahre entfernt zu sein schien, führte hinunter nach Jindabyne und dann – zu meiner großen Verwunderung – auf der anderen Seite des Tals wieder den Berg hinauf. Diese Fahrt sah auf dem Bildschirm aus wie ein perfektes U. Sie hatte ungefähr fünfzig Minuten gedauert. Von den Aufnahmen von Juliettes Wetterkamera wusste ich, dass er sechs Stunden fort gewesen war. Was die Frage provozierte: Was hatte er während der übrigen gut vier Stunden im SuperShred Resort gemacht?

»Das bringt überhaupt nichts«, rief Andy nach einer Viertelstunde. Wir hatten jetzt ungefähr die Mitte des Hangs erreicht. Ich konnte einen Lichtschimmer erkennen, der von dem Flutlicht am oberen Ende des Skilifts stammte, sonst nichts. Hier oben gab es nicht einmal mehr Bäume. Niemand sagte etwas dazu, also tippte er Juliette auf die Schulter und wiederholte: »Ich sagte gerade, das bringt überhaupt nichts. Der Schnee ist so tief, dass ihre Spuren längst verschwunden sind. Sie müsste verrückt gewesen sein, hier draußen herumzulaufen.«

»Wir müssen es versuchen«, schrie Juliette zurück. Es war, als würde man sich im Frachtraum eines Flugzeugs unterhalten. »Die Skiliftstation erscheint vom Tal aus betrachtet viel näher, als sie ist, und der Berghang weniger steil. Vielleicht wollte sie zu Fuß hinaufsteigen, weil ihr Wagen eingeschneit war. Dann hätte sie erst auf halbem Weg erkannt, dass sie einen Fehler gemacht hat.«

»Oder sie hat sich an die Straße gestellt, um zu trampen«, fügte ich hinzu.

»Genau.«

»Aber warum ist sie überhaupt …« Ein heftiges Rumpeln übertönte Andys Stimme, also wiederholte er: »Warum ist sie überhaupt in den Sturm gegangen?«

»Vielleicht hatte sie Angst«, gab ich zu bedenken.

Andy nickte. »Sie war ganz schön verstört, nachdem Sofia ihr das Foto gezeigt hatte.«

Ich hatte gedacht, sie hätte einfach nur Angst bekommen, weil ihr darauf der Tod vor Augen geführt wurde, aber Andy hatte recht. Sie war völlig aufgelöst gewesen und hatte sofort danach den Raum verlassen. Könnte es eine Drohung von Sofia gewesen sein? Vor uns allen wäre das ein eiskalter Schachzug gewesen, aber ich wusste ja längst, dass es Black Tongue nicht an Selbstsicherheit mangelte. Aber worin genau hätte die Drohung bestanden? War es: *Ich weiß alles über dich* oder *Du bist die Nächste?*

Andy dachte über das Gleiche nach. »Selbst wenn sie völlig verängstigt war, wieso sollte sie dann hier draußen herumlaufen?«

»Sie dachte vielleicht, sie schafft es«, sagte Juliette düster. Es war offensichtlich, dass sie es selbst nicht glaubte. Aber warum fuhren wir dann hier draußen herum?

»Bei diesem Wetter?« Andy schüttelte den Kopf. »Das wäre doch Selbstmord!«

Kaum hatte er das gesagt, warf Juliette mir einen kurzen Blick zu und schaute dann zu Boden. Ich wusste, was sie dachte. Warum sie glaubte, Lucy könnte sich absichtlich in den lebensgefährlichen Sturm begeben haben. Ich erinnerte mich, wie Lucy in der Bar die Schuldfrage gestellt hatte, bevor ihr das Foto von Green Boots gezeigt worden war, und sie dann fluchtartig den Raum verlassen hatte. Sofia hatte ihr tatsächlich Angst gemacht. Immerhin war das Einzige, was die Todesfälle miteinander verband, die Mordmethode. Erin hatte zu Recht darauf hingewiesen, dass man die Vorgehensweise von Black Tongue sehr leicht recherchieren konnte. Und ich wusste, dass Lucy danach gegoogelt hatte. Sie war es, die mir von den ersten Opfern erzählt hatte. Und sie hegte mehr Groll gegen Michael als die meisten von uns. Vielleicht hatte die gemeinsame Ankunft von Erin und Michael das Fass zum Überlaufen gebracht.

Ich schaute wieder zu Juliette. Sie schaute angespannt durch das beschlagene Fenster nach draußen.

Wir suchten nicht nach Lucy, wir jagten sie.

MEINE (EHEMALIGE) SCHWÄGERIN

KAPITEL 33

Gavin brachte uns zum Ausstieg des Skilifts ganz oben auf dem Bergkamm. Dort ragte eine mächtige Säule in die Höhe, auf die Drahtseile zuführten, unter der die Dreisitzer-Gondeln hingen. Es sah aus, als würden sie in den wolkenverhangenen Himmel fahren. Durch Andys Fenster auf der anderen Seite des Fahrzeugs konnte man sehen, wie die Drähte in einen verrosteten Metallverschlag führten. Gavin hielt an, damit Juliette aussteigen und nachschauen konnte. Vielleicht hatte Lucy dort Schutz gesucht. Wenig später kam sie kopfschüttelnd zurück.

Gavin fuhr weiter und folgte dem Lift hangabwärts. Ich hielt das für eine gute Idee. Die Liftpfeiler waren bei einem Schneesturm die einzigen Orientierungspunkte. Wenn ich mich dorthin verirrt hätte, wäre ich ihnen gefolgt. Einmal angenommen, Lucy hätte überhaupt die Absicht gehabt, irgendwo hinzugelangen. Die Sitz-Gondeln pendelten im Wind, der so stark war, dass sie manchmal beinahe senkrecht in der Luft hingen. Ich war froh, dass ich nicht auf einer davon sitzen musste. Gavin fuhr im Slalom um die Pfeiler und betätigte dabei die Gangschaltung so wild, dass er einen Tennisarm davon bekommen musste. Wir auf den hinteren Sitzplätzen klebten mit unserer Stirn an den vereisten Fenstern und starrten den steilen Hang hinab, sahen überall Weiß, aber keine Lucy.

Dort, wo der Hang auslief, erreichten wir einen weiteren Metallverschlag, in den die Drahtseile führten. Wieder sprang

Juliette hinaus, um nachzuschauen, und kam genauso rasch wieder zurück. Unsere vage Hoffnung verging immer mehr. Je weiter wir kamen, umso unwahrscheinlicher wurde, dass sie es so weit geschafft hatte.

Nach einigen Minuten kamen einige Blockhütten in Sicht. Wir waren beim SuperShred Resort angekommen.

»Verdammt!« Andy schlug auf sein Handy. »Scheißteil.«

»Ist der Empfang hier besser?«, fragte ich.

»Nee, der Akku ist leer . Und bei dir?«

»Mein Handy liegt im See, falls du dich erinnerst.«

Das SuperShred ähnelte mehr einer Militärbasis als einer Ferienunterkunft. Es bestand aus einigen sehr großen quadratischen Hütten, die wahrscheinlich ein Zehntel des Preises der Sky-Lodge-Chalets kosteten und zehnmal so viele Übernachtungsgäste beherbergen konnten. Die waren allerdings nirgends zu sehen, die Anlage hatte den gruseligen Charme eines verlassenen Vergnügungsparks. (Ich vermutete, die Gäste hatten sich alle nach drinnen zurückgezogen. Das Wetter war sehr unangenehm, wenn auch nicht apokalyptisch. Wenn hier also keine Leichen aufgetaucht waren, gab es keinen Grund abzureisen.) Fast waren noch die Reste von Freizeitaktivitäten spürbar angesichts der flatternden bunten Wimpel und des festgetrampelten Schnees, der zwar von Neuschnee bedeckt, aber immer noch gut zu erkennen war. Schilder priesen »ZIMMER-VERMIETUNG« und »SPEISEN UND GETRÄNKE« an und wirkten angesichts der Leere sinnlos, als würden sie eigentlich woandershin gehören. Wir glitten in unserem rumpeligen Gefährt hindurch wie Taucher durch ein Wrack am Meeresgrund. Alles war auf seltsame Weise still: lebendig und tot zugleich.

Es war das Gegenteil der Sky Lodge. Hier ging es um Unterhaltung und nicht um Erholung. Hier buchte man günstige Übernachtungen und steckte das Geld in Lifttickets und geliehene Ausrüstungen. Gemeinsame Badezimmer und Fußpilz gehörten zum Gesamtpaket. Wahrscheinlich hätten sie sich sogar die Betten sparen können, wenn die Leute nicht zwischen drei Uhr morgens, wenn die Bar schloss, und sechs Uhr morgens, wenn der Lift öffnete, einen Aufenthaltsort gebraucht hätten.

Gavin hielt neben einer riesigen Tafel mit Geländekarten an. Unter einer Eisschicht konnte man verschiedenfarbige Linien erkennen, die die Straßen und Wanderwege in den umliegenden Bergen anzeigten. Die rechte Seite der Tafel war so stark vereist, dass man nur noch die roten Lichter sehen konnte, die neben den Namen der Liftstationen blinkten. Das bedeutete: *Alle Skilifte sind geschlossen.*

»Tut mir leid, Leute.« Gavin dreht sich zu uns um wie ein Busfahrer. »Ich bringe euch wieder zurück, aber vielleicht möchtet ihr ja vorher was Warmes trinken? Jules und ich müssen ein paar geschäftliche Dinge besprechen.« Er stieß seine Tür auf.

»Wirklich, Gavin?« Juliette blieb sitzen.

»Wenn sie hier ist, ist sie da drin«, sagte er. »Dein Kumpel kann auch gerne die Gästeliste durchsehen, auch wenn wir das schon getan haben.«

»Könnte nützlich sein«, dachte ich laut. »Mir könnte ein Name ins Auge fallen, den ihr übersehen habt.«

»Ich nehme einen Irish Coffee, falls es den gibt. Und ein Ladegerät für mein Handy.« Andy erhob sich, blieb gebückt stehen und rieb sich den Hintern. »Wenn ich jetzt keine Pause mache, kriege ich Hämorrhoiden.« Er bemerkte Juliettes genervten Blick. »Was denn? Sie könnte es doch bis hierher geschafft haben.«

Er schob die hintere Tür auf und sprang in den knirschenden Schnee. Ich folgte ihm. Er hatte nicht unrecht: Auch wenn es unwahrscheinlich war, dass Lucy bis hierhin gekommen war, konnten wir zumindest ein paar Fragen stellen. Jemand könnte etwas über Green Boots wissen. Ganz davon abgesehen war Marcelo in der Nacht, bevor alles anfing, hier gewesen. Juliette

gab nach, stieg aus und folgte Gavin, der auf die größte Blockhütte zuging, die eher wie ein Flugzeughangar aussah.

Auch auf dieser Seite des Bergs war der Sturm nicht schwä-
cher. Ich hörte, wie die Drahtseile des Lifts unter dem peit-
schenden Wind knirschten. Die geparkten Autos waren unter
Schneehaufen verschwunden und säumten die Straße als weiße
Termitenhügel. Snowboards und Skier steckten in Schneewehen. Wahrscheinlich hatten sie mal ordentlich nebeneinan-
dergestanden, jetzt aber ragten sie schief in alle Richtungen.
Handschuhe waren über die Griffe von Skistöcken gezogen
worden, weil die Besitzer offenbar gedacht hatten, sie könnten
nach einer kurzen Pause auf die Piste zurückkehren, inzwischen
waren sie hart gefroren. Die Atmosphäre glich einer Lawinen-
Variante Tschernobyls.

»Das ist scheiße unheimlich, ernsthaft«, sagte Andy leise zu
mir, als wir auf das Gebäude zugingen. Das einzige Lebenszei-
chen war ein orangefarbener Lichtschein in einem der Fenster.
Meine Wangen waren so kalt, dass sie kribbelten, als sein heißer
Atem sie berührte. »Das ist wie ein Geisterschiff. Ist hier überhaupt jemand?«

Als wir näher kamen, glaubte ich drinnen eine Sirene zu hören wie bei einem Feueralarm oder einem Luftangriff, außerdem eine Reihe dumpfer Schläge, die laut genug waren, um den
Boden unter unseren Füßen vibrieren zu lassen. Mein Magen
krampfte sich zusammen. Ich überlegte fieberhaft. Gavin war
mehr daran interessiert gewesen, uns beziehungsweise Juliette
hierherzubringen, als Lucy zu finden. Und auch, wenn Lucy
verschwunden war und wir uns Sorgen machten, war sie nicht
tot. In Büchern wie diesem sollte man nie glauben, dass eine
Person tot ist, bevor man ihre Leiche gesehen hat. Irgendwann
tauchen sie schon auf. Wir alle haben »Und dann gabs keines
mehr« gelesen.

Andererseits, selbst wenn Gavin mir verdächtig vorkam,
wäre es unfair, einen Mörder erst so spät in der Geschichte ein-

zuführen. Knox hätte mich ausgepeitscht und geviertelt – dies ist schließlich seine Regel Nr. 1. Und, liebe Leserinnen und Leser, Ihr rechter Daumen sollte Ihnen sagen, dass einfach noch zu viel Buch übrig ist.

Abgesehen davon sollten hier eigentlich Hunderte von Gästen sein: Es war Hochsaison und dies war ein Anlaufpunkt für die Hardcore-Ski-Aficionados, die sich nicht von ein bisschen Wind und Schnee ins Bockshorn jagen ließen. Wo waren sie?

Meine Frage wurde beantwortet, als Gavin die Tür aufstieß.

Das Toben des Sturms war nichts gegen das Getöse, das uns entgegenschlug, als wir über die Türschwelle traten. Elektronische Musik wummerte, grelle Farben blitzten auf und blendeten mich, der wummernde Bass ließ die Wände vibrieren. Scheinwerfer rotierten und beleuchteten sich windende Körper, um deren Hälse und Handgelenke bunte Glowsticks geschlungen waren. Ein Mann auf einer Bühne, umringt von grünen Laserstrahlen, reckte einen Arm in die Höhe. Stühle und Tische waren vor die Wände geschoben worden, um den Speisesaal in einen Dancefloor zu verwandeln. Wir stolperten mitten hinein in eine wilde Rave-Party.

Gavin bahnte sich den Weg durch die Menge, und wir bemühten uns, möglichst dicht hinter ihm zu bleiben. Es war heiß, viel heißer, als ich es in den letzten Tagen erlebt hatte, die Luft triefte vor Schweiß. Die Leute starrten einander in wilder Begeisterung an. Andy war völlig eingeschüchtert und gebannt von nacktem Fleisch und fantastischen Kostümen. Die Leute trugen Skibrillen und Unterwäsche, Badehosen mit Schneejacken, Handtücher als Kopfbedeckung, Helme, Handschuhe und T-Shirts als Turbane. Eine Frau trug eine hawaiianische Lei, eine Sturmhaube, einen Bikini und einen bunten Sombrero. Mein Ofenhandschuh passte ganz gut ins Bild.

Beinahe wurde ich geköpft von einer Reihe von Männern ohne Hemden, die von einem horizontal hochgehaltenen Ski tranken, in dessen Holz sechs Schnapsgläser eingelassen waren. Am dichtesten war die Menschenmenge an der Bar, wo man die Preise auf der Tafel hastig angepasst hatte: Die alten, niedrigen Preise waren durchgestrichen und durch inflationäre Beträge ersetzt worden, in dicken Buchstaben stand daneben: CASH ONLY. Gavin öffnete eine weitere Tür und hielt sie auf für uns. Wir traten in einen Korridor. Ich musste Andy hinter mir herzerren.

»Meine Güte, Gavin.« Juliette schnappte nach Luft und lehnte sich erschöpft gegen die Wand. Der Fußboden vibrierte auch hier noch von den Basstönen, aber immerhin konnte man wieder atmen. »Das ist ja völlig aus dem Ruder gelaufen.«

»Das ist der Wahnsinn!« Andys Augen leuchteten, die unterdrückten Sehnsüchte seiner Jugend brachen hervor. »Wir haben das falsche Resort ausgesucht!« Schade, dass Katherine nicht da war, um etwas darauf zu erwidern, dachte ich.

»Es fing ganz harmlos an. Ein Typ sagte, er hätte seine DJ-Ausrüstung dabei, und fragte, ob er sie aufbauen könnte. Wir hatten schon Bands hier auftreten lassen, also dachte ich, ein bisschen Abwechslung könnte nicht schaden, bis der Sturm vorbei ist. Aber je schlimmer das Wetter draußen wurde, umso wilder trieben es die Leute, und jetzt ist es in ein gigantisches Besäufnis ausgeartet.« Er zuckte mit den Schultern. »Die Leute amüsieren sich. Das ist nichts Schlimmes.«

»Die Sky Lodge ist schon fast von der Außenwelt abgeschnitten«, warnte Juliette. »Wenn hier etwas passiert, wer wird dir dann helfen?«

»Du hast zwei Tote und eine vermisste Person, und wie viele Partys hast du geschmissen?«, gab Gavin zurück, während er uns den Flur entlangführte. »Ich kann das nicht unterbinden. Dafür ist es zu spät. Wenn ich den Strom abstelle, singen sie weiter. Wenn ich die Bar schließen lasse, plündern sie die Kühlschränke. Wenn der Sturm vorbei ist und sie wieder nach draußen können, werden sie sich wieder beruhigen.« Er lachte. »Oh

Mann, das alte Ehepaar tut mir leid. Die hätten sich bestimmt lieber auf der anderen Seite des Bergs eingemietet.«

»Die höheren Preise an der Bar werden dich auch nicht gerade ruinieren.«

»Du würdest doch nicht wollen, dass ich verhungere.« Er grinste.

Wir folgten den Gängen ins Innere des Hotels. Wie schon gesagt, war es das genaue Gegenteil der Sky Lodge: Es ähnelte eher einem Schlafsaal in einem Internat als einem Hotel, mit besonderen Einrichtungen wie zum Beispiel einer Gemeinschaftsküche statt einer Bibliothek und Flachbildschirmen statt Kaminen. Überall Edelstahl. Gavins Büro war auch nicht arg viel anspruchsvoller: Darin standen ein Billardtisch mit einem Riss im Filzüberzug und Flaschen auf der Eichenholzumrandung. Außerdem gab es ein Stehpult, auf dem ein Computer stand, der deutlich teurer war als der von Juliette, dazu zwei Monitore und ein Korkboard mit einer Landkarte der gesamten Umgebung des Bergs, inklusive der Sky Lodge, dazu verschiedene Wetterberichte und Satellitenbilder. Gavin trat hinter sein Pult vor etwas, das ich zunächst für einen schwarzen Safe gehalten hatte, das sich aber als Kühlschrank entpuppte. Er holte ein paar Flaschen Corona heraus, steckte sie zwischen seine Finger und bot sie uns an, als wäre er Edward mit den Scherenhänden. Andy schnappte sich sofort eine, aber ich schüttelte den Kopf.

»Wir haben nicht viel Zeit, Gavin.« Auch Juliette lehnt die Flasche ab. Andy hielt sein Bier unbeholfen in der Hand, unschlüssig, ob er als Verräter galt, wenn er einen Schluck nahm.

Gavin hob die Hände schicksalergeben. »Ich weiß, ich weiß.« Er tippte auf der Computertastatur herum, und der Monitor ging an. Eine dicke Staubschicht hatte sich darauf festgesetzt. Er tippte etwas ein und machte eine Geste, um Andy und mich aufzufordern draufzuschauen. Er hatte eine Excel-Tabelle aufgerufen. Kurz dachte ich, Tante Katherine hätte ihn dazu animiert, aber ich litt wahrscheinlich nur an einem PETS:

einem Posttraumatischen Excel-Tabellen-Syndrom. »Das hier ist die Gästeliste«, sagte er zu mir. »Sie haben sogar Internet. Fünf Minuten?« Die letzte Frage war an Juliette gerichtet. Er wollte ihre Aufmerksamkeit. Er bot mir und Andy seinen Computer an, so wie man Kindern erlaubt ein Videospiel zu spielen. »Es wird sich für dich auszahlen.«

»Ich hab dir schon gesagt, dass es mir nicht ums Geld geht.« Juliette ging zur Tür und hielt sie auf. »Lass uns mal draußen reden.«

Gavin grinste breit. Andy ergab sich seinem Durst und nahm einen Schluck aus der Bierflasche.

Ich schaute auf den Bildschirm. Die Excel-Tabelle war im Gegensatz zum Rest des SuperShred Resorts sehr ordentlich angelegt. Es gab eine Tabelle für die »Zimmerbelegung« und eine weitere mit der »Anwesenheitskontrolle«. Ich hätte sie gerne sofort durchgeackert, aber die kurze Möglichkeit, das Internet zu benutzen, war zu verführerisch, also öffnete ich erst mal den Browser.

Wenn Ronald Knox hundert Jahre später geboren worden wäre, bin ich mir sicher, dass sein elftes Gebot lauten würde: Recherchen mit Google sind untersagt. Aber was soll ich dazu sagen: Er ist lange tot, und ich hatte nicht die Absicht, ihm sehr bald nachzufolgen. Je mehr Informationen ich fand, umso besser.

Mir ist schon klar, dass das Googeln von Nachrichtenmeldungen in einem Buch jeglicher dramaturgischen Attraktivität entbehrt. Also erspare ich Ihnen die Schilderung, wie ich jeweils klicke und scrolle, nachdem ich die Stichworte »Black Tongue« und »Opfer von Black Tongue« eingegeben hatte. Außerdem hasse ich es, wenn Zeitungsartikel wortgetreu in Büchern nachgedruckt werden. Aber immerhin leben wir im 21. Jahrhundert, und ich hatte zwei Tage kein Internet, also müssen Sie mir verzeihen, wenn ich ein bisschen herumgesurft habe. Dies hier habe ich herausgefunden:

– Ich konnte bestätigen, was Lucy und Sofia mir mitgeteilt hatten: Asche, Tod durch Ersticken, alte persische Foltermethode. Wie Erin gesagt hatte, die Information war leicht zu finden. Jeder konnte diese Methode kopieren.

– Als ich den Suchbegriff eingab, wurde das Suchfeld schon nach den ersten beiden Buchstaben »Bl…« automatisch ausgefüllt – aus dem Suchverlauf. Also hatte Gavin das Wort auch schon gegoogelt. Die Sache hatte sich also schon weiter rumgesprochen, als ich gedacht hatte.

– Die Morde, von denen berichtet wurde, hatten sich über einen längeren Zeitraum hinweg ereignet: Der erste war vor drei Jahren verübt worden (nach dem Tod von Alan Holton) und der zweite achtzehn Monate später.

– Andy bat mich, kurz mal einen Blick auf den neuesten Stand bei den Kryptowährungen zu werfen.

– Die ersten beiden Opfer, Mark und Janine Williams, lebten in Brisbane. Mark war siebenundsechzig, Janine einundsiebzig Jahre alt. Sie hatten sich zur Ruhe gesetzt, nachdem sie dreißig Jahre lang einen Fish-and-Chips-Laden betrieben hatten. Der Artikel hing sich auf am Thema »Wie unfair das Leben sein kann« und beschrieb sie als sozial engagierte Menschen – Ehrenämter, Vereinsvorsitze, Engagement für Kinder, weil sie keine eigenen haben konnten –, wodurch ihr Tod noch deprimierender wirkte. Bei einem Artikel war auch ein Foto von ihrem Begräbnis abgedruckt, mit einer langen Schlange von Trauernden. Sie waren sehr beliebt gewesen. Das passte nicht zu meiner Gangster-These. Sofia hatte die Mordmethode korrekt beschrieben: Man hatte sie in der Garage an das Steuer ihres Autos gefesselt und mit einem Laubgebläse Asche durch das Schiebedach ins Wageninnere geblasen.

- Das dritte Opfer, Alison Humphreys, wurde noch lebend in ihrer Wohnung in Sydney gefunden, im Badezimmer, dessen Fenster zugeklebt worden war. Die Asche war durch die Lüftung in der Decke hineingeblasen worden. Sie starb nach fünf Tagen in dem Krankenhaus, in dem Sofia arbeitete, die allerdings in dem Artikel nicht erwähnt wurde (die Infos passten zu dem, was sie mir im Werkstattschuppen mitgeteilt hatte). Man hatte entschieden, die lebenserhaltenden Maßnahmen abzuschalten. Man brachte ihren Tod in Zusammenhang mit dem des Ehepaars Williams, und irgendeinem zweitrangigen Redakteur fiel dann die Aufgabe zu, einen Serienmörder zu erfinden und ihm den Namen Black Tongue zu verpassen.

- Ich ging kurz auf meinen Facebook-Account.

- Den LinkedIn-Eintragungen von Alison Humphreys nach zu urteilen (es gibt nichts Traurigeres als LinkedIn-Einträge von Verstorbenen: *Angestellt seit 2010 bis heute*), war sie einmal bei der Kriminalpolizei gewesen und arbeitete dann als »Beraterin«. Auf welchem Gebiet sie ihre Beratertätigkeit ausgeübt hatte, blieb unklar.

- Der Kaufpreis für das Sky Lodge Resort (ich hatte mich an den Namen der Maklerfirma erinnert, den ich auf dem Vertrag gelesen hatte) wurde nur auf Anfrage bekannt gegeben. Trip Advisor gab dem Resort eine Bewertung von 3,4 Punkten, was ich, mal abgesehen von den Todesfällen, ziemlich hart fand.

- Ich ging auf Lucys Instagram-Account. Mein Hintergedanke war, dass sie, wenn sie gestern Abend tatsächlich aufs Dach gestiegen war, die Versuchung für sie groß gewesen sein musste, dies in den sozialen Medien zu posten. Es gab tatsächlich einen neuen Post: den Screenshot einer Einzahlung auf ihr Bankkonto, eine paar Tausend Dollar und einige Cent, wobei der Rest der Angaben unleserlich gemacht worden war. Die Bildunterschrift lautete: *Es ist harte Arbeit, aber am Ende zahlt es sich aus – setz dich mit mir in Verbindung, wenn du mehr über finanzielle Unabhängigkeit wissen möchtest. Swipe weiter, wenn du wissen möchtest, was diese großartige Firma mir gegeben hat: #dailygrind #earningandlearning #coporateretreat #bossbabe.* Nach dem Wischen kam ich zu einem zweiten Foto – einem großartigen Bergpanorama, das vom Dach aus aufgenommen worden war – und zu einem dritten – einem Foto von allen, die am ersten Tag um den Mittagstisch gesessen hatten (nur ich fehlte, weil ich zu spät gekommen war). Ich hatte keine Energie, mich darüber lustig zu machen, dass sie so getan hatte, als sei unser Treffen eine geschäftliche Tagung *(#fake-ittillyoumakeit* wäre der passendere Hashtag gewesen), denn der sonnige blaue Himmel über dem Berggipfel-Bild deprimierte mich zu sehr. Der Post war vom Nachmittag vor dem Sturm. Neue Informationen lieferte er nicht.

Auf dem zweiten Monitor rief ich die Wetterkamera der Sky Lodge auf. Es war fast nur Weiß zu sehen, aber da kehrten Juliette und Gavin zurück, und ich konzentrierte mich wieder auf die Tabellen. Die Namen der Gäste durchzugehen war so unergiebig, wie ich erwartet hatte. Es waren irgendwelche Namen, die alle vor meinen Augen verschwammen, und es konnte sehr leicht passieren, dass ich beim Scrollen einen übersah. Ich suchte völlig willkürlich nach Williams und Humphreys, nach Holton und Clarke. Das einzig Auffällige war, dass sehr viele Leute den Namen Dylan trugen. Snowboarder eben. Schließlich wechselte ich zur Tabelle mit der Anwesenheitskontrolle. Dort gab es eine Liste mit den Zimmernummern, der Anzahl der gebuchten Betten und eine Spalte mit dem Stichwort »Anwesenheit«, wo einfach nur ein J oder ein N eingetragen war, offenbar um nachzuprüfen, wer da war und wer eventuell verloren gegangen war. Ich ging alle Namen durch. Überall ein J, alle waren anwesend.

Juliette betrachtete demonstrativ die Landkarte der Umgebung, ich merkte, dass sie ungeduldig wurde und unbedingt weiterfahren wollte. Lucy war immer noch nicht aufgetaucht. »Was gefunden?«, fragte sie, als sie dachte, dass ich genug Zeit gehabt hatte. Sie beugte sich über meine Schulter. »Eine Freundin von mir ist mal an solche Betrüger geraten.« Jetzt merkte ich erst, dass sie Lucys Instagram-Account auf dem anderen Monitor anschaute, wo immer noch der Screenshot von ihrem Bankkonto zu sehen war. »Das ist alles gelogen. Sie bringen die Leute dazu, so was mit Photoshop zu bearbeiten und es zu posten, damit es aussieht, als hätten sie Kohle gemacht. Selbst wenn das Geld existiert, wird nie erklärt, wie viel sie ausgeben mussten, um diesen Betrag zu erhalten. Von jedem investierten Dollar kommt nur ein Bruchteil wieder zurück.«

Erin hatte gesagt, Michael hätte ihr von Lucys finanziellen Problemen erzählt und das hätte sie einander nähergebracht. Andererseits konnte er diese zweihundertsiebenundsechzigtausend Dollar irgendwoher auftreiben. Vielleicht hatten sie ihre Geldprobleme voreinander verheimlicht.

Ich dachte darüber nach, während ich gleichzeitig durch die Zimmerliste scrollte in der Hoffnung, irgendwo doch noch etwas zu entdecken. Es wimmelte nur so vor Dylans. Im Gegensatz zur Sky Lodge war dies hier ein Party-Resort. Es war sinnlos, nach Leuten zu suchen, die in Zusammenhang mit einem Verbrechen standen, das vor 35 Jahren verübt worden war: Niemand, der älter war als vierzig, würde hier absteigen. Das wäre genauso, wie eine Senioren-Kreuzfahrt nach Cancún zu unternehmen.

Es sei denn …

»Gavin.« Ich scrollte schneller durch die Tabelle. »Sagtest du nicht, es sei auch ein älteres Ehepaar hier zu Gast?«

»Ja, die haben sich in ihr Zimmer zurückgezogen. Ich glaube, sie haben das falsche Resort gebucht. Wir haben hier viele verschiedene Leute, aber die passen wirklich nicht rein. Wir haben sie sogar in ihrem Zimmer bedient, was wir normalerweise nicht tun, aber ich hatte fast schon ein schlechtes Gewissen.«

»Und sie geben bestimmt gutes Trinkgeld«, sagte Juliette.

»Wie ich schon sagte, die passen nicht rein.«

»Zimmer 1214?«, fragte ich und war schon auf dem Weg. »Kannst du mir zeigen, wo das ist?«

»Ja, das ist gleich rechts.« Gavin versuchte, mit mir Schritt zu halten, sowohl physisch wie auch mental. Juliette und Andy folgten uns. »Kennst du sie denn?«

Ich bezweifelte, dass der dort aufgeführte Name ihnen etwas sagte. Vor zwölf Stunden hätte ich auch noch nichts damit anfangen können. Aber es gibt keine Zufälle, und er stand nun mal in diesem Verzeichnis, klar und deutlich.

Wir kamen vor der Tür an. Muss man sich mal vorstellen: Mit einer Tabelle ging all das hier los. Und nun sollte eine weitere Tabelle die Lösung bringen.

Zimmer 1214, McAuley.

»Bis jetzt noch nicht«, sagte ich und klopfte.

KAPITEL 34

Nachdem ich mich als Cunningham vorgestellt hatte, waren Edgar und Siobhan McAuley sehr erpicht darauf, mich hereinzubitten. Sie waren älter als meine Mutter, wirkten aber lebhafter. Edgar hatte die Knollennase eines Whiskey-Trinkers und trug ein limonengrünes Polo-Shirt, das er in seine braune Hose mit Gürtel gesteckt hatte. Siobhan war klein, hatte einen silbrig schimmernden Kurzhaarschnitt und dünne Arme, die mich an die frostüberzogenen kahlen Äste der Bäume erinnerten, die ich vorgestern auf der Herfahrt gesehen hatte. Sie hatte sich einen

Burberry-Schal um den Hals gelegt. Das waren in der Tat nicht die üblichen Gäste von Gavins Resort.

Der Raum war eng: Links stand ein Etagenbett und rechts ein Kleiderhalter (für einen Schrank war nicht genügend Platz), daneben ein einzelner Stuhl, einen Tisch gab es nicht. Ein Koffer, der auf einen Bücherstapel gelegt worden war, diente als Tisch, darauf lagen verstreute Spielkarten. Neben der Tür gab es ein winziges Badezimmer. Das Resort war wie ein Kreuzfahrtschiff gebaut: maximale Belegung auf minimalem Raum. Das Zimmer roch wie alles hier: feucht und stickig. Keine Asche in der Luft, soweit ich das beurteilen konnte.

Sie machten viel Aufhebens, bis wir uns gesetzt hatten. Edgar redete über den Sturm, Siobhan fummelte an einem Wasserkocher herum und entschuldigte sich dafür, dass sie nur zwei Tassen hatten, weshalb einer von uns darauf verzichten müsste. Andy, der immer noch eine Bierflasche in der Hand hatte, hob sie kurz an, um ihr Angebot abzulehnen. Juliette, Andy und ich setzten uns auf das untere Bett und versanken in der durchgelegenen Matratze. Gavin blieb in der Tür stehen.

Edgar nahm auf dem Stuhl Platz und beugte sich vor, die Ellbogen auf die Oberschenkel gestützt. »Wir hatten nicht mit Besuch gerechnet, wegen des Sturms und so weiter. Deshalb sind wir Ihnen sehr dankbar, dass Sie sich die Mühe gemacht haben hierherzukommen.« Sein Akzent klang britisch, aber so, als würde er versuchen, alles, was nach Australien klang, zu unterdrücken. Antrainierter Oberschicht-Akzent. »Wir haben nichts mehr von Michael gehört. Wir dachten, Sie sind auch eingeschneit, so wie wir, also haben wir gewartet. Das hier entspricht nicht unseren sonstigen Urlaubsunterkünften, wie Sie sich sicher denken können, aber es war durchaus aufregend. Nicht wahr, Liebes?«

»Oh ja, Liebling.« Sie schob den Kopf durch die Badezimmertür. Ihre Brillengläser waren beschlagen vom Dampf des Wasserkochers. »Das Gästehaus der Sky Lodge war ausgebucht, und es wäre allzu beschwerlich für mich gewesen, durch den Schnee zu einem dieser wirklich hübschen Chalets zu stapfen. Michael fand es ohnehin besser, wenn wir hier absteigen. Allerdings ist es schon eine Weile her, seit ich in einem Etagenbett geschlafen habe. Aber warum nicht? Angesichts dessen, was wir tun, fühlt es sich dadurch mehr wie ein Abenteuerurlaub an.«

Ich war völlig überrascht, dass sie Michael erwartet hatten, und noch mehr von ihrem Verhalten. Ich hatte Feindseligkeit oder auch Angst erwartet, aber nicht … Aufregung. Niemand sonst im Raum hatte eine Ahnung, wer die McAuleys waren, also musste ich das Gespräch führen, aber ich wusste nicht, wie. Ich konnte ja nicht einfach mit der Feststellung herausplatzen, dass ihre lange verstorbene Tochter jetzt auf der anderen Seite des Bergkamms auf dem Grund eines Sees lag.

»Nun«, kam mir Edgar zuvor, »haben Sie sie gefunden?«

Das genügte, um mir eine Idee von dem zu vermitteln, was hier vor sich ging. Ich entschied mitzuspielen, so gut ich konnte, um herauszufinden, ob meine Vermutungen richtig waren. »Ja, wir haben sie gefunden«, sagte ich und ignorierte Andys verblüfften Blick. Ich konnte mir ausmalen, was er gerade dachte: Wer ist *sie*? »Allerdings hat es einige Komplikationen gegeben.«

»Er will schon wieder mehr Geld«, erklärte Siobhan und trat aus dem Badezimmer mit zwei Tassen mit heißem Tee. Sie sagte das nicht verstimmt, sondern ganz ruhig, während sie uns die Tassen reichte. »Das ist okay, Liebling, wir dachten uns das schon bei Michael. Wir haben extra mehr mitgebracht.« Sie tätschelte den Koffer, der als Aushilfstisch diente.

»Könnten Sie vielleicht …« Ich zögerte, weil ich nicht wusste, was ich ihnen sagen sollte. Sie schienen nicht zu wissen, dass Michael tot war. Tatsächlich dachten sie, ich sei in seinem Auftrag gekommen. Aber das konnte auch eine Täuschung sein, in diesem Fall sollte ich meine Karten nicht sofort aufdecken, sondern versuchen, sie bei einer Lüge zu ertappen. »Wäre es möglich, dass Sie mir mit einigen Details aushelfen?« Jetzt blickten sie verwirrt drein, also beeilte ich mich, eine Erklärung hinterherzuschieben und meine Verlegenheit mit einem Lachen zu überspielen. »Es ist eine typische Familienangelegenheit, verstehen Sie? Mein Bruder zieht mich in etwas herein, zitiert mich hierher, erzählt mir aber nicht alles. Ich will nur herausfinden, ob der Preis angemessen ist.« Ich deutete auf den Koffer, um ihre Befürchtung zu zerstreuen, dass ich sie erpressen will. »Mir geht's um die Familie, verstehen Sie?« Das schien sie nicht zu überzeugen. Sie schauten einander zweifelnd an. Also schob ich hinterher: »Wie ich schon sagte, wir haben sie gefunden.«

Das schien als Köder zu funktionieren, denn Edgar sagte: »Was möchten Sie wissen?«

Ich ging aufs Ganze. »Wie viel haben Sie ihm bislang gegeben?«

»Die Hälfte«, sagte Edgar.

Ich fing mit den Fragen an, deren Antworten ich mir auch selbst zusammenreimen konnte. Michael hatte offensichtlich als Mittelsmann zwischen den McAuleys und Alan Holton fungiert – so viel hatte ich herausgefunden. Das Geld in der Tasche kam von den McAuleys, und das war auch der Grund, warum niemand – weder Lucy noch Marcelo, noch die Cops – bemerkt hatten, dass es verschwunden war. Außerdem vermutete ich, dass Michael den McAuleys etwas verkauft hatte, das er gar nicht besaß: Mit der ersten Rate hatte er Holton bezahlt, die zweite wollte er selbst einstecken. Deshalb hatte er die Leichen hier in die Berge geschafft. Es war ein Geschäft.

Es gab noch offene Fragen. Ich vermute, dass Holton die letzte Information meines Vaters – Beweise für die Entführung und Ermordung von Rebecca – zu Geld machen wollte, indem er sie an seine Verbindungsbeamtin Alison Humphreys weitergab. Das wäre den McAuleys entgegengekommen, die bereit waren, dafür eine ordentliche Summe zu zahlen, aber mein

Vater konnte nicht wissen, wo Rebeccas Leiche vergraben war, weil er noch vor ihrem Begräbnis gestorben war.

»Nun, dadrin sind vierhunderttausend«, sagte Siobhan unaufgefordert, deutete auf den Koffer und ersparte mir die Mühe, nach irgendwelchen Details zu fragen. Sie warf Edgar einen entschuldigenden Blick zu. Sie war nicht gut im Verhandeln und wollte endlich wissen, was mit der Leiche ihrer Tochter war. »Wir haben noch hunderttausend dazugelegt. Für die Fotos.«

Der Betrag passte. Die dreihunderttausend im Koffer waren die Hälfte der Zahlung, also das, was Holton ursprünglich als Lösegeld gefordert hatte. Aber es gab noch unbeantwortete Fragen: Wenn Michael von den McAuleys bezahlt worden war, wieso war er dann so knapp bei Kasse gewesen? Wenn sie ihm hunderttausend zusätzlich für die Fotos angeboten hatten, dann waren sie nicht kleinlich … Moment mal … welche Fotos?

»Moment mal«, sagte ich. »Welche Fotos?«

Siobhan geriet ins Stottern. »M-Michael sagte …«

»Tut mir leid.« Edgar beugte sich vor und zog den Koffer zu sich. Die Spielkarten fielen auf den Boden. Er ließ eine Hand besitzergreifend darauf liegen, aber ich bemerkte einen Anflug von Angst in seinen Augen. Er wusste, wenn wir das Geld nehmen wollten, konnten wir es tun. Und seine Frau hatte uns gerade mitgeteilt, wie viel es war. Sie hatten keine Erfahrung im Umgang mit Kriminellen. Oder mit Cunninghams. »Wer, sagten Sie doch gleich, sind Sie?«

Siobhan reckte sich, um zu beweisen, dass sie keine Angst hatte. »Wer sind diese Leute, die Sie mitgebracht haben? Und wo ist Michael?«

»Michael ist tot.«

Der Schock verschlug ihnen die Sprache.

»Aber er hat die Leiche Ihrer Tochter gefunden. Ich kann Ihnen sagen, wo sie ist.«

»Oh, Gott sei Dank.« Siobhans Erleichterung wirkte sich

geradezu körperlich aus, sie musste sich am Kleiderständer fest-halten. »Es tut mir leid. Ich wollte nicht ...«

»Kein Problem. Sie können dieses Geld hier auch behal-ten.« Ich spürte, wie Andy mir den Ellbogen in die Seite stieß, als wollte er sagen: *Bist du dir sicher, Mann?* »Michael musste sterben wegen dem, was er gefunden hat. Was immer er da aus-gegraben hat, irgendjemand will es wieder verschwinden lassen. Sie könnten mir helfen, die leeren Stellen in dieser Geschichte auszufüllen. Denn alle, die zu viel über den Tod Ihrer Tochter wissen, scheinen in Lebensgefahr zu schweben. Das betrifft auch mich und meine Familie. Und Sie jetzt auch, vermute ich.«

»Erklären Sie uns, wie wir helfen können«, sagte Edgar. Siobhan nickte. Es war ihr anzusehen, dass sie jedes Risiko ein-gehen würde, wenn sie nur etwas über ihre Tochter erfuhr.

Ich hätte am liebsten direkt wieder nach den Fotos gefragt, aber ich musste etwas logischer vorgehen. »Wie haben Sie Mi-chael kennengelernt?«

»Tatsächlich ist er auf uns zugekommen«, sagte Edgar. »Er breitete eine Riesengeschichte vor uns aus, und ehrlich gesagt übertraf es alles, was wir bis dahin gehört hatten. Wir hatten jahrelang Privatermittler beschäftigt, manche operierten am Rand der Legalität, aber keiner von ihnen kam zu einem brauchbaren Ergebnis. Wir setzten Belohnungen aus, und Sie können mir glauben, dass daraufhin unsere Telefone klingelten. Wir wissen jetzt, wie Betrüger sich anhören.«

»Aber das haben wir schon vor achtundzwanzig Jahren auf-gegeben«, fügte Siobhan hinzu. Eine sehr spezifische Zahl, wie mir schien. »Die Leute, die sich heute melden, wollen eher einen Film oder einen Podcast machen oder ein Buch darüber schreiben.«

Edgar fuhr fort: »Bei Michael war es anders. Das haben wir sofort gemerkt. Er erzählte uns von einem Polizisten, der bei der ursprünglichen Lösegeldübergabe dabei gewesen war, die gescheitert war. Ein Mann namens Alan Holton. Ihr Bruder sagte, Holton wüsste, wo Rebecca begraben wurde. Und nicht nur das, er könnte auch beweisen, wer der Mörder war.«

»Die Fotos …«, flüsterte ich vor mich hin. Marcelo hatte vermutet, mein Vater sei Zeuge eines Mords gewesen, aber jetzt stellte sich raus: Er hatte die Tat auch fotografiert. Kein Wunder, dass jemand die Bilder haben wollte.

»… von der Ermordung«, sagte Edgar. »Das hat er uns jedenfalls gesagt. Er wollte sie uns bringen. Hat Michael sie Ihnen gezeigt?«

»Gehen wir noch mal einen Schritt zurück. Hat Alan Holton seine Hand im Spiel gehabt bei der Entführung Ihrer Tochter?«

Siobhan nickte. »Es waren ungefähr fünfzig Polizisten beteiligt. Und eine Polizistin. Ich möchte nicht arrogant klingen, aber das war keine gewöhnliche Entführung.«

Ich wusste, was sie damit meinte. Kinder aus reichem Haus kommen in die Nachrichten.

»Hat Michael Ihnen die Fotos gezeigt?«, wiederholte Edgar seine Frage. Es gefiel ihm gar nicht, dass ich sie übergangen hatte.

»Nein, ich habe sie nie gesehen. Aber ich gehe davon aus, dass Michael sie hat oder hatte. Mein Bruder war ein sehr umsichtiger Mensch. Er hat sie bestimmt an einem sicheren Ort verwahrt. Ich weiß nur noch nicht, wo.« Ich wandte mich wieder an Siobhan. »Wieso jetzt? Heute sind sie bereit, siebenhunderttausend Dollar zu zahlen, wieso wollten Sie damals keine dreihunderttausend zahlen? Dann wäre Ihre Tochter vielleicht noch am Leben.«

»Er meint das nicht unverschämt. Wir sind nur knapp in der Zeit«, warf Juliette entschuldigend ein.

»Schon o.k.«, sagte Edgar und verzog das Gesicht. »Mit der Zeit bewertet man die Dinge anders. Jetzt wissen wir, dass wir einen Fehler begangen haben. Damals vertrauten wir der Polizistin, die sagte, es wäre besser, das Geld zurückzuhalten. Und wir … nun ja, es war damals eine Menge Geld. Aber wir hätten es aufbringen können. Hätten es zahlen *müssen*. Heute würden wir jede Summe zahlen.«

»Diese Polizistin, war das Alison Humphreys?«

Beide nickten. Andy versuchte, einen Schluck Bier zu trinken, setzte aber nicht richtig an, und es tropfte auf seine Jacke. Er wurde knallrot vor Verlegenheit.

»Wieso hat Holton die Information nicht direkt an Sie verkauft?«

»Wir wussten nicht, dass Michael etwas mit Holton zu tun hatte. Er sagte uns, Holton hätte es intern vermasselt. Wir kauften das, was Michael wusste.«

»Wir haben ihn nicht bezahlt, damit er Holton tötet, falls Sie das glauben«, warf Siobhan ein. »Wir haben davon in den Zeitungen gelesen. So etwas tun wir nicht.«

»Wir vermuteten, dass sie Partner waren oder so«, erklärte Edgar. »Holton wusste, dass wir schwach waren, deshalb hat er Michael genug Informationen über unsere Tochter gegeben, um an unsere Gefühle zu appellieren, was auch funktionierte. Aber dann haben sie sich wegen des Geldes zerstritten, wie das oft der Fall ist. Wir hatten schon befürchtet, dass unsere Investition umsonst war.« Das Wort »Investition« war eine eigenartig Wahl in diesem Zusammenhang, aber das war ein grünes Polo-Hemd im Schnee auch, also dachte ich, es passte irgendwie zu Edgar.

»Bis Michael uns aus dem Gefängnis schrieb«, sagte Siobhan. »Er behauptete, er hätte die Fotos und er würde die Leiche mitbringen, wenn er hierherkäme. Deshalb sind wir hier.«

»Um ihr die letzte Ehre zu erweisen«, sagte Edgar betont ernst, um zu signalisieren, dass ich das respektieren müsse.

Kompliment an Michael, das war schnell verdientes Geld. Das einzige Problem war, dass er, als er sich mit Alan Holton traf, dreiunddreißigtausend Dollar zu wenig in der Tasche gehabt hatte. Er hatte mir ja erzählt, dass dies der Grund gewesen sei, warum Holton die Waffe zog. Ich dachte, diesen Teil der Geschichte hätte ich verstanden, und ging davon aus, dass die McAuleys nicht darin verwickelt waren. Ich schob den Gedanken beiseite, um später noch mal darauf zurückzukommen, und nahm mir innerlich die anderen Akteure vor.

Detective Alison Humphreys ihrerseits hatte eine Operation geleitet, die zu Rebeccas Tod geführt hatte, ein aufsehenerregender Fall. Sie dürfte sich an alle Strohhalme geklammert haben, um ihren Job zu behalten. Das war auch der Grund, warum sie Robert Cunningham so hart rangenommen hatte. Sie brach die ursprüngliche Vereinbarung und stellte nach jeder Antwort zwei neue Fragen, wie Marcelo es ausdrückte. Alison Humphreys versuchte verzweifelt herauszufinden, welcher Kollege ihr Team hintergangen hatte. Die Antwort lautete: Alan Holton und sein Partner Brian Clarke. Mein Vater fand das auf die harte Tour heraus. Vielleicht hatte Alison Humphreys sich vor eineinhalb Jahren den ungelösten Fall erneut vorgenommen. Vielleicht war sie deshalb ausgeschaltet worden?

Es waren immer noch Lücken in meiner Geschichte. Holton und Clarke waren tot, also konnten sie nicht jemanden wegen der Fotos umbringen. Aber irgendwas zeichnete sich ab, wie ein Skiliftpfeiler im Nebel.

»Michael war der Zweite, der in der Sky Lodge ums Leben kam«, sagte ich und schaute wieder in die erwartungsvollen Gesichter von Edgar und Siobhan. »Wenn die beiden Morde zusammenhängen, müssten Sie das erste Opfer auch kennen. Vielleicht hat er bei den Vorbereitungen der Entführung geholfen. Juliette, würdest du ihnen bitte das Foto zeigen?«

»Ich hab das Foto nicht«, entgegnete sie. »Ich habe es nie gesehen. Nachdem ich meine Gästeliste überprüft hatte und niemand aus unserem Haus fehlte, war es nicht mehr nötig. Crawford zeigte es nur ausgewählten Gästen, von denen er glaubte, sie würden keine Panik schüren. Ich war ganz offensichtlich nicht darunter.«

Ich wandte mich an die McAuleys: »Haben Sie jemanden mitgebracht? Einen Freund? Leibwächter?«

»Wir sind allein gekommen«, sagte Edgar.

»Das reicht jetzt. *Wo ist unsere Tochter?*«, rief Siobhan anklagend aus. Sie ertrug es nicht länger, auf eine Auskunft von mir zu warten. »Nehmen Sie es. Nehmen Sie alles!« Sie schob mir den Koffer zu, ich schob ihn zurück, allerdings etwas zu fest, sodass sie nach hinten taumelte. Sie fiel nicht hin (das Zimmer war zu klein dafür), aber sie prallte gegen die Wand und umklammerte erschöpft den Koffer. »Das ist alles, was wir wissen, glauben Sie uns. Wir wollen doch nur, dass sie endlich Ruhe findet. Selbst wenn wir nie herausfinden, wer sie auf dem Gewissen hat, wollen wir sie doch begraben. Bitte.«

»Sie wurde zusammen mit einem verstorbenen Polizisten begraben. So haben sie Ihre Leiche verschwinden lassen. Wahrscheinlich haben sie den Leichenbeschauer bestochen.« Ich wusste, dass dies für die beiden schwer zu ertragen war, also ließ ich ihnen kurz Zeit, um diese Information zu verarbeiten, bevor ich die schlechte Nachricht loswurde. »Leider liegt der Sarg jetzt auf dem Grund des Sees bei der Sky Lodge.«

Siobhan schnappte nach Luft. Tränen liefen ihr übers Gesicht.

»Wir können Taucher engagieren, Liebes«, versuchte Edgar sie zu trösten.

»Ganz schön morbide, den Leichnam der eigenen Tochter zu kaufen«, sagte Juliette unvermittelt.

»Ziemlich morbide, ihn zu verkaufen«, entgegnete Edgar.

Ich machte Andy und Juliette ein Zeichen, dass wir aufstehen sollten. Wir erhoben uns mühsam. Edgar und Siobhan umarmten sich schluchzend. Ich hasste es, sie noch mal quälen zu müssen, denn nach Juliettes Kommentar wollten sie uns sicherlich loswerden, aber eine Sache war noch offen: »Es tut mir leid, dass ich Sie das noch fragen muss. Aber ist mein Stiefvater vor zwei Tagen hier bei Ihnen gewesen? Ein schwergewichtiger Südamerikaner? Er heißt Marcelo.«

»Nein.« Edgar schüttelte den Kopf. »Aber eine Frau namens Audrey.«

KAPITEL 35

Andy setzte sich nach vorn, und dann rumpelten wir wieder über den Berghang. Juliette saß mir gegenüber im hinteren Teil, als wären wir verhaftet worden. Gavin fuhr sehr schnell, das Schneemobil wurde so heftig hin und her geworfen, dass unsere Zähne klapperten. Niemand machte sich die Mühe, aus dem Fenster zu schauen.

»Dann weiß Ihre Mutter also mehr, als sie zugibt«, stellt Juliette fest.

Bevor wir aufgebrochen waren, hatte ich Gavin gefragt, ob ich einen Blick auf die Aufnahmen seiner Sicherheitskamera werfen dürfte. Daraufhin meinte er: »Kumpel, an meiner Bar kann man nur cash bezahlen«, als würde das die fehlende Technik erklären. Ich beließ es dabei.

»Ich verstehe das nicht«, sagte ich zu ihr.

»Schreiben Sie's auf Ihre Liste.« Sie tippte sich gegen die Lippen. »Ich hab gestern Abend Ihr Buch runtergeladen. Hat Ihre Mutter eine Zwillingsschwester?«

Das war Regel Nummer 10: Das Erscheinen von Zwillingen und Doppelgängern muss tunlichst vorbereitet werden. »Knox würde mich umbringen.«

Juliette lachte und lehnte dann ihre Stirn gegen das Fenster. Sie ließ die Augen über den blendend weißen Schnee gleiten. Ihr Atem schlug sich auf dem Glas nieder. »Lasst uns zurück ins Resort gehen.«

Ich wusste, was sie meinte. Wenn Lucy noch hier draußen im Sturm war, dann war sie längst tot. In Horrorfilmen sterben die

Leute, weil sie sich voneinander trennen, aber in den Bergen ist es etwas anderes: Hier sterben sie, weil sie einander beistehen wollen. Wir waren an dem Punkt angelangt, wo wir uns um uns selbst kümmern mussten.

Ich beugte mich vor. Ich musste nicht mal leise sprechen – das Dröhnen des Schneemobils übertönte alles, es sei denn, ich würde laut schreien, aber ich wollte deutlich machen, dass es vertraulich war. »Will Gavin die Sky Lodge kaufen?«

Sie runzelte die Stirn. »Woher wissen Sie das?«

»Ich hab den Kaufvertrag auf Ihrem Schreibtisch gesehen, aber er ist noch nicht unterschrieben. An Gavins Korkboard hängt eine Karte, auf der Ihr Resort deutlich eingezeichnet ist. Sie scheinen es beide nicht geheim halten zu wollen. Entschuldigen Sie, wenn ich mich da einmische, aber ich vermute, dass Sie unterschiedliche Vorstellungen davon haben, wie so ein Geschäft geführt wird. Das sagen mir zumindest der Staub auf seinem teuren Computer und Ihr Gesichtsausdruck, als Sie die Party betreten haben. Mir scheint, er arbeitet weniger, verdient aber mehr. Das nervt Sie, und deshalb schieben Sie den Deal vor sich her.«

Ich hatte alle Karten offengelegt, um mit meinem Kombinationstalent zu prahlen. Vielleicht wollte ich auch sie persönlich ein wenig beeindrucken.

»Er will nicht die Sky Lodge«, sagte sie. »Er will nur das Land. Er wird sie abreißen, um noch so ein SuperShred hinzubauen. Dann gehören ihm beide Täler. Es klingt vielleicht albern, denn es geht ja um Mill– ... nun ja, um eine Menge Geld, aber seine Idee hat überhaupt keinen Charme.« Sie schaute wieder aus dem Fenster.

Die Lichter des Gästehauses tauchten vor uns auf. Ich überlegte, wie es sich anfühlte, zu diesem Adventskalenderhaus zurückzukehren, und verglich es mit dem Flugzeughangar des SuperShred. Überhaupt nicht albern, dachte ich.

Sie dachte anscheinend das Gleiche. »Ich hab dir doch erzählt, dass ich zurückkam, nachdem meine Eltern gestorben waren, und dass ich hier hängen geblieben bin. So was passiert im Leben, verstehst du? Der Berg hält einen fest. Und damals brummte der Laden. Dann kamen ein paar warme Winter, und nun heißt es, davon wird es künftig noch mehr geben.« Sie hielt inne. »Ich kann mir diese riesigen Schneekanonen, die Gavin hat, nicht leisten. Daher war ich froh, als er mir ein Angebot machte, ein ziemlich gutes Angebot. Ich kenne Gavin schon lange. Wir stammen beide aus Familien von Resort-Betreibern.«

»Whistler?«

»Whistler.« Sie lächelte bei dieser Erinnerung. »Er ist ein netter Kerl. Und er hat mir einen Rettungsanker zugeworfen.« Sie las meine Gedanken und kniff die Augen zusammen. »Er will mein Land, aber er würde nicht alles dafür tun, um es zu bekommen.«

Geld ist immer ein gutes Motiv. Ich hatte mich bislang nicht besonders intensiv mit Sofia befasst, denn fünfzigtausend sind ein zu kleiner Betrag, um dafür zu töten, aber wenn dieses Land hier war Millionen wert war …

»Also habe ich zugestimmt«, fuhr sie fort. »Damals, als ich noch dachte, er wollte das Hotel weiterbetreiben. Das fand ich gut – zumal ich die Last meines Erbes los wäre. Aber als der Vertrag dann zur Unterschrift vorlag, erfuhr ich, dass er alles abreißen wollte, mein ganzes Erbe also.« Sie seufzte und stieß dabei eine Dampfwolke aus. »Mit diesem Haus sind viele Geschichten verbunden. Meine Familie steckt in diesem Gemäuer.«

Ich fragte mich, warum Gavin so erpicht darauf gewesen war, Juliette in sein Büro mitzunehmen. Warum er ihr versicherte, es würde *sich für sie auszahlen*. »Hat er sein Angebot aufgestockt? Vorhin?«

Sie nickte. »Er hat einen neuen Investor.«

»Ganz offensichtlich«, sagte ich. »Und lassen Sie sich drauf ein?«

»Nach diesem Wochenende ...« Sie schaute wieder aus dem Fenster und ließ den Satz unvollendet.

»Heilige Scheiße!«, rief Andy auf dem Vordersitz aus. Er wischte mit dem Ärmel über die beschlagene Windschutzscheibe. Durch das verschmierte Kondenswasser hindurch konnte ich einen großen Fleck sehen, der die Umrisse von Marcelo hatte. Er winkte mit den Armen, als wollte er einem Flugzeug bei der Landung assistieren. Hinter ihm, seitlich des Gästehauses, blinkte ein rotes Leuchtsignal im Schnee. Darum hatten sich noch weitere Schatten versammelt. Einer beugte sich nach unten. »Ich glaube, sie haben sie gefunden.«

Angesichts der Schneemassen, die sich über sie gelegt hatten, musste Lucy die ganze Nacht dort gelegen haben. Ich konnte nur ihre Hand erkennen, die blassweiß und starr aus dem Hügel ragte.

Niemand hatte versucht, sie auszugraben. Es gab eine kleine Aushöhlung auf Höhe ihres Kopfes, ein Loch, das gerade groß genug war, um einen Blick hineinzuwerfen, den Arm hindurchzustrecken und den Puls zu prüfen. Daran ließ sich leicht ablesen, wie schnell diese Aktion beendet worden war. Wenn es noch Hoffnung gegeben hätte, wäre das Loch größer gewesen.

Das Blinken des roten Signals warf blutrotes Licht auf den Schnee. Ich beugte mich vor, warf einen kurzen Blick auf Lucy und wich zurück. Ihr fluoreszierender Lippenstift wirkte auf ihrem blutleeren Gesicht noch greller. Sie trug immer noch den gelben Rolli von gestern. Der war kaum geeignet, sie in dieser Kälte zu wärmen. Hinter ihrem Kopf war eine Krone aus rötlich verfärbtem Eis zu sehen. Interessanterweise war keine Asche in ihrem Gesicht. Mir wurde schlecht. Hat ihr jemand gesagt, dass der Trockenraum nicht abgeschlossen war?

»Ich hab sie nur bemerkt, weil ich auf ihre Hand getreten bin«, sagte Katherine. Sie, Sofia und Crawford standen neben der Leiche. Audrey war im Haus, um sich aufzuwärmen. Nachdem er uns hergewinkt hatte, war Marcelo ihr gefolgt. Wo Erin war, wusste ich nicht.

»Füllt das Loch auf«, sagte Juliette.

Alle schauten sie irritiert an. Es klang … kaltschnäuzig.

»Wir müssen hier weg. Und wir können die Leichen nicht mitnehmen. Wenn der Sturm vorbei ist, können wir wiederkommen. Also müssen wir sie vor den wilden Tieren schützen« Sie beugte sich vor und schaufelte einen Haufen Schnee mit den Unterarmen auf Lucys Grab. Ich folgte ihrem Beispiel. »Gavin, wie viel Zeit haben wir noch?«

Es war unfair, von ihm zu verlangen, dass er uns alle den Berg hinabbrachte, aber er musste ihr einige Gefallen tun, damit sie sein Angebot für das Hotel weiterhin in Betracht zog.

»Ich muss noch tanken. Das wird eine Weile dauern.«

»Wollen Sie damit sagen …«, begann Andy.

»Alle packen jetzt bitte ihre Sachen. Wir verlassen das Hotel.«

Ich war Juliette dankbar, dass sie keine Diskussion zuließ. Die Suche nach Lucy war das Einzige gewesen, das uns vom Wegfahren abgehalten hatte. Wir waren nicht vom Sturm eingeschlossen, wie das in solchen Romanen oft der Fall ist. Keineswegs. Aber wir wurden von unseren Egos, unserer Reue, unserer Scham und unserer Sturheit an diesem Ort festgehalten. Es war an der Zeit, damit Schluss zu machen. Auch ansonsten war es ein guter Moment für einen Exodus, nehme ich an, denn es sind nur noch sechs Kapitel bis zum Ende des Romans.

Ich warf noch eine Handvoll Schnee auf die Leiche. Das würde genügen, um Lucy vor allen Unbilden zu schützen. Das hatte sie nicht verdient. Sie war nur hierhergekommen, um Michael für sich zurückzugewinnen. Sie wollte unbedingt eine von den Cunninghams sein. Deshalb war sie hier. Scheidung oder nicht, sie gehörte zur Familie, aber wir hatten sie nicht entsprechend behandelt. Während der ersten Hälfte des Wochenendes hatten wir sie ignoriert. Dann hatte Audrey ihr die Verantwortung für Michaels Tod zugeschoben und alle Schuld auf sie geladen. Niemand von uns war ihr aufs Dach gefolgt. Sie war allein gestorben. Tolle Familie. Es ist nicht einfach zu weinen, wenn dir die Tränen im Gesicht gefrieren.

Nur Lucys Hand ragte jetzt noch aus der Schneewehe, die Handfläche dem Himmel zugewandt. Ich bemerkte, dass sie immer noch ihren Ehering trug. Ich wusste nicht, ob es respektvoller gewesen wäre, ihn abzuziehen und aufzubewahren oder dort zu lassen, und fand es dann besser, mich nicht mit ihrer gefrorenen Hand herumzuquälen. Also warf ich genug Schnee auf ihre Hand, um sie zu bedecken. Dann nahm ich meine Mütze ab, trotz der Kälte, die ich nun am Kopf spürte, und schnappte mir einen der Skistöcke, die verlassen an der Hütte lehnten. Ich befestigte die Mütze daran und steckte ihn neben ihr in den Schnee, damit wir sie wiederfinden würden, wenn der Sturm vorbei war.

»Wir kommen wieder und holen dich«, sagte ich zu dem Schneehügel. Jemand legte einen Arm um mich, aber bei dem starken Wind konnte ich nicht mal sehen, wer es war.

Wir gingen alle ins Haus. Ich wusste, dass ich die Geldtasche aus meinem Chalet holen musste, bevor wir abfuhren. Außerdem sollte ich darüber nachdenken, wie ich meine Mutter allein zu fassen bekam, um sie nach den McAuleys zu fragen. Aber im Moment war mir das alles egal, ich wollte nur weg hier. Ich musste mich aufwärmen und irgendwo ein paar Schmerztabletten finden. Endlich konnte ich nachfühlen, wie es war, wenn man abhängig ist. Ich hätte die ganze Tasche mit Geld gegeben, um mein Gehirn und meine Hand zu betäuben. Ich trottete hinter den anderen her ins Restaurant.

Erin, so stellte sich heraus, war die ganze Zeit drinnen gewesen und hatte versucht, die Angestellten zu ersetzen, die Juliette nach Hause geschickt hatte. Sie hatte uns ein Abendessen gekocht. Ich nahm das Hühnchen und die Maissuppe dankbar an und setzte mich neben Sofia an einen Tisch. Jemand war losgegangen, um meine Mutter zu holen und sie zum Mitkommen zu bewegen. Bevor ich zu essen begann, hielt ich mein Gesicht über die Suppenschale und atmete den heißen Dampf ein.

»Es war keine Asche zu sehen«, sagte ich kopfschüttelnd zu Sofia, nachdem ich ein paar Bissen gekaut hatte. »Nicht so wie bei den anderen.«

Sofia verzog das Gesicht und verstand, was ich eigentlich hatte fragen wollen. Sie erklärte es schlicht: »Sie hat sich eine Menge Knochen gebrochen.«

Sofia schaute durch die Türen des Restaurants ins Foyer. Ich sah, wie ihre Augen die Treppe hinaufwanderten. Ich hatte falschgelegen, was Juliettes düsteren Verdacht betraf, den sie im Schneemobil geäußert hatte. Andy hatte erklärt: »Bei diesem Wetter ... das wäre doch Selbstmord.« Das Foto von Green Boots, das Sofia Lucy gezeigt hatte, zeigte detailreich, was auch Michael zugestoßen war, und Lucy hatte sich schon schuldig gefühlt, weil sie wusste, dass sie ihn in einen Raum gesperrt hatte, aus dem er nicht hinauskonnte. Aber Lucy war schon aus der Bar gestürmt, bevor Audrey Crawford nach den genauen Umständen gefragt hatte. Lucy war zuletzt gesehen worden, wie sie schuldbeladen die Treppen hinaufstieg. Um aufs Dach zu gelangen. Juliette hatte noch gesagt, wir sollten sie aufhalten, damit sie nicht im Sturm zu Schaden kam. Aber Lucy hatte den Sturm gar nicht gebraucht. Das Dach des Gästehauses war hoch genug gewesen.

Sofia und ich wussten, was passiert war, und ließen es auf uns wirken: Niemand hatte Lucy mitgeteilt, dass Michaels Gefängniszelle gar nicht versperrt gewesen war. Dass sie nicht an seinem Tod schuld war.

Ich habe am Anfang dieses Buchs die Wahrheit gesagt: Jeder in meiner Familie *hat* jemanden umgebracht.

Nur nicht unbedingt eine *andere* Person.

KAPITEL 36

Ich vermute, meine Mutter hätte in den 1970ern so manchen Bulldozer im Alleingang aufgehalten, wenn man von der Begeisterung ausgeht, mit der sie sich jetzt an den Bettpfosten gekettet hatte. Marcelo war kopfschüttelnd in den Speisesaal gekommen, wo sich inzwischen unser Gepäck angesammelt hatte. (Ich hatte dem Sturm ein weiteres Mal die Stirn geboten und die Sporttasche in meinen Rollkoffer gequetscht.) Katherine und ich meldeten uns als die nächsten übrig gebliebenen Verwandten freiwillig, um in den dritten Stock zu gehen, wo Audrey im Bett lag, angekettet an den Bettpfosten. Mit »angekettet« meine ich, dass sie dafür Crawford die Handschellen weggenommen hatte. Immerhin war es eine recht bequeme Art des Protests.

Es war eine unausgesprochene Übereinkunft, dass Katherine, die nicht so sehr in Ungnade gefallen war wie ich, die Initiative ergreifen würde. Sie streckte eine Hand aus: »Mach dich nicht lächerlich, Audrey. Wo ist der Schlüssel?«

Meine Mutter zuckte mit den Schultern.

»Der Typ mit dem Schneemobil kann uns wegbringen, jetzt oder nie. Du bringst uns alle in Gefahr.«

»Dann geht doch.«

»Du weißt, dass das unfair ist. Wir können dich nicht zurücklassen. Was ist, wenn der Sturm schlimmer wird? Deine Familie ist in Gefahr. *Es sind Menschen gestorben.*«

»Klingt in meinen Ohren so, als wolltet ihr den Mörder mitnehmen. Ich lasse Michael hier nicht einfach so verrotten.«

»Wir kommen zurück und holen ihn, wenn es sicherer ist, wenn das Wetter sich beruhigt hat.«

Marcelo tauchte hinter uns auf. Offenbar hatte er schon alles versucht, um sie umzustimmen. Katherine wurde immer wütender und lauter. Sie ließ die vernünftigen Argumente hinter sich und warf Audrey Worte an den Kopf wie »selbstsüchtig«, »schwierig« und sogar »du dummes Biest«. Schließlich zerrte sie am Bettpfosten und versuchte, ihn abzubrechen. Normalerweise hätten solche Beschimpfungen bei meiner Mutter eine vernichtende Reaktion zur Folge gehabt, aber heute drehte sie nur den Kopf zur Seite. Aus Marcelos verzweifeltem Blick war zu schließen, dass auch er es schon auf diese Weise versucht hatte.

»Ich brauche einen Schraubendreher oder ... Moment ...«, Katherine warf einen genaueren Blick auf den Rahmen, »einen Inbusschlüssel«, sagte sie und schaute Marcelo an, leicht angewidert »Vierhundert Dollar pro Nacht für ein IKEA-Bett.« Dann wandte sie sich wieder an Audrey, mit drohendem Unterton: »Wir tragen dich hier raus.«

Marcelo übernahm allzu gern die Aufgabe, das Werkzeug zu suchen, und eilte davon.

»Mein Sohn ist tot«, sagte Audrey. »Ich lasse ihn nicht zurück.«

Das hatte sie schon unten in der Bar erklärt, als Sofia und Crawford ihr von seinem Tod erzählten. Es brachte mich auf die Palme. Seit ich hier angekommen war, hatte ich darum gebettelt, als ein echter Cunningham behandelt zu werden. Das war mir wichtiger gewesen als der Tote im Schnee oder sogar mein Bruder Michael. Bei der Suche nach dem Mörder ging es nicht mir nur um Gerechtigkeit: Es war eine Chance für mich, der kriecherische Versuch, meiner Mutter zu beweisen, dass ich verdiente, diesen Namen zu tragen. Aber meine Mutter wiederholte ständig nur die Litanei vom Verlust ihres Sohns und ließ völlig außer Acht, dass dort draußen im Schnee noch eine Frau lag, die ebenfalls zur Familie gehört hatte. Unabhängig davon, wie die Nachnamen lauteten und ob jemand geschieden war, hatte Marcelo es auf den Punkt gebracht: *Entweder alle oder keiner*. Meine Mutter konnte sagen, was sie wollte, sie wusste gar nicht, was Familie bedeutete.

»*Dein Sohn?*« Audrey und Katherine zuckten zusammen, so laut hatte ich geschrien. Marcelo erzählte mir später, er hätte es bis unten ins Foyer hören können. In mir hatte sich mehr Wut angestaut, als mir bewusst gewesen war. »Dein Sohn? Und was ist mit meiner Schwester – deiner Tochter? Angeheiratet oder nicht, das spielt doch keine Rolle. Lucy liegt da draußen tot im Schnee. Du weißt genau, warum sie gestorben ist: Weil du ihr unendlich viel Schuld aufgeladen hast wegen Michaels Tod. Jetzt ist sie auch tot, und du sagst immer nur: *Mein Sohn, mein Sohn!*«

»Ernie …« Katherine versuchte, zwischen uns zu treten, aber ich trat näher an meine Mutter heran, ich war unendlich wütend. Meine Mutter zuckte nicht mal mit der Wimper.

»Nein, Katherine. Wir haben das schon viel zu lange hingenommen.« Ich wandte mich wieder an meine Mutter: »Du hast deinen Schmerz über den der anderen gestellt. Du hast uns als Kinder gequält, weil *dein* Ehemann gestorben ist. Du hast mich verstoßen, wegen dem, was ich *deiner* Familie angetan habe. Ja, aber es ist auch *meine* Familie.« Ich beruhigte mich, weil ich trotz meiner Wut nun manches an ihr besser verstand. Ich setzte mich auf den Bettrand. »Ich weiß, dass es hart war. Nachdem du Dad verloren hattest, musstest du für alles allein sorgen. Und ich weiß, dass du dich mit deinem Namen identifiziert hast, mit dem, was die Leute über Dad dachten. Und ich weiß auch, dass du alles nur aushalten konntest, weil du dich abgeschottet und den Namen zu deinem eigenen gemacht hast. Aber genau dadurch hast du angefangen, dem Bild zu entsprechen, das die Leute von dir hatten. Aber Cunningham bedeutet nicht das, was du denkst. Ich weiß jetzt …«, ich war selbst überrascht darüber, dass ich jetzt ihre Hand ergriff, was sie passiv geschehen ließ, »was Dad versucht hat, als er starb.«

Die Augen meiner Mutter glänzten, aber sie biss weiter die Zähne zusammen. Es war schwer zu sagen, ob sie sich angegriffen oder verstanden fühlte. Ich hielt ihrem Blick stand. »Weißt du das?«, fragte sie.

»Ich weiß von Rebecca McAuley. Ich weiß, dass Dad Fotos hatte, die jemanden zeigen, der in die Entführung verwickelt war, vielleicht sogar in ihre Ermordung. Ich weiß, dass Alan Holton ein Verbrecher war. Ich weiß auch, warum du so verletzt warst, als ich mich während Michaels Verhandlung auf die Seite des Gesetzes geschlagen habe. Ich habe sehr lange gebraucht, um es aus deiner Perspektive betrachten zu können, aber jetzt kann ich es. Ich weiß, dass du vor zwei Tagen Rebeccas Eltern aufgesucht hast. Deshalb bist du nämlich nicht zum Abendessen erschienen. Du hast sie gebeten, nach Hause zu fahren.« Ich zitierte alles, was die McAuleys mir darüber erzählt hatten. »Du hast sie bedroht, Audrey. Du hast sie gefragt, ob sie weitere Kinder haben, ob sie Enkelkinder haben. Diese Leute haben *ihr Kind verloren*. Wie kannst du das, was Rebecca passiert ist, als Drohung benutzen? *Wie kannst du es wagen, so etwas zu tun!*«

»Ich habe sie nicht bedroht«, sagte Audrey leise. »Ich habe ihnen nur die Risiken *vor Augen geführt*.«

»Sie kennen die Risiken sehr genau. Sie haben ihre Tochter verloren.« Ich holte tief Luft, und dann warf ich das in den Raum, was ich glaubte, herausgefunden zu haben. »Genau wie du Jeremy verloren hast.«

»Du weißt ja gar nicht, wovon du da redest«, sagte sie verbissen.

»Ich kam darauf wegen etwas, das Siobhan McAuley sagte«, fuhr ich fort. »Nämlich, dass sie in den letzten achtundzwanzig Jahren keinen Privatermittler mehr angeheuert hatten. Ich wunderte mich über die präzise Zeitangabe. Rebecca wurde vor fünfunddreißig Jahren entführt. Der Unterschied beträgt also sieben Jahre. So lange hattest du warten müssen, bis eine Trauerfeier für Jeremy stattfinden konnte. Sieben Jahre. Das kann kein Zufall sein, das hat etwas miteinander zu tun. Sieben Jahre, so lange dauert es, bis man eine verschwundene Person offiziell für tot erklären kann, stimmt's?«

»Was willst du damit sagen, Ernie?«, fragte Katherine hinter mir.

Audrey starrte mich an, ihr Kinn bebte, aber sie schwieg.

»Du hast noch etwas anderes preisgegeben, als wir kürzlich in der Bibliothek miteinander sprachen.« Ich ging nicht auf Katherine ein, sondern schaute weiterhin meine Mutter an. »Du sagtest, unsere Familie hätte den Preis gezahlt für Dads Taten. Aber du sagtest auch, er hätte uns keine Waffe zum Kämpfen hinterlassen. Deine genauen Worte waren: *Gar nichts auf der Bank.* Ich dachte, du meintest Geld, aber das stimmt nicht, richtig? Du wusstest von den Fotos – das war die Waffe, die du meintest. Falls die Sabres oder diejenigen, die die Sabres schützten, sie nicht von Dad bekommen hatten an dem Abend, als er starb, dann mussten sie doch davon ausgehen, dass du sie hattest. Und das brachte sie dazu, die Bank zu überfallen, in der du gearbeitet hast. Denn wenn Dad etwas deponieren wollte, hätte er sich dort ein Schließfach genommen.«

»Du verstehst das nicht. Sie würden *alles* tun, um die Sache unter Verschluss zu halten. Roberts Fotos sind nie aufgetaucht. Ich wünschte, sie hätten sie gefunden – am besten in einem braunen Umschlag mit der Aufschrift ›Im Fall meines Todes bitte den Medien zuspielen‹ – oder wenigstens einen Hinweis darauf. Ich wollte ja, dass sie sie finden. Wirklich, ich habe selbst überall nach diesen verdammten Fotos gesucht.«

»Aber die Sabres sind nicht mit leeren Händen aus der Bank gegangen, oder? Sie haben zwar keine Fotos gefunden, aber als sie über das Dach des Parkhauses flohen, fanden sie etwas, das ihnen auch ganz gut passte – in einem geparkten Auto. Damit hatten sie etwas in der Hand, um dich unter Druck zu setzen. Etwas, für das du ihnen die Fotos, falls du sie doch hattest, ohne zu zögern gegeben hättest. Es war bekannt, dass die Sabres nicht vor Kindesentführung zurückschreckten – der Fall Rebecca war der Beweis. Sieben Jahre, Audrey.«

Meine Mutter ließ den Kopf hängen. Sie gab auf.

»Sie haben Jeremy mitgenommen«, flüsterte sie. Hinter mir sog Katherine hörbar die Luft ein. Ich wartete geduldig ab, bis meine Mutter ihre Fassung wiedergewann. Sie sprach weiter mit gesenktem Kopf. »Alan Holton war der Mittelsmann. Sie wollten nur die Fotos, sagte er, kein Geld. Die Polizei konnte ich nicht um Hilfe bitten, weil Alison Humphreys bereits Robert *und* Rebecca umbringen ließ. Alan hielt sich alle Möglichkeiten offen – und wer weiß, wer sich da sonst noch etwas ausrechnete? Ich musste dich und Michael beschützen.«

»Es muss doch offizielle Ermittlungen gegeben haben, oder?«, drängte ich vorsichtig, so leise wie möglich, um meine Mutter nicht in ihrer Trance zu stören, in die sie das Geständnis versetzt hatte. Niemand rührte sich. Katherine hatte die Suche nach dem Handschellenschlüssel aufgegeben.

»Natürlich. Sie behandelten es als Vermisstenfall. Ob sie das taten, weil sie selbst mit drinsteckten, weiß ich nicht. Aber es sah so aus, als wäre Jeremy aus dem Auto gestiegen, um für dich und Michael Hilfe zu holen. Ich musste mitspielen. Ich brachte mir eine Schnittwunde an der Stirn bei, aber das Fenster war schon zerschlagen gewesen. Ein Fünfjähriger kommt nicht weit, sagten sie. Und als die Tage vergingen, merkte ich, wie sich ihre Formulierung von ›kommt nicht weit‹ in ›schafft es nicht lange‹ verwandelte und wie sie mehr und mehr davon ausgingen, dass ihre Suche erfolglos sein würde. Und die ganze Zeit über setzte Holton mich wegen der Fotos unter Druck. Ich sagte ihm, dass ich sie nicht hätte, sie nicht finden könnte. Und er sagte, er würde mir glauben …« Sie schaute auf. Ihre Augen waren rot umrandet. »Er sagte, *er* glaubt mir, aber es gäbe nur eine Möglichkeit festzustellen, dass ich sie wirklich nicht besaß. Wenn die Sabres ganz sichergehen wollten …«

Sie brach ab, aber es war klar, was sie meinte. Um herauszufinden, dass Audrey die Fotos wirklich nicht hatte, mussten sie ihre Drohung wahr machen und auf die beiden anderen Kinder ausdehnen. Mir wurde übel, als ich mir vorstellte, dass Jeremys

Leiche in einem anderen Polizisten-Sarg begraben wurde. Mir kam auch der Gedanke, dass ich gar nicht wissen konnte, ob die Kinderleiche, die ich gefunden hatte, wirklich Rebecca war.

»Ich wollte mich nie auf eine Seite schlagen, Mum.« Mir war wieder eingefallen, dass sie mir vorgeworfen hatte, ich hätte den gleichen Fehler wie mein Vater begangen, und ich verstand sie jetzt besser. Ich spürte, wie sie meine Hand fest umklammerte. »Ich wollte das Richtige tun. Aber das eine war das Richtige, und das andere war das Richtige für uns. Ich wusste nicht, dass du einen so hohen Preis gezahlt hast.«

Es ist ja schön, dass die Helden in Romanen und im Fernsehen Räuber und Gendarm spielen, aber im wirklichen Leben sind es die Nebenfiguren, die Cunninghams, die die Schicksalsschläge erleiden, damit andere die Siegerpose einnehmen können. Mein Vater hatte versucht, »das Richtige zu tun«, und er musste dafür bezahlen. Das reiche Ehepaar, das um sein verlorenes Kind trauerte, nicht. Und auch nicht die Polizistin, die ihren Informanten bedrängt hatte, weil sie befördert werden wollte. Daher entschied Audrey nicht länger zwischen Gut noch Böse. Es gab die Familie, und es gab die anderen. Vielleicht wusste sie eben doch, was Familie bedeutete. Ich drückte ihre Hand.

»Wusste Marcelo davon?«, fragte ich.

»Erst später.«

»Du hast mir nie davon erzählt«, sagte Katherine. Es war schwer zu sagen, ob sie verletzt war, weil sie nicht einbezogen worden war, oder ob sie sich verteidigen wollte.

»Ich erinnere mich nicht mehr an sehr viel von diesem Vormittag.« Ich konzentrierte mich weiter auf Audrey.

»Du warst zu jung. Etwas hattest du mitbekommen, aber das blieb tief in dir verborgen. Du hast auf das gehört, was ich dir sagte. Ich erzählte allen, auch dir, Katherine, dass Jeremy im Auto ums Leben gekommen war, weil es das Einfachste war. Und weil ich befürchtete, dass Alan dich holen würde, wenn zu viele Fragen gestellt wurden. Ich will ehrlich sein – die Schande hat mir nichts ausgemacht. Das Verrückte ist ja, dass ihr womöglich alle drei gestorben wärt, wenn die Sabres nicht das Fenster eingeschlagen hätten. Also kam es mir vor wie eine gerechte Strafe.«

»Und sieben Jahre später hat Marcelo sich dann mit der rechtlichen Seite der ganzen Sache befasst. Auf der Trauerfeier hast du ihm davon erzählt, richtig?«

»Ja. Er hat alles in Ordnung gebracht. Roberts Testament vollstreckt und so weiter. Ich muss dir noch einige andere Dinge erklären, fürchte ich. Aber nicht hier. Ich kann hier nicht klar denken. Lasst uns wegfahren. Der Schlüssel liegt in der Bibel.«

Katherine suchte im Nachtschränkchen nach der Bibel und blätterte sie durch, bis ein kleiner silbriger Schlüssel herausfiel. Sie befreite meine Mutter von ihrer Fessel am Bettpfosten und half ihr beim Aufstehen. Meine Mutter scheuchte sie weg und streckte die Arme nach mir aus, um sich an mich zu klammern. Ihr Gewicht lastete schwer auf meinen Schultern.

»Ich wollte die McAuleys doch nur warnen«, sagte sie. »Diese Leute schrecken nicht davor zurück, Kinder umzubringen, ganz egal, ob sie Lösegeld oder Fotos haben wollen. Es tut mir leid, dass sie es als Drohung empfanden.«

Ich sagte nichts dazu, sondern drückte sie an mich in der Hoffnung, damit mein Verständnis ausdrücken zu können. Ich war froh, dass wir endlich hier wegkonnten. Wenn wir erst mal unten im Tal waren, würde alles verheilen. Abgesehen von den Morden war es ein erfolgreiches Familientreffen gewesen.

Doch obwohl ich nun vieles besser verstand, wurde ich doch noch von weiteren Fragen gequält.

Wenn Rebecca McAuley nicht das einzige Opfer der Sabres war, konnten wir dann wirklich davon ausgehen, dass ihre sterblichen Überreste im Sarg lagen? Und woher hatte Alan Holton die Fotos bekommen, die meine Mutter fünfunddreißig Jahre lang nicht finden konnte?

Ich sagte Katherine, ich würde unten wieder zu ihnen stoßen, nachdem sie Audrey beim Packen geholfen hatte. Ich musste dringend mit Marcelo sprechen. Als ich an der Bibliothek vorbeikam, wurde ich abgelenkt. Das Feuer im Kamin flackerte immer noch, die Wärme schlug mir entgegen, Schweißperlen traten mir auf die Stirn. Vielleicht kam die Hitze auch aus meinem Bauch, kroch über meinen Rücken hoch. Denn meine Intuition sagte mir, dass sich so langsam alle Teile des Puzzles zusammenfügten, aber noch immer war kein Gesamtbild zu erkennen. Ich ging die Regale mit den Krimi-Klassikern durch. Audrey hatte Mary Westmacott falsch eingeordnet, die sich unter diesem Pseudonym bei den Ws versteckte, also stellte ich sie zurück zu den Cs. Ich ließ meinen Daumen über die Buchrücken gleiten, vielleicht weil ich nach Inspiration suchte. Knox hatte zwar keine Regel dazu aufgestellt, aber in den dort aufgereihten Büchern wurde der Grundsatz beherzigt, dass ein Detektiv nicht mitten im Geschehen aufgab und den Ort des Geschehens ohne Auflösung verließ.

Aber diese Detektive waren offenbar schlauer als ich. Bei mir zog kein Autor die Fäden im Hintergrund, bewegte mich wie eine Marionette, ließ mich plötzlichen Eingebungen folgen. Ich wäre kein geeignetes Mitglied für den Detection Club gewesen. Ich erinnere mich, dass ich mir ziemlich sicher war, dass etwas fehlte. Etwas Kleines. In solchen Büchern gibt es immer eine Sache, die als Schlüssel für die letzten Geheimnisse dient. Etwas blieb mir verborgen, war nicht zu erkennen. Nicht ohne die gute alte Holmes'sche Lupe. Genau.

Jetzt wurde mir alles klar.

In solchen Büchern gibt es oft eine besonders schöne Metapher, um den Augenblick der Erkenntnis zu beschreiben. Der Detektiv sitzt ruhig da, denkt nach – und die einzelnen Teile fügen sich allmählich in seinem Kopf zu einem Gesamtbild. Oder es gibt ein Feuerwerk, oder Dominosteine fallen um. Vielleicht stolpert er auch einen dunklen Korridor entlang und findet endlich den Lichtschalter. In jedem Fall brechen die Informationen über ihn herein wie ein Wasserfall, öffnen ihm die Augen, bescheren ihm den Heureka-Moment. Ich kann Ihnen versichern, dass es in der Realität nicht so dramatisch ist. Eben noch stand ich vor einem Rätsel, und plötzlich hatte ich es gelöst. Ich überprüfte meinen Verdacht, indem ich zum Kaminsims ging, dann war ich mir sicher.

Um Ronald Knox zufriedenzustellen – denn alle Hinweise und Spuren müssen dem Leser vorgeführt werden –, präsentiere ich Ihnen hier alle Elemente, die ich zusammengefügt habe: Mary Westmacott, fünfzigtausend Dollar, mein Kiefer, meine Hand, die Wetterkamera der Sky Lodge, Sofias Klage wegen Verletzung der Sorgfaltspflicht, ein Postfach in Brisbane, Lucy, wie sie sich eine imaginäre Pistole an den Kopf hält, ein Sarg mit zwei Leichen, Erbrochenes, ein Bußgeld wegen zu schnellem Fahren, eine Handbremse, eine Lupe, Physiotherapie, ein ungelöster Überfall, ein ritterlicher und zitternder Ehemann, der »Boss«, eine Jacke, Fußspuren, Lucys ungeduldiges Warten, ein Schneeballsystem, taube Zehen, das Telefon in meinem Chalet, meine Albträume vom Ersticken, Michaels neue pazifistische Einstellung und F-287, die tote Taube mit der Tapferkeitsmedaille.

Katherine kündigte ihr Kommen an mit mehreren dumpfen Schlägen, die von dem Koffer herrührten, den sie die Treppe herunterschleppte. Sie bemerkte mich und stoppte abrupt. Der Koffer und meine Mutter blieben hinter ihr stehen, entweder, um mich aufzufordern, mal mit Hand anzulegen oder aufzuhören, so blöd vor mich hin zu grinsen. Was es war, fand ich nie heraus, denn ich ließ sie gar nicht erst zu Wort kommen.

»Kannst du alle zusammentrommeln?«, fragte ich. »Ich muss euch etwas mitteilen. Alle müssen dabei sein, weil ich manchen noch einige Fragen stellen muss. Und weil sich niemand aus dem Staub machen soll.«

Katherine nickte, sie hatte sofort verstanden.

Ich warf einen Blick auf die Bücherregale, das knisternde Feuer und die roten Plüschsessel. »Wenn wir hier lebend rauskommen und unsere Geschichte verkaufen, wäre Hollywood bestimmt schwer enttäuscht, wenn wir nicht die Bibliothek dafür nutzten, oder?«

KAPITEL 37

Marcelo und Audrey nahmen auf den thronähnlichen Ledersesseln Platz, als wären sie ein königliches Herrscherpaar. Crawford und Juliette standen im Hintergrund rechts und links neben dem Kamin. Nachdem sie ein Wochenende mit der Cunningham-Familie verbracht hatten, wussten sie den Wert einer »sicheren Distanz« zu schätzen. Katherine stand hinter Audrey, die Arme auf die Sessellehne gestützt. Andy saß seitlich auf einem kleinen Tisch, dessen Stabilität ihm aber suspekt zu sein schien, denn er behielt die Füße auf dem Boden. Sofia blieb im Raum stehen. Es war wieder so ein Arrangement für ein Hochzeitsfoto wie gestern Morgen vor dem Eingang, aber eher für einen Schnappschuss am späteren Abend, wenn einige schon gegangen sind und die Übriggebliebenen mit roten Nasen vom Alkohol, zerknitterten Kleidern und in Ofenhandschuhen versteckten Händen leicht derangiert herumstehen. Gavin war entschuldigt, weil er unter die Regel Nummer 1 fiel, außerdem lud er gerade unser Gepäck in sein Schneemobil. Ich stellte mich sicherheitshalber vor die Tür, weil der Mörder immer zu entwischen versucht, wenn er enttarnt ist.

Mein kleiner Rausch der Erkenntnis war wieder abgeebbt, jetzt kam es darauf an, meine Enthüllungen so gut wie möglich zu präsentieren, damit sie logisch zusammenpassten. Es war nicht einfach, den richtigen Anfang zu finden. Es waren viele Personen anwesend, die schon mal jemanden getötet hatten, aber nur ein Mörder.

»Also?«, fragte Marcelo und bemühte sich, seine Nervosität hinter zur Schau gestellter Neugier zu verbergen. Damit hatte er den Kürzeren gezogen. Mit ihm fing ich an.

»Es ist an der Zeit, uns darüber im Klaren zu werden, warum wir hier sind«, sagte ich. Ich zog das GPS-Gerät hervor und warf es Marcelo hin.

Er brauchte einen Moment, um zu erkennen, was es war. Ich sah, dass er mich fragen wollte, woher ich es hatte, aber dann erinnerte er sich offenbar an unsere Begegnung auf dem Parkplatz, wo er es mir gegeben hatte, als wir vor dem eingeschlagenen Seitenfenster gestanden hatten.

»Du bist Gavins neuer Investor, der ihm den Kauf dieses Resorts finanzieren will. Natürlich, denn du bist der Einzige hier, der über genügend Geld verfügt. Und wie sonst hätte Katherine dich davon überzeugen können, ein Wochenende hier oben in den Bergen zu verbringen? Du verabscheust winterliche Kälte noch mehr als Sofia, du hast dich die ganze Zeit darüber beklagt. Deshalb warst du so genervt, als Katherine uns auf die Chalets verteilte: Du wusstest, dass Gavin das Gästehaus abreißen will, aber du wolltest vorher sehen, wie die Räumlichkeiten sind, um herauszufinden, ob man es nicht doch erhalten sollte.«

»Ich befasse mich mit meinen Geschäften, während ich hier oben bin, klar. Als Katherine die Buchung gemacht hat, habe ich erfahren, dass das Resort zum Verkauf steht. Spielt das denn eine Rolle?« Marcelo schrie es fast. Er war es gewohnt, andere zu beschuldigen, nicht beschuldigt zu werden. Er stand breitbeinig da, in Verteidigungsstellung.

»Tut es nicht. Aber deine erste Lüge war, dass du behauptet hast, Audrey sei krank und könnte nicht am Abendessen teilnehmen«, sagte ich. »Kam es dir nicht merkwürdig vor, dass sie dich bat, für sie zu lügen, und dann verschwand?« Ich wusste bereits, dass Audrey versucht hatte, Michael ein Alibi zu verschaffen, nachdem sie, wie sie hoffte, die Abreise der McAuleys provoziert hätte. Marcelo deckte ihre Behauptung, sie sei krank, und ermöglichte ihr, vom Abendessen fernzubleiben. Ich sah, wie Marcelo ihr einen fragenden Blick zuwarf.

Schließlich räusperte er sich und sagte: »Ich habe niemanden umgebracht.«

»Na, das ist jetzt aber glatt gelogen.«

»Ich habe Michael nichts getan. Auch nicht Lucy. Oder diesem Kerl, der im Schnee gefunden wurde.«

»Das meinte ich nicht.«

»Dann kläre mich auf. Wen soll ich umgebracht haben?«

»Mich.«

MEIN STIEFVATER (NOCH MAL)

KAPITEL 38

Das Wasser war so kalt gewesen, dass es einen Herzstillstand hätte verursachen können, erinnern Sie sich? Juliette musste mich reanimieren. Das ist zwar eine Formsache, aber immerhin eine ehrliche.

»Gehen wir mal von dem aus, was wir wissen«, sagte ich. »Wir alle wissen, dass Michael einen Mann namens Alan Holton getötet hat. *Einige* von uns wissen, dass Alan Holton meinen Vater erschossen hat. *Nur wenige* von uns wissen, dass mein Vater umgebracht wurde, weil er undercover für die Polizei arbeitete. Seine letzte Mission, seine letzte Information an Detective Humphreys —«

»Sagest du Humph-«, begann Erin, die hastig die Puzzleteile zusammensetze, die ich hinwarf. Ihr war sofort aufgefallen, dass Humphreys als Opfer von Black Tongue erwähnt worden war.

»Sagte ich. Bitte nimm jetzt nichts vorweg.« Ich lächelte. »Roberts letzte Informationen beinhalteten belastende Fotos von einem Mord, zu dem wir noch kommen werden. Sie wurden nie gefunden, obwohl Holton und Audrey intensiv danach suchten. Dann, vor drei Jahren, sind sie jedoch auf einmal im Besitz von Holton, und er will sie verkaufen. Marcelo, du hast versucht zu verhindern, dass ich davon erfahre.«

Das Leder seines Sessels knirschte, als Marcelos Finger sich in die Armlehne gruben. Er sagte kein Wort. Er ließ mich reden, um herauszufinden, wie viel ich wusste. Er wollte nicht zu früh damit beginnen, die Leerstellen in meiner Geschichte auszufüllen, es konnte ja sein, dass ich bluffte. Mir war das egal, ich wusste, dass ich recht hatte.

»Marcelo, du hast Roberts Deal mit Detective Humphreys eingefädelt, du hast mitangesehen, wie es schieflief. Audrey hat dir auch erzählt, was die Sabres mit Jeremy gemacht haben, als du mitgeholfen hast, ihn für tot zu erklären. Das bedeutet, dass du wusstest, wie gefährlich das, was Michael gefunden hatte, für bestimmte Personen war.« Die meisten im Raum wussten nicht, worauf ich anspielte, aber mir ging es darum, Marcelo ganz direkt anzusprechen. »Als du Michaels schmutzige Hände sahst und mit welchem Fahrzeug er gekommen war, hast du vermutet, dass er etwas ausgegraben hatte. Und du hattest schon immer die Vermutung, dass es etwas mit dem Fall Rebecca McAuley zu tun hatte. Du wusstest nicht, was Michael hatte, aber du hast befürchtet, dass erneut jemand sterben müsste, aus den gleichen Gründen wie Robert damals. Du wolltest das, was er hatte, unbedingt loswerden.« Ich ließ das wirken. »Aber nicht, um deine eigenen Spuren zu verwischen, sondern um Michael zu schützen, richtig?«

Marcelo versank immer tiefer in seinem Sessel. »Ich wollte dir nichts antun. Ich wollte bloß, dass dieses Ding den Berg hinunterrollt. Ich dachte, es würde wie ein Unfall aussehen«, lenkte er ein. »Es war ein altes Modell, ich musste nur einen Kleiderbügel durchs Fenster schieben und die Handbremse lösen. Leider hatte ich nicht die Schlüssel, um den Motor einzuschalten, also schüttete ich heißen Kaffee unter die Räder, damit der Schnee schmolz. Ich wurde gestört von Crawford, der den Hang hinaufrannte, um euch aus der Werkstatt zu scheuchen. Deshalb musste ich verschwinden, bevor ich den Transporter den Berg hinunterschieben konnte.«

Ich erinnerte mich an das, was Erin gesagt hatte – *auf dem Boden sind braune Flecken, vielleicht Bremsflüssigkeit* –, und an den leeren Kaffeebecher, der auf der Kante am Heck gestanden hatte. »Ich dachte doch nicht, dass jemand auf die Ladefläche steigen und darin herumspazieren würde. Das mit deiner Hand tut mir sehr leid. Ich wollte nur verhindern, dass jemand herausfindet, was im Transporter war. Verdammt, ich wusste es doch selbst nicht! Ich hatte Schiss wegen der Leiche im Schnee, und als du mich nach Humphreys fragtest, wusste ich, dass etwas im Busch war. Ich wollte uns reinwaschen, wollte das Geheimnis bewahren, um uns zu schützen. Ich wollte, dass das alles endlich aufhört. Ich schwör's bei meinem Leben.«

»Oder bei meinem, so wie es dann gelaufen ist.«

»Ich habe neben dir gesessen, bis du aufgewacht bist«, sagte Marcelo, dem es peinlicher zu sein schien, Anteilnahme zu zeigen, als beschuldigt zu werden, einen Mord vertuscht zu haben. »Ich weiß nicht, was ich getan hätte, wenn du es nicht geschafft hättest. Es tut mir leid.«

»Wer bitte ist denn Rebecca McAuley?« Andy hob eine Hand. »Hat das was mit diesem älteren Ehepaar und ihrem Geld zu tun?« Er schaute uns begriffsstutzig an. »Was denn? Ich blick nicht durch.«

»Ich habe ein wenig vorgegriffen.« Ich entschied, die Sache mit Marcelo erst mal auf sich beruhen zu lassen. »Fangen wir also mit dem eigentlichen Grund an, warum wir hier sind. Es handelt sich um ein Familientreffen, klar. Alle wollten sich endlich mal wiedersehen.« Meine Aussage triefte vor Sarkasmus. »In Wahrheit aber sind wir hier an diesem Ort, weil eine von uns ihn ausgesucht hat. Stimmt's, Katherine?« Ich wandte mich jetzt an sie. »Du hast den abgelegensten Ort ausgesucht, den du finden konntest. Hier kommt man nicht so einfach wieder weg. Und du hast ganz offen verlangt, dass wir bleiben. Na gut, wir alle wissen, dass dir nicht erstattungsfähige Ausgaben sehr nahegehen, aber es steckt noch mehr dahinter, hab ich recht?«

»Das besprechen wir aber nicht vor allen, Ernie«, sagte Katherine. Sie klang nicht schuldbewusst oder anklagend, eher mitfühlend – peinlich berührt womöglich – wegen einer anderen Person. »Ich bitte dich.«

»Katherine, wenn wir das nicht klären, klärt sich gar nichts. Es ist an der Zeit, alle Karten offenzulegen. Und das betrifft auch dich. Denn du bist in Sofias Chalet eingebrochen in der Nacht, als Green Boots umkam. Du oder Andy. Es spielt keine Rolle, wer es war, also gehen wir der Einfachheit halber davon aus, dass du es gewesen bist. Zuerst dachte ich, es sei Zufall gewesen, dass die Wetterkamera vor dem Haus die Person, die in Sofias Chalet einbrach, nicht aufgenommen hat. Die Kamera macht alle drei Minuten ein Foto, es wäre also eine große Anstrengung und genaues Timing erforderlich, um zu verhindern, dass man aufgenommen wird. Es sei denn, man gehört zu den Leuten, die sich ständig den Wetterbericht anschauen. Die bist diejenige von uns, die sich am besten auf alles vorbereitet, du hast garantiert mindestens fünfzig Mal die Website von diesem Resort angeschaut. Also wusstest du von der Wetterkamera und wie man sich in ihrer Nähe bewegen kann, ohne aufgenommen zu werden.«

Katherine und Andy schauten sich schuldbewusst an.

»Warum dieser Einbruch? Du hast in Sofias Chalet nach etwas gesucht. Und nachdem du es gefunden hattest, hast du Andy angerufen, um es ihm mitzuteilen. Vielleicht aber auch, damit er dir die Uhrzeit durchgibt, damit du wusstest, wann du zurückgehen konntest, ohne von der Kamera fotografiert zu werden. Aber du hattest vergessen, dass wir die Zimmer getauscht hatten, und die falsche Nummer gewählt. Die Frage aber ist: Nach was hast du gesucht?« Ich hob die Hand mit dem Ofenhandschuh. »Diese Pillen sind übrigens der Hammer. Oxycodon war das, stimmt's?«

Katherine warf Sofia einen entschuldigenden Blick zu.

»Du nimmst keine Schmerztabletten, Katherine – seit deinem Autounfall hast du keine mehr genommen. Die Schmerzen sind für dich eine Strafe für das Leid, das du anderen zugefügt hast. Daran hältst du unbeirrt fest. Warum also hast du ein Fläschchen mit sehr starken Schmerztabletten dabei? Ich bin froh darüber, das gebe ich zu, aber es sind nicht deine. Viele Ärzte sind von Oxycodon-Tabletten abhängig, stimmt's? Sie sind sehr stark, aber es ist nicht schwer, in einem Krankenhaus an sie heranzukommen.« Ich hielt das Fläschchen mit den Pillen anklagend in die Höhe.

»Ich hab es aus Sofias Chalet geholt«, sagte Katherine. »Vergiss mal die blöden Rückerstattungen. Wir konnten hier nicht früher weg, weil Sofia so lange bleiben musste. Die gesamten vier Tage. Um dieses Zeug aus dem Körper zu kriegen.«

Alle schauten zu Sofia, die blass und erschöpft aussah. Sie ließ beschämt den Kopf hängen.

»Ihr Gesundheitszustand ist immer schlechter geworden, seit sie die Tabletten abgesetzt hat. Ihre Hände zittern die ganze Zeit, um nur ein Beispiel zu nennen.« Mir fiel wieder ein, wie ihre Kaffeetasse in der Bar gescheppert hatte. »Sie musste sich übergeben, sie ist blass und hat seit gestern Morgen Schweißausbrüche.«

Ich unterbreche hier kurz, um mögliche Klagen im Vorfeld abzuwehren. Ich möchte klarstellen, dass ich nie gesagt habe, Sie sollten der Tatsache, dass Sofia sich in Kapitel 7 erbrach, keine Aufmerksamkeit schenken. Ich sagte lediglich, dass es kein Hinweis darauf sei, dass sie schwanger ist. Ich habe nicht versucht, Sie absichtlich hereinzulegen.

»Ich vermute, dass du trotz deiner Abhängigkeit weiterhin sehr gut funktioniert hast, Sofia. Du hast weitergearbeitet, sogar Operationen durchgeführt. Und du hast mir selbst gesagt, dass Ärzte nicht auf Doping überprüft werden wie Sportler, nicht mal, wenn ein Patient verstirbt. Aber du hast Angst bekommen, nachdem eine Operation schiefgegangen war. Und du wurdest angeschwärzt. Zwar aus einem falschen Grund – weil du ein Glas Wein in einer Bar getrunken hattest –, aber trotzdem. Denn die Gerichtsmediziner suchen nach Verhaltensmustern. Vielleicht gibt es andere Vorfälle, ganz alltägliche, in deinem Umfeld. Nimm die Schneeflocken, die hier in den

Bergen fallen: Einzeln sind sie nicht gefährlich, aber alle zusammen ergeben ein ganz spezielles Bild. Deshalb hat Sofia mit dir gesprochen, Katherine, weil sie wusste, dass ihre Abhängigkeit zum Problem wurde. Sie stand jetzt unter Beobachtung, und ein Drogentest hätte verheerende Auswirkungen. Wenn sie kommende Woche vor Gericht erscheint und man ihr Oxycodon im Blut nachweisen kann, dann hat sie keine Chance.«

Sofia hatte mich scherzhaft gefragt, ob ich nächste Woche Zeit hätte, als ich versuchte, mich in meine Rolle als angeblicher Anwalt von Michael hineinzufinden, wodurch sie unfreiwillig ihren Zeitplan offenbart hatte. »Dieses Wochenende ist also ihre letzte Möglichkeit, clean zu werden. Deshalb bist du so harsch mit ihr umgesprungen. Während des ersten Frühstücks hast du deine Rolle weitergespielt, als du erklärtest, sie sei ja gar keine Ärztin, denn da hattest du schon ihr Zimmer durchsucht und die Tabletten gefunden. Du warst wütend, weil sie sie vor dir versteckt hatte, aber du wolltest ihr auch zu verstehen geben, was auf dem Spiel stand: Ihre ganze Karriere, ihr ganzes Leben. Du hast Marcelo gebeten, sie hart ranzunehmen – deshalb hat er sich geweigert, sie vor Gericht zu vertreten. Obwohl er es tun wird, wenn es nötig ist, das wissen wir. Aber an diesem Wochenende ging es darum, ihr die Hölle heiß zu machen. Sie sollte wissen, wie es sich anfühlt, ganz auf sich allein gestellt zu sein.«

Marcelo nickte Sofia freundlich entschuldigend zu. Ich war dahintergekommen wegen seiner Bemerkung, als ich ihn beschuldigt hatte, er würde seine Sympathien unterschiedlich verteilen zwischen Michael und Sofia. Er hatte gestammelt, dass das so nicht stimmte. Michael hatte mir erzählt, dass Robert und Audrey vor Jahren bei Katherine die gleiche Taktik verfolgt hatten: sie auszuschließen. Das hatte Katherine auch Michael gegenüber bekräftigt, als es um Lucys finanzielle Situation ging. Der letzte Ausweg.

»Zurück zu den Tabletten, Katherine. Die hast du in dein Auto eingeschlossen, damit sie in Sicherheit waren. Aber

Sofia …«, die schaute noch immer nach unten und schluchzte leise vor sich hin, »ließ es nicht dabei bewenden. Sie versuchte, an die Tabletten zu kommen. Sofia, als du mir sagtest, du hättest jemanden bei der Werkstatt gesehen, musstest du woanders gewesen sein als in der Bar, denn von dort aus konnte man sie nicht sehen. Der Schneesturm war zu heftig gewesen. Ich hatte selbst am Fenster gesessen und nicht bis zum Parkplatz sehen können. Was bedeutet, dass du auf dem Parkplatz gestanden hast, als du Erin in die Werkstatt gehen sahst. Nicht der Sturm hat Katherines Autofenster zerschlagen, sondern du bei deinem verzweifelten Bemühen, wieder an das Pillenfläschchen zu kommen. Aber Katherine hatte Andy trotz des Schnees rausgeschickt, um ihre Tasche zu holen. Sie vermutete, dass du etwas Derartiges tun könntest, also änderte sie ihre Meinung und wollte die Tabletten lieber bei sich haben. Das war auch der Grund, warum sie mir das Fläschchen nicht für eine Nacht überlassen wollte.«

Ich kniete mich vor Sofia und legte ihr eine Hand auf die Schulter, drückte sie sanft. »Ich sage das alles nicht ohne Grund, Sofia. Wir werden dir helfen. Aber vorher musst du mir eine Frage ganz ehrlich beantworten.«

Sie schaute mich an, ihre Augen waren blutunterlaufen, sie hielt sich eine Hand unter die Nase. »Ich schwöre, ich hab diese OP genauso durchgeführt wie alle anderen. Das ist wie bei der Geschichte vom betrunkenen Piloten, der das Flugzeug sicher landet, verstehst du? Ich weiß nicht …«, sie schluchzte auf, »was da passiert ist. Es ist einfach schiefgegangen. Seitdem hilft Katherine mir. Ich möchte es in den Griff kriegen.«

»Ich weiß.« Ich umarmte sie und flüsterte ihr ins Ohr: »Du bist eine gute Chirurgin. Die Tablettensucht hat dich beeinträchtigt, aber das kriegen wir wieder hin. Ich will nur, dass du jetzt ehrlich bist und mir dabei hilfst, den Mörder zu finden. Für Michael und Lucy. Du bist stark genug, deine Sucht zu bekämpfen, und du bist stark genug, um mir zu helfen, auch wenn es erst mal peinlich für dich werden könnte.« Ich spürte, wie ihre Nase an meinem Hals streifte, auf und ab. Ein Nicken. Ich stand auf. Es war nicht sehr nett von mir, die schmutzige Wäsche der anderen auf die Leine zu hängen, aber nicht meine eigene. Aber das war nun mal meine Aufgabe.

»Vor zwei Tagen bat Sofia mich um fünfzigtausend Dollar. Hier ist mein Geständnis: Ich habe viel mehr Bargeld als nur das bei mir. Ungefähr zweihundertfünfzig Riesen – na gut, zweihundertfünfundvierzig. Das war das Geld, das Michael für Alan Holton vorgesehen hatte. Er gab es mir zur Aufbewahrung, nachdem alles schiefgelaufen war, und ich habe der Polizei nichts davon erzählt. Zum einen, weil es nie erwähnt wurde, zum anderen, weil … nun ja … weil ich es nicht wollte. Ich gebe zu …«, ich hob entschuldigend die Hände in der Hoffnung, dies würde mich so fehlbar erscheinen lassen wie jene, die ich die ganze Zeit anschwärzte, »ich habe das Geld mitgebracht für den Fall, dass Michael es zurückhaben will. Ich erzählte Sofia davon, und sie fragte mich, ob ich ihr etwas davon geben könnte, weil sie in Schwierigkeiten steckt.« Ich schlug einen verständnisvolleren Ton an und wandte mich direkt an sie. »Und da ich jetzt weiß, dass du hergekommen bist, um deine Sucht zu überwinden, verstehe ich das besser. Denn mit einer Sucht gehen oftmals Geldprobleme einher, aber als du mich gefragt hast, wirkte das nicht verzweifelt, nicht so, als würde dein Leben davon abhängen. Du hast mich gefragt, weil es relativ einfach war, weil die Herkunft des Geldes nicht überprüfbar war und weil es zum Greifen nah war. Schulden in Höhe von fünfzigtausend Dollar würden dich nicht ruinieren – du hast ein Haus für den Fall, dass es schwierig wird –, aber es stimmt, dass du zu viel Geld für das Oxycodon ausgegeben hast, und angesichts der Tatsache, dass du deine berufliche Karriere damit mehr in Gefahr gebracht hast, als wenn du, sagen wir mal, eine Buchhalterin gewesen wärst, war zusätzliches Geld ohne genaue Herkunft wichtig für dich. Geldprobleme sind typisch bei

Suchtabhängigen, genau wie Stehlen. Du hast jemandem aus der Familie etwas gestohlen, um schnell an Geld zu kommen, hab ich recht?«

Sofia nickte schluchzend.

»Ich bin ein großer Freund von Regeln – einige von euch wissen das schon. Und Schritt 9 bei den Anonymen Alkoholikern ist Wiedergutmachung.« Ich warf Katherine einen Blick zu, sie nickte zustimmend, dann wandte ich mich wieder an Sofia. »Du hast die Tabletten mitgebracht, das stimmt, aber nur zur Absicherung. In Wahrheit wolltest du das festgelegte Programm übers Wochenende durchziehen. Deshalb hast du mich nach dem Geld gefragt. Du wolltest keine Schulden damit bezahlen, sondern etwas wiedergutmachen, auch wenn niemand davon wusste.«

»Ich denke, man hätte doch bemerkt, wenn Sofia einem fünfzigtausend Dollar gestohlen hätte.« Marcelo hob die Stimme. »Sie hat es ja zugegeben. Jetzt lass sie doch in Ruhe.«

»Sofia kann mich ja korrigieren, wenn ich falschliege.«

»Falls es für Michael und Lucy wichtig ist ...« Sofia holte tief Luft. »Ich brauchte das Geld, um das zurückzukaufen, was ich gestohlen hatte: eine fünfzigtausend Dollar teure Presidential Rolex aus Platin.«

Marcelo fiel die Kinnlade herunter. Er schaute auf seine Armbanduhr, tippte ein paarmal darauf und schaffte es endlich wieder, den Mund zu schließen.

Das Geständnis hatte Sofia erschöpft, also nahm ich den Faden wieder auf: »Marcelo nimmt seine Uhr niemals ab, das wissen wir alle. Nur bei seiner Schulteroperation musste er sie ablegen. Die Operation wurde von Sofia vorgenommen. Sie nutzte die Gelegenheit, um die echte gegen eine gefälschte Uhr auszutauschen. Ich habe das herausgefunden, weil Marcelo mir mit der Uhr an der Hand einen Schlag ins Gesicht verpasst hat, ich aber immer noch alle Zähne habe. Dieses Rolex-Model aus Platin soll knapp ein halbes Kilo wiegen. Ein Schlag damit, selbst von einem alten Mann – nicht böse gemeint –, hätte auf mich ungefähr die gleiche Wirkung haben müssen wie ein Hieb mit einem Schlagring.«

»Er hätte den Unterschied doch bemerken müssen«, warf Juliette ein. »Ganz bestimmt, wenn die Kopie doch so leicht war.«

»Du hast recht. Aber Marcelo erholte sich von einer schweren Operation. Da fühlte sich alles an seinem Handgelenk so schwer an wie ein Ziegelstein. Als er sich dann an das leichtere Gewicht gewöhnt hatte, schrieb er es seiner Gesundung zu.« Ich sah, wie Marcelo mit dem rechten Arm prüfend ein unsichtbares Gewicht anhob, um den Betrug zu begreifen, und sich ein Ausdruck der Verwunderung auf seinem Gesicht ausbreitete. »Das Problem war nur, dass es sich nicht um irgendeine alte Armbanduhr handelte. Ich gebe zu, dass ich ihn immer ein bisschen um dieses Teil beneidet habe. Ich habe gegoogelt, wie viel diese Rolex wert ist. Ihr könnt euch vorstellen, wie überrascht ich war, als Marcello mir erzählte, das Ding hätte mal meinem Vater gehört. Sicher, er war ein Krimineller, aber keiner, der großen Wert auf Statussymbole legte. Er hat nie teuren Schmuck oder fette Autos gekauft. Das kam mir eigenartig vor. Ich vermutete, dass die Uhr gestohlen war. Aber selbst wenn das der Fall war, hätte mein Vater es nicht an die große Glocke gehängt. Und dann hörte ich von den Fotos. Alle wollten sie haben, aber niemand konnte sie finden, obwohl die Sabres sogar die Bank überfielen, in der seine Frau arbeitete, um an sein Schließfach zu kommen.

»Robert hat Jeremy die Uhr überlassen«, murmelte meine Mutter.

»Rolex-Uhren werden für die Ewigkeit gemacht, die ganze Marketing-Kampagne lebt davon, dass man sie über Generationen weitergibt. Eine Platinum-Rolex ist nicht nur schwer, sondern auch robust, sie hat sogar kugelsicheres Glas.« SO SICHER WIE EIN BANKTRESOR hieß es in einer Anzeige, die seitdem meinen Social-Media-Feed bereichert. »Sie ist also unverwüstlich. Ein hervorragender Ort, um etwas Wertvolles darin zu verstecken. Jedenfalls, wenn das entsprechende Objekt klein genug ist, um unter das Glas zu passen.« Ich nahm die Lupe aus meiner Tasche und hielt sie hoch. »Juliette, würdest du mir bitte mal Franks Medaille geben?«

Juliette blickte erstaunt drein, tat aber, was ich verlangte, und warf mir den Glaswürfel vorsichtig zu.

Ich fing es auf. Ich hatte es schon überprüft, um meinen Verdacht zu bestätigen, also wusste ich schon, wie wichtig es war. Wie ich schon auf Seite 122 erwähnte, habe ich natürlich nicht achtzig Wörter darauf verwendet, um etwas völlig Nutzloses zu beschreiben.

»Juliette erzählte mir, dass F-287 beziehungsweise Frank – das ist der ausgestopfte Vogel über dem Kamin – Karten, Infanterie-Stützpunkte, Koordinaten und andere entscheidende Informationen über feindliche Linien transportiert hatte. Aber sogar verschlüsselt wäre eine Landkarte zu schwer für einen Vogel gewesen. Ich hatte zunächst gar nicht bemerkt, dass dein Vater die lebensrettende Botschaft mit eingerahmt hat, Juliette.« Ich hielt die Lupe unter die Medaille, wo ein kleiner Papierfetzen mit scheinbar bedeutungslosen Punkten klebte. Es war klar, auch ohne durch die Lupe zu schauen, dass die Punkte vergrößert eine detaillierte Landkarte zeigten. Wir begeben uns hier von Christie zu le Carré – »Spionage-Kram«, wie mein Vater es genannt hatte –, aber hören Sie mir trotzdem bitte weiter zu. Auch wenn von meinem Krimi-Ratgeber nicht sehr viele Exemplare verkauft wurden, machte er sich jetzt doch bezahlt. »Das ist eine Mikrofotografie. Diese Technik wird benutzt, um Informationen zu verkleinern. Man kann den Text einer A4-Seite oder ein Bild wie zum Beispiel eine Landkarte auf die Größe eines Punktes verkleinern. Im Zweiten Weltkrieg haben viele Spione diese Methode benutzt, indem sie die Informationen auf der Rückseite einer Briefmarke unterbrachten. Dies hier ...«, ich hielt die Lupe wieder hoch, »rollte in Michaels Auto herum an dem Abend, als er Alan Holton einbuddelte. Er hat es auch hierher mitgebracht. Erin hat es ihm abgenommen, als er von Crawford verhaftet wurde. Es ist so ein Vergrößerungsdings, wie Juweliere es benutzen.« (Sie erinnern sich, dass ich das Wort »Lupe« erst gelernt habe, als ich dieses Buch schrieb, daher wäre es nicht angebracht, es in dieser wörtlichen Rede zu verwenden.) »Marcelo, deine Rolex, die echte, hatte ein solches Mikrobild unter dem Glas. Robert hat nie Drogen genommen. Die Nadel, die man bei seiner Leiche fand und die zu der Annahme führte, er hätte unter Drogeneinfluss gestanden, als er die Tankstelle überfiel, war nicht die eines Junkies. Mikrobilder sind so klein, dass ich annehme, dass man etwas so Feines wie eine Spritze oder Bleistiftspitze benötigt, um es auf eine Oberfläche zu kleben.«

Ich hielt die Lupe hoch.

»Aber jeder Pfandleiher hat so ein Ding, vielleicht sogar von noch besserer Qualität. So jemand würde ein Mikrobild sofort bemerken, wenn er die Qualität der Uhr überprüft. Sofia dachte, sie würde bloß eine Uhr verkaufen, aber sie verkaufte viel mehr. Ich glaube nicht, dass Sofia das Pech hatte, sie direkt an Holton zu verkaufen, aber Michael erzählte mir, dass Diebesgut in Sydney am Ende doch meist in dessen Laden auftauchte. Sofia hatte sich bestimmt an eine besonders zwielichtige Adresse gewandt. Vielleicht hat dein Oxycodon-Dealer dir einen Tipp gegeben, oder du hast die Uhr gegen Drogen eingetauscht, und der Dealer hat sie weiterverkauft. Ich lasse dabei nicht außer Betracht, dass Holton selbst auf den Fotos sein könnte und jemand ihm einen Tipp gegeben hat. Das kann ich schlicht nicht wissen. Wie auch immer, das ist der berüchtigte Schmetterling, der in Brasilien mit einem Flügelschlag einen Tornado in Texas auslöst. Die Kurzversion ist, dass die falsche Uhr bei der falschen Person landete. Holton erkannte sofort den Wert dieses Objekts und, wichtiger noch, wusste auch, wer es gerne besessen hätte. Deshalb hat Michael sich an dem betreffenden Abend mit ihm getroffen und eine Tasche voller Geld mitgebracht. Er wollte das Mikrobild kaufen.« Alle hörten mir jetzt gebannt zu. »Möchte jemand jetzt einige Leerstellen füllen, oder soll ich weitermachen?«

Wenn in solchen Büchern ein Papierfetzen mit einer Mikrofotografie auftaucht, dann nennt man das einen MacGuffin. Es spielt keine Rolle, um was genau es sich handelt, es kommt nur darauf an, dass Leute sich deswegen umbringen. Sie wissen schon, dieses Ding, hinter dem James Bond immer herjagt: ein USB-Stick mit einem Virus, der die Welt zerstören kann; Passwörter für Bankkonten; Start-Codes für Nuklearwaffen. In unserem Fall sind es Fotos.

»Ich habe eine Frage«, meldete sich Audrey zu Wort und hob die Hände, als wollte sie sagen: Bitte nicht schießen. »Ernest, du erzählst uns hier die ganze Zeit, wie klein die Sache ist, nach der wir alle suchen. Aber Michael ist mit einem Möbeltransporter gekommen. Wegen einer winzig kleinen Fotografie?«

Alle im Raum wussten bereits, dass ein Sarg in dem Laster gewesen war, nur Katherine und Audrey nicht. Erin hatte ihn ausgegraben, Sofia und Crawford waren hinter ihm hergerannt, Andy und Juliette hatten beim Gespräch mit den McAuleys davon gehört, und Marcelo hatte ich selbst davon erzählt.

»Michael brauchte den Transporter, um Brian Clarkes Sarg herzuschaffen, den er und Erin am Abend vorher ausgegraben hatten. Brian ist der Polizist, den mein Vater erschossen hat an dem Abend, als er selbst ums Leben kam, der Kollege von Alan Holton. Marcelo wusste nicht, was er zusammen mit dem Transporter entsorgt hat, aber ich sah das, was Michael mir zeigen wollte. In Clarkes Sarg waren zwei Leichen, eine davon die eines Kindes.« Dies, darf ich an dieser Stelle stolz bemerken, bewirkte, dass erstmals allen gleichzeitig der Atem stockte. »Andy, falls das hilft, *das* war Rebecca McAuley. Sie wurde vor fünfunddreißig Jahren entführt. Ihre Eltern wollten sich das

Lösegeld sparen, und das kam nicht so gut an: Sie sahen ihre Tochter nicht wieder.«

»Und Robert hatte Fotos davon«, fügte Erin hinzu. »Und die, glaubst du, sind auf dem Mikrobild? Beweise für ihre Ermordung?«

»Genau. Holton war begeistert, als ihm die Uhr in die Hände fiel, denn er wusste, dass die McAuleys eine hübsche Summe dafür zahlen würden. Die nächsten Folgerungen basieren eher auf logischen Überlegungen, aber ich gehe mal davon aus, dass Holton nicht für den Tod von Rebecca verantwortlich ist. Erstens weil Marcelo mir sagte, dazu war er zu weich. Und zweitens hätte er die Fotos andernfalls zerstört, anstatt sie zu verkaufen. Und die Tatsache, dass er sie verkaufen wollte, deutet darauf hin, dass Holton es nach fünfunddreißig Jahren nicht mehr für nötig hielt, den- oder diejenigen zu schützen, die er damals protegiert hatte.«

Ich schaute die anderen an, um herauszufinden, ob die meisten mir zustimmten, und manche nickten tatsächlich. Sofia sah aus, als müsste sie sich übergeben. Andy blickte ziemlich verwirrt drein, als würde ich ihm die Quantenphysik erklären. Na schön.

»Aber Holton hatte ein Problem. Auch wenn er Rebecca nicht umgebracht hat, ist er nicht unschuldig, denn er arbeitete mit den Sabres zusammen. Er hat Robert zum Ziel gemacht und half beim Verstecken von Rebeccas Leiche, sehr wahrscheinlich war er auch in die gescheiterten Lösegeldübergabe involviert. Also konnte er nicht einfach bei den McAuleys aufkreuzen. Sie würden ihn als Täter ansehen. Also brauchte er einen Mittelsmann.«

»Wieso ausgerechnet Michael?«, fragte Katherine.

»Ich brauchte eine Weile, um das herauszufinden. Ich glaube, Holton wollte jemanden haben, der einen Gewinn daraus ziehen und dem er deshalb eine so große Summe anvertrauen konnte. Ein Cunningham wäre natürlich erpicht darauf, die Fotos zu bekommen und alles zu erfahren, was Alan darüber wusste. Vor allem, um die Wahrheit über Roberts Verstrickung in diese Angelegenheit herauszufinden. Ich habe die Vermutung, dass dies nur die halbe Wahrheit ist, aber dazu kommen wir noch. Michael schien die perfekte Wahl zu sein, denn Marcelo war Roberts Anwalt, Katherine lässt nicht mit sich spaßen, Audrey war zu alt – bitte nicht persönlich nehmen. Aber genau das war Holtons Fehler. Die persönliche Verbindung, von der er dachte, sie würde den Deal zu einer sicheren Sache machen, war dann der Grund, warum Michael ihn umbrachte.

Der Deal an sich war simpel. Holton forderte einfach die ursprüngliche Lösegeldsumme: dreihunderttausend Dollar. Er erzählte Michael nur so viel, wie gerade nötig war, und schickte ihn zu den McAuleys, um das Geld zu holen und zu Holton zu bringen. Er bekommt einen Anteil und bringt den McAuleys die Mikrofotografie. Eine einfache Sache. Nur dass Michael am Ende Holton umbrachte und das Geld für sich behielt.«

»Weil Michael keine dreihunderttausend mehr hatte«, sagte Sofia mit schleppender Stimme. Ich war überrascht, wie gut sie aufgepasst hatte. »Du hast mir doch gesagt, er hätte dir nur zweihundertsiebenundsechzig Riesen gegeben.«

»Bingo«, sagte ich. »Michael nahm etwas von dem Geld, bevor er es Holton übergab. Warum tat er das?« Wenn ich ehrlich bin, hatte ich keine Beweise, nur mein Bauchgefühl, aber ich war mir ziemlich sicher. Außerdem war ich gerade so schön drin und wollte mich nicht ausbremsen. »Lucy hatte Probleme mit ihrem Geschäft. Sie machte Verlust und hatte auch noch dieses Auto, dessen horrend teuren Leasing-Vertrag sie nicht kündigen konnte. Als sie dir beim Frühstück erzählte, dass es abbezahlt sei, Marcelo, dachten die meisten von uns, das sei mal wieder ihre typische Art, empört ein Problem zu ignorieren. Aber sie hat nicht gelogen. Bevor Michael zu seinem Treffen mit Holton aufbrach, gab er ihr das Geld, damit sie ihre Schulden bezahlen konnte, Auto inklusive. Wahrscheinlich tat er das, um sicher zu sein, dass bei ihr alles geregelt war, falls etwas schiefging.« Und damit er sie guten Gewissens für Erin verlassen konnte. Ich war froh, dass Lucy diesen Teil nicht mehr erfahren musste. »Aber er ahnte nicht, welchen Effekt es haben würde, dass er etwas abschöpfte. Holton zählte das Geld, stellte fest, dass etwas fehlte, und zog seine Waffe. Sie gerieten aneinander … den Rest kennt ihr.«

»Da ist ja alles sehr spannend …«, Andy konnte sich nicht mehr zurückhalten, »aber was hat das alles mit Black Tongue zu tun?«

»Ich bin noch nicht mit allen Beteiligten fertig. Erin, Sofia, Marcelo – ihr wisst bis jetzt nicht, dass die Eltern von Rebecca McAuley hier sind. Sie sind in dem Resort auf der anderen Seite des Bergs abgestiegen. Da Michael nun die Mikrobildbeweise besaß und wusste, wo Rebeccas Leiche begraben war, schrieb er aus dem Gefängnis an die McAuleys und verlangte von ihnen die doppelte Summe.« Das hatte Siobhan McAuley mir indirekt zu verstehen gegeben, als sie sagte: »Er will *schon wieder* mehr Geld.« Und Michael hatte mir im Trockenraum gesagt, das, was in seinem Besitz sei, wäre mehr wert als die dreihundert Riesen, die Alan ursprünglich verlangt hatte. »Michael wollte sich mit den McAuleys treffen, um ihnen die Fotos und die Leiche ihrer Tochter zu verkaufen. Deshalb brachte er alles hierher. Dir hat er seinen Plan mitgeteilt, stimmt's, Audrey?«

»Ich habe ihn gebeten, es nicht zu tun«, gab sie zu. »Aber als er darauf bestand, bin ich zu ihnen gefahren, um sie zu warnen.«

»Entschuldige bitte, Ernest …« Das war schon wieder Andy, der keinen Respekt vor einer guten Spannungsdramaturgie hatte. »Diese Kidnapping-Geschichte ist fünfunddreißig Jahre her. Was hat das alles mit dieser verdammten Asche zu tun?«

»Also gut.« Ich hob beschwichtigend eine Hand. »Ich habe verstanden. Kommen wir also wieder zurück auf unseren Toten mit den grünen Stiefeln. Unser nicht identifiziertes Opfer, jedenfalls haben die meisten von uns ihn noch nicht identifiziert. Lucy hat das Rätsel als Erste gelöst.«

»Falls du damit andeuten willst, sie sei gestorben, weil sie alles herausgefunden hatte …« Sofia schaute auf und schüttelte leicht den Kopf. »Wir wissen doch, dass sie vom Dach gefallen ist. Da war nirgendwo Asche, sie hatte sich diverse Knochen gebrochen. Keine Anzeichen für einen Kampf.«

»Nein. Sie ist gesprungen«, stimmte ich zu. Ich erinnerte mich, wie Lucy auf dem Dach mit den Fingern eine Pistole angedeutet hatte: *Ich würde eher* … »Aber gestern hat sie mir gesagt, sie würde sich lieber selbst umbringen, als von Black Tongue zu Tode gequält zu werden. Sie sprang vom Dach, aber nur, um dem zu entkommen, was sonst geschehen wäre. Ich vermute, sie ging dort oben hin, um etwas zu googeln, um ihren Verdacht zu bestätigen. Unser Mörder schöpfte Verdacht und ging ihr nach, nachdem wir die Bar verlassen hatten. Erinnert ihr euch noch an die Angst in ihrem Gesicht, als sie das Foto von Green Boots anschaute? Ich dachte, sie sei entsetzt wegen dem, was Michael zugestoßen war, vor allem, weil sie dachte, dass es teilweise ihre Schuld war. Aber da lag ich falsch. Sie bekam Angst, weil sie ihn erkannte.«

»Niemand von uns hat ihn je zuvor gesehen. Woher zum Teufel sollte Lucy den Toten gekannt haben?« Das war Andy. Er war immer noch am meisten verwirrt. Alle anderen sahen aus, als hätten sie große Teile bereits verstanden, auch wenn sie stirnrunzelnd versuchten, alles zu einem Gesamtbild zusammenzusetzen. Nur eine Person hatte die Zähne zusammengebissen und ein Pokerface aufgesetzt. Jede Aussage von mir bewirkte, dass sich die Muskeln im Nacken dieser Person noch mehr anspannten.

»Ich sagte nicht, sie hat ihn *ge*kannt. Ich sagte, sie hat ihn *er*kannt. Sie hat ihn nur einmal getroffen, als er ihr einen Strafzettel verpasste, weil sie auf dem Weg hierher zu schnell gefahren war.«

Das ließ ich erst mal wirken. Alle drehten sich um und hefteten ihre Blicke auf die Person, die ganz hinten im Raum stand.

»Crawford, diese Blutschlieren auf der Innenseite Ihrer Uniformaufschläge kommen nicht daher, dass Sie geholfen haben, die Leiche vom Berg nach unten zu tragen. Sie sind innen im Ärmel. Jemand brachte sich die blutigen Wunden selbst bei, als er sich an den Hals fasste.« Ich deutete an, wie ich gegen einen imaginären Kabelbinder an meinem Hals ankämpfte. »Sie tragen den Mantel eines Toten.«

»Was zum Teufel wollen Sie damit sagen?«, fragte Crawford.

Ich warf Juliette ein wissendes Lächeln zu, bevor ich antwortete. Ich bin stolz darauf, es vorher nicht im Entferntesten angedeutet zu haben, aber jetzt, als ich mich wieder Crawford zuwandte, erklärte ich: »Damit will ich sagen, dass sogar Arthur Conan Doyle an Gespenster glaubte. Hab ich nicht recht, Jeremy?«

MEIN BRUDER

KAPITEL 39

Jeremy Cunningham sah jetzt wie ein (kostümierter) Trottel aus in seiner Polizeiuniform, die vom Blut eines anderen verunreinigt war. Er lächelte dünn, schüttelte leicht den Kopf und versuchte, etwas zu sagen – *das ist doch lächerlich*, vielleicht –, aber er brachte nur ein, tja, ersticktes Würgen heraus.

Audrey starrte ihn genauso überrascht an wie alle anderen: Sie war der festen Überzeugung gewesen, die Sabres hätten ihre Drohung wahr gemacht und ihren Sohn getötet. Jeremy hatte sich, genau wie Agatha Christie auf dem Bücherregal, hinter einem anderen Namen versteckt: Als Darius Crawford hatte er die Identität eines unbeholfenen Provinz-Cops angenommen. Das andere Pseudonym, das die Medien ihm gegeben hatten, Black Tongue, stand für das Gegenteil von unbeholfen. Er hatte fünf Morde auf dem Gewissen und einen Selbstmord. Wie ich schon sagte, manche von uns sind Überflieger.

Es ist zwar keine von Knox' Regeln, aber wie gesagt: Sie sollten niemals glauben, dass jemand tot ist, bevor sie die Leiche gesehen haben.

Ich wandte mich jetzt direkt an Jeremy. Die Zeit für Plaudereien war vorbei. »Der Tote mit den grünen Stiefeln musste einer von hier sein. Deshalb hast du nur uns die Fotos gezeigt, sie aber allen anderen vorenthalten, sogar Juliette, mit der Begründung, eine Panik müsse vermieden werden. Du wolltest verhindern, dass Leute aus der Gegend ihn erkennen. Die Angestellten im Resort sind schon seit Monaten hier oben. Sie fanden es nicht ungewöhnlich, mit einem Cop zu tun zu haben, den sie nicht kannten. Aber sie hätten Polizisten aus der Stadt sofort erkannt. Deshalb wolltest du ihn so schnell wie möglich verschwinden lassen und hast ihn im Schuppen eingeschlossen. Du hast auch seinen Mantel an dich genommen, nicht aber seine Schuhe. Stiefel mit Stahlkappen gehören normalerweise zu einer Polizeiuniform. Der Tote trug solche Stiefel. Aber als Erin dir auf den Fuß trat, als ihr hinter dem Transporter herranntet, tat dir das weh, was bedeutet, dass deine Stiefel keine Stahlkappen besitzen. Du hättest alle möglichen Identitäten annehmen können, aber ich glaube, du wolltest genug Macht haben, um uns separieren zu können. Deshalb hast du aus dem Tod des Polizisten eine so große öffentliche Show gemacht, so konntest du Michael isolieren. Aber du warst nervös, zu nervös, und die Inszenierung polizeilicher Routine – Identifikation des Opfers, Beruhigung der Schaulustigen – sollte dazu dienen, deine Maskerade aufrechtzuerhalten. Als ein Cunningham danach fragte, zeigtest du uns das Foto. Es sah so aus, als würdest du alles richtig machen. Du wolltest sicherstellen, dass wir die wahre Identität des Opfers nicht herausfanden. Deshalb warst du auch so nervös, als wir bei der Leiche waren. Ich dachte nur, du wärst einfach etwas zimperlich.

Aber du hattest nicht damit gerechnet, dass Lucy in dem Toten den Polizisten wiedererkennen würde, der ihr den Strafzettel verpasst hatte. Als sie aus dem Raum stürmte, sagte sie nicht »Sie sind der Boss«, sondern »Das ist Ihr Boss«. Sie war noch nicht so weit, dich zu beschuldigen – sie dachte nur laut nach –, aber sie wusste, dass etwas nicht stimmte. Sie kam nicht drauf, bis sie auf das Dach ging und das Jindabyne Police Department googelte. Da waren wir schon zu Bett gegangen, und du bist ihr gefolgt. Und da sie nicht so sterben wollte wie Michael, ist sie gesprungen.

Gelogen war auch die Begründung, wieso du so schnell zur Stelle warst. Du sagtest, du seist die ganze Nacht mit Geschwindigkeitskontrollen beschäftigt gewesen, aber das kann nicht stimmen, denn Lucy hätte dich bestimmt wegen des Strafzettels angemacht. Es kamen auch keine weiteren Polizisten. Du hast das mit dem Zustand der Straßen begründet, aber wie können zwei Reisebusse es hier hoch schaffen, nicht aber die Polizei, obwohl es zwei Morde gegeben hat? Natürlich haben diese Fragen sich nicht von Anfang an gestellt. Zunächst hast du sehr überzeugend gewirkt. Es gab drei Fußspuren, die zur Leiche führten, und nur eine, die zurückführte. Genug für ein Opfer, einen Polizisten, der hingeht, und einen Täter, der weggeht. Ich dachte, das bedeutete, dass der Mörder den Mord selbst gemeldet hatte, bevor …«, ich machte Anführungsstriche in die Luft, »›Officer Crawford‹ ankam und die dritte Spur verursachte. Und Ich hatte recht damit. Denn niemand sonst hat die Leiche entdeckt, du hast sie selbst gefunden, das gehörte zu deiner Inszenierung. Du bist zweimal dort hinaufgegangen. Zuerst zusammen mit dem echten Polizisten, nachdem du ihm die Tüte über den Kopf gezogen hattest, um ihn im Schnee sterben zu lassen und dann seinen Mantel mitzunehmen. Und dann noch einmal am Morgen.«

»Die Kamera hat seine Ankunft aber viel später aufgezeichnet.« Juliette klang nicht so recht überzeugt von meinen Ausführungen. »Das haben wir beide gesehen.«

»Ich vermute, du hast das Resort ausgekundschaftet, als du geplant hast, uns hierher zu folgen. Die Wetterkamera ist auf der Homepage zu sehen, also wusstest du, dass die Zufahrt quasi überwacht wird. Ich nehme an, dass du den Polizisten auf der Straße überfallen hast, als er gerade damit beschäftigt war, seine Radarfalle einzurichten. Auf der Bergspitze hattest du Mobilfunk-Empfang und konntest auf die Website schauen. Ich habe mir selbst schon ausgerechnet, dass man das dreiminütige Zeitfenster der Kamera gut umgehen kann, wenn man schnell genug fährt. Anschließend musstest du nur wieder zurückfahren und sicherstellen, dass du aufgenommen wurdest, wie du zur passenden Zeit ankamst. Auf dem Foto sieht es so aus, als würdest du auf den Parkplatz zufahren, aber du hast den Arm über die Rückenlehne gelegt. Du bist rückwärts gefahren.«

»Jeremy? Das kann nicht sein.« Katherine starrte ihn an, als wäre er gerade von einer einsamen Insel zurückgekommen. Dann wandte sie sich an Audrey: »Wieso hast du es nicht bemerkt?«

»Die Sabres haben ihn entführt, Katherine. Aber es gab keine Lösegeldforderung – sie wollten die Fotos. Die, von denen Ernest gesprochen hat. Ich weiß nichts von der Armbanduhr und alldem ... und Jeremy, falls du das bist ... Ich habe versucht, wirklich alles versucht, dich zu finden. Sie sagten, sie müssten sicher sein, dass ich die Fotos nicht hatte. Also sagten sie mir, sie hätten dich ...« Sie brachte das Wort nicht über die Lippen. »... um sicherzugehen, dass ich die Wahrheit gesagt hatte.« Audrey griff nach Marcelos Hand, der sich immer weiter vorbeugte und diesen Crawford/Cunningham anstarrte (haben Namen irgendeine Bedeutung?). Ich sah, wie sie seine Hand festhielt und er dadurch wirkte wie ein Bullterrier an der Leine. »Ich konnte nicht zur Polizei gehen, nicht nur weil Alan Holton damals noch Polizist war, sondern auch weil ich befürchten musste, dass sie sich noch an Michael und Ernest vergreifen würden. Unsere Familie hatte so viel verloren, nur wegen dieser dummen Fotos, ich wollte, dass es endlich aufhört. Also tat ich so, als ob. Wenn du es wirklich bist, Jeremy, dann tut es mir leid. Bist du sicher, Ernest? Bist du dir ganz sicher?«

»Michael erzählte mir, Holton hätte zuerst versucht, Kontakt mit mir aufzunehmen«, fuhr ich fort. »Ich sagte Michael, das stimme nicht, weil ich dachte, Holton hätte sich das ausgedacht, um sein Vertrauen zu gewinnen. Aber dann überlegte ich noch mal. Alan hatte gesagt, er hätte Kontakt zu *Michaels Bruder* aufgenommen. Du wusstest gar nicht, dass du adoptiert worden bist, bis er dich kontaktierte, stimmt's, Jeremy?«

Jeremy schluckte, kaute auf seiner Lippe, sagte nichts.

»Natürlich wusste Holton, dass du noch am Leben warst.

Marcelo sagte mir, er würde es nicht übers Herz bringen, jemanden zu töten. Vielleicht war er es sogar gewesen, der dich freiließ? Aber daran kannst du dich natürlich nicht erinnern. Und nun kommt ein Mann zu dir, den du nicht kennst, und erzählt dir von einer Familie, der du nie angehören durftest. Mark und Janine Williams haben dich bei sich aufgenommen, aber sie haben dir wahrscheinlich nie erzählt, dass du nicht ihr Kind warst. Und ich könnte mir vorstellen, es hat dir gar nicht gefallen, als du herausfandst, dass sie dir die Wahrheit vorenthalten hatten. Du schriebst einen Brief an Michael im Gefängnis, um ihm mitzuteilen, was passiert war und wer du glaubst zu sein, nachdem du die Puzzleteile zusammengefügt hattest. Aber Michael empfand den Namen Jeremy Cunningham in dem Brief als Drohung.« Ich hatte Michael gefragt, ob ein Name auf dem Brief gewesen war, worauf er, beinahe mit einem Lachen, geantwortet hatte: *Oh, da war schon ein Name ... Sie wollten Druck ausüben, mir Angst machen.* »Es ist verständlich, dass er so dachte, vor allem, falls Holton ihm erzählt hatte, was die Sabres unserer Mutter angetan hatten. Er glaubte es nicht, und ich war in der Presse als Verräter der Familie dargestellt worden. An wen solltest du dich also wenden? Jemanden, der ihm nahestand. An Lucy.

Lucy erwartete dich, und als du nicht kamst, fürchtete sie, du könntest die Leiche im Schnee gewesen sein, hättest da draußen einen schrecklichen Unfall gehabt. Ich dachte, sie sei beunruhigt wegen der Anwesenheit eines Polizisten angesichts eines ungelösten Mordfalls, weil das für Michael problematisch werden könnte. Aber sie machte sich Sorgen, dein Tod im Schnee könnte ihre Pläne zunichtemachen, die darin bestanden hatten, dich mit Michael zusammenzubringen und es als ihr Verdienst hinzustellen. Sie versuchte, die Identität der Leiche herauszufinden. Dazu überprüfte sie die Gästeliste des Hotels, noch bevor ich es tat. Sie fragte mich, ob die Leiche wie Michael *aussah*. Nicht, ob es Michael *war*. Sie stieg auf das Dach, um eine

sms an dich abzuschicken, um herauszufinden, wo du warst.«
Lucy hatte mir gesagt, dieses Wochenende sei ihre Chance, Michael seine Familie zurückzugeben. Offenbar meinte sie damit nicht sich selbst. »Ein anderer Grund, warum sie so am Boden zerstört war, als sie erkannte, wer du wirklich bist und was du womöglich getan hattest, war, dass sie dich hierher eingeladen hatte.«

»Genau wie du es geplant hast, Katherine.« Man kann sich immer darauf verlassen, dass Andy einem die Pointe stiehlt. »Es ist wirklich ein gottverdammtes Familientreffen.«

Nur der Wind heulte, während alle versuchten, all das zu verdauen.

Schließlich ergriff Jeremy das Wort. »Ich hatte nicht erwartet, mit euch in einem Raum zusammenzukommen.«

Seine Hand umklammerte den Kaminsims, seine Fingernägel kratzten die Farbe ab, sein stechender Blick wanderte von einem zum anderen. Zwischen ihm und der Tür waren zu viele Personen, er konnte nicht entwischen. Hinter ihm war ein vereistes Fenster. Er könnte hindurchspringen in der Hoffnung, im weichen Schnee zu landen, aber ich war zuversichtlich, dass wir ihn stoppen könnten.

»Ich …« Er zögerte. »Ich musste so lange auf diese Zusammenkunft warten. Aber ich hatte es mir anders vorgestellt.« Er schlug den gleichen reuigen Ton an wie in dem Moment, als er mich in den Trockenraum zu Michael hineinließ. *Sie machen sich wirklich Sorgen um ihn, hab ich recht? … Ich bin ohne Brüder aufgewachsen.* »Ich war immer anders, schon als ich klein war. Ein Außenseiter. Hab mich geprügelt. Dann hat Mu-« Er brach ab. Seine Nasenflügel bebten vor Zorn. »Zuerst dachte ich, Holton würde mich belügen. Ich hatte sie immer als meine Eltern angesehen. Ich fragte sie, und sie …« Er kämpfte mit seinen Erinnerungen. »Sie *gaben es einfach so zu.* Und diese Leute, die ich für meine Familie gehalten hatte, schienen *glücklich* damit zu sein. Sie konnten mir nicht erklären, wer ich war. Ich hatte

Geschwister, die Pflegekinder waren, aber die Williams' hatten immer behauptet, ich sei ihr Kind. Jetzt sagten sie, sie wüssten nicht mehr über mich. Dass ich ohne einen Namen zu ihnen kam, als ich sieben Jahre alt war.«

»Erst mit *sieben*?« Audrey schnappte nach Luft. »Kein Wunder, dass niemand wusste, wer du warst. Was ist denn in den zwei Jahren dazwischen mit dir passiert?«

»Ich … erinnere mich nicht.« Jeremy sah aus, als würde er nach etwas suchen, das nicht da war. Er war zu jung, zu sehr verletzt, zu sehr missbraucht worden, vielleicht. Verdrängte Erinnerungen. Die Sabres waren so besorgt gewesen, Audrey könnte sie ans Messer liefern, dass sie ihr lieber sagten, sie hätten ihren Sohn getötet, um sicherzugehen, dass sie sie nicht hinterging. Aber sie hatten nicht den Mumm gehabt, es wirklich zu tun. Sie hatten ihn einfach ausgesetzt. Wie lange sie ihn gefangen gehalten hatten und wie lange er allein herumgeirrt war, werden wir nie erfahren. Aber dass eine solche Erfahrung ein Kind schwer schädigt, dürfte klar sein. Vor mehr als dreißig Jahren gab es kaum DNA-Tests, und man konnte auch nicht einfach im Internet nach vermissten Kindern suchen. Haar-Analysen konnten Verwandtschaftsbeziehungen nachweisen, aber das wurde vor Gericht nicht anerkannt – fragen Sie mal den Polizisten aus Queensland, der extra in einen anderen Bundesstaat fuhr, um einem Cunningham einen nicht aufgeklärten Überfall anzuhängen. *Hab mich geprügelt.* In jenem Bundesstaat war Jeremy ein namenloses Kind in einer Stadt, die er nicht kannte.

»Aber Holton behauptete, er wüsste, wer ich bin«, fuhr Jeremy fort. »Er sagte, er hätte auf mich aufgepasst, sich um mich gekümmert, als ich klein war. Er sagte, dass er mich eigentlich hätte töten sollen, mich stattdessen aber freigelassen hatte. Dafür sollte ich mich dankbar erweisen. Er wusste, dass die Williams' Kohle hatten. Da wollte er ran, im Gegenzug für die Fotos, von denen er behauptete, sie würden mir helfen, zur

Ruhe zu kommen. Aber ich schickte ihn weg. Und dann sehe ich sein Gesicht in den Nachrichten. Ermordet.«

»Also hast du deine Pflegeltern darauf angesprochen?«, hakte ich nach.

»Diese Leute, die es wagten, sich als meine Familie zu bezeichnen, logen weiter. Sie logen, indem sie behaupteten, sie wüssten nicht, wer ich war! Ich wurde wütend und ... ich wollte nicht ... ich fand eine Möglichkeit, sie das spüren zu lassen, was ich fühlte.« Er zerrte an seinem Kragen, griff sich an den Hals. »Ich kriege keine Luft mehr, wenn ich wütend bin ...«

»Und Alison Humphreys? Die hast du ausfindig gemacht wegen ihrer Verbindung zum Fall McAuley. Woher wusstest du davon?«

»Nein, ich habe sie ausfindig gemacht, weil ich ihr Fragen stellen wollte, weil ich mehr über Holton wissen wollte. Ich hatte schon herausgefunden, dass sie seine Vorgesetzte war.« Er zerrte wieder an seinem Kragen. »Da wusste ich noch nicht, dass sie an allem schuld war. *Sie* hatte meinen Vater, meinen wirklichen Vater, dazu gebracht, etwas zu tun, was ihm den Tod brachte, um ihren eigenen Arsch zu retten. Ich wollte ihr nur ein paar Fragen stellen, ehrlich.« Er fuhr sich mit der Hand über die Stirn, leckte sich mit der Zunge über die Zähne.

Ich merkte, dass er ganz bewusst versuchte, sich von seinen Taten zu distanzieren, sich selbst glauben machen wollte, dass eine äußere Macht ihn dazu gezwungen hatte. Aber so weit außerhalb konnte diese Macht nicht gewesen sein, denn er war es schließlich gewesen, der sich diese antike Foltertechnik angeeignet hatte. Ich verzichtete darauf, ihm das klarzumachen.

»Das versteht ihr doch, oder?« Es klang etwas unheimlich, wie er das so sagte, als würde er an uns als Ebenbürtige appellieren.

»Falls du dich einsam fühlst, wir sind alle da.« Ich breitete die Arme aus. »Aber warum hast du Michael umgebracht?«

»Michael war so wie ich«, sagte er traurig. »Es war ja so:

Eines Tages kommt ein Typ, den ich nicht kenne, zu mir und erklärt mir, ich sei ein Cunningham, und dann erfahre ich aus den Nachrichten, dass ein Cunningham diesen Typen umgebracht hat. Dann stelle ich Nachforschungen über Robert an und erfahre, dass er diesen Brian Clarke getötet hat. Also dachte ich mir, dass ich vielleicht doch nicht so allein dastehe, dass ich nicht der Einzige war, der dieses Gefühl hatte ... *anders* zu sein.«

»Und da hast du dich an Michael gewandt?«

»Er antwortete nicht auf meine Briefe. Ich verstand nicht, warum er mir nicht glaubte. Also musste ich einen anderen Weg einschlagen. Seine Frau war verständnisvoller. Sie erzählte mir, wann er entlassen werden sollte. Und von dem Familientreffen hier. Ich konnte es kaum erwarten: Endlich würde ich nicht nur Michael, sondern auch euch alle kennenlernen.« Er lächelte seltsam, schien sich zu erinnern, wie aufgeregt er gewesen war, als er sich vornahm, uns, seine echte Familie zu treffen. »Aber ich wollte alles richtig machen – ich wollte mich zuerst nur mit ihm allein treffen, ich wollte beweisen, dass ich es wert war, zur Familie zu gehören. Als ich einen Tag vorher zum Gefängnis ging, war er nicht da. Ich fuhr, so schnell es ging, hierher. Der Polizist hatte einfach Pech, dass er zur falschen Zeit am falschen Ort angehalten hatte. Er musste sich opfern, damit ich euch zeigen konnte, wer ich bin.«

Juliette und ich tauschten besorgte Blicke aus, als wir die Formulierung »sich opfern« hörten. Jeremy wurde immer überschwänglicher, je mehr er sich in die Mythologisierung seiner selbst hineinsteigerte.

»Das gab mir auch die Möglichkeit, mit Michael allein zu sein. Und damit hatte ich die Gelegenheit, mein Anliegen überzeugend vorzutragen, weil ich wusste, dass er euch alle wegen seines Entlassungstermins angelogen hatte. Ich wollte es ihm sofort mitteilen, aber alle scharwenzelten um ihn herum, und ich wusste, dies war die einzige Möglichkeit, übers Wochenende mit ihm allein zu bleiben. Dann war die Aufregung groß, und ich stellte fest, dass meine Kleidung doch keine so schlaue Wahl gewesen war, wie ich gedacht hatte, denn nun musste ich mich um alles Mögliche kümmern. Juliette klebte die ganze Zeit an mir, und es wurden viel zu viele Fragen gestellt. Ich kam gar nicht dazu, mit Michael zu sprechen. Erst nachdem du mit ihm gesprochen hattest, Ernest, konnte ich ihm zeigen … ihm zeigen, dass ich dazugehörte. Ihm zeigen, dass ich war wie er.«

Sofia hatte es richtig interpretiert: *Black Tongue macht Werbung für sich. Wir sollen wissen, dass er oder sie hier ist.*

Jeremy dachte, er würde seinen Platz in einer Familie von Mördern finden. Der Tod des Polizisten war für ihn nichts weiter als ein toter Vogel, der von einer Katze vor die Tür gelegt wird. Ein Geschenk.

»Aber Michael fand das überhaupt nicht gut, stimmt's? Er war entsetzt. Als ich mit ihm sprach, wurde deutlich, dass er die letzten drei Jahre über sein Leben nachgedacht hatte und es besser machen wollte. Ein besserer Mensch werden wollte. Das hattest du nicht erwartet. Mit einem Mal warst du wieder zum Außenseiter geworden!«

»Er sollte aber so sein wie ich! *Ihr alle* solltet so sein wie ich! Ich versuchte, ihn umzustimmen. Ich wusste, er würde es euch bei der nächsten Gelegenheit erzählen. Und er wusste alles – er hatte diese Fotos, die Holton mir zuerst verkaufen wollte; er wusste, wer mir das angetan hatte, als ich ein kleiner Junge war, wer *uns* das angetan hatte, aber er weigerte sich, es mir zu verraten. Er sagte, ich würde sie nur umbringen, aber er hätte gelernt, dass das nicht der richtige Weg sei, und da merkte ich, dass er überhaupt nicht wie ich war. Er ließ mich meine Einsamkeit spüren, genau wie meine falschen Eltern mich meine Einsamkeit spüren ließen. Manchmal … kann ich nicht atmen, wenn Leute …« Er zerrte wieder an seinem Kragen. »Das, was er sagte … Ich konnte nicht mehr atmen … Und dann war da diese Frau …«

»Lucy.« Ich war überrascht, sogar ein klein wenig beeindruckt, als ich hörte, wie Audrey ihn mit glasklarer Stimme korrigierte.

»Ich versuchte herauszufinden, wie ich hier wegkommen könnte. Aber das ging nicht, weil ihr euch geweigert habt abzureisen, und dadurch war ich in der Rolle des Polizisten gefangen. Aber sie fand es heraus. Sie hat auf mich gewartet, und ich bin nicht gekommen. Als sie herausgefunden hatte, dass die erste Leiche ein Polizist war, war ich aufgeflogen. Ich bat sie zu schweigen. Ich ließ ihr eine Wahl, versteht ihr? Sie hat sich entschieden zu springen.« Seine Stimme klang jetzt erbärmlich, bettelnd. Er hatte ernsthaft geglaubt, wir wären genauso wie er, und nun war er geschockt, weil das nicht der Fall war.

»Warum?«, schaltete Katherine sich ein mit angewidertem Unterton, der die Stimmung im Raum gut traf. »Warum sollte jemand glauben, er würde in *unsere* Familie hineinpassen?«

»Michael hatte nicht das Recht dazu!«, rief Jeremy. »Er hatte nicht das Recht dazu, mich zurückzuweisen. Er hatte nicht das Recht, mir zu sagen, dass ich etwas Falsches getan hatte. Dieser Heuchler!« Die nächsten Worte spuckte er aus: »Seht euch doch an, ihr Cunninghams! Ihr seid allesamt Mörder!«

Wir schauten einander an. Andy hob die Hand, womöglich um zu erklären, dass er niemanden umgebracht hatte, aber dann besann er sich eines Besseren.

Ich stellte mir vor, wie Jeremy in der Wohnung von Alison Humphreys auf dem Boden sitzt, den Rücken gegen die Wand gelehnt. Die Luft ist stickig, die Toilettentür ist geschlossen, er schaut auf seine zitternden, mit Asche beschmutzten Hände, nachdem er erfahren hat, wer seine wirkliche Familie ist. Online konnten wir sehr schnell aufgespürt werden. Alle wussten, was für eine Art von Familie wir waren. Michael, Robert, Katherine – und später Sofia –, über alle war in der Öffentlichkeit berichtet worden, von allen war bekannt, dass sie Blut an den

Händen hatten. In den Medien und bei der Polizei waren wir berüchtigt. Jeremy hatte uns gefunden, seine Hände zitterten nicht mehr, er wusste: *Ich bin doch nicht so anders.*

Hinter uns waren hastige Schritte zu hören. Wir schauten uns um und sahen Gavin, der überrascht feststellte, dass wir alle sehr erregt wirkten. »Das Gepäck ist verstaut«, sagte er. Dann schien sein Gehirn anzuspringen: »Ist jemand gestorben?«

Das war genug Ablenkung, um Jeremy die Möglichkeit zu geben, sich in Bewegung zu setzen. Er stieß den Feuerrost des Kamins beiseite und schnappte sich den Schürhaken. Juliette ging auf ihn zu, aber er hob drohend den Haken, und sie wich zurück. Es war noch immer kein Fluchtweg offen, aber er schwang seine neue Waffe über dem Kopf in wilder Entschlossenheit.

»Ich hätte euch hier einfach zurücklassen können«, zischte er. »Bis jetzt hätte ich das vielleicht noch getan. Nach Lucys Tod dachte ich, ich hätte genug getan, um verschwinden zu können. Aber jetzt weiß ich, dass ich dazu verdammt bin, allein zu sein. Ich wurde verlassen, weggeworfen. *Von dir*!« Er sprach zu uns allen, aber sein hasserfüllter Blick war auf Audrey gerichtet. »Aber brennen werden wir gemeinsam.«

Er sprang vor, und alle zuckten zusammen, aber er stieß nur den Haken ins Feuer. Er benutzte ihn als Hebel, um eins der großen brennenden Holzscheite herauszukatapultieren. Es landete funkensprühend auf dem Teppich. Wir alle hielten den Atem an. Juliette hatte mir erzählt, ihr Vater hätte das Haus in den 1940ern erbaut, was bedeutete, dass es vor allem aus Holzbalken, Fachwerk und Asbest bestand. Man hätte es genauso gut aus Streichhölzern bauen können. Der Teppich begann zu kokeln, aber er war zu feucht, um in Brand zu geraten. Das Holzscheit lag qualmend da. Wir alle verstummten. Jeremy starrte vor sich hin, wir anderen wunderten uns über seinen miserablen Fluchtplan.

Und dann passierte etwas Unerwartetes: Eins der Bücher auf

den Regalen fing Feuer. Ein Funke hatte genügt, um die trockenen alten Seiten zu entzünden.

Na, das passte. Diese Bücher waren wahrscheinlich das Einzige im ganzen Gebäude, mich eingeschlossen, das nicht bis ins Innere feucht war. Ich wünschte, ich könnte Ihnen jetzt mitteilen, dass das Buch, das brannte, »Jane Eyre« war (das hätte gepasst angesichts dessen, was gleich geschehen sollte), aber das würde nicht der Wahrheit entsprechen.

Kaum war das erste Buch in Brand geraten, folgte eins nach dem anderen, wie bei Popcorn in der Mikrowelle. Alle gingen nacheinander in Flammen auf. Bei manchen hatte ich den Verdacht, sie unterwarfen sich dem Gruppenzwang und brannten bloß deshalb, weil sie den anderen nicht nachstehen wollten. Dann begannen die Wände zu brennen. Der Fußboden rauchte, trocknete aus, und einige Stellen begannen zu glühen.

Wir rannten alle zur Tür. Erin war als Erste draußen. Ich half Sofia auf die Beine und stützte sie mit meinem guten Arm. Marcelo zerrte die verstörte, weinende Audrey hinter sich her. Sie warfen einen der roten Throne um, von dem aus sich ein weiteres Feuer ausbreitete. Juliette schrie und gestikulierte mit den Armen. Die Flammen wurden rasch zu einer echten Bedrohung. Jeremy ließ den Schürhaken fallen und stieß seinen Ellbogen gegen das Fenster hinter sich. Die Scheibe zerbrach. Luft strömte herein und der Sauerstoff nährte die Flammen, die rasch größer wurden. F-287 war nur noch eine schwarze Hülle. Sofia und ich warteten, bis Marcelo und Audrey den Raum verlassen hatten. Ich wusste nicht mehr, wo mein Onkel und meine Tante waren, aber dann sah ich Katherine, die sich in die falsche Richtung bewegte.

»Katherine, raus hier!«, schrie ich, aber die Flammen brausten so laut, wie ich es mir nie hätte vorstellen können. Alles wurde vom Tosen der Feuersbrunst überlagert. Die Hitze wurde unerträglich. Wir hatten keine Zeit mehr zu verlieren. Der Durchgang hinter mir zischte, weil die Feuchtigkeit entwich.

Wenn der Rahmen getrocknet war, würde auch er in Brand geraten. Das Gleiche galt für den Teppich im Flur, das Geländer, die Treppen und das gesamte Gebäude.

Ich übergab Sofia an Marcelo vor mir, rannte zum Fenster und musste dabei dem brennenden Sessel ausweichen. Als ich daran vorbeikam, verschwand der ganze Scheiterhaufen im inzwischen durchgebrannten Boden und landete krachend im Stockwerk darunter. Wenn wir uns nicht beeilten, würde das Feuer sich unten ausbreiten und den Weg zum Ausgang versperren.

Katherine hatte Jeremy erreicht, der schon ein Bein über den Fenstersims geworfen hatte. Er hatte die spitzen Glasscherben aus dem Rahmen geschlagen und war bereit zu springen. Katherine packte ihn an den Schultern, aber Jeremy hatte ihre Bewegung bemerkt, drehte sich um und packte sie an der Kehle. Sie schnappte nach Luft, und er schleuderte sie gegen die spitze Ecke des Kamins. Als ihr Hinterkopf dagegenprallte, knackte es laut. Er drückte fester zu. Katherines Augen quollen hervor. Ich schrie auf, aber meine Stimme verlor sich im Brüllen der Flammen und des Windes, während meine Wangen angesengt wurden und mir der Gestank verbrannter Haare in die Nase stieg. Ich war zu weit weg. Jeremy sah mich und wandte sich dann wieder Katherine zu. Die Ecke des Kamins war jetzt mit Blut verschmiert. In Jeremys Augen loderte nicht nur der Widerschein des Feuers, sondern noch etwas anderes. Er zog Katherines Kopf nach vorn und stieß sie erneut gegen …

Andys Schrei übertönte das Feuer. Er griff nach dem Schürhaken und stürzte nach vorn. Jeremy riss die Augen weit auf. Andy schwenkte seine Waffe in einem weiten Bogen, als wäre er oben auf dem Dach und wollte einen Golfball schlagen, und schmetterte den Eisenstab mit voller Kraft gegen

MEIN ONKEL

Jeremys Wange, sodass ein lautes Knacken zu hören war. Er traf ihn unterhalb des Ohrs. Sein Kiefer schien sich vom Rest seines Gesichts zu lösen, was ihm einen Ausdruck völliger Überraschung verlieh. Dann schoss das Blut aus seinem Mund. Er ließ Katherine los, die in Andys ausgebreitete Arme taumelte. Jeremy stolperte (sein ausgerenkter Kiefer pendelte lose hin und her) auf mich zu.

Er erreichte mich nicht. Womöglich war er überrascht, als der Fußboden unter ihm nachgab, aber sein Unterkiefer konnte nicht noch weiter nach unten klappen. Er versank in den lodernden Flammen des Erdgeschosses.

Andy, Katherine und ich rannten wie auf den sprichwörtlichen heißen Kohlen aus dem Raum. Wir nahmen Katherine in die Mitte, deren Füße wie Windrädchen über den Boden schrappten, als wir sie die Treppe hinuntertrugen. Erin stand am Eingang und winkte uns zu, wir sollten uns beeilen. Einzelne Feuerherde flammten hier und da im Foyer auf, noch war es keine Feuerwand, aber die Farbe an der Decke begann schon Blasen zu werfen, Flammen züngelten um die Balken. Der Kronleuchter fiel mit lautem Krachen herunter, als wir die Tür erreichten.

Ich brach draußen am Fuß der Außentreppe zusammen. Ohne Handschuhe durch den Schnee zu kriechen fühlt sich an, als würde man sich über heißen Sand bewegen – es beißt und brennt auf der Haut. Dann wurde ich hochgehoben und stellte fest, dass Erin mich untergefasst hatte und durch den

Schnee schleppte. Wir stolperten durch Kuhlen, in denen sich Schmelzwasser gesammelt hatte, und betrachteten das Inferno mit glänzenden Augen, hustend und verwundert darüber, dass wir noch am Leben waren. Endlich wurde das Versprechen eines Feuers mit knackenden Holzscheiten aus dem Werbeprospekt eingelöst.

Der Sturm war keineswegs abgeklungen. Der Wind peitschte, und die eisigen Flocken verursachten stechende Schmerzen auf meinen Wangen, aber diesmal war es mir egal.

KAPITEL 40

Es dauerte nicht lange, bis das Dach einstürzte. Die Wände brachen nach innen ein und schleuderten mit lautem Zischen wirbelnde Funkenwolken in die Nacht. Wenn dies ein anderes Hotel gewesen wäre und das Buch einem anderen Genre angehören würde, wäre das hier die Befreiung gefangener Geister gewesen.

Juliette wandte sich an Gavin und mich und sagte: »Ich denke, ich wäre jetzt bereit zu verkaufen. Sieht so aus, als hätte ich den Abriss für dich schon erledigt.«

Einige von uns, die noch die Kraft hatten, lachten. Wir umarmten einander. Andy, den ich die ganze Zeit mit markigen Sprüchen abqualifiziert hatte, drückte Katherine an sich, als wäre sie das Einzige, was zählt in der Welt. Marcelo und Audrey hatten Sofia untergefasst. Gavin legte kameradschaftlich einen Arm um Juliette. Erin und ich verhielten uns nicht so klischeehaft, aber wir standen nahe beieinander. Das Feuer war zu weit entfernt, um noch einmal Funken zwischen uns zu schlagen, und das war okay.

»Was ist das?« Katherine deutete auf die brennenden Überreste des Hotels.

Ein dunkler Schatten taumelte über den weißen Schnee,

von hinten angestrahlt durch die Glut der Holzbalken. Er lief ungefähr fünfzig Meter weit durch den Schnee und brach zusammen.

»Lasst uns abhauen«, sagte Andy.

»Bewegt er sich noch?« Ich weiß nicht, wer diese Frage stellte.

»Wenn er verletzt ist, spielt es keine Rolle, wer er ist und was er getan hat«, erklärte Juliette. »Wir dürfen ihn nicht einfach da liegen lassen.«

»Ich gehe hin und schaue nach«, sagte ich zu meiner eigenen Überraschung. Es gab ein bisschen gemurmelten Widerspruch, aber die anderen waren vor allem erleichtert, dass sie nicht gefordert waren. Ich rappelte mich auf und stakste durch den Schnee auf den Schatten zu. Kurz blitzte die Erinnerung an einen anderen dunklen Schatten auf einer hellen Lichtung auf, aber ich vertrieb den Gedanken.

Dann stand ich vor ihm. Es war Jeremy. Er lag auf dem Rücken mit geschlossenen Augen. Sein Haar war verbrannt, seine Wangen an manchen Stellen verkokelt, an anderen mit Asche verkrustet. Sein Brustkorb hob und senkte sich sehr langsam. Ich hockte mich neben ihn, mehr gab es nicht zu tun.

»Wer ist da?« Jeremy sprach schleppend und undeutlich, sein gebrochener Kiefer verrutschte dabei, seine Zunge war schwarz vor Blut.

»Ernest ... dein Bruder.«

Eine Weile war es ruhig.

»Träumst du auch manchmal davon, zu ersticken?«, fragte er.

»Manchmal.« Ich verstand jetzt die Inszenierung des Foltertods mit der Asche und dem Ersticken. Das unterdrückte Trauma vom Eingeschlossensein in einem überhitzten Auto. Diese schreckliche Kindheitserfahrung, an die er sich nicht erinnern konnte, die ihn aber immer wieder heimsuchte. *Ich kriege keine Luft mehr, wenn ich wütend bin.*

»Okay.« Er klang zufrieden. Vielleicht weil ich etwas mit ihm teilte. Das war alles, was er wissen wollte.

Sein Atem ging pfeifend. Dann wurde es still.

Als ich gerade aufstehen und gehen wollte, fing er wieder an zu atmen.

Ich schaute zurück zu Gavins gelbem Schneemobil. Dort stand eine Gruppe von Menschen, von denen nur einige mit mir blutsverwandt waren und noch weniger den gleichen Nachnamen hatten wie ich. Sie warteten auf mich. Es gab ein paar Angeheiratete mit Bindestrich-Namen und solche, die man als Ex oder Stief-Irgendwas bezeichnete. Und vor mir lag ein weiterer Cunningham und rang nach Luft.

Ich hatte mich verzweifelt danach gesehnt, eine Familie zu gründen. Hatte Erin dazu zwingen wollen, mir eine zu schenken, und dabei vergessen, dass ich schon eine hatte. Familie ist etwas, das dich anzieht. Mir kam wieder in den Sinn, was Sofia mir gesagt hatte, ganz am Anfang dieser Geschichte. Bei einer Familie kommt es nicht darauf an, wessen Blut in deinen Adern fließt, sondern für wen du bereit bist, es zu vergießen.

ICH

KAPITEL 41

»Wir können los«, sagte ich, als ich meinen Fuß auf das Trittbrett des Schneemobils stellte.

Sie waren alle schon in dieses eigenartige Gefährt eingestiegen, als ich zurückkam. Gavin startete den Motor, dessen hustendes Röhren durch die Nachtluft hallte.

»Was ist passiert?«, fragte Katherine, als ich mich neben sie setzte.

»Als ich zu ihm kam, hat er aufgehört zu atmen.«

»Er hat einfach aufgehört zu atmen?«

»Ja, einfach so.«

»Ist er tot?«, fragte Audrey. Es klang hoffnungsvoll, aber ob sie ihn lieber tot oder lebendig sehen wollte, blieb unklar.

»Ja.«

»Bist du sicher?«

»Ja.«

»Wie kannst du sicher sein?«

»Er hat aufgehört zu atmen. Lasst uns nach Hause fahren.«

EPILOG

Der Pfosten mit dem Verkaufsschild steckte schief im Erdboden, nachlässig hineingerammt, als wäre es sowieso eine sichere Sache. Juliette war mitgekommen, um mir beim Zusammenpacken der übrig gebliebenen Sachen zu helfen. Erin und ich hatten entschieden, dass wir, wenn wir reinen Tisch machen wollten, am besten nach vorne blicken könnten, wenn wir das Haus verkaufen und alle gemeinsamen Erinnerungen hinter uns lassen. Ich hatte Juliette vor dem Haus getroffen, nach einem wunderbar ereignislosen Frühstück.

Juliette schloss die Tür auf. Das Haus war leer geräumt. Nur die Geister nicht mehr vorhandener Möbelstücke warfen ihre Schatten auf den sonnengebleichten Holzboden. Die letzten Kisten standen auf dem Dachboden. Sie zog die Leiter herunter und kletterte hinauf. Ich blieb unten, um den Krempel entgegenzunehmen. Sie reichte mir einige kleinere Kisten und dann einen kleinen Rollkoffer, der sich wunderbar für Flugreisen eignete, nicht aber für ein Ski-Resort in den Bergen. Als ich endlich nach Hause gekommen war – nach Aufenthalten in Polizeistationen, Krankenhäusern und dem ganzen Medienrummel –, hatte ich nicht den Mut gefunden, ihn auszupacken.

Natürlich hatte ich die Sporttasche rausgenommen. Die McAuleys wollten sie nicht zurückhaben. Sie hatten sich damit abgefunden, dass die Fotos für immer verschwunden waren, aber sie hatten Taucher engagiert, um im See nach dem Sarg zu suchen. Vielleicht haben sie ihre Tochter endlich so begraben können, wie sie es sich erhofft hatten. Nachdem ich allen von dem Geld erzählt hatte, hatten wir uns darauf verständigt, was wir gemeinsam, als Familie, damit anfangen wollten. Die Hälfte wollten wir Lucys Eltern und Geschwistern geben und auch das Begräbnis bezahlen. Den Rest wollten wir unter uns aufteilen. Mein Anteil war bereits verfallen, da ich ihn ausgegeben hatte.

Michaels Trauerfeier war kurz, kalt und deprimierend. Das war nicht seine Schuld, das Wetter spielte halt nicht mit. Ich überprüfte den Sarg, bevor er ins Grab gelassen wurde. Lucys Beerdigung wurde von ihrer Familie organisiert. Es war tragisch, traurig und schön zugleich. Die Kirche war voll, und ich brauchte eine Weile, um zu erkennen, warum das so war. Das Geheimnis lüftete sich von selbst: Mir wurden noch nie so viele spannende Geschäftsmodelle vorgestellt wie an diesem Tag. Auch wenn Lucy nicht mehr unter uns weilt, könnte ich mir vorstellen, dass sie letzte Woche zur Stellvertretenden Vizepräsidentin für Ozeanien befördert wurde.

Andy und Katherine waren sich nie mehr zugetan und Katherine nie so entspannt gewesen. Das ist ein bisschen viel. Andy ist immer noch der Typ, über den man hinwegschaut, wenn man in einer Bar nach interessanten Gesprächspartnern sucht. Aber nachdem ich zugeschaut hatte, wie er jemandem den Kiefer zertrümmerte, wäre ich durchaus bereit, eine Viertelstunde lang eine Konversation mit ihm durchzuhalten.

Sofia hatte die schlimmsten Brandverletzungen von allen davongetragen, was sich schließlich doch noch als positiv herausstellte. Denn was glauben Sie wurde ihr gegen die Schmerzen verschrieben? Oxycodon natürlich. Nun ist ihr Blutbild korrekt, und kein Gerichtsmediziner hat etwas davon, ihr irgendwelche Tests aufzuzwingen. Ihr Verhalten wurde als durchaus vernunftbegründet eingeordnet. Katherine kümmert sich ein bisschen um sie, und es geht ihr immer besser. Die beiden sind beinahe Freundinnen geworden.

Einmal pro Woche treffe ich mich mit Marcelo und Audrey zum Abendessen. Audrey ist jetzt nicht mehr ganz so widerborstig, was wirklich angenehm ist. Bald werde ich Erin dazu einladen. Sie gehört auch weiterhin zur Familie, egal ob da ein Funke zwischen uns ist oder nicht. Scheidung ist ein sehr formeller Begriff und klingt schaurig, aber wir bewegen uns in diese Richtung – ironischerweise als Team. Juliette und ich sind einander nähergekommen, als wir gemeinsame PR-Touren unternommen haben. Denn auch sie hat einen Buchvertrag für diese Geschichte hier unterzeichnet. Ihr Titel wird wohl »Das Horror-Hotel« oder so lauten. Meine Verleger versuchen, mein Buch einen Monat vor ihrem auf den Markt zu werfen.

Was gibt es sonst noch?

Einige technische Details müssen noch geklärt werden.

Sie könnten vielleicht den Eindruck haben, dass meine Mutter niemanden umgebracht hat. Damit haben Sie sogar recht. Aber ich möchte darauf hinweisen, dass ich Ihnen sagte, ich würde immer die Wahrheit erzählen, wie sie sich mir zu einem bestimmten Zeitpunkt darstellte. Ich versprach Ihnen außerdem, dass ich niemals vorsätzlich die Unwahrheit schreiben würde. Ich könnte argumentieren, dass der Aufenthalt in einem von der Sonne erhitzten Auto letztlich das Ende von Jeremy Cunningham gewesen war. Dass meine Mutter also verantwortlich war für das Ende eines Lebens und den Beginn eines neuen, als jemand geboren wurde, der ständig vom Erstickungstod träumte. Wo Jeremys Existenz endet und die von Black Tongue anfängt, dürfen Sie selbst entscheiden. Jedenfalls ist das meine Entschuldigung. Wir können die literarischen Qualitäten dieser Ausführungen gerne später diskutieren. Schicken Sie eine Mail an meinen Agenten.

Und dass Andy und ich je einen eigenen Teil in diesem Buch füllen? Ich weiß nicht, wie ich das erklären soll. Andy hat Jeremy außer Gefecht gesetzt. Ich würde sagen, er hat ihm einen tödlichen Schlag versetzt. Jeremy war verbrannt und blutete und war sicherlich dabei, seinen Verletzungen zu erliegen, als ich zu ihm ging. Und ich also? Mein Anwalt rät mir an dieser Stelle, auf meine Wortwahl zu achten. Ich habe Ihnen die Wahrheit gesagt: Als mein Bruder starb, saß ich neben ihm. Machen Sie mit dieser Info, was Sie wollen.

Katherine Millot ist übrigens ein Anagramm für »I Am Not The Killer«. Darius war der Name eines persischen Königs, und in Persien wurde die Asche-Folter erfunden. Ich habe den Namen nicht für das Buch geändert, den hat Jeremy sich selbst gegeben. Wirklich schade, dass er sich als Opfer nicht eine Gruppe von Geschichtsprofessoren ausgesucht hat, die hätten das Rätsel auf Anhieb gelöst.

Juliettes Handy klingelte und schallte durch den Dachboden. Ihr Lachen drang durch das Loch in der Decke, unter dem ich stand. Dann erschien ihr Gesicht. »Katherine plant schon das nächste Familientreffen«, sagte sie. Sie war schon im Familien-Chat auf WhatsApp. Ich weiß, das ging schnell. »Sie möchte ein paar Vorschläge haben.«

»Irgendwo, wo es warm ist.«

Sie lachte wieder und verschwand, um weitere Kisten herunterzuholen. Ich wandte mich wieder der Sporttasche zu und zog eine zerknitterte muffige Jacke heraus. Sie war noch feucht gewesen, als ich sie hastig hineingestopft hatte. Sie roch vergammelt. Damit war die Sache entschieden. Ich würde die ganze Tasche wegschmeißen. Es war nichts Wichtiges mehr drin, und ich hatte keine Kraft mehr, sie genauer zu durchsuchen. Ich schaute aber noch mal in den Innentaschen der Jacke nach und zog ein zusammengefaltetes Stück Papier heraus. Sofias Bingo-Karte.

Ich sah mir Michaels Änderung an: *Ernest macht etwas ~~kaputt~~ heil.*

Das hatte ich tatsächlich getan. Trotz allem, was damit verbunden war, schaute ich dieses Kästchen mit einer gewissen Rührung an, nahm mir einen Stift und kreuzte es an. Zwar reichte es immer noch nicht für ein Bingo, aber es war sehr befriedigend.

Da merkte ich, dass ich nicht auf meinen eigenen Rat gehört hatte.

Ich nahm mein neues Handy heraus (Akku: 4 %, ich muss zu meiner Schande gestehen, dass das weniger war als während des Schneesturms in den Bergen). Ich lud eine Vergrößerungs-App herunter, die zwar nicht so gut funktionierte wie eine Lupe, aber vielleicht genügte.

Ich erinnerte mich noch, dass Michael einen Moment nachgedacht hatte, bevor er auf die Karte schrieb. Oder er hatte, seine Kontaktlinsendose neben ihm (ich wusste doch, dass er keine Kontaktlinsen hatte!), noch ein paar Sekunden an irgendwas anderem herumgefummelt. Etwas, das so klein war, dass mein Vater eine Nadel benutzen musste, um es zu platzieren. Aber eine Kugelschreiberspitze würde es vielleicht auch tun. *Verlier das nicht*, hatte er gesagt, mir die Bingo-Karte gegeben und mit dem Daumen draufgedrückt, als wollte er prüfen, ob die Tinte schon trocken war. *Ich vertraue dir.* Er hatte ein paar Worte geschrieben, aber er hatte auch einen Punkt dahinter gesetzt. Wie ich Ihnen schon sagte: In einem Rätselkrimi kommt es auf jedes einzelne Wort an, mitunter sogar auf die Satzzeichen …

Mein Herz schlug bis zum Hals, als mir klar wurde, was ich da entdeckt hatte. Ich hielt meine Kameralinse darüber (Akku: 2 %) und aktivierte die Vergrößerungs-App über Michaels hinzugefügtem Punkt. Fotos. Sechzehn Stück. Auf einem quadratischen Gitter, vier mal vier nebeneinander.

Der Fotograf hatte am Ende einer längeren Zufahrt gestanden und zu einem palastartigen Anwesen hinaufgeschaut, die Linien eines Sicherheitszauns liefen über das Bild. Vor den Eingangssäulen stand eine Limousine mit geöffnetem Kofferraum. Die Perspektive ist auf allen sechzehn Bildern die gleiche, aber es sind jeweils zwei Personen zu sehen, die, wenn auch nicht zu identifizieren, sich von Bild zu Bild fortbewegen. Auf dem fünften Bild sind diese Personen verschwunden, aber man sieht die schwarze Öffnung der Tür. Im achten Bild kommen die Personen zurück, diesmal tragen sie etwas – es sieht aus wie ein Schlafsack. Einer vorne, einer hinten. Im neunten haben sie die Hälfte des Wegs zum Auto zurückgelegt. Ich glaubte, lange Haarsträhnen erkennen zu können, die auf einer Seite aus dem Päckchen hängen. Auf dem zehnten ist der Schlafsack verschwunden und der Kofferraum geschlossen. Auf dem sechzehnten hat das Auto seine Position verändert. Eine Person steht auf der Veranda und schaut zu, wie es davonfährt. Endlich ist ein Gesicht zu sehen.

Es mag enttäuschend für Sie sein, dass ich Ihnen jetzt nicht diese typische Auflösung biete, wo die Bösewichte ihre gerechte Strafe erhalten, aber meine Lektorin hat mich ermahnt, dass wir jetzt in Druck gehen müssen und es alles sowieso noch vor Gericht verhandelt wird, also kann ich nicht mit vielen Details aufwarten. Es muss genügen, dass ich so nah wie möglich an das Gesicht von Edgar McAuley heranzoomte, das von der Lampe auf der Veranda seines Anwesens angeleuchtet wird. Und da sein Name hier nicht verändert wurde, können Sie davon ausgehen, dass er für lange Zeit ins Gefängnis gewandert ist.

Hat Michael Ihnen die Fotos gezeigt?

Diese Frage hatte Edgar McAuley mir zweimal gestellt. Beim zweiten Mal hatte er sehr insistiert, das erinnerte ich noch. Ich dachte, er wäre aufgebracht gewesen, aber jetzt erkannte ich, dass er nicht ungeduldig, sondern ängstlich gewesen war. Er wollte wissen, ob ich die Fotos gesehen, ob ich *ihn* darauf gesehen hatte. Ich erinnerte mich auch, wie verzweifelt Siobhan gewesen war, als sie hörte, dass die Leiche im See verschwunden war, und an seine beruhigenden Worte: *Wir können Taucher engagieren.*

Die McAuleys hatten sich geweigert, das Lösegeld für ihre Tochter zu bezahlen, waren aber bereit, das doppelte der Summe für ihre Leiche und die Fotos ihres Mörders zu geben. Alan Holton hatte sie ihnen nicht verkauft, um einen Schlussstrich unter die Sache zu ziehen, sondern es hatte sich ganz einfach um Erpressung gehandelt. Zuerst war er zu Jeremy gegangen in der Hoffnung, dem Ehepaar Williams ein bisschen Geld abzunehmen, ohne ein so großes Risiko einzugehen, das der Verkauf der Fotos an die McAuleys mit sich bringen würde. Als das nicht funktionierte, musste er doch den riskanteren Weg einschlagen. Er brauchte jemanden als Mittelsmann zwischen sich und Edgar McAuley, und ein Angehöriger der berüchtigten Cunningham-Familie sollte für den nötigen Druck sorgen. Deshalb wandte er sich an Michael. Aber als Michael, gerade aus dem Gefängnis gekommen, die Person auf dem Foto sah, entschied er, dass er auch ein Anrecht auf eine Entschädigung von den McAuleys hatte. Was hatte er im Trockenraum zu mir gesagt? *Es ist richtig, dass sie dafür bezahlen.* Sie.

Die angebliche Entführung hatte in Wahrheit einen Mord verdecken sollen. Das war clever. Engagiere eine bekannte Gang, die das vermeintliche Verbrechen inszeniert, erzeuge ein Motiv, indem du das Lösegeld verweigerst, und am Ende stehst du als Opfer anstatt als Täter da. Genau wie Marcelo mir gesagt hatte, es war eine alte Geschichte, nach altbekannten Regeln: leicht zu verstehen und noch leichter zu akzeptieren. Wozu damals auch alle bereit gewesen waren. Rebecca war längst tot gewesen, bevor die erste Lösegeldforderung gestellt wurde.

Ich rief die Polizei an. Ein Beamter sagte, er würde am Nachmittag vorbeikommen, um das Beweismittel abzuholen. Dann war der Akku meines Handys leer.

»Hey, Ernie.« Juliettes Gesicht erschien wieder in der Öffnung. Sie hielt eine verstaubte Flasche Wein in der Hand. »Die hier ist entweder sehr gut oder sehr schlecht gealtert. Willst du nicht raufkommen?«

Ich hatte ja versprochen, dass bestimmte Dinge in diesem

Buch nicht vorkommen würden, deshalb sollte ich an dieser Stelle aufhören, um nicht als Lügner dazustehen.

Ich stieg die Leiter zu ihr hinauf.

ENDE

»Zehn einfache Schritte zum Schreiben eines Kriminalromans im Stil der 1930er-Jahre« und »Vom Goldenen Zeitalter des Krimis zur vergoldeten Buchseite: Wie man locker einen Klassiker schreibt« von Ernest Cunningham sind als Ratgeber-E-Books bei Amazon für $ 1,99 erhältlich.

DANKSAGUNGEN

Der Grundton jeder Danksagung am Ende eines Romans sollte sein: Vielen Dank, dass ihr mich ausgehalten habt. Eine Menge Leute mussten mich aushalten, während ich diesen Roman geschrieben habe, und ich bin dankbar für ihre Hingabe und ihre Geduld während aller Schaffensphasen.

Beverley Cousins, meine Verlegerin: Vielen Dank, dass du mich gleichzeitig aufs Ganze gehen ließest und mich zurückgepfiffen hast, wenn mein Ehrgeiz sich auf Kosten meines Feingefühls behaupten wollte. Vielen Dank, dass du vor keiner meiner verrückten Ideen zurückgeschreckt bist und meine zahllosen misslungen Fassungen gelesen hast. Danke für dein Vertrauen, dass ich den richtigen Ton und die richtige Erzählstruktur finde. Ich bin stolz und glücklich, einer deiner Autoren zu sein – vielen Dank.

Amanda Martin, meine Lektorin: Vielen Dank für dein scharfes Lektorinnenauge, deine einfühlsame Redaktion und deine klugen Problemlösungsstrategien. Einen Kriminalroman zu lektorieren ist so heikel wie der Bau eines Kartenhauses: Wenn ein Teil fällt, fällt alles in sich zusammen. Das Lektorat ist der Klebstoff, der den Turm stabilisiert. Bitte entschuldige den Scherz über Lektorinnen in Kapitel 27. Ich nenne hier die Kapitel-Nummer, nicht die Seitenzahl, für den Fall, dass du eine posttraumatische Belastungsstörung wegen der Seitenzahlen hast. Apropos: Das mit den Seitenzahlen tut mir wirklich leid.

Nerrilee Weir und Alice Richardson haben unglaublich intensiv daran gearbeitet, dieses Buch Leserinnen und Lesern auf der ganzen Welt zugänglich zu machen. Ich bin beglückt, dass ich meine Geschichte so vielen Menschen erzählen darf, und bedanke mich für die geleistete harte Arbeit und die Zoom-Meetings am späten Abend und am frühen Morgen. Kelly Jenkins und Hannah Ludbrook in der Marketing- und PR-Abteilung gilt mein Dank für ihren laut geäußerten Enthusiasmus in Bezug auf dieses Buch – jeder Schriftsteller, dem solche Expertinnen zur Seite stehen, darf sich glücklich schätzen.

Ich bin regelrecht besessen vom Cover-Design von James Rendall. (Ich zeige es auf Partys herum, so wie andere Fotos von ihrem Hund zeigen, und werde deswegen auch oft gemieden.) Vielen Dank für deinen fantastischen Ideenreichtum. Vielen Dank an Sonja Hejin für dein waches Auge und an Midland Typesetters für die großartige Satzarbeit und das Layout – auch hier bitte ich um Vergebung wegen der Seitenzahlen.

Pippa Masson, meine Agentin, und ihre Assistentin Caitlan Cooper-Trent: Vielen Dank für den Zuspruch und die Ratschläge. Ihr habt in jeder Schaffensphase daran geglaubt, dass dieses Buch auch die nächste Stufe erreichen wird. Ohne euch an meiner Seite hätte ich das nie geschafft. Wenn ich sage, ihr habt mein Leben verändert mit eurer fachlichen Beratung, würde ich noch untertreiben. Vielen Dank auch an Jerry Kalajian für den begeisterten Einsatz bezüglich der Filmrechte. Ich möchte in diesem Zusammenhang noch anmerken, dass Agenten angesichts ihrer Doppelrolle als Berater und Therapeuten einen Anspruch auf Kostenerstattung bei der Krankenkasse haben sollten.

Rebecca McAuley hat dem Hilfsfonds der Freiwilligen Feuerwehr nach den verheerenden Waldbränden eine großzügige Spende zukommen lassen und im Gegenzug ihren Namen einer Protagonistin geben dürfen – vielen Dank.

Vielen Dank an meine Eltern Peter und Judy, meine Geschwister James und Emily und die Paz-Familie – Gabriel, Elizabeth und Adrian – für die Unterstützung meiner kreativen

Projekte. James, es tut mir leid, dass ich den Bruder umbringen musste. Ich schwöre, dass ich keine Hintergedanken hatte. Und überhaupt ist meine Familie kein bisschen mörderisch veranlagt. Jedenfalls soweit mir das bekannt ist.

Und an Aleesha Paz. Ich habe schon vor langer Zeit versprochen, dir mein drittes Buch zu widmen. Tatsächlich hätte ich es ohne dich niemals zu Ende gebracht. Also gehört es dir. Ach, was rede ich da – sie sind alle für dich.

Vielen Dank an alle Autoren, die so freigebig die Werbetrommel für mich rühren mit Statements auf dem Buchrücken oder in den sozialen Medien. Ich möchte hier keine Namen nennen, aber meine Leserinnen und Leser ermuntern: Lest mehr australische Kriminalromane, es sind die besten der Welt. In hundert Jahren werden wir auf diese Epoche als unser Goldenes Zeitalter zurückblicken, und irgendein klugscheißerischer Autor wird wahrscheinlich ein Buch darüber schreiben, irgendwas zwischen Hommage und Parodie. Deshalb schlage ich vor: Fangt jetzt gleich an zu lesen.

Und zu guter Letzt: Vielen Dank, dass Sie dieses Buch gelesen haben. Es gibt so viele Bücher auf der Welt, und Sie haben sich meins ausgesucht, das ist großartig. Ich hoffe, Sie hatten Spaß beim Lesen.

Britischer wird's nicht – ein vergnüglicher Krimiklassiker aus dem Herzen Londons

Der Abend im Londoner Grosvenor Theatre nähert sich dem Höhepunkt: Ein dramatischer Schusswechsel steht an. Doch die Szene entpuppt sich als erschreckend realistisch, und während die Zuschauer noch begeistert klatschen, färbt sich der Boden blutrot. Der Star des Abends liegt tot am Boden! Zufällig sitzen Inspector Wilson von Scotland Yard und sein Sohn Derek, ein ambitionierter junger Reporter, im Publikum. Das Duo stürzt sich in die Ermittlungen. Buchstäblich, denn bald stolpern sie über weitere Leichen – und immer wieder über die eigenen Füße.

»Volle Punktzahl für Melvilles selbstbewussten, bissigen Witz« *Kirkus Reviews*

Alan Melville
Das Publikum war Zeuge
Ein Fall für Scotland Yard

Aus dem Englischen von Sybille Uplegger
Taschenbuch
Auch als E-Book erhältlich
www.ullstein.de

ullstein

Der Donnerstagsmordclub macht Verbrechern die Hölle heiß!

Ein Jahr ohne Mord haben sich Elizabeth, Joyce, Ron und Ibrahim zu Weihnachten gewünscht, doch nur wenig später ist der fromme Wunsch dahin. Der Antiquitätenhändler Kuldesh Shamar wurde getötet. Wie es scheint, war er in ein Drogengeschäft verstrickt. Aber von dem wertvollen Paket, das er aufbewahren sollte, fehlt jede Spur. Was eine teuflische Brut von Dealern, Betrügern und anderen Ganoven aus ihren Höhlen lockt. Und mittendrin: der Donnerstagsmordclub, entschlossener denn je, den Mörder zu stellen. Gut möglich, dass der dabei ziemlich ins Schwitzen gerät.

»So viel mehr als ein Krimi. Unbedingt lesen.« SR 3

Richard Osman
Der Donnerstagsmordclub oder Ein Teufel stirbt immer zuletzt
Kriminalroman

Aus dem Englischen von Sabine Roth
Taschenbuch
Auch als E-Book erhältlich
www.ullstein.de

ullstein

Charmant, unterhaltsam, rührend und mit viel japanischem Flair

Nagare und seine zwanzigjährige Tochter Koishi betreiben ein kleines Restaurant in Kyoto, das Kamogawa-Café. Kaum jemand kennt das Lokal, doch wer es dringend braucht, der findet es. Neben den traditionellen Köstlichkeiten der japanischen Küche bieten Nagare und Koishi ihren Gästen nämlich einen besonderen Service an: Sie kochen Gerichte nach, die man irgendwann einmal gegessen hat und deren Rezept man nicht kennt. Mit detektivischem Spürsinn finden sie heraus, wie die verstorbene Ehefrau ihre Udon-Nudelsuppe kochte, beschwören die verschüttete Erinnerung an eine große Liebe herauf oder schenken mit dem Geschmack eines Kindheitsessens Trost.

Hisashi Kashiwai
Das Restaurant der verlorenen Rezepte
Roman

Aus dem Japanischen von Ekaterina Mikulich
Taschenbuch
Auch als E-Book erhältlich
www.ullstein.de

ullstein